Een erfenis van spionnen

Van John le Carré zijn verschenen:

Telefoon voor de dode
Voetsporen in de sneeuw
Spion aan de muur
Spion verspeeld
Een kleine stad in Duitsland
Tinker Tailor Soldier Spy (Edelman Bedelman Schutter Spion) e
Spion van nobel bloed
Smiley's prooi
De lokvogel
Een volmaakte spion
Het Rusland huis
De laatste spion
De ondraaglijke vrede (non-fictie)
The Night Manager (De ideale vijand) e
Vrij spel
De kleermaker van Panama
Single & Single
Smiley's wereld
De toegewijde tuinier
Absolute vrienden
De luistervink
Aangeschoten wild
Our Kind of Traitor (Ons soort verrader) e
Een broze waarheid e
De duiventunnel e
Een erfenis van spionnen e

e Ook als e-book leverbaar

John le Carré

Een erfenis van spionnen

Vertaald door Rob van Moppes

UITGEVERIJ LUITINGH-SIJTHOFF

Oorspronkelijke titel: *A Legacy of Spies*
Vertaling: Rob van Moppes
Redactionele bewerking: Hanca Leppink
Omslagontwerp: DPS/Raymond van Donk
Omslagbeeld: Shutterstock Inc.
Ontwerper zegel: Alex Merto
Opmaak binnenwerk: ZetSpiegel, Best

ISBN 978 90 245 7869 6
NUR 302

www.lsamsterdam.nl
www.boekenwereld.com

Iedere mens wordt geboren als velen
en sterft als eenling.

(toegeschreven aan) Heidegger

1

Wat volgt is, naar mijn beste kunnen, een waarheidsgetrouwe beschrijving van mijn rol in de Britse misleidingsoperatie met de codenaam Windfall, die eind jaren vijftig en begin jaren zestig tegen de Oost-Duitse Inlichtingendienst (Stasi) op touw werd gezet, en resulteerde in de dood van de beste Britse geheim agent met wie ik ooit heb samengewerkt en van de onschuldige vrouw voor wie hij zijn leven gaf.

Een professionele geheim agent is net zomin immuun voor menselijke gevoelens als de rest van het mensdom. Wat voor hem telt is de mate waarin hij in staat is die te onderdrukken, of dat nu in het heden is of, zoals in mijn geval, vijftig jaar na dato. Tot enkele maanden geleden was ik me, als ik 's nachts op de afgelegen boerderij in Bretagne waar ik woon in bed lag en luisterde naar het geloei van het vee en het gekibbel van de kippen, geducht aan het verzetten tegen de verwijtende stemmen die van tijd tot tijd probeerden mijn slaap te verstoren. Ik was té jong, bracht ik ertegen in, ik was té argeloos, té naïef, té ondergeschikt. Als je zondebokken zoekt, zei ik tegen hen, ga dan naar de grootmeesters van de misleiding, George Smiley, en zijn baas, Control. Het was hun subtiele doortraptheid, benadrukte ik, het was hun sluwe, analytische geest, niet de mijne, die het succes en het leed dat Windfall heet heeft voortgebracht. Pas nu, nu ik door de Dienst waaraan ik de beste jaren van mijn leven heb gewijd, ter verantwoording ben geroepen, word ik op mijn oude dag tot mijn verbijstering gedwongen, koste wat het kost, de lichtzijden en de schaduwkanten van mijn betrokkenheid bij die zaak uit de doeken te doen.

Hoe het kwam dat ik überhaupt werd gerekruteerd door de Geheime Inlichtingendienst – het 'Circus' zoals wij Jonge Wilden het noemden in die zogenaamd gouden jaren, toen we niet waren ingekwartierd in een groteske vesting aan de Theems, maar in een bombastisch victoriaans, rood bakstenen gevaarte, in de bocht van Cambridge Circus – blijft voor mij een even groot raadsel als de omstandigheden waaronder ik werd geboren; des te meer daar die twee gebeurtenissen onlosmakelijk met elkaar verbonden zijn.

Mijn vader, die ik me nog maar nauwelijks kan herinneren, was volgens mijn moeder de lanterfantende zoon van een rijke Engels-Franse familie uit het Engelse binnenland, een gulle hedonist met een snel verdampend erfdeel en een onvoorwaardelijke liefde voor Frankrijk. In de zomer van 1930 verbleef hij in het kuuroord Saint Malo aan de noordkust van Bretagne, waar hij de casino's en de *maisons closes* frequenteerde en grosso modo de show stal. Mijn moeder, enige telg van een vele generaties tellend geslacht van Bretonse boeren, toentertijd twintig jaar, bevond zich toevallig ook in de stad, om als bruidsmeisje op te treden bij de bruiloft van de dochter van een rijke veehandelaar. Dat beweerde ze tenminste. Maar zij is de enige bron en was heel goed in staat de werkelijkheid een beetje mooier te maken als de feiten haar in de weg zaten, en het zou me in het geheel niet verbazen als ze met minder rechtschapen motieven naar de stad was gekomen.

Na de plechtigheid liet ze, als we haar verhaal mogen geloven, samen met nog een bruidsmeisje, allebei gesterkt door een paar glazen champagne, de receptie voor wat die was en maakte, nog steeds opgedoft en wel, een avondwandeling over de drukbevolkte boulevard, waar mijn vader ook al flanerend op strooptocht was. Mijn moeder was aantrekkelijk en wispelturig, haar vriendin was dat niet. Er volgde een stormachtige romance. Over de snelheid ervan was mijn moeder begrijpelijkerwijs terughoudend. Haastig werd een tweede huwelijk georganiseerd. Ik werd daaruit geboren. Mijn vader was, zo schijnt het, van nature geen solide huwelijksmateriaal, en zelfs in de eerste jaren van de echt was hij er vaker niet dan wel.

Maar nu krijgt het verhaal een heroïsche wending. Zoals wij weten verandert oorlog alles, en in een mum van tijd had hij mijn vader veranderd. Hij was nog maar net uitgebroken of mijn vader bonsde al op de deur van het Britse ministerie van Oorlog om zijn diensten aan te bieden aan iedereen die hem wilde hebben. Zijn missie was, volgens mijn moeder, in zijn eentje Frankrijk redden. Als het mede was om aan de knellende gezinsverantwoordelijkheden te ontsnappen, dan is dat een gotspe die ik nooit in aanwezigheid van mijn moeder mocht uiten. De Britten beschikten over een kort tevoren, door Winston Churchill persoonlijk aangesteld Hoofd Speciale Operaties, dat met de fameuze taak werd belast 'Europa in vuur en vlam te zetten'. In de kuststeden van zuidwest Bretagne krioelde het van de Duitse onderzeeërs en in ons eigen stadje Lorient, een voormalige Franse marinebasis, krioelde het het hevigst. Mijn vader landde tot vijf keer toe met een parachute op de vlakten van Bretagne, sloot zich aan bij elke verzetsbeweging die hij kon vinden, droeg zijn steentje bij aan de chaos en werd op een gruwelijke wijze door de Gestapo in de gevangenis van Rennes ter dood gebracht, een toonbeeld van onzelfzuchtige toewijding nalatend waaraan geen zoon ooit nog zou kunnen tippen. Wat hij bovendien naliet was een misplaatst vertrouwen in het Britse schoolstelsel dat mij ongeacht zijn deerniswekkende prestaties, op zijn eigen particuliere kostschool tot hetzelfde lot veroordeelde.

De eerste jaren van mijn leven waren paradijselijk geweest. Mijn moeder kookte en kletste, mijn grootvader was streng maar goedmoedig, de boerderij floreerde. Thuis spraken we Bretons. Op de katholieke lagere school in ons dorp leerde een beeldschone jonge non die zes maanden als au pair had doorgebracht in Huddersfield me de grondbeginselen van de Engelse taal en, volgens nationaal decreet, Frans. In de schoolvakanties rende ik blootsvoets door de velden en over de klippen rond onze boerderij, oogstte ik boekweit voor de pannenkoekjes van mijn moeder, verzorgde ik een oude zeug die Fadette heette en speelde ik wilde spelletjes met de kinderen uit het dorp.

De toekomst zei me niets totdat ze toesloeg.

In Dover maakte een dikke dame die Murphy heette en een nicht van wijlen mijn vader was, mijn hand los uit die van mijn moeder en nam me mee naar haar huis in Ealing. Ik was acht jaar oud. Door het raam van de trein zag ik mijn eerste versperringsballonnen. Tijdens het avondeten beweerde meneer Murphy dat het binnen een paar maanden voorbij zou zijn en mevrouw Murphy zei van niet, en allebei spraken ze langzaam en herhaalden ze zichzelf opdat ik het kon verstaan. De volgende dag nam mevrouw Murphy me mee naar Selfridges en kocht een schooluniform voor me, waarbij ze de bonnetjes zorgvuldig bewaarde. De dag daarna stond ze op het perron van Paddington Station en huilde toen ik haar vaarwel zwaaide met mijn nieuwe schoolpetje.

Over mijn door mijn vader gewenste verengelsing valt weinig te vertellen. Het was oorlog. Scholen moesten genoegen nemen met wat er beschikbaar was. Ik heette geen Pierre meer maar Peter. Mijn gebrekkige Engels werd door mijn klasgenoten belachelijk gemaakt, het Bretonse accent in mijn Frans door mijn veelgeplaagde leraren. Ons dorpje Les Deux Eglises, zo werd mij welhaast terloops meegedeeld, zat tjokvol Duitsers. De brieven van mijn moeder kwamen, als ze al kwamen, aan in bruine enveloppen met Britse postzegels en Londense poststempels. Pas jaren later begon ik me voor te stellen door wiens dappere handen die moesten zijn gegaan. Vakanties waren een waas van jongenskampen en plaatsvervangende ouders. Roodstenen lagere scholen werden leigrijze middelbare kostscholen, maar het aanbod bleef onveranderd: dezelfde margarine, dezelfde zedenpreken over vaderlandsliefde en het Britse Rijk, hetzelfde lukrake geweld, dezelfde terloopse wreedheid en onbevredigde, ongerichte seksuele begeerte. Op een avond in het voorjaar van 1944, kort voor D-day, ontbood het schoolhoofd me in zijn werkkamer en vertelde me dat mijn vader in de strijd tegen de vijand was gesneuveld en dat ik trots op hem moest zijn. Om veiligheidsredenen kon er geen nadere verklaring worden verstrekt.

Ik was zestien toen ik, na afloop van een buitengewoon saai zomerkwartaal, als een half volgroeid Engels buitenbeentje terugkeerde naar het inmiddels weer in vrede gedompelde Bretagne. Mijn grootvader was gestorven. Een nieuwe metgezel die Monsieur Emile heette deelde mijn moeders bed. Ik moest niets hebben van Monsieur Emile. De ene helft van Fadette was aan de Duitsers gegeven, de andere helft aan het Verzet. Op de vlucht voor de tegenstrijdigheden van mijn kinderjaren en gevoed door een gevoel van verplichting jegens mijn vader verstopte ik me in een trein naar Marseille, telde een jaar op bij mijn leeftijd en probeerde dienst te nemen in het Franse vreemdelingenlegioen. Aan mijn donquichotachtige actie kwam al snel een einde toen het Legioen mij, bij wijze van zeldzame tegemoetkoming aan mijn moeders smeekbedes, op grond van het feit dat ik geen vreemdeling maar een Fransman was, terugstuurde in ballingschap, ditmaal in de Londense buitenwijk Shoreditch, waar de onwaarschijnlijke stiefbroer van mijn vader, Markus, een handelsfirma leidde die kostbare bontsoorten en tapijten importeerde uit de Sovjet-Unie – zij het dat hij die altijd Rusland noemde – en had aangeboden mij het vak te leren.

Oom Markus blijft het zoveelste onopgeloste raadsel in mijn leven. Tot op de dag van vandaag weet ik niet of zijn aanbod van deze baan op de een of andere manier was ingegeven door mijn latere bazen. Toen ik hem vroeg hoe mijn vader om het leven was gekomen, schudde hij afkeurend zijn hoofd – niet vanwege mijn vader, maar omdat hij het zo'n botte vraag vond. Soms vraag ik me af of het mogelijk is om geheim te worden geboren, net zoals sommige mensen rijk, of lang of muzikaal worden geboren. Markus was niet gemeen, of streng of onaardig. Hij was gewoon geheim. Hij was Midden-Europees, hij heette Collins. Ik heb nooit geweten hoe hij voorheen heette. Hij sprak heel rap Engels met een accent, maar ik heb nooit geweten wat zijn moedertaal was. Hij noemde me Pierre. Hij had een vriendin die Dolly heette, die een hoedenwinkel dreef in Wapping en hem vrijdagsmiddags voor de deur van het pakhuis kwam ophalen. Maar ik ben er nooit achter gekomen waar ze tijdens die weekends heen gingen, en of ze met elkaar of met andere mensen waren getrouwd. Dolly had een zekere Bernie in haar leven, maar ik heb nooit geweten of Bernie haar echtgenoot, haar zoon of haar broer was, want Dolly was ook heimelijk geboren.

En achteraf bekeken weet ik zelfs niet of de Collins Trans-Siberische Bont & Fraaie Tapijten Maatschappij een bonafide handelsfirma was, of een dekmantel opgezet met de bedoeling informatie te verzamelen. Later, toen ik erachter probeerde te komen, stuitte ik op een blinde muur. Ik wist dat oom Markus, elke keer wanneer hij zich voorbereidde op een bezoekje aan een handelsbeurs, of dat nu was in Kiev, Perm of Irkoetsk, veel beefde; en dat hij, als hij terugkwam, veel dronk. En dat in de dagen die voorafgingen aan de beurs een welbespraakte Engelsman die Jack heette langs kwam wippen, de secretaresses het hof maakte, zijn hoofd om de hoek van de sorteerkamer stak en riep: 'ha die Peter, alles kits?' – nooit Pierre – en vervolgens samen met Markus ergens uitgebreid ging lunchen. En na de lunch keerde Markus terug naar zijn kantoor en deed de deur achter zich op slot.

Jack beweerde een commissionair in kostbaar sabelbont te

zijn, maar ik weet nu dat hij in werkelijkheid handelde in informatie, want toen Markus aankondigde dat hij van zijn arts geen beurzen meer mocht doen, nodigde Jack mij in plaats van hem uit om mee te gaan lunchen, en hij nam me mee naar de Travellers Club in Pall Mall, en vroeg me of ik toch niet liever in het Legioen had gezeten, en of ik het ernstig meende met een van mijn vriendinnetjes, en waarom ik mijn kostschool was ontvlucht als je in aanmerking nam dat ik toch de captain van de boksploeg was geweest, en of ik ooit had overwogen iets nuttigs te doen voor mijn land, waarmee hij Engeland bedoelde, want als ik het gevoel had dat ik de oorlog vanwege mijn leeftijd was misgelopen, dan was dit mijn kans om dat goed te maken. Hij heeft mijn vader tijdens de lunch slechts één keer genoemd en dan nog zo terloops dat ik had kunnen denken dat het onderwerp net zo goed helemaal aan zijn geheugen kon zijn ontsnapt:

'O, en wat betreft wijlen jouw diep bewonderde papa. Maar dit blijft strikt onder ons en ik heb het nooit gezegd. Kun je daarmee leven?'

'Ja.'

'Hij was een verrekt dappere kerel en hij heeft verrekte goed werk verzet voor zijn vaderland. Voor allebei zijn vaderlanden. Genoeg gezegd?'

'Als u het zegt.'

'Op hem dus.'

Op hem dus, beaamde ik en we brachten zwijgend een heildronk uit.

In een elegant landhuis in Hampshire gaven Jack en zijn collega Sandy, en een efficiënt meisje dat Emily heette en op wie ik onmiddellijk verliefd werd, me de beknopte cursus hoe berichten uit een geheime bergplaats in het centrum van Kiev op te pikken – in feite was het een stukje loszittend metselwerk in de muur van een oude sigarettenkiosk – waarvan ze een replica in de serre hadden gezet. En hoe ik het veiligheidssignaal moest lezen dat me zei dat ik het bericht kon ophalen – in dit geval een stukje gerafeld groen lint dat om een reling was gebonden. En hoe ik naderhand een leeg pakje Russische sigaretten in een vuilnisbak bij een bushokje moest gooien om aan te geven dat ik het geheime bericht had opgehaald.

'Zeg, Peter, en als je je Russische visum aanvraagt is het misschien beter om je Franse paspoort te gebruiken en niet je Britse exemplaar,' opperde hij opgewekt, en herinnerde me eraan dat oom Markus een filiaal in Parijs bezat. 'En à propos, handjes af van Emily,' voegde hij eraan toe, voor het geval ik met andere gedachten speelde, wat ook zo was.

***

En dat was mijn eerste *run*, mijn eerste opdracht ooit voor wat ik later leerde kennen als het Circus, en mijn eerste beeld van mezelf als een geheime strijder naar het evenbeeld van mijn dode vader. De andere opdrachten die ik in de daaropvolgende paar jaren uitvoerde kan ik me niet meer voor de geest halen. Het waren er minstens een stuk of zes, naar Leningrad, Gdansk en Sofia, toen naar Leipzig en Dresden en allemaal, voor zover ik ooit heb geweten, weinig opzienbarend, als je het jezelf ervoor opladen en het naderhand weer ontladen buiten beschouwing laat.

Tijdens lange weekends in weer een ander landhuis met weer een andere prachtige tuin, voegde ik nieuwe kunstjes toe aan mijn repertoire, zoals achtervolgers spotten en in een menigte tegen vreemden aan lopen om hun steels iets in de hand te drukken. Ergens tussen deze fratsen door mocht ik, tijdens een ingetogen plechtigheid op een schuiladres in South Audley Street, mijn vaders onderscheidingen wegens moed in ontvangst nemen, één Franse en één Engelse, en ook de eervolle vermeldingen die ermee gepaard gingen. Waarom pas zo laat? had ik kunnen vragen. Maar tegen die tijd had ik geleerd dat niet te doen.

Pas toen ik Oost-Duitsland begon te bezoeken maakte de

bolle, gebrilde, voortdurend tobberige George Smiley zijn entree in mijn leven op een zondagmiddag in West Sussex, waar ik werd ondervraagd, niet meer door Jack, maar door een ruige kerel van ongeveer mijn leeftijd die Jim heette en van Tsjechische afkomst was, en wiens achternaam, toen hem eindelijk werd toegestaan er een te hebben, Prideaux bleek te zijn. Ik noem hem hier omdat hij later ook een belangrijke rol in mijn carrière zou spelen.

Smiley zei tijdens mijn verhoor maar weinig. Hij zat daar maar en luisterde en keek mij zo nu en dan uilachtig aan door zijn bril met zwaar montuur. Maar toen het voorbij was stelde hij een wandelingetje voor in de tuin waar geen einde aan leek te komen en waar nog een park aan vast zat. We spraken, gingen op een bankje zitten, wandelden, gingen weer zitten, en bleven maar praten. Mijn lieve moeder – leefde zij nog en maakte ze het goed? Ze maakt het prima, dank je, George. Tikkeltje daas, maar verder uitstekend. Dan mijn vader – had ik zijn medailles bewaard? Ik zei dat mijn moeder ze elke zondag oppoetste, wat waar was. Ik vertelde er niet bij dat ze ze mij wel eens opprikte en dan huilde. Maar in tegenstelling tot Jack vroeg hij me nooit naar mijn vriendinnetjes. Hij moet hebben gedacht dat die geen gevaar vormden zolang het er maar een hoop waren.

En als ik me nu dat gesprek weer voor de geest haal, denk ik onwillekeurig dat hij, bewust of onbewust, zichzelf aanbod als de vaderfiguur die hij later werd. Maar misschien was dat mijn idee en niet het zijne. Het feit blijft bestaan dat ik, toen hij de vraag eindelijk stelde, het gevoel had dat ik thuiskwam, ook al bevond mijn thuis zich aan de overkant van het Kanaal in Bretagne.

'Weet je, we vroegen ons af,' zei hij op dromerige toon, 'of jij wel eens hebt overwogen om je op een meer reguliere basis bij ons aan te sluiten? Mensen die buiten voor ons hebben gewerkt passen niet altijd goed binnen. Maar in jouw geval denken we dat dat wel goed zit. We betalen niet veel en het gebeurt geregeld dat een loopbaan vroegtijdig beëindigd wordt. Maar naar ons gevoel is het een belangrijke baan, zolang je je maar bekommert om het doel en niet te veel om de middelen.'

2

Mijn boerderij in Les Deux Eglises bestaat uit één onopvallende, strakke negentiende-eeuwse granieten *manoir*, één bouwvallige schuur met een stenen kruis op de gevelspits, restanten van vestingwerken uit vergeten oorlogen, een antieke stenen waterput, die nu niet meer wordt gebruikt maar vroeger was gevorderd door verzetsstrijders om hun wapens te verbergen voor de nazibezetter, een al even antieke openlucht bakoven, een in onbruik geraakte ciderpers en vijftig hectares pover weiland dat omlaag glooit naar de steile rotskust en de zee. Het perceel is al vier generaties in het bezit van de familie. Ik ben de vijfde. Het is geen nobele en ook geen lucratieve aanwinst. Als ik uit het raam van mijn woonkamer naar rechts kijk, zie ik de knobbelige toren van een negentiende-eeuwse kerk; en links van mij een witte, opzichzelfstaande kapel met een strodak. Aan die twee bouwsels ontleent het dorp zijn naam. In Les Deux Eglises zijn we, net als in de rest van Bretagne, katholiek of we zijn niets. Ik ben niets.

Om onze boerderij vanuit de stad Lorient te bereiken, rijd je eerst ongeveer een halfuur of zo over de zuidelijke kustweg die in de winter wordt geflankeerd door iele populieren en passeer je in westelijke richting de brokstukken van Hitlers Atlantikwall die, omdat ze niet verplaatsbaar zijn, inmiddels de status van een modern Stonehenge beginnen te verwerven. Na een kilometer of dertig dien je links van je uit te kijken naar een pizzeria met de gewichtige naam Odyssée en even daarna zie je rechts van je een stinkende uitdragerij waar een dronken landloper, die de totaal niet bij hem passende naam Honoré draagt, om wie ik van mijn moeder altijd met een wijde boog heen moest lopen, en die in de buurt bekendstaat als de gifkabouter, bric-à-brac, oude autobanden en mest verkoopt. Als je aankomt bij een verweerd bord waar *Delassus* op staat, de familienaam van mijn moeder, rijd je een hobbelig pad op, waarbij je hard remt als je over de kuilen in de weg rijdt of, als je monsieur Denis, de postbode bent, laveer je er in volle vaart behendig tussendoor: wat hij ook deze zondagochtend in het begin van de herfst deed, tot verontwaardiging van de kippen op het erf en de hooghartige onverschilligheid van Amoureuse, mijn dierbare Ierse setter, die het veel te druk had met het zorgen voor haar laatste worp om aandacht te schenken aan onbenullige menselijke zaken.

Wat mij betreft, zodra monsieur Denis – alias le Général, vanwege zijn grote lengte en zijn vermeende gelijkenis met president De Gaulle – zich uit zijn gele bestelwagen had gewrongen en de trap naar de voordeur begon op te lopen, wist ik in één oogopslag dat de brief die hij in zijn stakerige hand klemde afkomstig was van het Circus.

***

Aanvankelijk was ik niet gealarmeerd; louter licht geamuseerd. Sommige dingen bij de Britse Geheime Dienst veranderen nooit. Een daarvan is een obsessieve bezorgdheid waar het de keuze betreft van het briefpapier dat wordt gebruikt voor hun openbare correspondentie. Niet al te officieel of formeel:

dat zou te veel opvallen. Geen doorzichtige envelop, dus bij voorkeur gevoerd. Hagelwit zou te veel in het oog springen: gebruik een kleurtje, alleen niet te zoetig. Lichtblauw, zachtgrijs, die voldoen allebei. Deze was lichtgrijs.

Volgende vraag: typen we het adres of schrijven we het met de hand? Houd bij de beantwoording van die vraag altijd rekening met de behoeften van de man in het veld, in dit geval met mij: Peter Guillam, voormalig werknemer, aan de dijk gezet en blij toe. Al lange tijd bewoner van het Franse platteland. Bezoekt geen reünies van oudgedienden. Voor zover bekend geen levenspartner. Geniet een vol pensioen en heeft derhalve iets te verliezen. Conclusie: in een afgelegen Bretons gehucht waar vreemdelingen een zeldzaamheid zijn, zou een enigszins formeel aandoende grijze envelop met een getypt adres en een Britse postzegel erop, de plaatselijke voorhoofden kunnen doen fronsen, dus kies voor met de hand geschreven. En dan nu het lastigste punt. De Dienst, of hoe het Circus zichzelf tegenwoordig ook mag noemen, kan het niet laten om er een beveiligingskwalificatie aan toe te voegen, ook al is het maar *Persoonlijk*. Misschien *Particulier* eraan toegevoegd om het wat extra nadruk te geven? *Uitsluitend privé & persoonlijk gericht aan geadresseerde?* Dat ligt er te dik bovenop. Beperk je tot *Persoonlijk*. Of beter, in dit geval, *Personnel*.

1 Artillery Buildings
London, SE14

Beste Guillam,
We hebben elkaar niet eerder ontmoet, dus sta me toe mij voor te stellen. Ik ben manager business affairs bij uw oude firma, en verantwoordelijk voor zowel lopende als historische zaken. Een kwestie waarin u een aantal jaren geleden een belangrijke rol lijkt te hebben gespeeld heeft onverwacht de kop opgestoken, en er zit voor mij niets anders op dan u te verzoeken zo spoedig mogelijk naar

Londen te komen om ons te assisteren bij het voorbereiden van een antwoord.

Ik ben bevoegd uw reiskosten (economy-class) te vergoeden alsmede u een vergoeding te bieden van 130 pond per diem voor zolang als uw aanwezigheid is vereist.

Daar wij niet over een telefoonnummer van u schijnen te beschikken, kunt u te allen tijde op onze kosten Tania bellen op het bovenstaande nummer of, als u over e-mail beschikt, op het onderstaande mailadres. Zonder u overlast te willen bezorgen, moet ik er toch met klem op wijzen dat enige haast is geboden. Sta mij toe uw aandacht te vestigen op paragraaf 14 van uw ontslagovereenkomst.

Hoogachtend,
A. Butterfield
(van JA voor HD)

PS Wees zo goed uw paspoort mee te brengen wanneer u zich bij de receptie meldt. A.B.

Met 'van JA voor HD' wordt bedoeld *van Juridisch Adviseur voor Hoofd van Dienst.* 'Paragraaf 14' behelst de *levenslange verplichting op te komen draven wanneer het Circus dat nodig acht.* En met 'sta mij toe uw aandacht te vestigen op' wordt bedoeld *vergeet vooral niet wie uw pensioen betaalt.* En ik heb geen e-mail. En waarom zet hij geen datum op zijn brief: veiligheidsredenen?

Catherine is in de boomgaard met haar negenjarige dochter Isabelle en speelt daar met een paar gemene jonge geiten waarmee wij ons onlangs hebben laten opschepen. Ze is een tengere vrouw met een breed Bretons gezicht en langzame bruine ogen die je uitdrukkingloos observeren. Als ze haar armen spreidt, springen de geitjes erin en de kleine Isabelle, die zich op haar eigen manier vermaakt, slaat haar handjes ineen en draait op haar hielen rond van de binnenpretjes. Maar Catherine moet, hoewel ze gespierd is, er wel voor oppassen dat ze één geitje tegelijk opvangt, want als ze de kans krijgen haar tegelijk te bespringen dan kunnen ze haar onderuit halen. Isabelle negeert me. Ze kan niet goed tegen oogcontact.

In het veld achter hen staat de dove Yves, die af en toe voor ons op het land werkt, diep voorovergebogen kolen te rooien. Met zijn rechterhand snijdt hij ze los van de stronk en met zijn linkerhand gooit hij ze op een kar, maar de hoek waarin hij gebogen staat verandert nooit. Hij wordt gadegeslagen door een oud grijs paard dat Artemis heet, ook een van Catherines vondelingen. Een paar jaar geleden hebben we een losgebroken struisvogel onder onze hoede genomen die was ontsnapt van een naburige boerderij. Toen Catherine de boer waarschuwde, zei hij hou hem maar, hij is te oud. De struisvogel is uiteindelijk waardig heengegaan en heeft van ons een staatsbegrafenis gekregen.

'Is er wat, Pierre?' vraagt Catherine.

'Ik moet voor een paar dagen weg, vrees ik,' antwoord ik.

'Naar Parijs?' Catherine wil niet dat ik naar Parijs ga.

'Naar Londen,' antwoord ik. En omdat ik zelfs na mijn pensionering een voorwendsel nodig heb: 'Er is iemand gestorven.'

'Iemand van wie je houdt?'

'Niet meer,' antwoord ik met een stelligheid die me verbaast.

'Dan is het niet belangrijk. Vertrek je vanavond?'

'Morgen. Ik neem de vroege vlucht vanuit Rennes.'

Er is een tijd geweest dat het Circus maar met zijn vingers hoefde te knippen of ik snelde naar Rennes om in een vliegtuig te springen. Nu niet meer.

***

Je moet tot de spionnenstatus in het oude Circus zijn opgeklommen om de afkeer te begrijpen die mij om vier uur de volgende middag bekroop, toen ik mijn taxi betaalde en het betonnen pad begon af te lopen naar het onthutsend opvallende nieuwe hoofdkantoor van de Dienst. Je zou mij moeten zijn geweest op het hoogtepunt van mijn spionnenleven, als ik hondsmoe terugkeerde uit de een of andere godvergeten buitenpost van het imperium – hoogstwaarschijnlijk de Sovjet-Unie, of een lidstaat daarvan. Je bent met de bus rechtstreeks van London Airport gekomen en vervolgens met de metro naar Cambridge Circus gegaan. Het Productieteam staat klaar om je te ondervragen. Je loopt vijf smerige treden op naar de voordeur van het victoriaanse gedrocht dat wij afwisselend het HK, het Kantoor of gewoon het Circus noemen. En dan ben je thuis.

Vergeet de aanvaringen die je altijd hebt met Productie of Bevoorrading of Administratie. Dat is niet meer dan familiegekrakeel tussen het veld en het thuisfront. De portier in zijn hokje wenst je een goedemorgen met een veelbetekenend 'welkom thuis, meneer Guillam' en vraagt of je je koffer soms wilt afgeven. En jij zegt bedankt Mac, of Bill, of wie er die dag toevallig ook dienst heeft, en hem je pasje laten zien is niet nodig. Je glimlacht en je weet niet goed waarom. Tegenover je bevinden zich de drie gammele oude liften waaraan je al de pest hebt vanaf de dag dat je werd aangenomen – zij het dat twee ervan ergens boven vastzitten en de derde de privélift is van Control, dus laat dat maar gevoeglijk uit je hoofd. En bovendien raak je liever de weg kwijt in het labyrint van doorlopende en doodlopende gangen dat de materiële belichaming is van de wereld waarin je verkozen hebt te leven, met zijn wormstekige houten trappen, afgeschilferde brandblusapparaten, visoogspiegels en de stank van verschaalde sigarettenrook, Nescafé en deodorant.

En nu deze monstruositeit. Dit Welkom in Spionnenland aan de Theems.

Onder het toeziend oog van strenge mannen en vrouwen in trainingspakken maak ik mijn opwachting bij de door kogelvrij glas afgeschermde receptiebalie en kijk ik hoe mijn Britse paspoort door een metalen schuiflade wordt weggegrist. Het gezicht achter het glas is van een vrouw. De belachelijke klemtonen en de elektronische stem zijn van een typische 'hardwerkende Engelsman':

'Wees zo vriendelijk *al* uw sleutels, mobiele telefoons, contanten, *pols*horloges, schrijfwaren en alle *andere* metalen voorwerpen die u bij u mocht hebben *in* het bakje links *van* u te deponeren, het *witte* identificatieplaatje dat uw bakje aangeeft op te pakken, en dan met uw *schoenen* in de hand *door* de deur te lopen waarop Bezoekers staat.'

Mijn paspoort komt terug. Wanneer ik zoals opgedragen door loop word ik met een pingpongbatje gefouilleerd door een vrolijk meisje van een jaar of veertien en vervolgens bestraald in een rechtopstaande glazen doodskist. Na mijn schoenen weer te hebben aangetrokken en de veters te hebben gestrikt – wat om de een of andere reden een veel vernederender bezigheid is dan ze uit te trekken – word ik naar een lift zonder enige aanduiding vergezeld door voornoemd vrolijke meisje, dat me vraagt of ik een prettige dag heb gehad. Dat heb ik niet. Dankzij A. Butterfields brief heb ik slechter geslapen dan in de laatste tien jaar, maar dat kan ik haar evenmin vertellen. Ik ben iemand uit het veld, of dat was ik. Mijn natuurlijke habitat was spioneren in open ruimtes. Ik kom er op mijn zogeheten rijpe leeftijd achter dat zo'n onaangename brief uit het niets van het Circus in zijn nieuwe incarnatie, waarin mijn onmiddellijke aanwezigheid in Londen wordt geëist, me op een nachtelijke reis door mijn ziel stuurt.

We zijn aangekomen op wat naar mijn gevoel de bovenste verdieping is, hoewel niets dat aangeeft. In de wereld die ik ooit bewoonde, bevonden de grootste geheimen zich altijd op de bovenste verdieping. Mijn jeugdige begeleidster heeft een stel linten om haar nek hangen met elektronische pasjes eraan. Ze opent een deur waar niets op staat, ik ga naar binnen en ze doet hem achter me dicht. Ik probeer de deurknop. Er zit geen beweging in. Ik ben in mijn leven al een paar keer eerder opgesloten, maar altijd door de tegenstander. Er zijn geen ramen, alleen kinderlijke tekeningen van bloemen en huizen. Huisvlijt van A. Butterfields kroost? Of graffiti van vroegere gevangenen?

En waar is al dat lawaai gebleven? De stilte wordt erger hoe langer ik luister. Geen vrolijk geratel van schrijfmachines, geen luid rinkelende telefoons die niet worden opgenomen, geen gammel dossierkarretje dat rammelend als een karretje van de melkboer over de kale gangvloer rolt, geen woedende mannenstem die brult *kappen met dat verdomde gefluit!* Ergens onderweg tussen Cambridge Circus en in het Embankment is er iets weggestorven en het is niet alleen het gepiep van de karretjes.

Ik plant mijn achterste op een stoel van staal en leer. Ik blader een groezelig nummer van *Private Eye* door en vraag me af wie van ons zijn gevoel voor humor kwijt is. Ik sta op, probeer nogmaals de deur en ga op een andere stoel zitten. Inmiddels denk ik dat A. Butterfield een diepgaande studie maakt van mijn lichaamstaal. Nou, als dat zo is, dan wens ik hem het beste, want tegen de tijd dat de deur openzwaait en een kwieke vrouw met kort haar van ergens in de veertig in een mantelpak binnenstormt en zonder een spoor van een accent zegt: 'O. Hallo, Peter, geweldig. Ik ben Laura, wil je nu binnenkomen?' moet ik in hoog tempo elke miskleun en ramp de revue hebben laten passeren waarbij ik in mijn meer dan een mensenleven lang gelegitimeerde achterbaksheid betrokken was.

We marcheren door een verlaten gang en betreden een wit, steriel kantoor met geblindeerde ramen. Een Engelse kostschooljongen van onbestemde leeftijd met een fris gezicht en een bril op en in een overhemd met bretels springt op vanachter een tafel en grijpt mijn hand.

'*Peter*! Jeetje! Jij ziet er absoluut *patent* uit! *En* half zo oud als je bent! Goede reis gehad? Koffie? Thee? *Echt* niet? Heel fijn dat je bent gekomen. Een *reusachtige* steun. Heb je al kennisgemaakt met Laura? Natuurlijk heb je dat. Het spijt me vréselijk dat ik je daar heb moeten laten wachten. Een belletje van boven. Alles oké nu. Ga zitten.'

Dat alles met vertrouwelijk knijpen van de ogen voor extra intimiteit terwijl hij me voorgaat naar een soort strafbankje met armleuningen voor een langdurige zit. Dan neemt hij weer plaats aan de andere kant van de tafel, die vol ligt met oud uitziende Circus-dossiers in de kleuren van alle landen. Dan plant hij zijn in overhemdsmouwen gestoken ellebogen ertussen waar ik ze niet kan zien en vouwt zijn handen als een kommetje onder zijn kin.

'Ik ben *Bunny*, trouwens,' verkondigt hij. 'Verrekt stomme naam, maar hij volgt me al sinds mijn prilste jeugd en ik kom er niet van af. Waarschijnlijk de reden dat ik *hier* verzeild ben geraakt, bedenk ik opeens. Je kunt toch moeilijk door het Hooggerechtshof struinen terwijl iedereen die achter je aanholt "Bunny, Bunny", roept, is het wel?'

Praat hij altijd zo? Is dit hoe de gemiddelde jurist van de Geheime Dienst van middelbare leeftijd tegenwoordig spreekt? Dan weer sappig, dan weer met één been in het verleden? Ik weet weinig af van het hedendaagse Engels, maar afgaande op Laura's gezichtsuitdrukking als ze naast hem plaatsneemt is dat inderdaad het geval. Zittend is ze katachtig, klaar om haar klauwen uit te slaan. Zegelring aan de middelvinger van de rechterhand. Van haar vader? Of een geheim symbool van seksuele geaardheid? Ik was te lang weggeweest uit Engeland.

Loze prietpraat, aangevoerd door Bunny. Zijn kinderen zijn dol op Bretagne, het zijn allebei meisjes. Laura is wel eens naar Normandië geweest, maar niet naar Bretagne. Ze zegt niet met wie.

'Maar jij bent in Bretagne geboren, Peter!' brengt Bunny er plotseling plompverloren tegenin. 'We zouden je Pierre moeten noemen!'

Peter is prima, zeg ik.

'Dus waar we mee *zitten*, Peter, om het maar ronduit te zeggen, is echt een *juridische soep* waar we uit moeten zien te komen,' vervolgt Bunny trager maar op luidere toon, nu hij mijn nieuwe gehoorapparaatjes tussen mijn witte lokken heeft zien uitsteken. 'Het is nog geen *crisis*, maar het rommelt, en is naar ik vrees behoorlijk explosief. En we hebben je hulp broodnodig.'

Waarop ik antwoord dat ik maar al te graag bereid ben om

op alle mogelijke manieren te helpen, Bunny, en het is leuk om te weten dat je na al die jaren nog steeds van nut kunt zijn.

'Het ligt voor de hand dat ik hier ben om de belangen van de *Dienst* te behartigen. Dat is mijn taak,' vervolgt Bunny, alsof ik niets heb gezegd. 'En *jij* bent hier als privépersoon, een oud-medewerker weliswaar, lang en gelukkig gepensioneerd, neem ik voetstoots aan, maar ik kan *niet* garanderen dat *jouw* belangen en *onze* belangen op alle punten met elkaar overeen zullen komen.' Ogen tot spleetjes. Grimas. 'Wat ik je bedoel te zeggen, Peter *is*: dat dit, hoewel we enorm veel respect hebben voor al het voortreffelijks dat je in voorbije tijden voor de Dienst hebt gedaan, wel de *Dienst is*. En jij bent *jij*, en ik ben een killer-jurist. Hoe gaat het met Catherine?'

'Uitstekend, dank je. Waarom vraag je dat?'

Omdat ik geen melding van haar heb gemaakt. Om mij de stuipen op het lijf te jagen. Om me te laten weten dat het menens is. En dat de Dienst overal oren en ogen heeft.

'We vroegen ons af of zij zou moeten worden toegevoegd aan de behoorlijk lange lijst van jouw geliefden,' legt Bunny uit. 'Dienstvoorschriften en van die dingen.'

'Catherine is mijn pachtster. Ze is de dochter en kleindochter van vroegere pachters. Ik vind het prettig om daar te wonen en voor zover jullie dat iets aangaat, ik ben nog nooit met haar naar bed geweest en ik ben dat ook niet van plan. Is dat voldoende informatie?'

'Uitstekend, dank je.'

Mijn eerste leugen, bekwaam opgedist. Nu snel een afleidingsmanoeuvre: 'Zo te horen heb ik zelf een advocaat nodig,' opper ik.

'Dat is wat voorbarig en die kun je je niet veroorloven. Niet tegen de huidige prijzen. Volgens onze papieren was je eerst getrouwd en toen ongetrouwd. Zijn beide gegevens juist?'

'Dat zijn ze.'

'En dat alles binnen één kalenderjaar. Ik ben onder de indruk.'

'Dank je.'

Is het grappig bedoeld? Of provocerend? Ik vermoed het laatste.

'Een jeugdige onbezonnenheid?' oppert Bunny, op dezelfde beleefde onderzoekende toon.

'Een misverstand,' antwoord ik. 'Nog meer vragen?'

Maar Bunny geeft niet zo gemakkelijk op, en wil me dat duidelijk maken ook. 'Ik bedoel, van wie is dan – het kind? Van wie was het? De vader?' – nog steeds op dezelfde zalvende toon.

Ik doe alsof ik nadenk. ' Weet je, ik geloof dat ik nooit op het idee ben gekomen om haar dat te vragen,' antwoord ik. En terwijl hij dat nog zit te overpeinzen: 'Nu we het toch hebben over wie wat voor wie betekent, kun je me misschien vertellen wat Laura hier doet,' stel ik voor.

'Laura is *Geschiedenis*,' antwoordt Bunny op welluidende toon.

Geschiedenis als een uitdrukkingsloze vrouw met kort haar, bruine ogen en zonder make-up. En niemand glimlacht nog, behalve ik.

'Wat staat er dan eigenlijk op de lijst met aanklachten, Bunny?' vraag ik opgewekt, nu we toch tot de kern gaan komen. 'Het in brand steken van de koninklijke havenwerken?'

'Ach, kom, *lijst met aanklachten* is een beetje kras, Peter!' protesteert Bunny al even opgewekt. 'Dingen die moeten worden opgehelderd, dat is alles. Laat me je slechts één vraag stellen voor de rest van het veld dat doet. Goed?' – knijpt de ogen tot spleetjes. 'Operatie *Windfall*. Hoe was die opgezet, wie runde die, waar is het zo vreselijk misgegaan, en wat was jouw aandeel daarin?'

Wordt de ziel bevrijd als je beseft dat je bangste vermoedens bewaarheid zijn geworden? In mijn geval niet.

'Windfall, zeg je, Bunny?'

'Windfall,' – luider, voor het geval hij niet tot mijn gehoorapparaatjes is doorgedrongen.

Doe kalmpjes aan. Vergeet niet dat je op leeftijd bent. Je geheugen is niet je sterkste punt tegenwoordig. Neem de tijd.

'Dat Windfall, *wat* was dat precies, Bunny? Geef me een hint. Over welke tijd hebben we het ongeveer?'

'Begin jaren zestig, grofweg. Vandaag.'

'Een operatie zeg je?'

'Een geheime. Windfall genaamd.'

'En tegen wie of wat gericht?'

Laura onverwachts vanuit de flank: 'Sovjet-Unie & satellietstaten. Gericht tegen de Oost-Duitse Inlichtingendienst. Beter bekend als de *Stasi*,' buldert ze zodat ik het beter kan horen.

Stasi? Stasi? Een ogenblikje. Ach ja, de Stasi.

'Met welk doel, Laura?' vraag ik, nu ik het weer op een rijtje heb.

'Een misleidingsoperatie op touw zetten, de vijand op het verkeerde been zetten, een vitale bron beschermen. Doordringen tot de Moskouse Centrale met het doel de vermeende verrader of verraders binnen de gelederen van het Circus te ontmaskeren.' En overschakelend naar onversneden klaaglijk: 'Zij het dat we daarvan absoluut *nul* dossiers meer bezitten. Alleen maar een paar verwijzingen naar dossiers die in rook zijn opgegaan. Vermist, zeg maar, vermoedelijk gestolen.'

'Windfall, Windfall,' herhaal ik en ik schud mijn hoofd en glimlach zoals oude mannen dat doen, ook al zijn ze nog niet zo oud als anderen wellicht denken. 'Sorry, Laura. Er gaat geen belletje rinkelen, vrees ik.'

'Zelfs niet heel in de verte?' – Bunny.

'Geen eentje, spijtig genoeg. Niets niemendal' – waarbij ik beelden probeer te verdringen van mijn jeugdige zelf in de uitmonstering van een pizzabezorger, gebogen over het stuur van mijn lesmotorfiets terwijl ik een speciale bestelling aan allerlaatste dossiers met spoed van het hoofdkantoor van het Circus naar Ergens in Londen breng.

'En voor het geval ik dat nog niet had gezegd, of dat je het niet hebt verstaan,' zegt Bunny op zijn neutraalste toon. 'Wij hebben begrepen dat bij Operatie Windfall ook jouw vriend en collega, Alec Leamas betrokken was die zich, zoals je je misschien nog *vaag* kunt herinneren bij de Berlijnse Muur heeft laten neerknallen toen hij zijn vriendinnetje Elizabeth Gold te hulp snelde, dat al bij de Berlijnse Muur was doodgeschoten. Of ben je dat soms ook vergeten?'

'Natuurlijk ben ik dat niet vergeten, verdomme,' snauw ik. En pas dan, bij wijze van verklaring: 'Je vroeg me naar Windfall, niet naar Alec. En het antwoord luidt nee. Ik herinner het me niet. Nooit van gehoord. Sorry.'

***

Bij elk verhoor is ontkenning het kantelpunt. Vergeet de beleefdheden die eraan vooraf zijn gegaan. Vanaf het moment van ontkenning zal niets ooit meer hetzelfde zijn. Op het niveau van de geheime politieagent zal ontkenning waarschijnlijk tot onmiddellijke represailles leiden, niet in de laatste plaats omdat de gemiddelde geheime diender dommer is dan degene die hij aan de tand voelt. De geraffineerde ondervrager daarentegen, gaat als de deur in zijn gezicht wordt dichtgeslagen, niet onmiddellijk proberen die in te trappen. Hij geeft er de voorkeur aan zich even te beraden en dan zijn doelwit van een andere kant te benaderen. En afgaande op Bunny's voldane glimlach, is dat nu precies zijn voornemen.

'Nu dan, Peter.' Zijn stemvolume voor de hardhorende, ondanks mijn tegenwerpingen: 'Zou jij het, als we de kwestie Operatie Windfall even buiten beschouwing laten, heel verschrikkelijk vinden als Laura en ik je een paar *achtergrondvragen* zouden stellen aangaande de meer algemene problematiek?'

'Wat bedoel je?'

'Individuele aansprakelijkheid. Het aloude probleem waar *gehoorzaamheid* aan bevelen van boven *ophoudt*, en de verantwoordelijkheid voor de eigen individuele daden begint. Kun je me volgen?'

'Nauwelijks.'

'Jij bevindt je in het veld. Het hoofdkantoor heeft je groen licht gegeven, maar niet alles verloopt volgens plan. Er wordt onschuldig bloed vergoten. Jij, of een collega waar je nauw mee samenwerkt, lijken zich niet aan de regels te hebben gehouden. Heb je ooit aan een dergelijke situatie gedacht?'

'Nee.'

Of hij is vergeten dat ik niet kan horen, of hij heeft besloten dat ik het wel kan:

'En jij, jij persoonlijk, kunt, zuiver hypothetisch, niet bedenken hoe zo'n stressvolle situatie zou kunnen ontstaan? Als je terugkijkt op de vele benarde posities waarin je je tijdens je lange operationele carrière moet hebben bevonden?'

'Nee. Dat kan ik niet. Het spijt me.'

'Het is geen enkel moment bij je opgekomen dat je in strijd met de orders van het Hoofdkantoor had gehandeld, iets had ontketend wat je niet kon tegenhouden? Dat je meer dan in je taakomschrijving vermeld staat aan je eigen gevoelens, behoeften – *begeerten* zelfs – had toegegeven? Met afschuwelijke gevolgen die je misschien niet had bedoeld of voorzien?'

'Tja, dan zou ik van het Hoofdkantoor een uitbrander hebben gekregen, nietwaar? Of zijn teruggeroepen naar Londen. Of, als het echt een serieuze zaak betrof, de laan uit zijn gestuurd,' opper ik, terwijl ik hem trakteer op mijn berispende frons.

'Probeer het een beetje in ruimer perspectief te zien, Peter. Ik suggereer dat er ook sprake zou kunnen zijn van gekwetste derden. Gewone buitenstaanders die – ten gevolge van iets wat jij hebt gedaan – per ongeluk, onder de druk der omstandigheden, of als het vlees een beetje zwak is, zeg maar – bijkomende schade hebben geleden. Mensen die, *jaren later*, misschien een generatie later, tot de slotsom komen dat ze een goede reden hebben om een sappig procesje aan te spannen tegen de Dienst ofwel om schadevergoeding te krijgen of, als dat niet lukt, een gerichte vervolging wegens doodslag of erger, gericht tegen de Dienst, of'- en zijn wenkbrauwen schieten in gespeelde verbazing omhoog – 'tegen een met name genoemde voormalige medewerker daarvan. *Die* mogelijkheid is nooit bij je opgekomen?' – waarbij hij minder klinkt als een jurist dan als een arts die je voorbereidt op heel slecht nieuws.

Neem de tijd. Krab op het oude hoofd. Helpt niet.

'Te druk met het dwarszitten van de tegenstander, neem ik aan' – met de vermoeide glimlach van een oudgediende. 'De vijand voor je, Hoofd Kantoor hijgend in je nek, heel weinig tijd voor wijsgerige bespiegelingen.'

'Het makkelijkst zou zijn om te beginnen met de *parlementaire procedure*, en de weg vrij maken voor *juridische voorbereidingen* door middel van een *aanmaningsbrief*, maar niet tot het uiterste te gaan.'

Ik denk nog steeds na, vrees ik, Bunny.

'En als die juridische stappen eenmaal zijn gezet, zou elk *parlementair onderzoek* daarvoor wijken. Waardoor de rechters vrij spel zouden hebben.' Hij wacht tevergeefs en vervolgt dan op hardere toon:

'En Windfall nog steeds geen belletje? Een geheime operatie, uitgesmeerd over twee jaren waarin jij een aanzienlijke – sommige zouden zelfs zeggen een heldhaftige – rol hebt gespeeld? En er begint geen enkel belletje te rinkelen?'

En Laura stelt me, zonder met haar bruine nonnenogen te knipperen, dezelfde vraag, terwijl ik opnieuw voorwend mijn oudemannengeheugen te pijnigen en – hè verdorie – totaal niets boven water weet te halen, maar ja, dat krijg je op je oude dag, veronderstel ik – gefrustreerd en berouwvol mijn witte hoofd schud.

'En het was toevallig geen oefenoperatie, hè?' vraag ik dapper.

'Laura heeft je net verteld wat het was,' kaatst Bunny terug, en ik doe een 'ach, ja, natuurlijk, dat is ook zo,' en probeer beschaamd te kijken.

***

We zijn van Windfall afgestapt en buigen ons wederom over het schrikbeeld van een gewoon iemand uit de buitenwereld die eerst een met name genoemde voormalige medewerker van de Dienst voor het parlement wil slepen, en vervolgens nog een flinke hap uit hem wil nemen bij de rechtbank. Maar we hebben nog niet gezegd *wat* zijn naam is, of over *welke* voormalige medewerker we het zouden kunnen hebben. Ik zeg *wij* omdat er, als je ooit wel eens mensen hebt ondervraagd en nu ineens zelf in het beklaagdenbankje zit, sprake is van een soort medeplichtigheid die jou en je ondervragers samen aan de ene kant van de tafel zet, en de zaken die moeten worden uitgevochten aan de andere.

'Ik bedoel, neem nu bijvoorbeeld jouw eigen persoonlijke dossier, of wat daarvan over is, Peter,' klaagt Laura. 'Het is niet dat er enkel een aantal dingen uit zijn verwijderd. Het is finaal leeggeroofd. Oké, er zaten gevoelige bijlagen in die te geheim werden geacht voor het Centrale Archief. Daar kan niemand zich over beklagen, in principe. Daar zijn geheime bijlagen voor. Maar wat vinden we als we naar het *Vertrouwelijke* Archief gaan? Helemaal niets.'

'Geen ene reet,' voegt Bunny er bij wijze van toelichting aan toe. 'Jouw hele carrière bij de Dienst is, als we je dossier mogen geloven, een teringzooi aan aktes van vernietiging.'

'In het beste geval,' merkt Laura op, die kennelijk geen enkel probleem heeft met dat weinig juridische taalgebruik.

'Tja, maar om *eerlijk* te zijn, Laura' – nu speelt Bunny even bedrieglijk de vriend van de gevangene – 'waar we hier mee worden geconfronteerd zou heel goed het werk kunnen zijn van Bill Haydon duivelser nagedachtenis, denk je niet?' – en dan tegen mij: 'Maar misschien ben je ook vergeten wie Haydon is.'

Haydon? *Bill* Haydon. O ja, nu weet ik het weer: de voor de Sovjets opererende dubbelspion die, als hoofd van de Gezamenlijke Stuurgroep van het almachtige Circus, algemeen bekend als Stuur, drie decennia lang vlijtig de geheimen ervan had verraden aan de Moskouse Centrale. Hij is ook de man wiens naam nagenoeg elk uur van de dag door mijn hoofd speelt, maar ik ben niet van plan overeind te springen en uit te roepen 'die schoft, ik zou zijn nek kunnen breken' – wat trouwens iemand anders die ik toevallig ook ken sowieso al heeft gedaan, tot algemene tevredenheid van het thuisfront.

Laura vervolgt ondertussen haar gesprek met Bunny:

'O, daar twijfel ik geen moment aan, Bunny. Dat hele Vertrouwelijke Archief leek in alle opzichten het werk van Bill Haydon. En Peter hier was een van de allereersten die hem in de smiezen hadden, ja toch Pete? In je rol als George Smiley's persoonlijke assistent. Zijn poortwachter en trouwhartige volgeling, dat was je toch?'

Bunny schudt vol ontzag zijn hoofd. 'George Smiley. De beste kracht die we ooit hebben gehad. Het geweten van het Circus. De Hamlet, zoals sommigen hem, misschien niet helemaal terecht, noemden. Wat een man. Maar je denkt om de een of andere reden toch niet dat het in het geval van Operatie Windfall' vervolgt hij, nog steeds tegen Laura pratend alsof ik niet in de kamer ben, 'misschien toch niet *Bill Haydon* was die het Vertrouwelijke Archief plunderde, maar George Smiley? Er staan een paar heel rare handtekeningen op die aktes van vernietiging. Namen waar jij en ik nog nooit van hebben gehoord. Ik zeg niet dat Smiley het *zelf* heeft gedaan. Hij zou een bereidwillige gemachtigde hebben ingeschakeld, dat spreekt vanzelf. Iemand die blindelings zijn orders zou opvolgen, of die nu legaal waren of niet. Hij was niet het type om zelf vuile handen te maken, die George van ons, daar was hij een te groot man voor.'

'Heb jij daar een mening over, Pete?' vraagt Laura.

En of ik daar een mening over heb, en een heel uitgesproken mening ook. Ik heb gloeiend de pest aan *Pete*, en dit gesprek begint danig uit de hand te lopen:

'Laura, waarom zou nu uitgerekend George Smiley in hemelsnaam dossiers van het Circus moeten gaan stelen? Bill Haydon, oké. Bill zou een penningske der weduwe hebben gepikt en het daarbij nog hebben uitgeschaterd ook.'

Een vluchtig grinniken en met het oude hoofd schudden om aan te geven dat jullie jongelui van tegenwoordig met geen mogelijkheid kunnen weten hoe het er in het echt aan toeging.

'Och, ik denk dat George best een reden zou kunnen hebben gehad om ze te stelen,' antwoordt Bunny namens Laura. 'Hij was het Hoofd van Geheime Operaties tijdens de tien koudste jaren van de Koude Oorlog. Hij moest nog een stevig potje knokken met Stuur. Alle middelen geoorloofd, of het nu ging om het stelen van andermans spionnen of het kraken van andermans brandkast. Hij was het brein achter de duisterste operaties waar deze Dienst zich mee heeft ingelaten. Liet zijn geweten even buiten beschouwing zodra het algemeen belang dat vereiste. Wat behoorlijk vaak schijnt te zijn geweest. Ik kan me best voorstellen dat jouw George zonder veel moeite een paar dossiers onder het tapijt veegde.' En dan tegen mij, recht in mijn gezicht: 'En ik kan me ook heel goed voorstellen dat jij hem daarbij helpt, zonder enige scrupules. Sommige van die rare handtekeningen lijken opvallend veel op jouw handschrift. Je hoefde ze niet eens te stelen. Gewoon tekenen voor ontvangst met de naam van iemand anders en klaar is kees. En wat de diep betreurde Alec Leamas betreft die zo tragisch om het leven kwam bij de Berlijnse Muur – *zijn* persoonlijke dossier is zelfs niet geplunderd. Het is volkomen zoek. Zelfs geen kaartje met ezelsoren in de algemene kaartindex. Het schijnt je merkwaardig weinig te raken.'

'Ik ben geschokt, als je het weten wilt. En ook geroerd. Diep geroerd.'

'Waarom? Eenvoudigweg omdat ik suggereer dat jij het dossier van Leamas uit het geheime archief hebt gepikt en in een holle boomstam hebt verstopt? Jij hebt in jouw tijd heel wat dossiers gepikt voor je ome George. Waarom niet dat van Leamas? Een aandenken aan hem nadat hij zich had laten neer maaien naast – hoe heette dat meisje ook maar weer?'

'Gold. Elizabeth Gold.'

'Ach, je weet het nog. Roepnaam Liz. *Haar* dossier is ook verdwenen. Je zou nog romantische verhalen kunnen opdissen bij het beeld van Alec Leamas' en Liz Golds dossiers die samen tegen de verre horizon vervagen. Hoe is het trouwens gekomen dat jij en Leamas zulke dikke maatjes werden? Wapenbroeders tot de laatste snik, naar algemeen wordt beweerd.'

'Wij hebben samen dingen gedaan.'

'Dingen?'

'Alec was ouder dan ik. En verstandiger. Als hij een operatie leidde en behoefte had aan een hulpje dan vroeg hij naar mij. Als Personeelszaken en George ermee akkoord gingen, dan werden we aan elkaar gekoppeld.'

Laura is terug: 'Geef ons dan maar een paar voorbeelden van die *koppeling'* – met een stem die duidelijk niets moet hebben van koppeling, maar ik wil er met alle soorten van genoegen over uitweiden.

'Ach, Alec en ik moeten ergens halverwege de jaren vijftig in Afghanistan met elkaar in contact zijn gekomen, denk ik. Onze eerste opdracht samen was de infiltratie van kleine groepjes in de Kaukasus, diep in Rusland. Klinkt in jullie oren waarschijnlijk een beetje als *ouwe koek.*' Weer even gegniffel. En wat hoofdschudden. 'Het was geen daverend succes, dat moet ik toegeven. Negen maanden later plaatsten ze hem over naar de Baltische Staten, om joe's in en uit Estland, Letland en Litouwen te dirigeren. Hij vroeg opnieuw naar mij, dus ben ik daarheen gegaan als zijn hulpje.' En ter verduidelijking voor haar: 'De Baltische Staten maakten in die tijd deel uit van het Sovjetblok, Laura, zoals je vast wel weet.'

'En *joe's* zijn spionnen. Tegenwoordig noemen we ze *assets.* En Leamas was officieel gestationeerd in Travemünde toch? Noord-Duitsland?'

'Zo was het precies, Laura. Onder de dekmantel van lid van de Internationale Maritieme Onderzoekseenheid. Bescherming van de visstand overdag, landingen met snelle boten 's nachts.'

Bunny onderbreekt ons tête-à-tête: 'Hadden die nachtelijke landingen toevallig ook een naam?'

'Jackknife, als ik me goed herinner.'

'Dus niet Windfall?'

Negeer hem.

'Jackknife. Heeft een paar jaar gedraaid en is toen opgedoekt.'

'Hoe gedraaid?'

'Eerst trommel je een paar vrijwilligers op. Laat ze trainen in Schotland of in het Zwarte Woud of waar dan ook. Esten, Letten. Vervolgens zorg je dat ze terug worden gebracht naar waar ze vandaan komen. Wacht tot er geen maan staat. Rubberboot. Heel zacht snorrende buitenboordmotor. Nachtkijkers. Ontvangstcomité op het strand seint als de kust veilig is. En daar ga je. Of daar gaan je joe's.'

'En als je *joe's* aan land zijn, wat doen jij en Leamas dan? Afgezien van een flesje opentrekken natuurlijk, wat in het geval van Leamas de gebruikelijke procedure was, hebben we begrepen.'

'Ach, we blijven er niet gezellig bij zitten, hè?' antwoord ik en opnieuw weiger ik toe te happen. 'Maak als de sodemieter dat je wegkomt, luidt de boodschap. Laat ze hun gang gaan. Waarom vragen jullie me dit eigenlijk?'

'Deels om ons een beeld van je te vormen. Deels omdat ik me afvraag waarom jij je Jackknife zo levendig herinnert, terwijl je je geen donder herinnert van Windfall.'

Opnieuw Laura: 'Met *ze hun gang laten gaan* bedoel je dat jullie de spionnen aan hun lot overlieten, neem ik aan?'

'Als je het zo wilt stellen, Laura.'

'En wat was dat? Hun lot. Of ben je dat vergeten?'

'Ze zijn ons ontvallen.'

'Als in gesneuveld?'

'Sommigen werden gepakt zodra ze aan land kwamen. Anderen een paar dagen later. Sommigen werden omgeturnd en tegen ons ingezet en later pas geëxecuteerd,' antwoord ik, en ik hoor de woede in mijn stem opkomen en voel er weinig voor om die te beteugelen.

'En wie geven we daar dus de schuld van, Pete?' Nog steeds Laura.

'Waarvan?'

'Van hun dood.'

Een kleine uitbarsting kan geen kwaad. 'Die klootzak van een Bill Haydon, onze interne verrader, wie dacht je anders? Die arme drommels waren al verlinkt voordat wij de Duitse kust verlieten. Door ons eigen Hoofd van de Gezamenlijke Stuurgroep, dezelfde eenheid die de operatie oorspronkelijk op touw had gezet!'

Bunny buigt zijn hoofd en raadpleegt iets onder de borstwering. Laura kijkt eerst naar mij, dan naar haar handen, wat ze liever doet. Korte nagels als van een jongen, schoon geboend.

'Peter' – Bunny's beurt, hij schiet nu als uit een mitrailleur, niet meer met losse kogels. 'Als hoofdjurist van de Dienst – niet als *jouw* advocaat, zeg ik nog maar eens – maak ik me zorgen over bepaalde aspecten van jouw loopbaan. Dat wil zeggen, dat er door kundige raadslieden de indruk rond jou zou kunnen worden gewekt – als het parlement ooit een stapje opzij zou zetten en het speelveld aan de rechtbank laat, geheim of openbaar, wat god verhoede – dat jij, in de loop van je carrière met een exorbitant aantal sterfgevallen te maken hebt gehad en dat je daar niet om maalde. Dat jij – laten we zeggen door de onberispelijke George Smiley – belast werd met geheime operaties waarbij de dood van onschuldige mensen werd gezien als een acceptabele, zelfs noodzakelijke uitkomst. Wie weet, misschien zelfs als een beoogde uitkomst.'

'Beoogde uitkomst? Sterfgevallen? Waar zit je nou toch over te raaskallen?'

'Over Windfall,' zegt Bunny geduldig.

3

'Peter?'

'Bunny.'

Laura heeft besloten misprijzend te zwijgen.

'Kunnen we voor heel even terugkeren naar 1959, toen Jackknife als ik me niet vergis werd opgedoekt?'

'Data zijn niet mijn sterke punt, vrees ik, Bunny.'

'Opgedoekt door het Hoofdkantoor omdat de operatie weinig vruchtbaar was gebleken en veel aan geld en mensenlevens had gekost. Jij en Alec Leamas daarentegen vermoedden dat er aan het thuisfront vuil spel werd gespeeld.'

'De Gezamenlijke Stuurgroep riep dat de zaak verkloot was. Alec riep dat er sprake was van een samenzwering. Op welke plek we ook aan land gingen, de tegenstander was er altijd eerder dan wij. Radioverbindingen waren verlinkt. Alles was verlinkt. Het moest iemand van binnen de Dienst zijn. Zo zag Alec het en vanuit mijn wormperspectief was ik geneigd het met hem eens te zijn.'

'Dus besloot je, besloten jullie samen, dat jij een *démarche* zou maken naar Smiley. Vermoedelijk achtte je Smiley zelf waar het om verraad ging boven elke twijfel verheven.'

'Jackknife was Stuurs operatie. Onder bevel van Bill Haydon. Eerst Haydon, dan Alleline, Bland, Esterhase. Bill's Boys, noemden we ze. George kwam niet eens in de buurt.'

'En Stuur en Geheim konden elkaar wel schieten?'

'Stuur was voortdurend plannetjes aan het beramen om Geheim onder hun vleugels te krijgen. George zag dat als een machtsgreep en verzette zich ertegen. Met man en macht.'

'Waar was ons dappere Hoofd van Dienst toen dat allemaal plaatsvond? *Control*, zoals we hem moeten noemen.'

'Die was bezig Geheim en Stuur tegen elkaar uit te spelen. Verdeel en heers, zoals gebruikelijk.'

'Heb ik gelijk als ik denk dat er persoonlijke kwesties speelden tussen Smiley en Haydon?'

'Het zou kunnen. In de wandelgingen ging het gerucht dat Bill een kortstondige affaire had gehad met Georges vrouw. Dat vertroebelde Georges blik. Het soort actie dat je van Bill kon verwachten. Hij was een uitgekookte klootzak.'

'Besprak Smiley zijn privéleven met jou?'

'Geen denken aan. Zo spreek je niet met een ondergeschikte.'

Bunny denkt erover na, gelooft het niet, lijkt erover te willen doorvragen, bedenkt zich.

'Dus toen Operatie Jackknife werd afgeblazen, deden jij en Leamas jullie beklag tegenover Smiley. Onder zes ogen. Jullie met z'n drietjes. Jij. Ondanks je ondergeschikte positie.'

'Alec had me gevraagd of ik mee wilde gaan. Hij vertrouwde zichzelf niet.'

'Waarom niet?'

'Alec werd te snel kwaad.'

'Waar vond die ontmoeting *à trois* plaats?'

'Waarom zou dat in jezusnaam iets uitmaken?'

'Omdat ik me een schuiladres voorstel. Een plek waarover je me nog niet hebt verteld maar dat ga je te zijner tijd nog wel doen. Dit leek me een geschikt moment om ernaar te vragen.'

Ik had mezelf in slaap gesust met de gedachte dat we met al deze prietpraat in minder diep vaarwater verzeild zouden kunnen raken.

'We hadden een schuiladres van het Circus kunnen gebruiken, maar schuiladressen werden als vanzelfsprekend door Stuur afgeluisterd. We hadden gebruik kunnen maken van Georges woning in Bywater Street, maar Ann woonde daar ook. Er was een soort stilzwijgende overeenkomst dat zij niet zou worden geconfronteerd met zaken die ze niet aankon.'

'Zou ze daar dan mee naar Haydon zijn gesneld?'

'Dat zei ik niet. Het was een soort gevoel. Meer was het niet. Wil je dat ik verderga of niet?'

'Heel graag, als je het niet erg vindt.'

'We haalden George op van Bywater Street en maakten een wandelingetje met hem langs de South Bank, dat was goed voor hem. Het was een zomeravond. Hij klaagde altijd dat hij niet genoeg lichaamsbeweging kreeg.'

'En uit die avondwandeling langs de rivier werd Operatie Windfall geboren?'

'Ach, verdomme! Word volwassen!'

'O, ik ben volwassen, maak je geen zorgen. En jij wordt met de minuut jonger. Hoe verliep dat gesprek? Ik ben een en al oor.'

'We spraken over verraad. In algemene zin, niet in detail, dat zou geen zin hebben gehad. Iedereen die deel uitmaakte of kortgeleden nog deel had uitgemaakt van Stuur was per definitie verdacht. Dus zo'n vijftig, zestig mensen, allemaal mogelijke verraders in de eigen gelederen. We overlegden wie toegang had tot de juiste gegevens om Jackknife te ontmaskeren, maar we wisten dat, met Bill aan het roer van Stuur, en Percy Alleline die uit zijn hand at, en Bland en Esterhase die op alle mogelijke manieren een duit in het zakje deden, een verrader niets anders hoefde te doen dan op komen draven op de plenaire planningsvergaderingen van Stuur, of in de soos voor topfunctionarissen rondhangen en luisteren naar het geklaag van Percy Alleline. Bill zei altijd dat compartimentering saai was, laten we zorgen dat iedereen alles weet. Dat verschafte hem alle dekking die hij nodig had.'

'Hoe reageerde Smiley op jouw *démarche*?'

'Hij zou er eens goed over nadenken en er later op terugkomen. Meer kreeg niemand ooit uit George. Zeg, ik wil toch wel dat kopje koffie dat je me aanbood, als je het niet erg vindt. Zwart. Geen suiker.'

Ik rekte me uit, schudde mijn hoofd, geeuwde. Jezus, ik ben een man op leeftijd. Maar Bunny trapte er niet in en Laura had me al veel eerder opgegeven. Ze keken me aan als een paar mensen die inmiddels schoon genoeg van me hadden, en die koffie kon ik op mijn buik schrijven.

***

Bunny had zijn juridische gezicht opgezet. Geen dichtknijpen meer van de ogen. Geen stemverheffing ten behoeve van een oudere man die traag van begrip is en niet goed kan horen.

'Ik wil terug naar waar we begonnen – vind je dat goed? Bij jou en de Wetten van het Land. De Dienst en de Wetten van het Land. Heb ik je volledige aandacht?'

'Ik denk van wel.'

'Ik had het tegenover jou over de onverzadigbare belangstelling bij het Britse publiek voor misdaden uit het verleden. Iets wat onze koene parlementariërs beslist niet is ontgaan.'

'Had je dat? Zou heel goed kunnen.'

'Of de rechterlijke macht. Het verwijten met terugwerkende kracht dat de laatste tijd zo'n mode is. Onze nieuwe nationale sport. De huidige onschuldige generatie versus jouw schuldige. Wie moet er boeten voor de zonden van onze vaders, ook al waren het toentertijd geen zonden? Maar jij bent geen vader, is 't wel? Terwijl je dossier doet vermoeden dat je zou moeten omkomen in de kleinkinderen.'

'Ik dacht dat je zei dat mijn dossier was leeggeroofd. Probeer je me nu in de war te brengen?'

'Ik probeer je emoties te peilen. Het lukt me niet. Of je hebt ze niet, of je hebt er te veel. Je stapt luchtig over de dood van Liz Gold heen. Waarom? Je stapt luchtig over de dood van Alec Leamas heen. Je doet alsof je aan geheugenverlies lijdt als het om Windfall gaat, hoewel we heel goed weten dat jij volledige toegang tot Windfall had. Het is ook veelzeggend dat wijlen je vriend Alec Leamas die toegang *niet* had, ondanks het feit dat hij in het harnas is gestorven tijdens een operatie waar hij niets van af mocht weten. Ik vraag je mij niet in de rede te vallen, dus wees zo vriendelijk dat ook niet te doen. Maar,' vervolgde hij, mij mijn slechte manieren vergevend, 'ik begin de contouren van een deal tussen ons te zien. Je hebt toegegeven dat Operatie Windfall wellicht in de verte een belletje bij je doet rinkelen. Misschien een trainingsmissie, zei je minzaam en idioot. Dus wat zou je hiervan zeggen? Zouden die belletjes aan *jouw* kant een beetje luider kunnen klinken in ruil voor wat meer transparantie van *onze* kant?'

Ik pijnig mijn hersens, schud mijn hoofd, probeer die belletjes in de verte te vatten. Ik heb het gevoel dat er wordt gevochten tot de laatste man en die laatste man, dat ben ik.

'Voor zover ik het me *vaag* herinner, Bunny' – geef ik toe, als teken van een lichte verandering van richting in zijn voordeel – 'was Windfall, als ik me er al iets van herinner, geen *operatie*, het was een *bron*. Een nepbron. Ik geloof dat we elkaar in dat opzicht verkeerd hebben begrepen' – in de hoop op enige toegeeflijkheid van de andere kant die ik niet krijg – 'een *potentiële* bron die bij de eerste hindernis pardoes onderuit ging. En onmiddellijk en heel verstandig werd geloosd. Archiveren en vergeten.' Ik ploeg door: 'Bron Windfall was een overblijfsel uit Georges verleden. Weer een *historische* zaak, als je het zo wilt noemen' – een respectvol knikje richting Laura – 'een Oost-Duitse professor in de Barokke Literatuur aan de Universiteit van Weimar. Een maatje van George uit de oorlog die hier en daar een klusje voor ons had opgeknapt. Hij nam in '59 of daaromtrent contact op met George via een of andere Zweedse academicus' – praat maar door, hou het vaag, een gulden regel. 'De *Prof*, zoals wij hem noemden, beweerde over sensationeel nieuws te beschikken aangaande een ultrageheim pact dat werd gesloten tussen de twee helften van Duitsland en het Kremlin. Hij zei dat hij er van alles over had gehoord van een of ander gelijkgezind maatje bij de Oost-Duitse overheid.' Inmiddels vloeien de zinnen uit mijn mond, net als in vroeger tijden. 'De twee helften van Duitsland zouden worden verenigd op voorwaarde dat ze neutraal en ontwapend bleven. Met andere woorden, precies wat het Westen *niet* wilde: een machtsvacuüm in het hart van Europa. Als het Circus nu gewoon de Prof naar het Westen zou halen, dan zou hij ons alles haarfijn uit de doeken doen.'

Berouwvolle glimlach, schudden van het oude witte hoofd. Er schiet me niets te binnen van zo lang geleden.

'Toen bleek dat het enige wat de Prof voor zichzelf verlangde een leerstoel was in Oxford, een aanstelling voor het leven, een ridderorde en thee met de koningin' – gegrinnik. 'En natuurlijk had hij de hele boel uit zijn duim gezogen. Volstrekte kolder van begin tot eind. Einde oefening,' besloot ik, met het gevoel dat ik het er niettemin goed had afgebracht, en dat Smiley, waar hij zich ook mocht bevinden, in stilte voor me zou applaudisseren.

Maar Bunny applaudisseerde niet. En Laura al evenmin. Bunny keek onoprecht bezorgd, Laura louter ongelovig.

'Zie je, Peter, het probleem *is*,' legde Bunny na een poosje uit, 'dat wat jij ons zojuist hebt opgedist precies dezelfde afgezaagde lulkoek is die we vinden in de *nep*dossiers over Windfall in het oude centrale archief. Heb ik gelijk, Laura?'

Klaarblijkelijk had hij dat, want zij reageerde prompt.

'Nagenoeg woord voor woord, Bunny. In elkaar geflanst met als enig doel elke nieuwsgierige onderzoeker een rad voor ogen te draaien. Zo'n professor heeft nooit bestaan, en het hele verhaal is van begin tot eind verzonnen. En ik bedoel, laten we wel wezen: als Windfall beschermd moest worden tegen de bemoeizuchtige blikken van de Haydons in deze wereld, dan is een nepdossier in het centrale archief helemaal geen gek idee.'

'Wat echter wél een gek idee is, Peter, is dat jij op jouw gevorderde leeftijd ons hier dezelfde wagonlading desinformatie probeert te verkopen waarmee jij en George Smiley en de rest van Geheim een generatie geleden op de proppen kwamen,' zei Bunny, en hij slaagde erin zijn ogen toch een klein beetje dicht te knijpen om goeiig over te komen.

'Weet je, Pete, we hebben de oude financiële jaarverslagen van de toenmalige Control gevonden,' legde Laura behulpzaam uit, terwijl ik nog nadenk over mijn antwoord. 'Voor zijn reptielenfonds. Dat is een deel van het geheime budget dat Control bij wijze van privézakgeld krijgt toegewezen, maar dat evengoed tot de laatste cent moet worden verantwoord, zo is het toch, Peter?' – alsof ze het tegen een kind heeft. 'Door de man persoonlijk overgedragen aan zijn loyale bondgenoot bij Financiën. Oliver Lacon heette hij, later Sir Oliver, inmiddels wijlen Lord Lacon van Ascot West...'

'Zou je me willen vertellen wat dit allemaal met *mij* te maken heeft?'

'Alles, eigenlijk,' zei Laura bedaard. 'In zijn oude financiële jaaropgaven aan het ministerie van Financiën, die alleen voor Lacons ogen bestemd waren, noemt Control de namen van twee functionarissen van het Circus die, indien gewenst, volledige openheid van zaken zullen verschaffen aangaande de kosten die horen bij een zekere Operatie Windfall. Dat is voor het geval er door het nageslacht ooit vraagtekens zouden worden gezet bij de extra uitgaven. Hoewel er van alles aan te merken viel op Control was hij in dat soort dingen uiterst fatsoenlijk. De eerste naam luidde George Smiley. De tweede naam was Peter Guillam. Jij.'

Even leek het alsof deze woordenwisseling volkomen aan Bunny's aandacht was ontsnapt. Hij zat weer met gebogen hoofd, ogen onder de borstwering, en wat hij las vereiste zijn onverdeelde aandacht. Uiteindelijk kwam hij weer boven.

'Vertel hem van dat schuiladres van Windfall dat je hebt opgeduikeld, Laura. Dat geheime louche plekje van Control waar Peter alle dossiers die hij had gestolen verstopte,' opperde hij op de toon van iemand die andere dingen aan zijn hoofd had.

'Ja, nou, er is een schuilflat die, zoals Bunny zegt, in de verslagen wordt genoemd,' legde Laura behulpzaam uit. '*En* een schuilflathuishoudster, bovendien' – verbolgen – ' *en* een mysterieus heerschap dat Mendel heet en dat niet eens in de boeken van de Dienst wordt genoemd, maar uitsluitend ten behoeve van Windfall als agent door Geheim is ingehuurd. Tweehonderd piek per maand naar zijn spaarrekening bij de Postbank in Weybridge, plus reis- en andere kosten tot een maximum van nog eens tweehonderd, betaald vanaf een niet nader genoemde bankrekening van een cliënt van een chichi advocatenkantoor in de City. En ene George Smiley heeft de volmacht voor die hele rekening.'

'En *wie* is die Mendel?' vroeg Bunny.

'Een gepensioneerde politieman, Speciale Diensten,' antwoordde ik, inmiddels op de automatische piloot. 'Voornaam Oliver. Niet te verwarren met Oliver Lacon.'

'Hoe en waar op de kop getikt?'

'George en Mendel kenden elkaar al heel lang. George had in een eerdere zaak met hem samengewerkt. Hij mocht hem wel. Hij was blij dat Mendel niet bij het Circus hoorde. Mijn beetje frisse lucht, noemde hij hem.'

Bunny was plotseling bekaf van het hele gesprek. Hij zat onderuitgezakt op zijn stoel en wapperde met zijn handen, als iemand die zich tijdens een lange vlucht ontspant.

'Zullen we ons dan nu voor de verandering eens met de feiten bezighouden?' opperde hij met een ingehouden geeuw. 'Controls reptielenfonds is op dit exacte moment het enige, exclusieve stuk betrouwbaar bewijs dat ons voorziet van (a) een spoor naar de werkwijze en de doelstelling van Operatie Windfall, en (b) een manier om onszelf te verdedigen bij eventuele frivole civiele aanklachten of persoonlijke juridische stappen gericht tegen deze Dienst, en tegen jou persoonlijk, Peter Guillam, door een zekere *Christoph* Leamas, enig erfgenaam en rechthebbende van wijlen Alec, en een zekere *Karen* Gold, ongehuwd, enige dochter van wijlen Elizabeth of Liz. Heb je daar wel eens iets over gehoord? Dat heb je. Zeg niet dat we je nu eindelijk hebben verrast.'

Nog steeds onderuitgezakt op zijn stoel, liet hij een gedempt '*Jezus*' horen terwijl hij wachtte op mijn reactie. En waarschijnlijk liet die lang op zich wachten want ik herinner me ook nog dat hij een gebiedend '*Nou?*' in mijn richting brulde.

***

'Liz Gold had een *kind?*' hoor ik mezelf vragen.

'Een bijdehante versie van haarzelf, zoals het zich nu laat aanzien. Liz was net vijftien geworden toen ze met jong werd geschopt door de een of andere pummel op haar plaatselijke gymnasium. Op aandringen van haar ouders stond ze het kind af ter adoptie. Iemand doopte haar Karen. Of misschien is ze niet gedoopt. Ze is Joods. Toen ze de staat van volwassenheid had bereikt, maakte genoemde Karen gebruik van haar wettelijk recht de identiteit van haar biologische ouder te leren kennen en werd ze begrijpelijkerwijs nieuwsgierig naar de plek waar en de wijze waarop haar moeder om het leven was gekomen.'

Hij pauzeerde even voor het geval ik een vraag had. Ietwat te laat had ik die: hoe zijn ze in godsnaam aan onze namen gekomen? Hij reageerde niet.

'Karen werd in haar speurtocht naar waarheid en verzoening krachtig aangemoedigd door Christoph, zoon van Alec, die vanaf het moment dat de Muur omlaag kwam zich, zonder dat zij het wist, uit de naad had gewerkt om erachter te komen hoe en waarom zijn vader was gestorven – niet, moet ik zeggen, met de geestdriftige medewerking van deze Dienst, die zijn stinkende best heeft gedaan om hem daarbij op alle mogelijke manieren in de wielen te rijden. Helaas zijn onze verwoede pogingen contraproductief gebleken, ondanks het feit dat genoemde Christophe Leamas een Duits strafblad zo lang als je arm heeft.'

Opnieuw een pauze. En nog steeds geen vraag van mijn kant.

'De twee eisers hebben nu de krachten gebundeld. Ze hebben zichzelf er, niet zonder reden, van overtuigd dat hun respectieve ouders zijn gestorven ten gevolge van wat een vijfsterrenblunder van deze Dienst, en van jou en George Smiley persoonlijk, lijkt te zijn geweest. Ze vragen volledige openbaarmaking, hoge schadevergoedingen en een openbare spijtbetuiging waarin namen worden genoemd. Die van jou onder andere. Wist jij dat Alec Leamas een zoon had verwekt?'

'Ja. Waar is Smiley? Waarom is hij hier niet in plaats van mij?'

'Dus jij weet wie de gelukkige moeder was?'

'Een Duitse vrouw die hij in de oorlog heeft ontmoet toen hij achter de vijandelijke linies opereerde. Ze is later getrouwd met een advocaat uit Düsseldorf die Eberhardt heette. Eberhardt heeft de jongen geadopteerd. Hij heet niet Leamas, hij heet Eberhardt. Ik vroeg je waar George is.'

'Later. En bedankt voor je uitstekend functionerende geheugen. Waren nog andere mensen zich bewust van het bestaan van de jongen? *De andere* collega's van je vriend Leamas? Dat zouden we weten als zijn dossier niet was gestolen, begrijp je.' En al onpasselijk van het wachten op mijn antwoord: 'Was het in en rond deze Dienst wel of niet algemeen bekend dat Alec Leamas een Duitse bastaard had verwekt die Christoph heette en in Düsseldorf woonde? Ja of nee?'

'Nee.'

'Hoe kan dat, verdomme?'

'Alec liet weinig los over zichzelf.'

'Behalve tegen jou, klaarblijkelijk. Heb je hem ontmoet?'

'Wie?'

'Christoph. Niet Alec. Christoph. Volgens mij houd je je weer opzettelijk van den domme.'

'Ik houd helemaal niks, en het antwoord luidt *nee*, ik heb Christoph Leamas nooit gezien,' antwoordde ik, want waarom zou ik hem de waarheid gunnen? En terwijl hij nog bezig is dat te verwerken: 'Ik vroeg je waar Smiley is.'

'En die vraag heb ik genegeerd, zoals je wellicht hebt gemerkt.'

Een pauze waarin we allebei wachtten tot we onszelf weer onder controle hadden en Laura chagrijnig uit het raam staarde.

'*Christoph*, zoals we hem mogen noemen,' vervolgde Bunny op lusteloze toon, 'heeft zo zijn talenten, Peter, al liggen die op het criminele of bijna-criminele vlak. Misschien zit het toch in de genen. Toen hij had vastgesteld dat zijn biologische vader bij de Berlijnse Muur was gestorven aan de Oost-Duitse kant, wist hij zich, hoe weten we niet maar petje af, toegang te verschaffen tot een voorraad naar verluidt verzegelde Stasi-archieven en kwam hij met drie belangrijke namen op de proppen. Die van jou, die van wijlen Elizabeth Gold en die van George Smiley. Binnen enkele weken was hij Elizabeth op het spoor en vervolgens via het kadaster ook haar dochter. Er werd een afspraak gemaakt. Het onwaarschijnlijke paar kreeg een band – in hoeverre gaat ons niets aan. Samen raadpleegden ze een van die bewonderenswaardig nobele mensenrechtenadvocaten op sandalen die een nagel aan de doodskist van deze Dienst zijn. Op onze beurt hebben wij de eisers een vermogen aan belastinggelden aangeboden in ruil voor hun stilzwijgen maar we weten maar al te goed dat we hen daarmee sterken in de gedachte dat ze een deugdelijke zaak hebben en hen zo aansporen nog feller te reageren dan ze nu al doen. "Val dood met je geld, jullie baarlijke duivels. De geschiedenis moet kunnen spreken. Het kankergezwel moet worden weggesneden. Er moeten koppen rollen." De jouwe, bijvoorbeeld, vrees ik.'

'En die van George ook, mag ik aannemen.'

'Derhalve worden wij geconfronteerd met de bespottelijke shakespeareaanse premisse waarbij de geesten van twee slachtoffers van een demonisch complot van het Circus in de gedaante van hun nakomelingen herrijzen om ons aan te klagen. Tot dusverre zijn we erin geslaagd de media in toom te houden door te laten blijken dat, – enigszins bezijden de waarheid maar wat doet dat ertoe – als het parlement een stapje opzijzet om baan te maken voor een gerechtelijke procedure, de zaak die fatsoenlijk achter de gesloten deuren van een *geheim* gerechtshof zal worden behandeld en dat alleen wij bepalen wie daar toegang toe krijgt. De eisers, zoals altijd opgestookt door hun knap irritante advocaten, zeggen: 'Krijg de klere, wij willen openheid van zaken, wij willen volledige openbaarmaking.' Jij vroeg, enigszins argeloos, hoe de Stasi aan jullie namen was gekomen. Van de Moskouse Centrale uiteraard, die ze netjes heeft doorgegeven aan de Stasi. En hoe kwam de Moskouse Centrale aan jullie namen? Van deze Dienst uiteraard, opnieuw met dank aan de immer toegewijde Bill Haydon, die toentertijd een buitengewoon grote vrijheid genoot en voorbeschikt was die nog zes jaar te houden, totdat Sint-George op zijn witte paard kwam aanrijden en hem uitrookte. Heb je nog contact met hem?'

'Met George?'

'Met George.'

'Nee. Waar is hij?'

'En heb je dat de laatste jaren ook niet gehad?'

'Nee.'

'Wanneer heb je dan voor het laatst contact met hem gehad?'

'Acht jaar geleden. Tien.'

'Vertel.'

'Ik was in Londen. Ik heb hem opgezocht.'

'Waar?'

'In Bywater Street.'

'Hoe ging het met hem?'

'Goed hoor.'

'We zoeken hem hier, we zoeken hem daar. De eigenzinnige Lady Ann? Met haar heb je ook geen contact meer? *Contact* puur in de overdrachtelijke betekenis, vanzelfsprekend.'

'Nee. En ik heb ook geen behoefte aan die insinuatie.'

'Tja, ik heb je paspoort nodig.'

'Waarvoor?'

'Hetzelfde dat je beneden aan de receptiebalie hebt getoond, alsjeblieft. Je Britse paspoort' – hand uitgestrekt boven de borstwering.

'Waarom in hemelsnaam?'

Ik gaf het hem toch maar. Wat kon ik anders? Er met hem om vechten?

'Is dit alles?' – terwijl hij het document aandachtig doorbladerde. 'Je hebt in jouw tijd een hele zooi paspoorten gehad, onder diverse dekmantels. Waar zijn die nu allemaal?'

'Ingeleverd. Versnipperd.'

'Jij hebt een dubbele nationaliteit. Waar is je Franse paspoort?'

'Ik had een Britse vader, ik heb als Brit gediend, de Britse nationaliteit is voor mij goed genoeg. Mag ik nu mijn paspoort terug, alsjeblieft?'

Maar het is al onder de borstwering verdwenen.

'Zeg, Laura. Nu *jij* weer,' zei Bunny, alsof hij haar opnieuw ontdekte. 'Kunnen we een beetje dieper ingaan op die schuilflat van Windfall, alsjeblieft?'

Het is voorbij. Ik heb gestreden tot de laatste leugen. Ik ben dood en zit zonder munitie.

***

Laura bestudeert opnieuw papieren beneden mijn gezichtsveld, en ik doe mijn best de zweetdruppels te negeren die langs mijn ribbenkast glijden.

'Tja, ach, schuilflat *en hoe*, Bunny,' beaamt ze terwijl haar hoofd vol verrukking weer opduikt. 'Een speciale schuilflat uitsluitend bedoeld voor Windfall, en dat is ongeveer de complete taakomschrijving. Gelegen binnen de grenzen van de Londense binnenstad, alsmede een verklaring dat genoemde flat als dekmantel de naam de Stal zal dragen en dat er een door Smiley aan te wijzen vaste huishoudster zal worden aangesteld. En dat is zo'n beetje alles wat wij hebben.'

'Begint er misschien achteraf toch een belletje te rinkelen?' vraagt Bunny.

Ze wachten. Ik wacht ook. Laura vervolgt haar privégesprek met Bunny.

'Het is alsof Control zelfs niet wilde dat Lacon zou weten waar die flat was, of wie erop paste, Bunny. Hetgeen me, gezien Lacons machtspositie bij Financiën en zijn diepgaande kennis van andere sectoren van het Circusbedrijf, enigszins paranoïde van Control voorkomt, maar wie zijn wij om kritiek uit te oefenen?'

'Voorwaar wie? Stal als in veeg hem schoon?' vraagt Bunny, een en al nieuwsgierigheid.

'Ik neem aan van wel,' zegt ze.

'Heeft Smiley dat verzonnen?'

'Vraag maar aan Pete,' oppert ze behulpzaam.

Maar Pete, hoezeer ik het ook betreur, is nog dover geworden dan hij al voorwendt te zijn.

'En het *goede* nieuws is' – opnieuw Bunny tegen Laura – 'dat die schuilflat van Windfall nog steeds bestaat! Want of het nu met opzet is of uit pure nalatigheid, en ik *vermoed* het laatste, is de Stal op de privébegroting van niet minder dan vier *achtereenvolgende* Controls blijven staan. En daar staat hij *nu* nog. En onze hoogsteigen bovenste verdieping weet niet eens dat die Stal bestaat, laat staan waar hij is. Nog grappiger is, in deze tijden van soberheid, dat het bestaan ervan niet eens door ons brave ministerie van Financiën ter discussie is gesteld. Ze hebben het jaar na jaar stilzwijgend laten voortbestaan, de lieverds.' Hij zegt homofoob snerend: '*Te geheim om te vragen, schatjes. Teken op de stippellijn en zeg niks tegen Mammie.* Het is een gehuurd pand en we hebben geen flauw idee wanneer het huurcontract verloopt, op wiens naam het staat of welke gulhartige klootzak voor de vaste lasten dokt.' En tegen mij op dezelfde meedogenloze toon: 'Peter. Pierre. Pete. Je bent buitengewoon stil. Vertel het ons, alsjeblieft. Wie *is* die gulhartige klootzak?'

Als je in een hoek wordt gedreven, als je alle trucs in je kluisje hebt geprobeerd en ze niet hebben gewerkt, zijn er nog maar weinig manieren over om je eruit te draaien. Je kunt een verhaal binnen het verhaal opdissen. Dat had ik gedaan en het had niet gewerkt. Je kunt een tipje van de sluier oplichten en hopen dat het daarbij blijft. Dat had ik ook gedaan maar daar was het niet bij gebleven. Dus accepteer je dat je aan het einde van je Latijn bent gekomen, en dat het enige wat je nog kunt doen is dapper zijn, de waarheid vertellen, of net genoeg om mee weg te komen, en een paar schouderklopjes verdienen omdat je een brave jongen bent geweest – wat me allemaal een heel onwaarschijnlijke afloop leek, maar misschien kreeg ik tenminste mijn paspoort ermee terug.

***

'George had een soort privé-advocaat,' zeg ik, terwijl ik de zondige opluchting van de biecht in weerwil van mezelf voelde ontwaken. 'Die ene die jij chichi noemt. Een ver familielid van Ann. Hij of zij stemde erin toe als buffer te fungeren. Het is geen schuilflat, het is een schuilhuis van drie verdiepingen, en het werd gehuurd door een op de Nederlandse Antillen gevestigde holding.'

'Gesproken als een held' – Bunny, goedkeurend – 'en de schuilhuishoudster?'

'Millie McCraig. Een voormalige agent van George. Ze had al eerder een huis voor hem gerund. Wist van wanten. Toen Windfall van wal stak, beheerde zij een Circus-schuilhuis voor Stuur in het New Forest. Camp 4 heette dat. George zei haar dat ze ontslag moest nemen en dan opnieuw moest solliciteren bij Geheim. Hij plaatste haar over naar het reptielenfonds en installeerde haar in de Stal.'

'En mogen we nu ook weten waar die te vinden is?' – nog steeds Bunny.

Dus gaf ik hun ook het adres, compleet met het telefoonnummer van de Stal dat zo soepel van mijn tong rolde dat het leek alsof het al die tijd al had gepopeld om tevoorschijn te komen. Toen volgde er een soort opvoering waarbij Bunny en

Laura een geul creëerden tussen de dossiers op de tafel tussen ons in, en Bunny plantte een telefoon met een brede onderkant en een reusachtig aantal knoppen waar ik geen wijs uit kon worden in het gat tusen ons op de tafel, en gaf na in een razend tempo een aantal toetsen te hebben ingedrukt, de hoorn aan mij.

Met eentiende van de snelheid van Bunny toetste ik het telefoonnummer van de Stal in en hoorde tot mijn schrik de kiestoon door de hele ruimte schallen, wat in mijn schuldig oor niet alleen bijzonder onveilig was, maar ook een vertoon van regelrecht verraad leek, alsof ik in één klap was verlinkt, gevangengenomen en overgelopen. De telefoon ging loeiend over. We wachtten. Nog steeds geen reactie. En ik dacht dat Millie naar de kerk moest zijn, want daar was ze heel vaak, of dat ze een fietstochtje maakte of dat ze een stuk minder beweeglijk was dan vroeger, net als wij allemaal. Maar het ligt meer voor de hand dat ze dood en begraven is, want ze mocht nog zo mooi en onbereikbaar zijn, ze was wel minstens vijf jaar ouder dan ik.

Het gerinkel hield op. Er klonk wat geruis en ik vermoedde dat we automatisch werden verbonden met een antwoordapparaat. Toen hoorde ik Millies stem, dezelfde stem, hetzelfde scherpe puriteinse Schotse misprijzen dat ik nadeed om George aan het lachen te maken als hij wat somber gesteld was:

'*Ja? Hallo?*' – en toen ik aarzelde – 'Wie *is* daar, alstublieft?' – verontwaardigd, alsof het middernacht was in plaats van zeven uur 's avonds.

'Ik ben het, Peter Weston, Millie,' zei ik. En als extraatje voegde ik er nog Smileys alias aan toe: 'Een vriend van meneer Barraclough, als je je dat nog herinnert.'

Ik verwachtte, hoopte zelfs, dat Millie McCraig voor één keer in haar leven tijd nodig zou hebben om zoiets te verwerken, maar ze reageerde zo bijdehand dat ik, en niet zij, verbouwereerd was.

'Meneer *Weston*?'

'In eigen persoon, Millie, niet zijn schaduw.'

'Wilt u zich alstublieft identificeren, meneer Weston.'

Me identificeren? Had ik haar niet net twee schuilnamen gegeven? Toen begreep ik het: ze wil mijn *tikjes*. Dat was een of andere duistere gecodeerde communicatie die vaker via het Moskouse telefoonnet werd gebruikt dan via dat van Londen, maar Smiley had er in onze duisterste tijden op gestaan. Dus pakte ik een bruin houten potlood dat voor me op tafel lag en boog me, terwijl ik me volstrekt belachelijk voelde, over Bunny's ongelooflijk ingewikkelde toestel en tikte mijn duizend jaar oude tikjescode op de luidspreker in de hoop dat dat hetzelfde effect zou hebben als wanneer ik tegen het mondstuk had getikt, drie tikjes, even wachten, een tikje, even wachten, twee tikjes. En dat had het klaarblijkelijk, want ik had mijn laatste tikje nauwelijks achter de rug of Millie was terug, een en al hartelijkheid en welwillendheid, terwijl ze zei hoe fijn ze het vond om mijn stem na al die jaren weer eens te horen, meneer Weston, en was er ook maar iets wat ze voor me kon doen?

Waarop ik had kunnen antwoorden: Tja, nu je er toch over begint, Millie, zou je zo vriendelijk willen zijn te bevestigen dat deze gebeurtenissen zich in de werkelijke wereld afspelen en niet in een of andere groezelige uithoek van de schemerwereld die is gereserveerd voor slapeloze spionnen uit een voorbij verleden?

4

Toen ik de voorgaande ochtend was aangekomen uit Bretagne had ik mijn intrek genomen in een troosteloos hotel in de buurt van Charing Cross Station en vooraf negentig pond neergeteld voor een kamer ter grootte van een lijkkoets. Op weg daar naartoe had ik ook een beleefdheidsbezoekje gebracht aan mijn oude vriend en voormalige joe Bernie Lavendar, Gerenommeerd Kleermaker voor het Corps Diplomatique, wiens snijkamers gesitueerd waren in een minuscuul souterrain in een zijstraat van Savile Row. Maar omvang had Bernie nooit belangrijk gevonden. Wat belangrijk voor hem was – en voor het Circus – was toegang krijgen tot de diplomatieke salons van Kensington Palace Gardens en St. John's Wood, en zijn steentje bijdragen voor Engeland, met daarnaast een bescheiden belastingvrij inkomen.

We omhelsden elkaar, hij liet het rolgordijn zakken en deed de knip op de deur. Omwille van de oude vriendschap paste ik een paar van zijn nooit afgehaalde werkstukken: jasjes en pakken gemaakt voor buitenlandse diplomaten die ze om onbekende redenen niet hadden afgehaald. En ten slotte vertrouwde ik hem, wederom in de geest van vroeger tijden, een dichte envelop toe die hij tot ik zou terugkeren in zijn brandkast moest stoppen. Daarin zat mijn Franse paspoort, maar als de plannen voor de landing op D-day erin hadden gezeten had Bernie het niet met meer ontzag kunnen hebben behandeld.

Nu ben ik teruggekomen om het op te halen.

'En hoe maakt meneer Smiley het tegenwoordig?' vraagt hij, zijn stem uit respect of uit een overdreven gevoel van geheimhouding gedempt. 'Hebben wij überhaupt nog iets van hem gehoord, meneer G?'

Dat hebben we niet. Bernie wel? Helaas, Bernie evenmin, dus behelpen we ons met gegniffel om Georges gewoonte om lange tijd te verdwijnen zonder te vertellen waarom.

Maar vanbinnen gniffelde ik niet. Zou het mogelijk kunnen zijn dat George *dood* was? En dat Bunny *wist* dat hij dood was en dat voor zich hield? Maar zelfs George kon niet in het geheim overlijden. En hoe zat het met Ann, zijn immer trouweloze echtgenote? Een tijdje geleden was mij ter ore gekomen dat ze, moe van al haar avontuurtjes, een modieuze liefdadigheidsorganisatie in de armen had gesloten. Maar of die relatie langer had geduurd dan die met haar voorgangers kon niemand zeggen.

Met mijn Franse paspoort weer in mijn zak begaf ik me naar Tottenham Court Road en schafte een aantal wegwerpmobieltjes aan met elk tien pond aan beltegoed. En, bij nadere overweging, de fles Schotse whisky die ik vergeten was te kopen op het vliegveld van Rennes, en waarschijnlijk zorgde die ervoor dat ik me goddank niets kan herinneren van de nacht die ik op de een of andere manier ben doorgekomen.

Na bij het krieken van de dag te zijn opgestaan heb ik een uur door de motregen gewandeld en onsmakelijk ontbeten in een broodjeszaak. Pas toen wist ik, met een gevoel van berusting doorspekt met ongeloof, de moed op te brengen een zwarte taxi te roepen en de chauffeur het adres te geven dat twee jaar lang het toneel was geweest van meer vreugde, stress en menselijk lijden dan enig andere plek in mijn leven.

***

In mijn herinnering was 13 Disraeli Street, alias de Stal, een armoedig, vervallen victoriaans hoekhuis in een zijstraat in Bloomsbury geweest. En tot mijn verwondering is dat het huis waar ik nu voor sta: onveranderd, halsstarrig, een permanente berisping van zijn blinkende, opgedirkte buren. Het is negen uur in de ochtend, het afgesproken tijdstip, maar de toegang is gevorderd door een slanke vrouw in een spijkerbroek, met leren jasje en op sneakers, die op giftige toon in haar mobiele telefoon praat. Ik wil net nog een blokje om lopen als ik besef dat ze Laura-die-Geschiedenis-is in een eigentijdse uitmonstering is.

'Goed geslapen, Pete?'

'Als een roos.'

'Op welke bel moet ik drukken zonder gangreen te krijgen?'

'Probeer Ethiek.'

Ethiek was Smiley's eigen keuze voor de minst aanlokkelijke deurbel die hij kon bedenken. De voordeur zwaaide open en daar in het halfduister stond de geest van Millie McCraig, haar ooit ravenzwarte haar even wit als het mijne, haar atletische lichaam gekromd door ouderdom; maar hetzelfde vurige licht brandde in de vochtige blauwe ogen toen ze me één luchtzoen op elke zuinige Keltische wang toestond.

Laura liep ons voorbij de gang in. De twee vrouwen stelden zich tegenover elkaar op als boksers voor de match, terwijl ik door zulke onstuimige gevoelens van herkenning en wroeging werd overmand dat ik het liefst terug de straat op was geglipt, de deur achter me had gesloten en had gedaan alsof ik hier nooit was geweest. Wat ik om me heen zag zou de stoutste dromen van de meest veeleisende archeoloog hebben overtroffen:

een nauwgezet bewaard gebleven grafkamer, de zegels nog intact, opgedragen aan Operatie Windfall en allen die waren meegevaren, compleet met alle oorspronkelijke kunstvoorwerpen, van mijn pizzabezorgersuitrusting aan zijn haakje tot Millie McCraigs kaarsrechte damesfiets, zelfs in zijn eigen tijd al een ouderwets model, met rieten mandje, rinkelbel en kunstleren fietstas, op zijn standaard in de gang.

'En wilde u hier nog wat rondkijken?' zegt Millie tegen Laura, met dezelfde onverschilligheid waarmee ze dat tegen een eventuele koper zou zeggen.

'Er is een achterdeur,' zegt Laura tegen Millie, terwijl ze een plattegrond van het gebouw tevoorschijn haalt; en waar heeft ze *die* in hemelsnaam vandaan?

We staan bij de glazen keukendeur. Onder ons een tuin ter grootte van een zakdoek, en in het midden Millies moestuintje. Oliver Mendel en ik hebben daar de eerste aanzet toe gegeven. Er hangt niets aan de waslijn, maar Millie wist dat we zouden komen. Het vogelhuisje, nog hetzelfde. Mendel en ik hadden het ooit midden in de nacht samen van restjes hout in elkaar geflanst. Mendel had het, onder mijn enigszins aangeschoten leiding, opgesmukt met een bordje waar we de tekst *Elke vogel welkom* in hadden gebrand. En daar stond het, zo trots en fier als op de verjaardag die het had gevierd. Een tegelpad voert slingerend tussen de groenteperkjes door naar het tourniquet dat op zijn beurt toegang biedt tot het privéparkeerterrein dat uitkomt op de zijstraat. George zou een schuiladres zonder achteringang nooit hebben goedgekeurd.

'Komt er wel eens iemand langs die weg binnen?' vraagt Laura.

'Control,' antwoord ik, om Millie de noodzaak te antwoorden te besparen. 'Die zou nog niet door de voordeur zijn binnengekomen als zijn leven ervan afhing.'

'En de rest van jullie?'

'Kwam door de voordeur. Zodra Control had besloten dat de achterdeur van hem was, werd die zijn privélift.'

Wees gulhartig met kleinigheden, druk ik mezelf op het hart. Houd het overige opgesloten in je geheugen, en gooi de sleutel weg. De volgende halte die ze aandoet is de houten wenteltrap, een replica in het klein van elke groezelige trap in het Circus. We staan op het punt naar boven te gaan als er, begeleid door het getingel van een belletje, een kat verschijnt: een groot, zwart, langharig boosaardig uitziend beest met een rode halsband. Hij gaat zitten, gaapt en staart naar ons. Laura kijkt terug en wendt zich vervolgens tot Millie.

'Staat zij ook op de begroting?'

'Zij is een hij en ik betaal zelf voor hem, zo is het maar net.'

'Heeft hij een naam?'

'Ja.'

'Maar die is geheim?'

'Ja.'

Met Laura voorop en de kat behoedzaam volgend, stijgen we op naar de overloop en blijven stilstaan voor de met groen biljartlaken beklede deur met zijn combinatieslot. Daarachter bevindt zich de codeerkamer. Toen George de boel hier net gehuurd had was de deur van glas, maar Ben, de codeur, wilde zich niet op zijn vingers laten kijken, vandaar het biljartlaken.

'*Oké.* Wie kent de cijfercombinatie?' – Laura in akela-modus.

Omdat Millie opnieuw haar mond houdt, dreun ik met tegenzin de combinatie op: 21 10 05, de dag waarop de Slag bij Trafalgar plaatsvond.

'Ben had bij de Koninklijke Marine gezeten,' leg ik uit, maar als Laura de verwijzing begrijpt, dan laat ze daar niets van blijken.

Ze gaat op de draaistoel zitten en kijkt kwaad naar de rijen knoppen en schakelaars. Ze haalt een schakelaar over. Niets. Draait een knop om. Niets.

'De stroom is er al die tijd al af,' mompelt Millie tegen mij, niet tegen Laura.

Laura draait rond op Bens stoel en priemt een vinger naar een groene in de muur ingebouwde Chubb-brandkast.

'*Oké*. Is er een sleutel van dat ding?'

Dat ge-oké begint me op mijn zenuwen te werken. Net als dat ge-Pete. Van een bos die aan een riem om haar middel hangt kiest Millie een sleutel. Het slot draait om, de deur van de brandkast zwaait open, Laura kijkt erin en veegt met een maaiende beweging van haar arm de inhoud op de kokosmat; codeboeken met Uiterst Geheim en Geheimer, potloden, gevoerde enveloppen, verschoten oude blocnotes per dozijn in cellofaan verpakt.

'We laten alles zoals het is, oké?' kondigt ze aan terwijl ze zich weer naar ons toekeert. 'Niemand raakt ook maar ergens iets aan. Begrepen? Pete? Millie?'

Ze is halverwege de volgende trap als Millie met een 'Neem mij *niet* kwalijk!' stokstijf stil blijft staan.

'Bent u toevallig van plan mijn privévertrekken te betreden?'

'En als ik dat zou zijn?'

'U mag mijn appartement en persoonlijke bezittingen inspecteren, vooropgesteld dat ik daar bijtijds en van tevoren op schrift en ondertekend door de bevoegde autoriteit op het Hoofdkantoor bericht van krijg,' verkondigt Millie in één toonloze zin, die ze naar ik vermoed heeft gerepeteerd. 'Zolang dat niet het geval is, zou ik u willen verzoeken mijn bij mijn leeftijd en status behorende persoonlijke privacy te eerbiedigen.'

Waarop Laura reageert met een enormiteit waaraan zelfs Oliver Mendel zich op een mooie dag niet zou hebben gewaagd:

'Hoezo dan, Mill? Heb je daarboven iemand verstopt?'

***

De geheime kat is vertrokken. We staan in de Middenkamer, die zo heet sinds de dag waarop Mendel en ik de oude hardboard tussenschotten weghaalden. Als je vanaf de straat naar binnen keek, zag je op de begane grond niet meer dan een morsig raam met vitrage ervoor. Maar aan de binnenkant was geen venster, want op een ondergesneeuwde zaterdagmiddag in februari hebben we het dichtgemetseld en daarmee de kamer in eeuwige duisternis gehuld totdat je de met groene kappen getooide pokerspelerslampen aandeed die we in een winkel in Soho hadden gekocht.

In het midden stonden twee zware victoriaanse bureaus, het ene van Smiley, het andere – maar slechts zo nu en dan – van Control. Waar ze vandaan kwamen was een raadsel gebleven tot Smiley ons op een avond bij een glas whisky vertelde dat een neef van Ann een buitenhuis in Devon aan het verkopen was om successierechten te betalen.

'Wat in de naam van alles wat heilig is, is dát weerzinwekkende ding?'

Laura's blik is, niet tot mijn verrassing, op de felgekleurde wandkaart van negentig bij zestig centimeter gevallen die achter Controls bureau hangt. Weerzinwekkend? Niet in mijn ogen. Maar levensbedreigend, dat zeker. Voor ik goed en wel wist wat ik deed had ik de wandelstok van essenhout gepakt die over de rugleuning van Controls stoel hing en was ik begonnen aan een uitleg die niet bedoeld was om inzicht te verschaffen maar om de aandacht af te leiden.

'Dit gedeelte *hier*, Laura' – zwaaiend met de stok naar een doolhof van gekleurde strepen en schuilnamen dat deed denken aan een krankzinnige plattegrond van de Londense metro – 'is een zelfgemaakt overzicht van het Oost-Europese netwerk van het Circus, codenaam Mayflower, zoals het ervoor stond voor Operatie Windfall werd opgezet. Hier hebben we de grote man in eigen persoon, de bron Mayflower, bedenker, stichter, vormgever en spil van de operatie, hier zijn hulpbronnen, en hier, in volgorde van afnemend belang, *hun* hulpbronnen, bewust of onbewust, met een beknopte beschrijving van hun handelswaar, de waarde daarvan op de markt in Whitehall, en onze eigen interne inschatting van de betrouwbaarheid van de bronnen en hulpbronnen op een schaal van een tot tien.'

Waarna ik de stok weer terughing over de stoelleuning. Maar Laura leek lang niet zo afgeleid of in verwarring gebracht als ik had gewild. Ze bestudeerde de schuilnamen op de kaart een voor een en vinkte ze af. Achter me verlaat Millie stilletjes de kamer.

'Nu weten we toevallig wel een *paar* dingen over Operatie Mayflower,' verklaarde Laura op superieure toon. 'Uit de enkele dossiers die jullie zo vriendelijk waren achter te laten in het algemene archief. Plus uit een paar bronnen van onszelf.' En na dat te hebben laten bezinken: 'Waarom is trouwens iedereen naar een tuinplant genoemd?'

'Och ja, dat is uit de tijd dat we gebruikmaakten van *thema's*, Laura,' antwoordde ik, waarbij ik mijn uiterste best deed om de laatdunkende toon te handhaven. 'Mayflower, bloemen dus, niet het schip.'

Maar ik was haar opnieuw kwijt.

'En wat hebben in jezusnaam die *sterretjes* te betekenen?'

'Vonken, Laura. Geen sterretjes. Symbolische vonken. Voor de gevallen waarin agenten in het veld zijn uitgerust met radiozenders. Rood voor actief, geel voor verstopt.'

'*Verstopt*?'

'Begraven. Meestal in wasdoeken.'

'Als ik iets *verberg*, dan *verberg* ik het, oké?' laat ze me weten, nog steeds de schuilnamen afspeurend. 'Ik *verstop* niet. Ik spreek geen spionnentaal en ik ben geen jongensclub. Wat hebben die *plustekens* trouwens te betekenen?' – en ze plant de top van haar vinger op de cirkel rond een hulpbron en laat hem daar.

'Dat zijn eigenlijk geen *plustekens*, Laura. Dat zijn *kruisen*.'

'Bedoel je dat het kruisridders zijn? Betreft het *kruisigingen*?'

'Ik bedoel dat ze zijn gedeactiveerd.'

'Hoe?'

'Verraden. Met pensioen. Allerlei redenen.'

'Wat is er met deze man gebeurd?'

'Codenaam Violet?'

'Ja. Wat is er met Violet gebeurd?'

Wilde ze me in een hoek drijven? Ik begon het te vermoeden.

'Vermist, vermoedelijk doorgeslagen. Standplaats Oost-Berlijn van 1956 tot 1961. Leidde een team van treinsurveillanten. Staat allemaal in de cirkel' – waarmee ik bedoelde, je kunt toch lezen.

'En deze vent? Tulip?'

'Tulip is een vrouw.'

'En de hashtag?'

Heeft ze al die tijd gewacht om haar vinger op de plek te leggen waar hij zich nu bevindt?

'De hashtag, zoals jij het noemt, is een *symbool*.'

'Dat had ik geloof ik al begrepen. Wat is daarmee?

'Tulip was een Russisch-orthodoxe bekeerling. Dus hebben ze haar een Russisch-orthodox kruis gegeven.' Mijn stem rotsvast terwijl zij verdergaat.

'Wie heeft dat gedaan?'

'De vrouwen. De twee ervaren secretaresses die hier werkten.'

'Kreeg elke spion met een geloof een kruis?'

'Die orthodoxie van Tulip was deel van haar motivatie om voor ons te werken. Het kruis gaf dat aan.'

'Wat is er met haar gebeurd?'

'Van onze beeldschermen verdwenen, helaas.'

'Jullie hadden geen beeldschermen.'

'Wij namen aan dat ze had besloten de handdoek in de ring te gooien. Sommige joe's doen dat. Die verbreken het contact en verdwijnen.'

'Haar echte naam luidde *Gamp*, is het niet? Vamp maar dan met een G. Doris Gamp?'

Dit is beslist geen plotselinge aanval van misselijkheid. Mijn maag speelde zeer zeker niet op.

'Waarschijnlijk. Gamp. Ja, ik geloof dat ze zo heette. Het verbaast me dat jij dat weet.'

'Misschien heb je niet genoeg dossiers gestolen. Was het een zwaar verlies?'

'Wat?'

'Haar besluit om de handdoek in de ring te gooien.'

'Ik weet niet of ze haar besluit wel heeft *aangekondigd*. Ze is gewoon opgehouden. Maar ja, op de lange duur was het zeker een verlies. Tulip was een belangrijke bron. Substantieel. Ja.'

Te veel? Te weinig? Te luchtig? Ze denkt erover na. Te lang.

'Ik dacht dat je geïnteresseerd was in Windfall,' breng ik haar in herinnering.

'O we zijn overal in geïnteresseerd. *Windfall* is maar een voorwendsel. Wat is er met Millie gebeurd?'

Millie? Aha, Millie. Niet Tulip. Millie.

'Wanneer?' vraag ik onnozel.

'Nu net. Waar is ze heen?'

'Naar haar flat boven, waarschijnlijk.'

'Zou jij haar even terug willen fluiten, alsjeblieft? Ze heeft de pest aan mij.'

Maar als ik de deur opendoe, staat Millie daar te wachten met haar sleutels. Laura beent langs haar heen en struint met de kaart in haar hand de gang door. Ik blijf even waar ik ben.

'Waar is George?' mompel ik in Millies oor.

Ze schudt haar hoofd. Ik weet het niet? Of: vraag het niet?

'Sleutels, Millie?'

Millie opent braaf de dubbele deuren naar de bibliotheek. Laura doet een stap naar voren en vervolgens slapstickachtig twee stappen achteruit terwijl ze de daarbij horende kreet *Nondeju!* slaakt op zo schrille toon dat het de doden in het Brits Museum moet hebben gewekt. Met een verbijsterde blik loopt ze af op de gelederen lijvige oude boeken die in dichte rijen op de planken van de vloer tot aan het plafond staan. Behoedzaam maakt ze een eerste keuze, deel 18 van een onvolledige dertigdelige uitgave van de *Encyclopaedia Britannica*, gepubliceerd in 1878. Ze slaat het open, slaat vol ongeloof een paar bladzijden om, kwakt het op een bijzettafel en trakteert zichzelf nu op *Treks Through Araby and Beyond*, uitgegeven in 1908, ook deel van een onvolledige serie en geprijsd op, wat ik me om onverklaarbare redenen herinner, vijf shillings en sixpence per deel, een pond voor de hele zooi, nadat Mendel bij de verkoper had afgedongen.

'Zou je me willen vertellen wie deze troep leest? Of las?' – weer tegen mij.

'Iedereen die toegang had tot Windfall en daar een geldige reden voor had.'

'En *wat* betekent dat?'

'Dat betekent,' antwoord ik met alle waardigheid die ik bijeen kan schrapen, 'dat George Smiley van mening was dat, omdat we niet gezegend waren met een gepantserde vesting aan de Theems, natuurlijke camouflage beter was dan fysieke bescherming. En dat, waar getraliede vensters en een stalen brandkast een open uitnodiging zouden zijn aan iedere struikrover in de regio om in te breken, de dief nog geboren moest worden die een ideale buit zou zien in een container vol...'

'Laat het me gewoon zien, oké? Wat jullie ook maar hebben gestolen. Wat hier ook opgeslagen mag wezen.'

Ik plaats een bibliotheektrap voor een open haard vol met Millies droogbloemen, ik pak van de bovenste plank een exemplaar van *A Layman's Guide to the Science of Phrenology*, door Henry J. Ramken, MA (Cambridge), en haal uit het uitgeholde binnenste een vaalgele map. Ik overhandig Laura de map, zet Sir Henry terug op zijn plank en daal af naar vaste grond waar ik haar zittend op de armleuning van een bibliotheekstoel aantref terwijl ze haar buit nauwkeurig bekijkt; en Millie is opnieuw in geen velden of wegen te bekennen.

'Ik heb hier een *Paul,*' zegt Laura beschuldigend. 'Wie is Paul in het dagelijks leven?'

Ditmaal ben ik minder succesvol in het beheersen van mijn tonale reacties:

'Hij heeft geen *dagelijks leven*, Laura. Hij is dood. *Paul*, op zijn Duits uitgesproken, was een van de diverse schuilnamen waarvan Alec Leamas zich bediende tegenover zijn joe's.' Iets te laat wist ik er nog losjes aan toe te voegen: 'Hij wisselde ze af. Had weinig vertrouwen in de wereld. Nou ja, weinig vertrouwen in de Gezamenlijke Stuurgroep, beter gezegd.'

Ze is geïnteresseerd maar wil dat niet toegeven. 'En dit zijn dus *alle* dossiers? De hele mikmak. Alles wat jullie hebben gestolen is hier bijeen, verstopt in deze oude boeken? Ja?'

Ik ben maar al te blij dat ik haar uit de droom kan helpen: 'Bij lange na niet *alles*, Laura, vrees ik. Het was Georges beleid om zo weinig mogelijk te bewaren. Alles wat kon worden gemist werd versnipperd. We versnipperden, vervolgens verbrandden we de snippers. De wet van George.'

'Waar is de versnipperaar?'

'Die staat daar in de hoek.'

Ze had hem over het hoofd gezien.

'En waar heb je ze verbrand?'

'In die haard.'

'Heb je aktes van vernietiging bewaard?'

'Dan hadden we die aktes van vernietiging ook weer moeten vernietigen, nietwaar?'

Terwijl ik me nog steeds verkneuter over mijn kleine overwinning, verplaatst haar blik zich naar de donkerste en verste hoek van de kamer, waar twee langwerpige foto's van staande mannen naast elkaar hangen. En ditmaal slaakt ze geen kreet van 'nondeju' of enige andere uitroep, maar loopt er met trage passen naartoe alsof ze bang is dat ze weg zullen vliegen.

'En deze schoonheden?'

'Josef Fiedler en Hans-Dieter Mundt. Respectievelijk Hoofd en Plaatsvervangend Hoofd van het Operationele Directoraat van de Stasi.'

'Ik neem die ene links.'

'Dat is Fiedler.'

'Signalement?'

'Duits Joods, enige overlevende zoon van academici die stierven in het concentratiekamp. Studeerde geesteswetenschappen in Moskou en Leipzig. Op latere leeftijd toegetreden tot de Stasi. Vlotte jongen, intelligent, heeft gloeiend de pest aan de man die naast hem staat.'

'Mundt.'

'Via een proces van eliminatie, ja, Mundt,' beaam ik. 'Voornaam Hans-Dieter.'

Hans-Dieter Mundt in een pak met een dubbele rij knopen en alle knopen dicht. Hans-Dieter Mundt met zijn moordenaarsarmen langs zijn zij, duimen omlaag, minachtend in de camera kijkend. Hij woont een executie bij. Zijn eigen. Die van iemand anders. Hoe dan ook, zijn gezichtsuitdrukking zal nooit veranderen, het litteken van de jaap aan de zijkant van zijn gezicht zal nooit verdwijnen.

'Hij was jouw doelwit, toch? De man op wie jouw maatje Alec Leamas werd afgestuurd om te liquideren, toch? Zij het dat Mundt in plaats daarvan Leamas liquideerde. Klopt?' Ze keert terug naar Fiedler. 'En Fiedler was jouw superbron? Toch? De ultieme geheime vrijwilliger. De binnenkomer die nooit binnenkwam. Alleen maar een stapel sensationele informatie op je drempel loosde, op de bel drukte en wegrende zonder zijn naam achter te laten. Steeds opnieuw. En je weet nog steeds niet zeker of hij jouw joe was, zoals jij hem noemt. Klopt dat?'

Ik haal even adem. 'Al het ongevraagde Windfall-materiaal dat we ontvingen wees in Fiedlers richting,' antwoord ik, zorgvuldig mijn woorden kiezend. 'We hebben ons zelfs afgevraagd of Fiedler voorbereidingen trof om over te lopen en eerst, zeg maar, eens een spierinkje uitgooide.'

'Omdat hij zo gloeiend de pest had aan Mundt? Mundt de ex-nazi die nooit helemaal tot inkeer kwam?'

'Dat zou een motief zijn geweest. In combinatie met, zo veronderstelden wij, het feit dat hij teleurgesteld was in de democratie, of het gebrek aan democratie zoals beoefend in de Duitse Democratische Republiek, de DDR. Dat het gevoel dat zijn communistische God hem wellicht had verlaten, bewaarheid werd. Er had een mislukte revolutie plaatsgehad in Hongarije, die de Sovjets behoorlijk gewelddadig de kop in hadden gedrukt.'

'Dank je. Ik geloof dat ik dat al wist.'

Natuurlijk wist ze dat. Zij is Geschiedenis.

Twee slonzige jongelui stonden in de deuropening, een mannelijk, een vrouwelijk. Mijn eerste ingeving was dat ze moesten zijn binnengekomen door de achterdeur, die geen bel had; en mijn tweede – een heel onwaarschijnlijke, dat geef ik toe – dat zij Karen, dochter van Elizabeth, en haar mede-eiser Christoph, zoon van Alec waren, die waren gekomen om een burgeraanhouding te verrichten. Laura hijst zich de bibliotheektrap op om extra gezag uit te stralen.

'Nelson. Pepsi. Zeg Pete eens even gedag,' beveelt ze.

Hallo, Pete.

Hallo, Pete.

Hallo.

'Goed zo. Luister, allemaal. Het pand wordt vanaf nu gezien als een plaats delict. Het is eveneens een *Circus*-terrein. De tuin ook. Elk velletje papier, dossier, stukje afval, alles wat er aan kaarten, prikborden aan de muren hangt, zich in de laden en op de boekenplanken bevindt, is eigendom van het Circus en mogelijkerwijs een gerechtelijk bewijsstuk, dat dient te worden gekopieerd, gefotografeerd en dienovereenkomstig te worden gedocumenteerd. Oké?'

Niemand zegt dat het niet oké is.

'*Pete* hier is onze *lezer*. Voor zijn leeswerk zal *Pete* hier in de bibliotheek worden geïnstalleerd. Pete zal lezen, hij zal worden geïnstrueerd en verhoord door het Hoofd Juridische Dienst en mijzelf. Door *niemand* anders.' Dan weer tot de slonzige jongelui: 'Jullie gesprekken met Pete zijn louter sociaal, oké? Ze zijn beleefd. Zij zullen op geen enkel moment gaan over het materiaal dat hij leest of de redenen dat hij het leest. Dat weten jullie allang, maar ik herhaal het zodat ook Pete het weet. Mocht een van jullie reden hebben om te veronderstellen dat Pete of Millie, abusievelijk of opzettelijk, probeert documenten of bewijsstukken van het Circusterrein te verwijderen dan waarschuwen jullie onmiddellijk de Juridische Dienst. Millie.'

Geen antwoord, maar ze staat nog steeds in de deuropening.

'Is jouw terrein – jouw appartement – ooit gebruikt – wordt het *nu* gebruikt – voor zaken die de Dienst betreffen?'

'Voor zover ik weet niet.'

'Bevindt zich op jouw terrein apparatuur van de Dienst? Camera's? Afluisterapparatuur? Geheimschriftmaterialen? Dossiers? Documenten? Officiële correspondentie?'

'Nee.'

'Schrijfmachine?'

'Mijn eigen. Door mijzelf aangeschaft, met mijn eigen geld betaald.'

'Een elektrische?'

'Een Remington, niet elektronisch.'

'Radiozendapparatuur?'

'Alleen een gewone radio. Mijn radio. Door mijzelf gekocht.'

'Bandrecorder?'

'Voor radioprogramma's. Door mijzelf gekocht.'

'Computer? iPad? Smartphone?'

'Alleen een gewone telefoon, dat is alles.'

'Millie, je hebt zojuist je vooraankondiging gehad. Schriftelijke bevestiging is op de bus gedaan. Pepsi. Jij gaat Millie *nu* begeleiden naar haar appartement, oké?' Millie, wil jij Pepsi voorzien van alles wat ze nodig mocht hebben. Ik wil dat de woning centimeter voor centimeter wordt afgespeurd. Pete.'

'Laura.'

'Hoe herken ik de actieve boeken op deze planken?'

'Alle kwarto boeken op de bovenste planken met achternamen van de auteurs van A tot F moeten papieren bevatten, als die tenminste niet zijn vernietigd.'

'Nelson. Jij blijft hier in de bibliotheek tot het team er is. Millie.'

'Wat nu weer?'

'Die fiets in de gang. Verplaats die, alsjeblieft. Hij staat in de weg.'

***

Gezeten in de Middenkamer zijn Laura en ik voor het eerst alleen. Ze heeft me Controls stoel aangeboden. Ik heb liever die van Smiley. Zij heeft zich die van Control toegeëigend en hangt er scheef onderuit in, ter eigener ontspanning of om mij een plezier te doen.

'Ik ben jurist. Oké? En een verdomd goeie ook. Eerst had ik een privépraktijk, toen werd ik bedrijfsjurist. Toen kreeg ik de schurft in en heb ik gesolliciteerd bij jullie kliek. Ik was jong en mooi en dus gaven ze me Geschiedenis. Sindsdien ben ik altijd Geschiedenis gebleven. Elke keer dat het verleden de Dienst in zijn kont dreigt te bijten, is het *haal Laura erbij*. En geloof me, Windfall ziet eruit als een flinke beet.'

'Dat moet je geweldig deugd doen.'

Als ze de ironie in mijn stem al opmerkt, negeert ze die.

'En wat we van *jou* willen, hoe oubollig dat ook mag klinken, is de hele waarheid en niets dan de waarheid, en met je loyaliteit jegens Smiley of wie dan ook kun je de boom in. Oké?'

Helemaal niet oké, dus wat heeft het voor zin dat te zeggen?

'Zodra we de waarheid kennen, weten we hoe we daaraan moeten sleutelen. Misschien ook in jouw voordeel, als onze belangen overeenkomen. Het is mijn taak om te voorkomen dat de pleuris uitbreekt. Dat wil jij toch ook, oké? Geen schandalen, hoe historisch ook. Die zorgen voor verwarring en leiden tot onaangename vergelijkingen met onze eigen tijden. Een Dienst moet het hebben van zijn reputatie en zijn aantrekkelijkheid. Uitlevering, foltering, stiekeme onderonsjes in het schuurtje met moordlustige psychopaten: dat is slecht voor het publieke imago, slecht voor de branche. We staan dus aan dezelfde kant, oké?'

Opnieuw lukt het me mijn mond te houden.

'Hier is dan het slechte nieuws. Het zijn niet alleen de spruiten van de slachtoffers van Windfall die ons bloed willen zien. Bunny was zo aardig het voorzichtig in te kleden om je gevoelens te sparen. Er is een zooi op aandacht beluste kamerleden die Windfall willen gebruiken als voorbeeld van wat er gebeurt als de big brother-samenleving de ruimte krijgt om uit de hand te lopen. De echte feiten van nu krijgen ze niet te pakken, geef ze dus maar geschiedenis.' En met groeiend ongeduld als ik blijf zwijgen: 'Eén ding kan ik je wel vertellen, Pete. Als we niet jouw volledige medewerking krijgen, dan zou dit wel eens...'

Ze wacht totdat ik de zin afmaak. In plaats daarvan laat ik haar wachten.

'En je hebt echt niets van hem gehoord, oké?' zegt ze ten slotte.

Het kost even voordat ik me realiseer dat ik op zijn stoel zit.

'Nee, Laura. Voor de zoveelste keer, ik heb niets van George Smiley gehoord.'

Ze leunt achterover en trekt een envelop uit haar achterzak. Eén gekmakend ogenblik denk ik dat die van George zal zijn. Elektronisch geprint. Geen watermerk. Geen menselijke hand.

Tijdelijk onderdak is voor je geregeld vanaf de dag van vandaag in flat 110B, Hood House, Dolphin Square, Londen, SW. Daarop zijn de volgende voorwaarden van toepassing.

Ik mag geen huisdieren houden. Het is onbevoegde derden verboden het pand te betreden. Ik word geacht in het pand aanwezig te zijn en me beschikbaar te houden tussen 22.00 uur en 07.00 uur, of de Juridische Afdeling van tevoren op de hoogte te stellen van mijn afwezigheid. Met het oog op mijn positie (niet nader omschreven) zal een huurtarief van vijftig pond per nacht op mijn pensioen worden ingehouden. Ik word niet aangeslagen voor gas, water en licht maar zal wel aansprakelijk worden gesteld voor eventuele diefstal of schade aan het pand.

De slonzige jongeling die Nelson heet steekt zijn hoofd om de hoek van de deur.

'Busje is er, Laura.'

De plundering van de Stal kan elk ogenblik beginnen.

5

Het begon donker te worden. Een herfstavond, maar naar Engelse begrippen zomers warm. Op de een of andere manier was er een einde gekomen aan mijn eerste dag in de Stal. Ik ging een tijdje lopen, dronk een whisky in een kroeg vol oorverdovende jongeren, pakte een bus naar Pimlico, stapte een paar haltes te vroeg uit en liep nog wat. Korte tijd later rees de verlichte kolos van Dolphin Square uit de mist voor me op. Vanaf het moment dat ik me achter de geheime vlag had geschaard had die plek me de koude rillingen bezorgd. Aan Dolphin Square had je in mijn tijd meer schuilflats per kubieke meter dan in welk gebouw op de planeet ook, en er was er geen een waar ik niet ooit een onfortuinlijke joe had geïnstrueerd of verhoord. Het was ook de plek waar Alec Leamas zijn laatste nacht in Engeland had doorgebracht als gast van de Moskouse spionnenwerver voordat hij begon aan de reis die hem zijn leven zou kosten.

Flat 110B in Hood House hielp bepaald niet mee om zijn geest te verjagen. Schuilflats van het Circus waren altijd al toonbeelden van opzettelijk gebrek aan comfort. Deze was een klassieker in zijn soort: één brandblusapparaat voor grootgebruikers, rood; twee hobbelige leunstoelen met kapotte vering, één reproductie van een aquarel van Lake Windermere; één minibar, op slot; één waarschuwing in blokletters dat roken verboden was ZELFS MET DE RAMEN OPEN; één heel groot televisietoestel dat, naar ik voetstoots aannam, twee kanten op kon kijken; en een bemoste zwarte telefoon waar geen nummer op stond en die, vermoedde ik, uitsluitend bedoeld was om desinformatie te verstrekken. En in het piepkleine slaapkamertje een keihard kostschoolbed, eenpersoons, om wellustig gedrag te ontmoedigen.

Ik deed de slaapkamerdeur dicht om het televisietoestel buiten te sluiten, pakte mijn weekendtas uit en keek om me heen op zoek naar een plek om mijn Franse paspoort te verstoppen. Een ingelijste instructie met WAT TE DOEN IN GEVAL VAN BRAND zat slordig op de badkamerdeur geschroefd. Ik draaide de schroeven los, schoof het paspoort in de ruimte erachter, draaide de schroeven weer vast, ging naar beneden en werkte een hamburger naar binnen. Terug in de flat trakteerde ik mezelf op een royaal glas whisky en probeerde een van de ongemakkelijke leunstoelen. Maar ik was nauwelijks ingedommeld of ik was alweer klaarwakker en broodnuchter, ditmaal in West-Berlijn in het jaar Onzes Heren negentienzevenenvijftig.

***

Het is vrijdag, einde van de dag.

Ik ben inmiddels een week in de verdeelde stad, en ik verheug me op een paar wellustige dagen en nachten in het gezelschap van een Zweedse journaliste die Dagmar heet, en op wie ik in een tijdsbestek van drie minuten tot over mijn oren verliefd ben geworden tijdens een cocktailparty bij de Britse Hoge Commissaris, die een dubbelrol vervult als Brits ambassadeur voor de eeuwig voorlopige West-Duitse regering in Bonn. Ik heb over een paar uur met haar afgesproken, maar ik heb besloten voor het zover is eerst nog even langs te gaan bij onze Standplaats Berlijn om mijn oude maatje Alec gedag te zeggen.

Onder het Olympisch Stadion van Berlijn, in een galmende barak van rode baksteen, ter meerdere glorie van Hitler gebouwd en ooit bekend als het Huis van de Duitse Sport, gaat de Standplaats dicht voor het weekend. Ik tref Alex aan in de rij voor het getraliede loket van de Administratie, waar hij op zijn beurt staat te wachten om een bakje geheime papieren in te leveren. Hij verwacht me niet, maar er is weinig wat hem nog verbaast, dus zeg ik ha die Alec, leuk je te zien, en Alec zegt o, ha, Peter, jij bent 't, wat voer jij hier in godsnaam uit? Dan, na een voor hem ongewone aarzeling, vraagt hij of ik plannen heb voor het weekend. En ik zeg, eerlijk gezegd wel. Waarop hij zegt, o, jammer, ik dacht dat je misschien met me mee zou willen komen naar Düsseldorf. En ik zeg waarom in hemelsnaam naar Düsseldorf? En hij aarzelt nog wat meer.

'Ik moet gewoon een keertje dat ellendige Berlijn uit,' zegt hij, met een weinig overtuigend onverschillig schouderophalen. En omdat hij schijnt te begrijpen dat ik mij hem, zelfs in mijn wildste dromen, nooit zou kunnen voorstellen als een terloopse toerist verklaart hij: 'Er is iemand die ik even moet spreken,' waaruit ik moet begrijpen dat hij een joe heeft om wie hij zich moet bekommeren, en dat ik voor hem in dat geval van nut zou kunnen zijn als aangever of als achtervanger of iets dergelijks. Maar dat is geen reden om Dagmar te laten zitten:

'Dat zal niet gaan, vrees ik, Alec. Een Scandinavische dame heeft behoefte aan mijn onverdeelde aandacht. En ik aan de hare.'

Daar denkt hij een poosje over na, maar niet op een manier die ik bij Alec vind passen. Het is alsof hij gekwetst is, of in verwarring. Aan de andere kant van het traliewerk maakt een administratiemedewerker ongeduldige gebaren. Alec overhandigt hem zijn papieren. De medewerker schrijft ze in.

'Een vrouw zou goed van pas komen,' zegt hij, zonder mij aan te kijken.

'Zelfs een vrouw die denkt dat ik voor het ministerie van Arbeid werk en op zoek ben naar Duits wetenschappelijk talent? Doe me een lol, zeg!'

'Neem haar mee. Ze vindt het vast leuk,' zegt hij.

En als je Alec net zo goed kende als ik, dan zou je weten dat dit dichter bij een kreet om hulp kwam dan je ooit uit zijn mond zou horen. In al die jaren dat we samen hadden gejaagd, met alle ups en downs, had ik nog nooit meegemaakt dat hij zich geen raad wist, tot nu toe. Dagmar heeft er wel oren naar, dus vliegen wij nog diezelfde avond met z'n drieën naar Helmstedt, regelen een auto, rijden naar Düsseldorf en nemen onze intrek in een hotel dat Alec kent. Tijdens het avondeten zegt hij nauwelijks een woord, maar Dagmar blijkt een geweldig sportieve tante te zijn, en weert zich geducht en we gaan vroeg naar bed en genieten van onze wellustige nacht waarbij beide partijen buitengewoon ingenomen zijn met zichzelf. Zaterdagochtend komen we weer samen voor een laat ontbijt en vertelt Alec dat hij kaartjes heeft voor een voetbalwedstrijd. Ik had Alec nog nooit van mijn leven kunnen betrappen op zelfs maar de geringste belangstelling voor voetbal. Dan blijkt dat hij *vier* kaartjes heeft.

'Wie is de vierde?' vraag ik hem, terwijl ik me voorstel dat hij ergens een geheime minnares verstopt heeft die alleen op zaterdagen beschikbaar is.

'Een jongen die ik ken,' zegt hij.

We stappen in de auto, Dagmar en ik achterin, en daar gaan we. Alec stopt op een straathoek. Een lange tiener met een strak gezicht staat onder een Coca-Cola-bord op hem te wachten. Alec schuift het portier open, de jongen springt naast hem en Alec zegt: 'Dit is Christoph,' dus zeggen we: 'Hallo, Christoph,' en rijden we door naar het stadion. Alec spreekt net zo goed Duits als Engels, waarschijnlijk beter, en hij spreekt het tegen de jongen op gedempte toon. De jongen gromt iets, knikt of schudt zijn hoofd. Hoe oud is hij? Veertien? Achttien? Wat zijn leeftijd ook mag zijn, hij is de archetypische Duitse adolescent van de autoritaire klasse: knorrig, puisterig en op een wrokkige manier gehoordzaam. Hij is blond, bleek en heeft hoekige schouders, en voor een kind lacht hij weinig. Op een verhoging, een eindje van de zijlijn, staan hij en Alec naast elkaar en wisselen ze af en toe een enkel woord dat ik niet kan verstaan, maar de jongen juicht niet, hij kijkt recht voor zich uit en tijdens de rust vertrekken ze samen, ik neem aan om te plassen of voor een hotdog. Maar Alec is de enige die terugkomt.

'Waar is Christoph?' vraag ik.

'Hij moest terug naar huis,' antwoordt hij knorrig. 'Moest van mammie.'

En dat was het voor de rest van het weekend. Dagmar en ik brachten nog meer gelukkige uurtjes in bed door en wat Alec heeft uitgespookt zou ik niet weten. Ik ging ervan uit dat Christoph de zoon van een van zijn joe's was die er eens uit moest, want met joe's is het altijd hun welzijn eerst en dan pas al het andere. Pas toen ik op het punt stond terug te keren naar Londen en Dagmar veilig terug was in Stockholm bij haar man, en Alec en ik samen een afscheidsborrel dronken in een van zijn vele favoriete pleisterplaatsen in Berlijn, vroeg ik hem langs mijn neus weg: 'Hoe gaat het met Christoph?' want het was bij me opgekomen dat de jongen een beetje een verloren en verongelijkte indruk maakte, en waarschijnlijk heb ik daar zelfs iets over gezegd.

Aanvankelijk dacht ik dat ik opnieuw zou worden vergast op een van die vreemde stiltes, want hij had zich zodanig van me afgewend dat ik zijn gezicht niet kon zien.

'Ik ben verdomme zijn *vader,*' zei hij.

Toen kwam in korte, onwillige uitbarstingen, grotendeels zonder werkwoorden, en zelfs zonder me te zeggen dat ik het voor me moest houden omdat hij wist dat ik dat toch wel zou doen, het verhaal, of ten minste zoveel ervan als hij bereid was te vertellen: Duitse vrouwelijke koerier van wie hij gebruik had gemaakt toen hij in Bern gestationeerd was en zij in Düsseldorf woonde: beste meid, goede maatjes, had een affaire met haar.

Wilde dat ik met haar trouwde. Wilde ik niet, dus trouwde ze met een plaatselijke advocaat. Advocaat adopteerde de jongen, enig fatsoenlijke dat hij ooit heeft gedaan. Af en toe mag ik hem even zien van haar. Kan niets tegen haar rottige echtgenoot zeggen want dan zou die klootzak haar in elkaar rammen.

En het laatste beeld dat ik nu voor me zie, terwijl ik opsta uit mijn ongemakkelijke stoel: Alec en de jongen Christoph, schouder aan schouder op de tribune staand, stokstijf naar de wedstrijd kijkend. En dezelfde strakke uitdrukking op hun gezichten, en dezelfde Ierse kaak.

***

Op een zeker moment in de nacht moet ik hebben geslapen, maar ik kon me er niets van herinneren. Op Dolphin Square is het zes uur in de ochtend, in Bretagne zeven uur. Catherine zal inmiddels wel op en in de weer zijn. Als ik thuis was geweest zou ik ook op en in de weer zijn geweest, want Isabelle begint te zingen zodra Chevalier, onze hoofdhaan, dat ook doet. Haar stem draagt dwars over het erf vanuit Catherines huisje want Isabelle wil haar slaapkamerraam altijd open hebben, wat voor weer het ook is. Ze zullen de geiten hun ontbijt hebben gevoerd, en Catherine zal Isabelle het hare hebben gegeven, waarschijnlijk tijdens een soort tikkertje rond het erf met Isabelle voorop en Catherine die haar achternazit met een lepel yoghurt. En de kippen gedragen zich, onder het nutteloze bevel van Chevalier, in het algemeen alsof de wereld vergaat.

Met dat beeld voor ogen bedacht ik dat, als ik het hoofdgebouw belde en Catherine toevallig voorbijkwam en haar sleutels bij zich had, zij misschien de telefoon zou horen overgaan en op zou nemen. Dus probeerde ik het, hoewel de kans gering was, met een van mijn weggooimobieltjes want ik wilde met alle geweld voorkomen dat Bunny zou meeluisteren. De telefoon op de boerderij is niet uitgerust met een antwoordapparaat, dus ik liet hem een paar minuten rinkelen en begon de hoop net op te geven toen ik Catherines stem hoorde, die Bretons is, en soms een beetje strenger dan ze misschien bedoelt.

'Gaat het goed met je, Pierre?'

'Prima. Met jou ook, Catherine?'

'Heb je afscheid genomen van je vriend die is gestorven?'

'Dat duurt nog een paar dagen.'

'Ga je een grote toespraak houden?'

'Een reusachtige.'

'Ben je zenuwachtig?'

'Doodsbenauwd. Hoe gaat het met Isabelle?'

'Isabelle maakt het goed. Ze is tijdens je afwezigheid niet veranderd.' Inmiddels had ik in haar stem een onmiskenbare toon van ergernis of van nog iets sterkers opgemerkt. 'Gisteren was er een vriend van je aan de deur. Verwachtte je een vriend, Pierre?'

'Nee. Wat voor soort vriend?'

Maar zoals iedere geharde ondervrager heeft Catherine haar eigen manier om antwoord te geven: 'Ik zei hem: nee, Pierre is hier niet, Pierre is in Londen, hij speelt de Goede Samaritaan, er is iemand gestorven, hij is er naartoe gegaan om de nabestaanden te troosten.'

'Maar wie *was* hij, Catherine?'

'Hij glimlachte niet. Hij was niet beleefd. Hij drong aan.'

'Bedoel je dat hij avances maakte?'

'Hij vroeg wie er dood was. Ik zei dat ik dat niet weet. Hij vroeg waarom ik dat niet weet? Ik zei omdat Pierre me niet alles vertelt. Hij lachte. Hij zei dat op Pierres leeftijd misschien alle vrienden doodgaan. Hij vroeg, was het plotseling? Was het een vrouw, een man? Hij vroeg, logeer jij in een hotel in Londen? In welk hotel? Wat is het adres? Hoe heet het? Ik zeg dat ik het niet weet. Ik heb het druk, ik heb een kind en een boerderij.'

'Was hij Frans?'

'Misschien Duits. Misschien Amerikaans.'

'Kwam hij met een auto?'

‘Taxi. Vanaf het station. Met Gascon. Eerst betalen, zei Gascon tegen hem. Anders rij ik je niet.’

‘Hoe zag hij eruit?’

‘Hij was een onaangenaam mens, Pierre. *Farouche*. Fors, als een bokser. Veel ringen aan zijn vingers.’

‘Leeftijd?’

‘Misschien vijftig, zestig. Ik heb zijn tanden niet geteld. Misschien ouder.’

‘Heeft hij je gezegd hoe hij heette?’

‘Hij zei dat dat niet nodig was. Hij zei dat jullie oude vrienden zijn. Hij zei dat jullie samen voetbal kijken.’

Ik blijf bewegingloos liggen, ik adem nauwelijks. Ik denk dat ik zou moeten opstaan, maar heb een *fuite de courage*. Hoe heb jij, Christoph, zoon van Alec, eisende partij, ontvreemder van verzegelde Stasi-dossiers, crimineel met een lijvig strafblad, in jezusnaam je weg naar Bretagne weten te vinden?

De boerenhoeve in Les Deux Eglises was een erfenis van mijn moeders kant van de familie. Hij droeg nog steeds haar meisjesnaam. Er stond geen Pierre Guillam in het plaatselijke telefoonboek. Had Bunny om zijn eigen mysterieuze redenen Christoph mijn adres toegestopt? Met welk mogelijk doel?

Dan herinner ik me mijn pelgrimage op de motor naar een verregende begraafplaats in Berlijn op een aardedonkere winterdag in 1989 en de schellen vallen me van de ogen.

***

De Berlijnse Muur is een maand tevoren neergehaald. Duitsland is in vervoering, ons dorp in Bretagne is dat wat minder. En ik lijk ergens tussen die twee heen en weer te zwalken, het ene moment blij dat er een soort vrede is uitgebroken, en vervolgens in mezelf gekeerd als ik denk aan alles wat we hebben gedaan en wat we hebben opgeofferd, niet in de laatste plaats de levens van anderen, in de lange jaren dat we dachten dat de Muur er voor altijd zou staan.

Het was in die onbestendige stemming dat ik in het kantoortje in Les Deux Eglises worstelde met de jaarlijkse belastingaangifte van de boerderij toen onze nieuwe jonge postbode Denis, die de naam *Monsieur* nog niet mocht dragen en al helemaal niet die van *le Général*, arriveerde, niet met het gele bestelbusje, maar op de fiets, en niet aan mij maar aan de oude Antoine, een oorlogsveteraan met één been, die zoals gewoonlijk met een hooivork in zijn handen en niets bijzonders te doen op het erf rondhing, een brief overhandigde.

Na de envelop van voren en van achteren te hebben bestudeerd en tot de slotsom te zijn gekomen dat ik hem wellicht toch wel mocht krijgen, strompelde Antoine naar de deur, overhandigde hem aan mij en deed toen een stap achteruit om mij nauwkeurig te observeren terwijl ik las wat erin stond.

Mürren,
Zwitserland

Beste Peter,
Ik dacht dat jij wel zou willen weten dat de as van onze vriend Alec kortgeleden in Berlijn is begraven, vlak bij de plek waar hij stierf. Het schijnt dat de lichamen van hen die bij de Muur zijn vermoord gewoonlijk in het geheim werden verbrand en hun as uitgestrooid. Maar dankzij de uiterst onberispelijke Stasi-dossiers lijkt er in het geval van Alec een uitzondering te zijn gemaakt. Zijn stoffelijke resten zijn boven water gekomen en hij heeft een fatsoenlijke, zij het verlate begrafenis gekregen.

Als immer,
George

En op een apart velletje papier – oude gewoontes slijten langzaam – het adres van een begraafplaatsje in de Berlijnse wijk Friedrichshain, speciaal gereserveerd voor de slachtoffers van oorlog en onderdrukking.

Ik was in die tijd met Diane, de zoveelste kortstondige verhouding die zijn einde naderde. Ik geloof dat ik tegen haar heb gezegd dat een vriend van me ziek was. Of misschien dat de vriend was overleden. Ik sprong op mijn motorfiets – die had ik toen nog – en reed zo ongeveer in één ruk naar Berlijn, met het beroerdste weer dat ik ooit heb meegemaakt, ging rechtstreeks naar de begraafplaats en vroeg bij de ingang waar ik Alec kon vinden. De regen viel gestaag met bakken uit de hemel. Een oude man die een soort koster was gaf me een paraplu en een kaart en wees me een lange grijze laan geflankeerd door bomen. Na wat gezoek vond ik waar ik naar op zoek was: één vers graf, één marmeren grafsteen waarin de naam ALEC JOHANNES LEAMAS was gegraveerd, griezelig witgewassen door de regen. Geen data, geen beroepsvermelding en over de volle lengte een berg zand om te doen alsof er een lichaam lag in plaats van enkel as. Ter misleiding? Al die jaren dat ik je gekend heb, dacht ik, en je hebt me nooit van dat Johannes verteld: echt iets voor jou. Ik had geen bloemen meegebracht; ik dacht dat hij me zou uitlachen. Dus stond ik daar onder mijn paraplu en voerde een soort dialogue intérieur met hem.

Toen ik weer op mijn motorfiets stapte, vroeg de oude man of ik misschien het condoleanceregister wilde ondertekenen. *Condoleanceregister*? Het was zijn persoonlijke taak er een bij te houden, verklaarde hij; niet zozeer een verplichting, meer een soort dienst aan de overledene. Dus zei ik waarom niet? De eerste die had getekend was ene 'GS', adres 'Londen'. In de kolom persoonlijke opmerkingen stond slechts één woord 'Vriend'. Dat was dus George, of tenminste zoveel van hem als hij bereid was te erkennen. Onder George een zooi Duitse namen die mij niets zeiden, met commentaren als 'Altijd in onze herinnering', tot we bij de naam 'Christoph' komen, alleen dat, geen achternaam. En als persoonlijke toevoeging het woord 'Sohn'. En onder adres: 'Düsseldorf'.

Was het een voorbijgaande vlaag van euforie om de val van de Muur en het idee dat de hele wereld weer vrij was, wat ik ernstig betwijfel – of een diepgeworteld gevoel dat ik voldoende heimelijks had gedaan in mijn leven – of eenvoudigweg de behoefte om in de stromende regen te staan en gewoon maar als een van Alecs *vrienden* te worden gezien? Wat het ook zijn mocht, ik ging helemaal los: schreef mijn echte naam op, mijn echte adres in Bretagne, en in de kolom voor persoonlijke bijdragen zette ik, omdat ik zo gauw niets beters kon verzinnen '*Pierrot*', want zo noemde Alec me op die zeldzame momenten dat hij iets van genegenheid voelde.

En Christophe, mijn farouche mederouwklager en Alecs zoon? Wat deed *jij?* Op een van je latere bezoekjes aan het graf van je vader – ik ga er zonder enig bewijs van uit dat je er nog wel een paar hebt gebracht, al was het maar bij wijze van research – wierp jij toevallig nog een blik in het condoleanceregister en wat zag je daar? *Peter Guillam* en *Les Deux Eglises* voor jou *en clair* neergepend, geen alias, geen anoniem postadres of schuiladres, niets dan de onbeschermde ik en waar ik woon. En dat bracht je helemaal van Düsseldorf naar Bretagne.

Wat is dus je volgende zet, Christoph, zoon van Alec? Ik hoor Bunny's sappige juridische stem van gisteren:

Christoph heeft zo zijn talenten, Peter. Misschien zit het toch in de genen.

6

'Pete hier is onze *lezer*,' had Laura haar bewonderende publiek uitgelegd. 'En om te lezen zal Pete hier in de bibliotheek verblijven.' Ik zie mezelf in de dagen die volgden, niet zozeer als een lezer, maar meer als een soort doctoraalstudent die gedwongen is een tentamen af te leggen dat hij een half mensenleven geleden had moeten doen. Af en toe wordt de laatbloeier de examenruimte uit gesleurd en onderworpen aan een mondelinge test door examinatoren wier kennis van zijn onderwerp raadselachtig varieert, maar dat belet hun niet te proberen het hem lastig te maken. Af en toe is hij zo ontzet over wat hij vroeger allemaal heeft uitgehaald dat hij op het punt staat te doen alsof het allemaal niet gebeurd is, totdat het bewijs uit zijn eigen mond hem schuldig verklaart. Elke ochtend word ik bij aankomst vergast op een stapel mappen, sommige bekend, andere niet. Dat je een dossier hebt gestolen wil nog niet zeggen dat je het ook hebt gelezen.

Op de ochtend van mijn tweede dag bleef de bibliotheek gesloten voor alle aangekomenen. Uit het gebonk dat eruit opklonk en het geschuifel van jonge mannen en vrouwen in trainingspakken aan wie ik niet werd voorgesteld, maakte ik op dat ze de hele nacht bezig waren geweest met een minutieus sporenonderzoek. Toen, tegen het middaguur, een onheilspellende stilte. Mijn bureau was geen bureau, maar een schragentafel die als een galg in het midden van de bibliotheek was neergezet. De boekenplanken waren verdwenen en hadden alleen een spookachtige afdruk als de schaduw van gevangenistralies achtergelaten op het structuurbehang van de muren.

'Als je een rozet raakt moet je stoppen,' draagt Laura me op, en vertrekt.

Rozet? Ze bedoelt de paperclips met een roze bovenkant die zo hier en daar tussen de mappen zijn geklemd. Nelson neemt zwijgend plaats op de surveillantenstoel en slaat een lijvige paperback open. Henri Troyats biografie van Tolstoj.

'Geef even een gil als je een plaspauze wilt, oké? Mijn vader moet om de tien minuten.'

'Arme drommel.'

'Zolang je maar niets meeneemt.'

***

Een zonderlinge avond wanneer Laura zonder tekst of uitleg Nelsons plaats op de surveillantenstoel inneemt en, na mij een halfuur of langer chagrijnig te hebben geobserveerd, zegt:

'Kut. Zin om me mee uit te nemen voor een gratis maaltijd, Pete?'

'Nu?' vraag ik.

'Nu. Vanavond. Wanneer dacht je anders?'

Gratis voor wie? vraag ik me af terwijl ik in behoedzame berusting mijn schouders ophaal. Gratis voor haar? Voor mij? Of gratis voor ons allebei omdat het Kantoor ons wil koppelen? We gaan naar een Grieks restaurant verderop in de straat. Ze heeft een tafeltje gereserveerd. Ze draagt een rok. Het is een hoektafeltje met een onaangestoken kaars in een rood kooitje.

Ik weet niet waarom het beeld van de onaangestoken kaars me bijblijft, maar dat blijft het. En de uitbater die over ons heen leunt, hem aansteekt en me vertelt dat ik het beste uitzicht in de zaak heb, waarmee hij doelt op Laura.

We drinken een ouzo, dan nog een. Puur, geen ijs, zo wil ze het. Is ze dus een drankorgel, is ze op de versiertoer – met mij op mijn leeftijd, jezus nog aan toe? – of denkt ze dat alcohol de tong van die ouwe zak zal losmaken? En wat te denken van dat heel erg doorsnee stel van middelbare leeftijd dat aan het tafeltje naast ons zit en halsstarrig weigert onze kant op te kijken?

Ze draagt een mouwloos haltertopje dat glinstert in het kaarslicht en het decolleté is omlaaggegleden. We bestellen de gebruikelijke voorgerechten – tarama, hummus, witvis – ze is dol op moussaka, dus kiezen we daar allebei voor en zij begint aan een ander soort verhoor, van het flirterige soort. Zeg Pete, is het echt waar wat je tegen Bunny hebt gezegd, dat jij en Catherine alleen maar goede vrienden zijn?

'Want om héél eerlijk te zijn, Pete,' – stem dalend naar intiem – 'hoe kun je *in hemelsnaam* met *jouw* staat van dienst samenhokken met een mega-aantrekkelijk Frans meisje dat je niet eens *neukt*? Tenzij je natuurlijk stiekem homo bent, wat Bunny denkt. Nou ja, Bunny denkt dat iedereen homo is. Dus is hij waarschijnlijk zelf homo en wil hij dat niet toegeven.'

De ene helft van mij wil tegen haar zeggen dat ze dood kan vallen, de andere helft wil weten wat ze hiermee denkt te bereiken. Dus laat ik het maar zo.

'Maar écht, Pete, dat is *krankzinnig*!' houdt ze vol. 'Ik bedoel, je gaat me toch niet vertellen dat je *je cavalerie uit de strijd hebt teruggetrokken*, zoals mijn vader altijd zei: een oude bok als jij, dat is eenvoudig *onmogelijk*!'

Ik vraag haar, tegen beter weten in, hoe ze erbij komt dat Catherine zo aantrekkelijk is? En ze zegt, o, dat heeft een vogeltje haar ingefluisterd. We drinken rode Griekse wijn die zwart is als inkt en daar ook naar smaakt en ze buigt naar voren, zodat ik vrij uitzicht heb op haar decolleté.

'Dus Pete, nu even zonder dollen, op je erewoord, oké? Van *alle* vrouwen die je in de loop der jaren hebt geneukt – wie krijgt dan de grootste pluim?' – de ongelukkige keuze van het woord *pluim* maakt dat ze bijna niet bijkomt van het lachen.

'Vertel jij mij dat maar eerst eens!' kaats ik terug en de grap is van de kaart.

Ik vraag om de rekening, het paar naast ons vraagt de hunne. Ze zegt dat ze de metro neemt. Ik zeg dat ik even ga lopen. En tot op de dag van vandaag heb ik geen flauw idee of ze instructies had om me uit te horen; of was ze gewoon de zoveelste eenzame ziel op zoek naar een beetje menselijke warmte?

***

Ik ben de Lezer. De vaalgele omslag van het dossier dat ik lees is blanco met uitzondering van een handgeschreven dossiernummer: wiens handschrift het is weet ik niet, maar waarschijnlijk het mijne. De eerste aanduiding luidt Uiterst Geheim en Beschermd, wat betekent dat de Amerikanen het niet mogen zien, en het is een rapport – apologie zou een betere benaming zijn – geschreven door ene Stavros de Jong, in zijn volle een meter negentig, een slungelige stagiair van vijfentwintig bij het Circus die is afgestudeerd aan Cambridge en Stas zoals hij wordt genoemd, heeft nog zes maanden te gaan voor hij zijn vaste aanstelling krijgt. Hij is toegevoegd aan de Geheime Sectie van Standplaats Berlijn, die onder bevel staat van mijn wapenbroeder bij tal van vroegtijdig afgeblazen operaties, de langjarige agent te velde, Alec Leamas.

Zoals procedureel is vastgesteld, is Leamas als plaatselijk commandant de facto ook plaatsvervangend hoofd van Standplaats Berlijn. Stas' rapport is dienovereenkomstig gericht aan Leamas in die hoedanigheid, met een kopie naar het Hoofd van de Geheime Dienst in Londen, George Smiley.

Rapport van S. de Jong aan PH/Berlijn, [Leamas], *kopie aan GS* [Gezamenlijke Stuurgroep]

Mij is opgedragen het volgende rapport in te dienen.

Omdat nieuwjaarsdag koud maar zonnig en een officiële feestdag was, besloten mijn vrouw Pippa en ik onze kinderen (Barney, 3 en Lucy, 5) en onze jack russell (Loftus) mee te nemen naar Köpenick, Oost-Berlijn, voor een picknick in warme kleding aan het meer en een wandeling door de aangrenzende bossen.

Onze gezinsauto is een blauwe Volvo-stationcar met een Brits militair nummerbord aan de voor- en de achterkant, wat ons het recht geeft ongehinderd heen en weer te reizen tussen de Berlijnse sectoren en dus ook naar Köpenick in Oost-Berlijn, een van onze vaste picknickplekjes en favoriet bij de kinderen.

Ik parkeerde zoals gebruikelijk naast de buitenmuur van Köpenicks oude brouwerij, die tegenwoordig leegstaat. Er was geen andere auto te zien en aan de waterkant zaten alleen een paar hengelaars die ons negeerden. Uit onze auto droegen we ons picknickmandje door het bos naar ons gebruikelijke plekje aan de grazige oever van het meer, en naderhand speelden we verstoppertje waarbij Loftus luid blafte, tot ergernis van een van de hengelaars die ons over zijn schouder scheldwoorden toeriep en beweerde dat Loftus de vissen had afgeschrikt.

De man was broodmager en in de vijftig met grijzend haar, en ik zou hem herkennen als ik hem terugzag. Hij droeg een zwarte pet met een klep en een oude overjas van de Wehrmacht zonder de ordetekens.

Het was inmiddels ongeveer 15.30 uur en omdat Barney naar bed moest, pakten we onze picknickspullen in en lieten de kinderen met de picknickmand tussen zich in en Loftus daar blaffend achteraan voor ons uit naar de auto rennen.

Maar toen ze bij de auto aankwamen, lieten ze de mand vallen en renden in paniek terug, gevolgd door een blaffende Loftus, en vertelden ze dat het portier aan de bestuurderskant was opengebroken door een dief die 'papa's fototoestel helemaal heeft gestolen!' – Lucy.

Het portier aan de bestuurderskant was inderdaad geforceerd en de kruk afgebroken, maar de oude Kodak-camera, die ik onbedoeld in het handschoenenkastje had achtergelaten, was niet gestolen, net zomin als mijn overjas en de levensmiddelen en andere mondvoorraad die we, voordat we Oost-Berlijn in reden, hadden ingeslagen bij de Naafi die tot onze verbazing op Nieuwjaarsdag open was.

Het bleek dat de inbreker, in plaats van iets te hebben ontvreemd, een blikje Memphis-tabak naast mijn camera had achtergelaten. Daarin zat een blikken kokertje dat ik onmiddellijk herkende als een standaard Minox-houder voor subminiatuurfilm.

Omdat het vandaag een officiële feestdag is en ik kortgeleden een cursus operationele fotografie heb gevolgd, besloot ik dat er in dat stadium onvoldoende gronden waren om de officier van dienst op de Standplaats op te bellen. Na thuiskomst heb ik daarom onmiddellijk de film ontwikkeld in onze badkamer, waar geen raam in zit, met gebruikmaking van mijn door de Dienst verschafte apparatuur.

Om 21.00 uur waarschuwde ik, na zo'n honderd ontwikkelde foto's onder een vergrootglas te hebben bestudeerd, het plaatsvervangend hoofd van de Standplaats [Leamas], die me opdroeg het materiaal onmiddellijk naar het Hoofdkantoor te brengen en een rapport te schrijven, hetgeen ik meteen heb gedaan.

Achteraf gezien, moet ik beslist toegeven dat ik de onontwikkelde film rechtstreeks naar Standplaats Berlijn had moeten brengen om door de fotografische afdeling te worden verwerkt, en dat het riskant en mogelijk desastreus was dat ik, een stagiair, die film bij mij thuis ging ontwikkelen. Als verzachtende omstandigheid wil ik er nogmaals op wijzen dat 1 januari een officiële feestdag was en dat ik de Standplaats liever niet wilde opschrikken met iets wat wel eens loos alarm zou kunnen zijn, en dat ik bovendien mijn operationele fotografiecursus in Sarratt met de hoogste cijfers had afgerond. Niettemin betreur ik mijn besluit ten zeerste en wil ik erop wijzen dat ik mijn lesje heb geleerd.

S de J

En onder aan de brief, Alecs in woede gekrabbelde aantekening aan zijn Hoofd van de Geheime Sectie, Smiley:

George – die stomme kleine klojo heeft dit materiaal doorgestuurd aan Stuur voordat iemand de kans kreeg hem dat te beletten. Dat krijg je met zo'n opleiding. Ik stel voor dat jij P. Alleline, B. Haydon, T. Esterhase en die klote Roy Bland en Co aanpraat dat het een valse tip was: m.a.w. geen verdere actie noodzakelijk, tweederangs flutmateriaal enz.

Alec

Maar Alec was er niet het type naar om op zijn handen te zitten, en al helemaal niet als zijn toekomstige carrière ervan afhing. Het contract met het Circus zou binnenkort worden vernieuwd, hij was de maximale leeftijd voor agenten te velde al ruim gepasseerd en had meelijwekkend weinig uitzicht op een rustig kantoorbaantje op het Hoofdkantoor, wat Smiley's enigszins wantrouwige verslag van wat Alec vervolgens deed verklaart:

H/ Geheim Marylebone [Smiley] *aan Control. Strikt persoonlijk. Privé, persoonlijk overhandigd.*
Onderwerp: AL, H/ Geheim Berlijn

En met de hand geschreven in Georges onberispelijke handschrift:

C: Het zal jou net zozeer verbazen als mij dat AL onaangekondigd om tien uur gisteravond op de stoep van mijn huis in Chelsea stond. Omdat Ann weg is voor een gezondheidskuur, was ik alleen thuis. Hij rook naar drank, wat niet ongewoon is, maar dronken was hij niet. Hij stond erop dat ik de telefoon in de zitkamer uit het stopcontact trok voordat we spraken, en dat we, ondanks het zeer koude weer in de serre gingen zitten die uitkijkt op de tuin, omdat 'je in glas geen afluisterapparatuur kunt verbergen'. Toen vertelde hij me dat hij die middag met een lijnvlucht uit Berlijn was komen vliegen om te voorkomen dat zijn naam op de vlieglijst van de RAF zou komen te staan, die volgens hem regelmatig door de Gezamenlijke Stuurgroep wordt doorgelicht. Om dezelfde reden vertrouwt hij ook Circus-koeriers niet meer.

Het eerste wat hij wilde weten was of ik Stuur, zoals hij had gevraagd, aangaande het Köpenick-materiaal op een dwaalspoor had gezet? Ik antwoordde dat ik meende dat me dat was gelukt, aangezien wijd en zijd bekend was dat Standplaats Berlijn overspoeld werd met aanbiedingen van waardeloos flutmateriaal.

Vervolgens haalde hij het bijgesloten opgevouwen vel papier uit zijn zak, legde uit dat het een samenvatting was die hij alleen had opgesteld, van het materiaal dat de Köpenick-cassettes bevatten, maar zonder ondersteuning van begeleidend materiaal van enige andere geheime of openbare bronnen.

Ik krijg tegelijkertijd twee visioenen: eentje van George en Alec met de koppen bij elkaar gestoken in de kille serre in Bywater Street; en de tweede van Alec in zijn eentje de avond tevoren, gebogen over zijn oude Olivetti-schrijfmachine met een fles whisky in zijn blauw van de rook staande kantoor in het souterrain van zijn kantoor in het Olympisch Stadion in West-Berlijn. Het resultaat van zijn noeste arbeid ligt voor me: een smoezelig getikt vel papier, met vlekken van de Tipp-Ex en verpakt in cellofaan, tekst als volgt:

1. Notulen KGB-conferentie inlichtingendiensten Oostblok, Praag, 21 december 1957.
2. Naam en rang alhier gestationeerde KGB-officieren verbonden aan Stasi-directoraten, v.a. 5 juli 1956.

3. Identiteit huidige sterspionnen Stasi in Afrika ten zuiden van de Sahara.
4. Namen, rangen en aliassen van alle Stasi-officieren die KGB-training krijgen in de Sovjet-Unie.
5. Locatie van zes nieuwe geheime Sovjet-zendinstallaties in Oost-Duitsland en Polen, v.a. 5 juli 1956.

Sla een bladzijde om en ik ben terug bij Smiley's met de hand geschreven memo aan Control, zonder één doorhaling:

De rest van Alecs verhaal gaat als volgt. Elke week, na de scoop van De Jong, als het dat inderdaad was, vorderde Alec de gezins-Volvo van de De Jongs, hond incluis, legde 500 dollar in het handschoenenkastje en een kleurboek voor kinderen met het nummer van zijn rechtstreekse telefoonverbinding met Standplaats Berlijn erin gekrabbeld, gooide zijn hengel-spullen achterin (tot dan toe wist ik niet dat Alec viste en ik waag nog steeds het te betwijfelen) reed naar Köpenick en parkeerde waar De Jong op hetzelfde tijdstip had geparkeerd. Met de hond naast zich ging hij vissen en wachtte af. Bij de derde poging had hij beet. De 500 dollar was vervangen door twee cassettes. Het kleurboek met het telefoonnummer was verdwenen.

Twee avonden later kreeg hij, inmiddels terug in West-Berlijn, via de directe lijn een telefoontje van een man die weigerde zijn naam te noemen, maar zei dat hij wel eens ging vissen in Köpenick. Alec gaf hem opdracht zich de volgende avond om twintig over zeven op te stellen voor een bepaald huisnummer aan de Kurfürstendamm, met in zijn linkerhand een exemplaar van *Der Spiegel* van de afgelopen week.

De daaruit voortkomende Treff, [d.w.z. geheim onderhoud in Duits spionagejargon] vond plaats in een Volkswagen personenbusje bestuurd door De Jong, en duurde achttien minuten. MAYFLOWER, zoals Alec hem lukraak had gedoopt, weigerde aanvankelijk zijn naam bekend te maken en hield bij hoog en bij laag vol dat de cassettes niet van hemzelf afkomstig waren, maar van een 'vriend binnen de Stasi', die hij moest beschermen. Zijn eigen rol beperkte zich tot die van vrijwillige tussenpersoon, benadrukte hij, zijn motief was niet geldelijk gewin maar ideologisch.

Maar daar nam Alec geen genoegen mee. Materiaal zonder bronvermelding bezorgd door een anonieme tussenpersoon was vragen om moeilijkheden, zei hij. Dus dan maar niet. Uiteindelijk – en pas als reactie op Alecs smeekbedes moesten wij maar geloven – haalde Mayflower een kaartje uit zijn zak met daarop de naam dr. Karl Riemeck, arts en het adres Charité Krankenhaus in Oost-Berlijn aan de ene kant en een met de hand geschreven adres in Köpenick aan de andere.

Alec is ervan overtuigd dat Riemeck alleen maar had gewacht om hem goed te kunnen inschatten voordat hij zichzelf blootgaf, en dat hij na tien minuten zijn bedenkingen liet varen. Maar we moeten vooral niet vergeten hoe Iers Alec eigenlijk is.

Vandaar de voor de hand liggende vragen:

Zelfs als dr. Riemeck is die hij zegt te zijn, wie is dan zijn oorspronkelijke wonderbaarlijke hulpbron?

Hebben we hier te maken met de zoveelste valstrik van de Stasi?

Of hebben we – hoewel alleen de gedachte al me tegen de borst stuit – hier te maken met iets wat eerder uit Alecs eigen keukentje komt?

Samenvattend:

Alec verzoekt met enige passie, dat moet gezegd, toestemming om met Mayflower een stapje verder te gaan *zonder* hem te onderwerpen aan de gebruikelijke controles en antecedentenonderzoek die, zoals de zaken nu staan, niet kunnen worden uitgevoerd zonder toestemming en assistentie van de Gezamenlijke Stuurgroep. Zijn bedenkingen zijn ons allebei terdege bekend, en ik durf te zeggen dat wij het daarover eens zijn.

Maar Alec geeft geen blijk van een dergelijke gereserveerdheid als het om zijn bedenkingen gaat. Gisteravond na de derde whisky was het Connie Sachs die hij de rol van dubbelspion van de

Moskouse Centrale binnen het Circus had toebedeeld, met Toby Esterhase als goede tweede. Zijn theorie, gebaseerd op niets anders dan zijn eigen door whisky aangedreven intuïtie, was dat het tweetal zich had laten betrappen in een seksuele folie à deux en dat de Russen daar achter waren gekomen en hen chanteerden. Rond 2.00 uur kreeg ik hem eindelijk naar bed, maar om 6.00 uur de volgende ochtend trof ik hem alweer in de keuken waar hij eieren met spek voor zichzelf stond te bakken.

De vraag is wat te doen. Alles bij elkaar genomen ben ik geneigd hem op zijn condities nog één kans te geven met zijn Mayflower (waarmee ik bedoel met zijn mysterieuze zogenaamde hulpbron binnen de Stasi). Zoals wij allebei weten, zijn zijn dagen in het veld geteld en hij heeft alle reden om nog wat tijd te rekken. Maar wij weten ook dat het lastigste deel van ons werk het schenken van vertrouwen is. Gebaseerd op weinig meer dan intuïtie beweert Alec dat hij stellig overtuigd is van Mayflowers goede trouw. Dit zou het fingerspitzengefühl van een veteraan kunnen zijn, of de typische smeekbede van een al wat oudere geheim agent te velde die het natuurlijke einde van zijn loopbaan ziet naderen.

Met alle respect en daarmee rekening houdend adviseer ik dat we hem door laten gaan op de ingeslagen weg.

GS

Maar Control geeft zich niet zo gemakkelijk gewonnen, zoals blijkt uit de volgende gedachtewisseling.

Control aan GS: Ik maak mij ernstig zorgen dat Leamas zijn eigen plan trekt. Waar zijn de andere indicatoren? We kunnen de informatie toch zeker wel controleren op gebieden die volgens Leamas' kijk op de dingen niet besmet zijn?

GS aan Control: Heb afzonderlijk BZ en Defensie onder voorwendsel geraadpleegd. Beide zijn te spreken over het materiaal en geloven niet dat het verzinsels zijn. Kleingoed als voorspel bij een omvangrijke misleiding is nooit uit te sluiten.

Control aan GS: Het verbaast me dat Leamas zijn Hoofd van Dienst in Berlijn niet raadpleegt. Dit soort achterkamertjesacties doen de Dienst geen goed.

GS aan Control: Helaas ziet Alec zijn H/vD als anti-Geheim en pro-Stuur.

Control aan GS: Ik kan me niet ontdoen van een *galère* aan eersteklas topmensen naar aanleiding van de onbewezen veronderstelling dat een van hen een rotte appel is.

GS aan Control: Ik ben bang dat Alec Stuur ziet als een rotte boomgaard.

Control aan GS: Misschien is hij het dan wel die moet worden gesnoeid.

Alecs volgende schriftelijke offerande is van een geheel andere orde: onberispelijk getypt en in een prozastijl die ver boven de zijne uitstijgt. Degene die ik onmiddellijk verdenk Alecs ghostwriter te zijn geweest is Stas de Jong, cum laude afgestudeerd in moderne talen. Ditmaal is het dus de een meter negentig lange Stas die ik gebogen over de Olivetti in het blauw van de rook staande souterrain in Standplaats Berlijn zie zitten, terwijl Alec door de kamer ijsbeert, een van zijn smerige Russische sigaretten paft en zijn tekst dicteert, gelardeerd met rauwe Ierse obsceniteiten die De Jong discreet achterwege laat.

Verslag van ontmoeting, 2 februari 1959. Locatie: Berlijn Schuiladres K2. Aanwezig: PH/ Standplaats Berlijn Alec Leamas (PAUL) en Karl Riemeck (MAYFLOWER).
Bron MAYFLOWER. Tweede Treff. Bovenmatig geheim, Persoonlijk & Privé van AL aan H/Geheim Marylebone.

Bron Mayflower, bij de Oost-Duitse elite bekend als 'De Dokter van Köpenick', naar Carl Zuckmayers toneelstuk met bijna dezelfde titel, is de favoriete lijfarts van een selecte coterie aan hooggeplaatste SED en Stasi-*Prominenzen* en hun families, van wie er verscheidene resideren in villa's en appartementen aan het meer in Köpenick. Zijn linkse geloofsbrieven zijn onberispelijk. Zijn vader, Manfred, communist sinds begin jaren dertig, vocht met Thälmann in de Spaanse Burgeroorlog en sloot zich later aan bij de verzetsbeweging Die Rote Kapelle tegen Hitler. Tijdens de oorlog van 1939-45 smokkelde Mayflower berichten voor zijn vader, die in 1944 in concentratiekamp Buchenwald door de Gestapo werd opgehangen. Manfred heeft dus nooit getuige kunnen zijn van de komst van de revolutie naar Oost-Duitsland, maar zijn zoon Karl was, uit liefde voor zijn vader, vastbesloten haar toegewijde kameraad te zijn. Hij blonk uit op de middelbare school en studeerde vervolgens medicijnen in Jena en Praag waar hij magna cum laude afstudeerde. Alsof de lange werkdagen in Oost-Duitslands enige academische ziekenhuis nog niet genoeg waren, stelde hij zijn familiehuis in Köpenick, waar hij samenwoont met zijn bejaarde moeder Helga, open als een officieuze praktijk voor speciale patiënten.

Als geboren en getogen lid van de Oost-Duitse elite, wordt Mayflower ook belast met medische ingrepen van vertrouwelijke aard. Een hoge functionaris van de SED loopt een geslachtsziekte op tijdens een bezoek aan verre oorden en wil niet dat zijn superieuren daar achter komen. Mayflower zorgt voor een vervangende diagnose. Een gevangene van de Stasi is tijdens een verhoor overleden aan een hartstilstand, maar in de overlijdensakte dient een andere doodsoorzaak te worden vermeld. Een belangrijke gevangene van de Stasi staat op het punt te worden onderworpen aan een hardvochtige behandeling. Mayflower moet de geestelijke en lichamelijke conditie van de gevangene controleren en vaststellen hoeveel hij aankan.

Met het oog op die verantwoordelijkheden is Mayflower de status van *Geheime Mitarbeiter* of kortaf GM verleend, waarbij van hem wordt verwacht dat hij maandelijks rapport uitbrengt bij zijn Stasi-verbindingsman, een zekere Urs ALBRECHT, een 'functionaris met weinig voorstellingsvermogen'. Mayflower zegt dat zijn rapporten aan Albrecht 'selectief, grotendeels verzonnen, van geen enkel mogelijk belang' zijn. Albrecht op zijn beurt heeft hem gezegd dat hij 'een goede arts maar een waardeloze spion is'.

Heel bijzonder is dat Mayflower ook een pasje heeft gekregen dat toegang biedt tot de 'Kleine Stad', ook bekend als de Majakovskiring in Oost-Berlijn, waar een groot deel van de Oost-Duitse elite is ondergebracht, en waar zij streng tegen het grote publiek wordt bewaakt door de Dzersjinski Brigade, een speciaal getrainde eenheid. Hoewel de 'Kleine Stad' over haar eigen medisch centrum beschikt – om het nog niet eens te hebben over een eigen winkel, een speeltuin enzovoort – heeft Mayflower toestemming het heiligdom te betreden om zijn illustere 'particuliere' patiënten te behandelen. Eenmaal de slagbomen gepasseerd, rapporteert hij, wordt er wat minder zwaar aan discretie getild, wordt er volop geroddeld en geïntrigeerd en worden de tongen losser.

Motivatie:
Mayflower beweert gedreven te worden door walging van het Oost-Duitse regime, en vindt dat de communistische droom van zijn vader is verraden.

Aangeboden diensten:
Mayflower beweert dat hulpbron TULIP, een patiënte en medewerkster van de Stasi, niet alleen diende als katalysator voor zijn zelfrekrutering, maar ook de bron is van de oorspronkelijke microcassettes die hij namens haar in de Volvo van De Jong heeft gedeponeerd. Hij beschrijft Tulip als neurotisch maar uitzonderlijk beheerst en uitermate kwetsbaar. Hij benadrukt dat zij zijn patiënte is, en niets meer. Hij herhaalt dat hij noch Tulip een financiële beloning verlangt.

Repositionering in het Westen in het geval van ontmaskering nog niet besproken. Zie onder.

Maar wij zien niet onder. De volgende dag vliegt Smiley in eigen persoon naar Berlijn om deze Riemeck met eigen ogen te bekijken, en gebiedt hij mij hem te vergezellen. Maar bron Mayflower is niet de voornaamste reden van onze reis. Van veel groter belang voor hem is de identiteit, de toegang tot en de motivatie van de neurotische maar uitzonderlijk beheerste vrouwelijke hulpbron, codenaam Tulip.

***

Het holst van de nacht in een niet slapend West-Berlijn, geteisterd door ijskoude windvlagen, met natte sneeuw. Alec Leamas en George Smiley zitten bijeen met hun nieuwe mogelijke aanwinst Karl Riemeck alias Mayflower boven een fles Talisker whisky, Alecs lievelingsmerk en voor Riemeck een eerste kennismaking. Ik zit rechts van Smiley. Het schuiladres Berlijn K2 bevindt zich in de Fasanenstrasse, op nummer 28, en is een statige en onwaarschijnlijke overlevende van de geallieerde bombardementen. Het is gebouwd in Biedermeierstijl, met een door pilaren geflankeerde voordeur, een erker en een deugdelijke achterdeur die uitkomt op de Uhlandstrasse. Degene die het heeft uitgekozen had gevoel voor keizerlijke nostalgie en een operationeel oog.

Sommige gezichten kunnen, hoe ze ook hun best doen, het goede hart van hun bezitters niet verhullen, en Karl Riemeck heeft zo'n gezicht. Hij is kalend, bebrild – en lief. Er is gewoon geen ander woord voor. Ondanks de bedachtzame frons van de arts druipt de menselijkheid van hem af.

Nu ik terugdenk aan die eerste ontmoeting, moet ik mezelf eraan herinneren dat er in 1959 weinig opzienbarends was aan een Oost-Berlijnse arts die de oversteek naar West-Berlijn maakte. Dat deden er een heleboel en velen daarvan keerden nooit terug, wat de reden van de bouw van de Muur was.

De eerste aflevering van het dossier is getypt en niet ondertekend. Het is geen officieel rapport, en ik kan alleen maar veronderstellen dat het door Smiley is geschreven; en dat, omdat er geen geadresseerde wordt vermeld, hij het schrijft voor het archief – met andere woorden, voor zichzelf.

Als Mayflower wordt gevraagd het proces te beschrijven waarmee hij begon aan wat hij noemt het 'embryonale' stadium van zijn verzet tegen het Oost-Duitse regime, noemt hij het moment waarop de Stasi-ondervragers hem bevalen een vrouw voor te bereiden op 'Untersuchungshaft'. De vrouw was een inwoonster van Oost-Duitsland van in de vijftig die naar werd beweerd voor de CIA werkte. Ze leed aan acute claustrofobie. Eenzame opsluiting had haar al halfgek gemaakt. 'Haar kreten toen ze haar in een kist opsloten hoor ik nog steeds' – Mayflower.

Mayflower, die beweert nooit overhaaste beslissingen te nemen, verklaart dat hij in het kielzog van die ervaring 'zijn positie vanuit alle gezichtspunten heroverwoog'. Hij had de leugens van de Partij met eigen oren gehoord, haar corruptie, hypocrisie en machtsmisbruik met eigen ogen gezien. Hij had 'de symptomen gediagnosticeerd van een totalitaire staat die zich voordoet als het tegendeel daarvan'. Verre van de democratie waarvan zijn vader had gedroomd was Oost-Duitsland 'een vazalstaat van de Sovjet-Unie die werd geleid als een politiestaat'. Toen hij dat eenmaal had geconstateerd, zegt hij, lag er nog maar één weg open voor de zoon van Manfred: verzet.

Zijn eerste gedachte was de oprichting van een ondergrondse cel. Hij zou een of andere elitepatiënt kiezen die van tijd tot tijd blijk had gegeven van onvrede met het regime, en hem of haar een voorstel doen. Maar om wat te doen? En voor hoelang? De vader van Mayflower was verraden door zijn kameraden. In dat opzicht was zijn zoon in ieder geval niet van plan in zijn vaders voetstappen te treden. Wie vertrouwde hij dus in alle situaties en weersomstandigheden voldoende? Antwoord, niet eens zijn moeder Helga, een doorgewinterde communiste in voor- en tegenspoed.

Goed, redeneerde hij, dan zou hij blijven wat hij al was: 'een eenpersoons terroristische cel'. Hij zou niet in de voetsporen van zijn vader treden, maar in die van een held uit zijn jeugdjaren, Georg Elser, de man die in 1939, zonder hulp van een medeplichtige of een vertrouweling, een bom had gemaakt, geplaatst en tot ontploffing gebracht in een Münchener bierkelder waar minuten tevoren de Führer zijn getrouwen had toegesproken. 'Louter duivels geluk had hem gered' – Mayflower.

Maar de Duitse Democratische Republiek, redeneerde hij, was geen regime dat in één daverende klap kon worden opgeblazen, net zomin als het regime van Hitler. Mayflower was eerst en vooral arts. Een verrot stelsel moest van binnenuit worden bestreden. Hoe, dat zou uiteindelijk vanzelf blijken. Ondertussen zou hij niemand in vertrouwen nemen, en niemand vertrouwen. Hij zou alleen zichzelf zijn, zichzelf bedruipen en alleen aan zichzelf verantwoording afleggen. Hij zou '*een geheim eenpersoonsleger*' zijn.

'Het 'embryonale' stadium was voorbij, beweert hij, toen op 18 oktober 1958 om 22.00 uur, een radeloze jonge vrouw die hij niet kende naar Köpenick, in een van de oostelijke wijken van Berlijn kwam fietsen, aanklopte bij Mayflowers dokterspraktijk en een abortus verlangde.

En op dat moment stopt Smileys verslag en is het dokter Riemeck die rechtstreeks tot ons spreekt. George moest het gevoel hebben gehad dat zijn verslag, ondanks de lengte ervan, te bijzonder was om in te korten:

'Kameraad [naam onleesbaar gemaakt] is een hoogst intelligente ontegenzeggelijk aantrekkelijke vrouw, naar buiten kortaangebonden, zoals de Partij het graag ziet, hoogst vindingrijk, maar in de beslotenheid van een medisch consult af en toe kinderlijk en weerloos. Hoewel ik niets moet hebben van haastige diagnoses van de geestelijke toestand van een patiënt, zou ik toch voorzichtig een vorm van streng beteugelde selectieve schizofrenie willen suggereren. Dat zij daarnaast ook een vrouw is met grote moed en hoogstaande morele principes hoeft geen tegenstrijdigheid in te houden.

Ik deel Kameraad [naam onleesbaar gemaakt] mee dat ze niet in verwachting is en derhalve geen abortus nodig heeft. Ze vertelt me dat ze verbaasd is dat te horen aangezien ze in dezelfde periode met twee al even weerzinwekkende mannen heeft geslapen. Ze vraagt of ik iets alcoholisch in huis heb. Ze zegt dat ze geen alcoholiste is maar allebei haar mannen zijn zware drinkers en zij is er ook aan gewend geraakt. Ik bied haar een glas Franse cognac aan die ik cadeau heb gekregen van een Congolese minister van Landbouw uit dank voor mijn medische diensten. Ze slaat dat in één teug achterover en hoort me uit:

'Vrienden hebben me verteld dat u een fatsoenlijk man bent en discreet. Hebben zij gelijk?' vraagt ze.

'Welke vrienden?' vraag ik.

'Geheime vrienden.'

'Waarom moeten uw vrienden geheim zijn?'

'Omdat ze van de Organen zijn.'

'Welke organen?'

Ik heb haar ergernis opgewekt. Ze snauwt tegen me. 'De *Stasi*, Kameraad Dokter. Wat dacht u anders?'

Ik waarschuw haar. Ik mag dan misschien wel arts zijn maar ik heb mijn verantwoordelijkheden jegens de Staat. Ze wenst niet naar me te luisteren. Ze heeft het recht om te kiezen, zegt ze. In een democratie waar alle kameraden gelijk zijn, mag ze kiezen tussen een sadistische klootzak van een echtgenoot die haar mishandelt en weigert toe te geven dat hij homoseksueel is en een vet vijftig jaar oud zwijn van een baas die vindt dat hij alle recht heeft om haar achter in zijn Volga-stafauto te neuken wanneer hij daar maar zin in heeft.

In dit gesprek heeft ze tot twee keer toe de naam doctor Emmanuel Rapp laten vallen. Ze noemt hem het Rappschwein. Ik vraag haar of deze Rapp familie is van Kameraad Brigitte Rapp, die mij steeds komt consulteren vanwege een hele serie ingebeelde kwalen. Ja, bevestigt ze, Brigitte luidt de naam van de echtgenote van het zwijn. Het verband is gelegd. Frau Brigitte Rapp had mij al toevertrouwd dat ze gehuwd is met een vooraanstaande Stasi-functionaris die doet waar hij zin in heeft. Ik bevind mij dus in het gezelschap van doctor Emmanuel Rapps zeer boze persoonlijke assistente en – als ik haar mag geloven – heimelijke maîtresse. Ze zegt dat ze heeft overwogen arsenicum in Rapps koffie te doen. Ze zegt dat ze een mes onder haar bed heeft liggen voor de volgende keer dat haar homoseksuele echtgenoot haar aanvalt. Ik druk haar op het hart dat dat gevaarlijke fantasieën zijn en dat ze die beter los kan laten.

Ik vraag haar of ze deze opstandige taal ook bezigt tegenover haar echtgenoot of op de werkvloer. Ze lacht en verzekert me dat ze dat niet doet. Ze heeft drie gezichten, zegt ze. Dan heeft ze het nog getroffen, want in de DDR hebben de meeste mensen er vijf of zes: 'Op de werkvloer ben ik een toegewijde en ijverige kameraad, ik ga netjes gekleed en heb altijd een keurig kapsel en vooral tijdens vergaderingen, en ik ben ook de seksslavin van een vooraanstaand zwijn. Thuis ben ik het mikpunt van haat van een sadistische bruinwerker (homoseksueel) die meer dan tien jaar ouder is dan ik en die als enige doel in zijn leven heeft ooit nog eens lid van de elitaire Majakovskiring te worden en het bed te delen met mooie jonge mannen.' Haar derde persoonlijkheid is degene die ik nu voor me zie: een vrouw die elk aspect van het leven in de DDR verafschuwt behalve haar zoon, en die heimelijk soelaas heeft gevonden bij God de Vader en Zijn heiligen. Ik vraag aan wie ze, afgezien van mij, dit derde gezicht nog meer heeft laten zien. Aan niemand. Ik vraag haar of ze stemmen hoort. Daar is ze zich niet van bewust, maar als ze iemands stem zou horen dan zou dat de stem van God zijn. Ik vraag haar of ze inderdaad geneigd is zichzelf letsel toe te brengen, zoals ze mij eerder had gesuggereerd. Ze antwoordt dat ze recentelijk had overwogen zich van een brug te storten, maar daarvan werd weerhouden door de liefde voor haar zoon Gustav.

Ik vraag haar of ze in de verleiding is geweest andere demonstratieve of wraakzuchtige dingen te doen, en ze antwoordt dat ze bij één gelegenheid, nog niet lang geleden, toen doctor Emmanuel Rapp op een avond zijn trui over een stoel had laten hangen, een schaar had gepakt en de trui aan flarden had geknipt en die vervolgens in een speciale afvalzak had gedaan met geheime stukken die zouden worden verbrand. Toen Rapp de volgende ochtend thuiskwam en klaagde dat hij zijn trui kwijt was, hielp ze hem ernaar te zoeken. Toen hij tot de conclusie kwam dat iemand hem moest hebben gestolen, opperde ze wie de schuldigen zouden kunnen zijn.

Ik vraag haar of haar wraakzuchtige gevoelens jegens Kameraad dr. Rapp sindsdien zijn geluwd. Ze kaatst terug dat die heviger zijn dan ooit en dat het enige wat ze meer haat dan Rapp het systeem is dat zwijnen zoals hij in machtsposities plaatst. Haar verborgen haatgevoelens zijn alarmerend en ik vind het weinig minder dan een wonder dat ze erin slaagt die voor het altijd waakzame oog van haar werkkameraden verborgen te houden.

Ik vraag haar waar ze woont. Ze antwoordt dat zij en haar man tot voor kort in een in Sovjetstijl opgetrokken appartement aan de Stalinallee woonden, waar geen speciale bewaking was en ze slechts tien minuten hoefde te fietsen naar het Stasi-hoofdkwartier in de Magdalenenstrasse. Kortgeleden – ze wist niet of dat kwam door homoseksuele invloed of geld, want haar man doet geheimzinnig over het geld dat hij van zijn vader heeft geerfd – zijn ze verhuisd naar een beschermde enclave in Berlin Hohenschönhausen, gereserveerd voor beleidsmakers en hoge overheidsambtenaren. Er zijn meren en bossen, waar ze dol op is, een speeltuin voor haar zoon Gustav en zelfs een eigen tuintje met een barbecue. Onder andere omstandigheden zou het huis idyllisch zijn, maar gedeeld met haar weerzinwekkende echtgenoot is het een aanfluiting. Ze is een enthousiaste fietser en gaat nog steeds op de fiets naar haar werk, naar schatting een halfuur rijden van deur tot deur.

Het is een uur in de nacht. Ik vraag haar wat ze haar man Lothar zal vertellen als ze thuiskomt. Ze antwoordt dat ze hem niets zal vertellen en voegt daar de volgende woorden aan toe:

‘Als mijn lieve Lothar mij niet verkracht of zich bedrinkt, zit hij op de rand van het bed met papieren van Buitenlandse Zaken van de DDR op zijn schoot en gromt hij en schrijft hij als iemand die de hele wereld haat, en niet alleen zijn vrouw.’

Ik vraag haar of het geheime documenten zijn die haar man mee naar huis brengt. Ze antwoordt dat ze uiterst geheim zijn en dat hij ze onrechtmatig mee naar huis neemt omdat hij naast een perverse smeerlap ook obsessief ambitieus is. Ze vraagt me of ik, als ze me de volgende keer bezoekt, de liefde met haar wil bedrijven omdat ze dat nog nooit heeft gedaan met een man die geen varken of verkrachter is. Ik meen dat ze een grapje maakt, maar ben er niet zeker van. In ieder geval weiger ik beleefd en leg uit dat het een principe van me is om niet met mijn patiënten te slapen. Ik gun haar de mogelijk troostrijke gedachte dat ik wel met haar naar bed zou gaan als ze niet mijn patiënte was. Als ze op haar fiets stapt om te vertrekken, zegt ze me dat ze haar leven in mijn handen heeft gelegd. Ik antwoord dat ik, in mijn hoedanigheid als haar arts, haar vertrouwen niet zal beschamen. Ze vraagt om een tweede afspraak. Ik opper aanstaande dinsdag om zes uur ’s avonds.

Overmand door een golf van inwendige walging sta ik onwillekeurig op.

‘Weet je waar het is?’ vraagt Nelson, zonder zijn ogen af te wenden van zijn boek.

Ik sluit me op in de wc en blijf daar zolang als ik durf. Als ik mijn plaats aan tafel weer inneem is Doris Gamp, alias Tulip, inmiddels stipt op tijd gearriveerd voor haar tweede afspraak, na, met haar zoon Gustav voorop in een mandje, helemaal naar Köpenick te zijn gefietst.

Opnieuw Riemeck:

Het humeur van moeder en zoon is vrolijk en ontspannen. Het is prachtig weer, haar man Lothar is op het laatste moment weggeroepen voor een conferentie in Warschau, hij zal nog twee dagen wegblijven, ze zijn in een uitgelaten bui. Morgen gaan zij en Gustav op de fiets naar haar zuster Lotte, 'de enige andere mens op de wereld waar ik van houd,' vertelt ze me vrolijk. Na het kind te hebben toevertrouwd aan de zorgen van mijn lieve moeder, die alleen zou willen dat het mijn kind was, begeleid ik Kameraad [naam onleesbaar gemaakt] naar mijn behandelkamer op zolder en draai Bach luid op de grammofoon. Plechtig – ik zou zeggen beschroomd – overhandigt ze me een doos bonbons die ze, zo zegt ze, heeft gekregen van Emmanuel Rapp, en ze raadt me aan ze niet allemaal in één keer op te eten. Als ik de doos openmaak zie ik dat er, in plaats van Belgische bonbons, twee microfilmcassettes in zitten. Ik ga op een kruk naast haar zitten, haar mond vlak bij mijn oor. Ik vraag haar wat er op de microfilmcassettes staat. Ze antwoordt geheime Stasi-documenten. Ik vraag haar hoe ze die heeft weten te bemachtigen en ze antwoordt dat ze die vanmiddag nog heeft gefotografeerd met behulp van Emmanuel Rapps eigen Minox-camera in de nasleep van een uitzonderlijk vernederende seksuele confrontatie. Het contact had nauwelijks plaatsgevonden of het Rappschwein was weg gescharreld naar een vergadering in Huis 2 waarvoor hij al te laat was. Ze voelde zich wraakzuchtig en vermetel. De documenten lagen verspreid over zijn bureau. Zijn Minox-camera lag in de la waar hij die overdag altijd bewaart.

'Stasi-medewerkers worden geacht te allen tijde alle voorzorgen in acht te nemen,' vertelt ze, de toon van een Stasi-apparatsjik aanslaand. 'Het Rappschwein is zo arrogant dat hij denkt dat hij de Dienstvoorschriften met voeten kan treden.'

'En de filmcassettes?' vraag ik haar. Hoe gaat ze dat uitleggen?

Het Rappschwein is infantiel, daarom moeten zijn grillen onmiddellijk worden ingewilligd, zegt ze. Het is zelfs voor hoge functionarissen ten strengste verboden speciale apparatuur als camera's of opnameapparatuur in hun persoonlijke kluis thuis te bewaren, maar Rapp lapt die verordening, net als andere, aan zijn laars. Bovendien heeft hij, bij zijn overhaaste vertrek, de deur van de brandkast nota bene op een kier laten staan, alweer een flagrante schending van de veiligheidsvoorschriften, die het haar mogelijk maakte het was-slot te omzeilen.

Ik vraag haar: wat is een was-slot? Ze legt uit dat op Stasi-brandkasten een ingewikkeld slot zit dat wordt bedekt met een laagje zachte was. Na het sluiten van de brandkast drukt de rechtmatige eigenaar zijn eigen stempel in de was met gebruik van een door de Stasi ter beschikking gestelde sleutel en een daaraan bevestigd zegel [*Petschaft*] dat hij te allen tijde bij zich draagt. Elke *Petschaft* is genummerd, met de hand vervaardigd en uniek. Wat de cassettes betreft, hij heeft kartonnen dozen vol ervan, per dozijn verpakt. Hij houdt de tel niet bij en gebruikt zijn Minox als een speeltje voor heel wat niet-officiële en liederlijke doeleinden. Hij heeft bijvoorbeeld vaak geprobeerd haar over te halen naakt voor hem te poseren, maar dat heeft ze altijd geweigerd. Hij bewaart ook flessen wodka en slivovitsj in zijn brandkast, want zoals zovele Stasi-kopstukken is hij een zware drinker en als hij dronken is wordt hij loslippig. Ik vraag haar hoe ze erin is geslaagd de minicassettes het hoofdkwartier van de Stasi uit te smokkelen en ze giechelt en antwoordt dat een arts als ik dat zou moeten weten.

Ze beweert echter wel dat, ondanks de obsessie van de Stasi met interne veiligheid, degenen die over de juiste passen beschikken, niet worden gevisiteerd. Kameraad [onleesbaar gemaakt] heeft bijvoorbeeld een pasje dat het haar mogelijk maakt zich vrijelijk te bewegen tussen de Huizen 1 en 3 van het Stasi-complex. Ik vraag haar wat ze verwacht dat ik met de cassettes zal doen, nu ze me daarmee heeft gecompromitteerd, en ze vraagt of ik zo vriendelijk zou willen zijn die door te geven aan de Britse inlichtingendienst. Ik vraag haar waarom niet aan de Amerikaanse, en ze is geschokt. Ze is een communiste, zegt ze. Het imperialistische Amerika is haar vijand. We gaan weer naar beneden. Gustav zit te dominoën met mijn lieve moeder. Ze deelt mee dat hij een schat van een kind is en uitblinkt in domino en dat ze hem om te stelen vindt.

Gehcims technische vleugel, altijd op zoek naar een excuus om ook een duit in het zakje te doen, komt tussenbeide:

Berlijn Geheimtech aan H/Geheim (Leamas).
Betr. uw Hoofdagent MAYFLOWER:

---

1. U rapporteert dat in zijn behandelruimte op zolder in Köpenick een ouderwetse radio aanwezig is. Moet Tech Ops aanpassen tot opnameapparaat?
2. U rapporteert dat Mayflower een Exakta-single-lens reflex-camera bezit die door de Stasi is goedgekeurd voor recreatief gebruik. Hij bezit ook een hoogtezon voor therapeutisch gebruik en, uit zijn studentenjaren, een microscoop. Zou hij, gezien het feit dat hij toch al over het basisinstrumentarium beschikt, niet moeten worden onderricht in het vervaardigen van microdots?
3. Köpenick ligt in een landelijk, dichtbebost gebied, ideaal voor geheime opslag van W/T en andere operationele apparatuur. Team ter plekke stationeren voor verkenning en verslaggeving?
4. Was-sloten. Zou Tulip bij haar seksuele escapades met Emmanuel Rapp gelegenheid kunnen vinden om een afdruk te maken van zijn persoonlijke sleutel en daaraan bevestigd zegel [*Petschaft*]? Technische afdeling bezit een brede collectie aan CD's [concealment devices – geheime opberg-houders] waarin zij geschikte plasticine-achtige substanties zou kunnen verbergen.

De inwendige walging keert terug. *Tijdens haar seksuele escapades?* Het waren verdomme niet *Tulips* escapades, maar die van het Rappschwein, klootzakken! Tulip gaf eraan toe omdat ze wist dat ze, als ze dat niet deed, er op verzonnen disciplinaire gronden uit zou vliegen en dat Gustav nooit naar die eliteschool zou gaan waar ze van droomde. En toegegeven, ze was een warmbloedige vrouw en snel opgewonden. Maar dat betekende *niet* dat ze genoot, *noch* met het Rappschwein *noch* met haar man!

Maar in Berlijn maalt Alec Leamas niet om dat soort dingen:

H/Geheim Berlijn (Leamas) *aan H/Geheim Marylebone* (Smiley).
Datum brief, kopie naar archief.

Beste George,
Een succesvol gietsel!
Tot mijn genoegen kan ik je mededelen dat de kopie van Emmanuel Rapps *Petschaft* en sleutel, heimelijk gemaakt door hulpbron Tulip, een haarzuivere facsimile heeft opgeleverd, met scherpe belettering en cijfers. De cowboys van Tech hebben geadviseerd dat zij, uit voorzorg, een lichte draai geeft aan de *Petschaft* als ze die terugtrekt uit de was. Een rondje van de zaak dus!
In oprechte vriendschap,

Alec.

PS Bijlagen: Tulips PP, overeenkomstig voorschriften HO, UITSLUITEND EN ALLEEN BESTEMD VOOR GEHEIM!! AL.

PP voor Privé Personalia. PP als afkorting voor elk menselijk leven waarvoor de Dienst ook maar enige belangstelling aan de dag legt. PP voor penitentie. PP voor pijn.

Volledige naam hulpbron: Doris Carlotta Gamp.
Geboren: Leipzig 21.X.'29
Opleiding: Afgestudeerd aan Universiteiten van Jena en Dresden in Politieke en Sociale Wetenschappen.
CV en andere persoonlijke gegevens: Op de leeftijd van 23 jaar gerekruteerd als junior archiefmedewerkster, één zuster, Lotte, onderwijzeres in Potsdam, ongehuwd. Hoofdkwartier Stasi, Oost-Berlijn. Uitsluitend toegang tot Vertrouwelijk en lager. Na proefperiode van zes maanden, toegang verhoogd tot Geheim. Toegevoegd aan sectie J3, verantwoordelijk voor behandeling en evaluatie verslagen van standplaatsen overzee.

Na één jaar in vaste dienst ontstaat relatie met eenenveertig jaar oude Lothar Quinz, gezien als rijzende ster bij Buitenlandse Dienst DDR. Zwangerschap en burgerlijk huwelijk volgen.

Na zes maanden huwelijk bevalt Quinz geboren Gamp van een zoon, en noemt hem Gustav, naar vader. Zonder echtgenoot daarin te kennen, laat ze zoon dopen door 87-jarige oude gepensioneerde Russisch-orthodoxe priester en *starets* (heilige leermeester), een pseudo-Raspoetin die verbonden was aan de kazerne van het Rode Leger in Karlshorst. Wat de aanleiding was tot die bekering tot de Russische orthodoxie is verder niet bekend. Om aan Quinz' aandacht te ontsnappen vertelde Gamp hem dat ze op bezoek ging bij haar zuster in Potsdam en ze maakte de reis naar Raspoetin op de fiets met Gustav in het mandje.

10 juni 1957, aan het einde van haar vijfde jaar in dienst, opnieuw gepromoveerd, ditmaal tot assistente van Emmanuel Rapp, door KGB opgeleide directeur overzeese operaties.

Om bij Rapp in de gunst te blijven, is zij ook genoodzaakt hem seksuele gunsten te verlenen. Als ze zich hierover beklaagt tegen haar echtgenoot, zegt hij dat er aan de verlangens van een kameraad van Rapps statuur tegemoet dient te worden gekomen. Zij gelooft dat dit een opvatting is die door haar collega's binnen de Stasi wordt gedeeld. Volgens Tulip zijn ze allemaal op de hoogte van de affaire, en weten zij dat het een grove schending is van de Stasi-discipline. Maar ze vrezen ook dat, als zij het rapporteren, het gezien de reikwijdte van Rapps invloed, voor hen niet zonder gevolgen zal blijven.

Operationele ervaring tot op heden:
Bezocht bij toetreding tot de Stasi indoctrinatiecursus voor alle nieuwe personeelsleden. Beheerst, in tegenstelling tot de meeste van haar collega's, het Russisch in woord en geschrift goed. Uitgekozen voor aanvullende training in samenzweringsmethodieken, geheime ontmoetingen, rekrutering en misleiding. Tevens opleiding gehad in geheimschrijven (houtskool en vloeistoffen), clandestiene fotografie (microcassettes, microdot), achtervolgen,

achtervolging detecteren en afschudden, basiscursus W/T. Aanleg 'goed tot uitstekend'.

Als Emmanuel Rapps personal assistant en 'golden girl' (Rapps woordkeuze), vergezelt ze hem regelmatig naar Praag, Boedapest en Gdansk, waar hij door de KGB georganiseerde conferenties bijwoont van verbindingsdiensten in het Oostblok. Tot tweemaal toe wordt ze bij zulke conferenties aangewezen als officiële stenografe. Ondanks haar afkeer jegens hem, droomt ze ervan Rapp naar Moskou te vergezellen om het Rode Plein bij nacht te zien.

Slotopmerkingen van coördinator:
H/Geheim Berlijn aan H/Geheim Marylebone [ongetwijfeld met medewerking van Stas de Jong]

De betrekkingen tussen hulpbron Tulip en deze Dienst vinden uitsluitend plaats via Mayflower. Hij is haar huisarts, manager, vertrouweling, privébiechtvader en boezemvriend, in die volgorde. Wat we dus hebben is een hondstrouw meisje dat achter onze sterspion aan holt en als het aan mij ligt houden we dat zo. Zoals je weet hebben we haar recentelijk voorzien van haar eigen Minox, ingebouwd in de sluiting van haar schoudertas en van cassettes in de bodem van een blikje talkpoeder. Ze is vanaf heden ook de trotse bezitster van een duplicaatsleutel en *Petschaft* voor het was-slot op Rapps brandkast.

Daarom is het verheugend dat Mayflower bericht dat Tulip geen verontrustende tekenen van stress vertoont. Integendeel, zegt hij, haar moreel is nooit beter geweest, ze lijkt van het gevaar te genieten, en het enige wat hem zorgen baart is dat ze te overmoedig wordt en nodeloze risico's gaat nemen. Zolang ze elkaar zonder plichtplegingen in Berlijn kunnen ontmoeten onder de dekmantel van een medisch consult, maakt hij zich geen grote zorgen.

Er openbaart zich evenwel een heel ander operationeel probleem als zij Rapp vergezelt naar conferenties buiten de DDR. Omdat vaste plekken om boodschappen uit te wisselen geen optie zijn in ad-hocsituaties, kan Geheim misschien een extra koerier achter de hand houden om Tulip op korte termijn van dienst te zijn in de niet-Duitse steden binnen het Oostblok?

Ik sla de bladzijde om. Mijn hand trilt niet. Onder stress trilt hij nooit. Dit is een doodgewone operationele gedachtewisseling tussen Marylebone en Berlijn.

George Smiley aan Alec Leamas in Berlijn, persoonlijke handgeschreven notitie, kopie naar archief:

Alec. Wil je er, ter voorbereiding van Emmanuel Rapps naderende bezoek aan Boedapest, op toezien dat aangehechte foto van Peter Guillam, die als haar extra koerier zal optreden, zo spoedig mogelijk aan hulpbron Tulip wordt getoond.
Groet, G

George Smiley aan Peter Guillam, handgeschreven memo, kopie naar archief:

Peter, dit zal jouw dame in Boedapest zijn. Bekijk haar zorgvuldig!
Bon voyage. G.

'Zei je wat?' vroeg Nelson op geërgerde toon, terwijl hij opkeek van zijn boek.

'Niks. Hoezo?

'Dan moet het buiten op straat zijn geweest.'

***

Wanneer je om operationele redenen de gelaatstrekken van een onbekende vrouw bekijkt, blijven wellustige gevoelens buiten spel. Je kijkt niet hoe mooi ze is. Je vraagt je af of ze kort of lang haar zal hebben, of ze het heeft gekleurd, onder een hoofddeksel verstopt of los laat hangen, en wat haar gezicht te bieden heeft aan karakteristieke kenmerken; breed voorhoofd, hoge jukbeenderen, kleine of amandelvormige ogen. Na het gezicht bestudeer je de vormen en de maten van het lichaam en probeer je je voor te stellen hoe het eruit zou zien als het iets specifiekers zou dragen dan het gebruikelijke Partij-broekpak en de turftrappers met veters. Je kijkt niet naar het sexappeal, behalve in zoverre het de aandacht van een ontvankelijke waarnemer zou kunnen trekken. Mijn enige zorg in dit stadium was hoe de eigenares van dit gezicht en dit lichaam zich zou gedragen ten overstaan van een blinde koerier op een warme zomerdag in de zwaarbewaakte straten van Boedapest.

En het beknopte antwoord op die vraag luidt: in Boedapest, onberispelijk. Bekwaam, bedreven, onopvallend, doortastend. En ik, als blinde koerier, niet minder. Een zonnige dag, een drukke stad, twee vreemden, we naderen elkaar, botsen zowat tegen elkaar op, ik koers naar links, zij naar rechts, heel even is er sprake van een aanraking. Ik brom een verontschuldiging, zij negeert die en haast zich verder. Ik ben twee cassettes microfilm rijker.

Een tweede *Treff* in de oude binnenstad van Warschau vier weken later, iets veeleisender weliswaar, verliep ook zonder problemen, zoals blijkt uit mijn handgeschreven rapport aan George met kopie naar Alec:

PG aan H/Geheim, kopie aan AL, Berlijn.
Onderwerp: Hulpbron TULIP *blinde Treff.*

Evenals bij eerdere gelegenheden herkenden wij elkaar al snel. Lichamelijk contact was niet waarneembaar en snel. Ik geloof niet dat zelfs iemand die ons van vlakbij observeerde iets van de uitwisseling zou hebben gezien.

Het was duidelijk dat Tulip buitengewoon goed was geïnstrueerd door Mayflower. Mijn volgende levering aan H/Stpl Warschau leverde geen problemen op.

PG

En Smiley's handgeschreven antwoord:

Opnieuw knap gedaan, Peter! Bravo! GS.

Maar misschien toch niet zo knap als Smiley denkt en misschien ook niet zo gladjes als mijn handgeschreven memo zo gretig tracht te suggereren.

***

Ik ben een Franse toerist uit Bretagne die deel uitmaakt van een Zwitserse groepsreis. Volgens mijn paspoort ben ik directeur van een bedrijf maar als mijn reisgenoten me aan de tand voelen onthul ik dat ik maar een nederige handelsreiziger in kunstmest ben. Samen met mijn groep geniet ik van de bezienswaardigheden in de schitterend gerestaureerde oude binnenstad van Warschau. Een welgevormde jonge vrouw in een wijde broek en een geruit vest komt op ons af lopen. Haar haar, dat de vorige keer schuilging onder een baret, golft nu los en kastanjebruin. Bij elke stap deint het in de zonneschijn. Ze draagt een groene sjaal. Geen sjaal betekent geen overdracht. Ik draag een stoffen Partij-pet met een rode ster, die ik bij een kraampje op straat heb gekocht. Steek de pet in de zak, geen overdracht. In de oude binnenstad wemelt het van de andere reisgezelschappen. Het onze is minder handelbaar dan onze Poolse gids zou wensen. Drie of vier van ons is ze al kwijt en wij staan met elkaar te kletsen in plaats van te worden onderricht over de miraculeuze wedergeboorte van de stad na de bombardementen door de nazi's. Mijn oog is gevallen op een bronzen standbeeld. Het oog van Tulip eveneens, want zo is ons treffen geënsceneerd. We zullen de pas niet inhouden als we maar bij elkaar komen. Nonchalance is het belangrijkste, maar ook weer niet al te nadrukkelijk. Geen oogcontact, maar niets te gekunstelds in de manier waarop we elkaar negeren. Alles in Warschau wordt scherp in de gaten gehouden. En dat geldt in de eerste plaats voor toeristenattracties.

Dus wat heeft dat plotselinge wulpse gewieg van de heupen te betekenen, en wat moet die fonkeling van demonstratieve verwelkoming in de grote amandelvormige ogen? Eén vluchtig ogenblik – maar minder vluchtig dan waar ik op voorbereid ben – krullen onze rechterhanden zich om elkaar heen. Maar in plaats van onmiddellijk weer los te laten nestelen haar vingers zich, na hun piepkleine inhoud te hebben overgedragen, in mijn handpalm en zouden daar nog langer zijn blijven nestelen als ik ze niet had losgewrikt. Is ze krankzinnig? Ben ik het? En hoe zit dat met die snelle warme glimlach die ik heb opgevangen? – of maak ik mezelf iets wijs?

We gaan elk ons weegs: zij naar haar conferentie van spiocraten van het Warschaupact, ik met mijn groep naar een kelderbar, waar de cultureel attaché van de Britse ambassade en zijn vrouw zich toevallig tegoed zitten te doen aan een hoektafeltje. Ik bestel een biertje en begeef me naar het herentoilet De cultureel attaché, die ik uit een ander leven ken als een medestagiair op Sarratt, komt achter me aan. De uitwisseling verloopt snel en zwijgend. Ik voeg me weer bij mijn groep. Maar de kriebeling van Tulips vingers is niet verdwenen.

En dat is ze nog steeds niet, nu ik Stas de Jongs loflied op hulpbron Tulip, de helderste ster van het netwerk van Mayflower lees:

> Tulip is er volledig van doordrongen dat ze verslag uitbrengt aan deze Dienst en dat Mayflower zowel onze officieuze medewerker als haar uitweg is. Ze heeft besloten dat ze onvoorwaardelijk van Engeland houdt. Ze is vooral onder de indruk van de hoge kwaliteit van onze spionagetechnieken, en heeft haar meest recente *Treff* in Warschau uitverkoren als voorbeeld van Britse voortreffelijkheid.
>
> Tulips voorwaarden voor relocatie na voltooiing van haar werkzaamheden, wanneer daar maar sprake van zou zijn, bedragen 1000 pond voor elke volle maand actieve dienst, plus een eenmalige gratificatie van 10.000 pond, zoals goedgekeurd door

H/Geheim. Maar haar grootste wens is dat, als de tijd gekomen is, wanneer dat ook zijn mag, zij en haar zoon Gustav Brits staatsburger zullen worden.

Haar eigen heimelijke gaven zijn zo mogelijk nog indrukwekkender. Haar succes bij het installeren van een microcamera in de bodem van het doucheplateau in het damestoilet op haar etage verlost haar van de stress die het steeds weer in haar handtas naar binnen en naar buiten smokkelen in Huis 3 met zich meebrengt. Haar door de Dienst vervaardigde *Petschaft* en sleutel bieden haar de mogelijkheid Rapps brandkast te openen en weer te sluiten zodra de kust veilig is en ze daar zin in heeft. Afgelopen zaterdag heeft ze Mayflower toevertrouwd dat ze het vaakst droomt dat ze ooit nog eens met een mooie Engelsman zal trouwen!

'Is er iets?' vraagt Nelson, ditmaal doelbewust.

'Ik ben op een rozet gestuit,' antwoord ik, en het is nog waar ook.

***

Bunny heeft een koffertje meegebracht en draagt een donker pak. Hij komt rechtstreeks van een vergadering bij Financiën, met wie of waarom vertelt hij er niet bij. Laura hangt onderuit in Controls stoel met haar benen over elkaar. Bunny pakt een fles warme sancerre uit zijn koffertje en schenkt ons een glas in. Dan maakt hij een zakje gezouten cashewnoten open, en vraagt ons toe te tasten.

'Valt het je zwaar, Peter?' vraagt hij hartelijk.

'Wat dacht je dan?' antwoord ik op de verongelijkte toon die ik besloten heb aan te slaan. 'Het is nou niet bepaald een gezellig uitstapje naar het verleden, hè?'

'Maar wel nuttig, hoop ik. Is het niet al te stressig om terug te keren naar al die oude belevenissen en gezichten?'

Daar ga ik niet op in. Het verhoor begint, aanvankelijk traag:

'Mag ik je eerst het een en ander vragen over *Riemeck*, een ongewoon aantrekkelijk personage voor een spion, is het niet?'

Knik.

'En een arts. Een verdomd goeie.'

Opnieuw knik.

'Maar waarom beschrijven de dagrapporten van Mayflower, zoals die aan fortuinlijke klanten van Whitehall werden uitgedeeld, de bron dan als – en ik citeer – "een hooggeplaatste functionaris binnen het middenkader van de Oost-Duitse Socialistische Eenheidspartij met regelmatige toegang tot hooggeclassificeerd Stasi-materiaal"?'

'Desinformatie,' antwoord ik.

'Ingebracht door?'

'George, Control, Lacon op Financiën. Ze wisten allemaal dat het materiaal van Mayflower heel wat opschudding zou veroorzaken zodra het bekend werd. Het eerste wat klanten zouden vragen was wie de bron is. Dus hebben ze een bron van overeenkomstig gewicht verzonnen.'

'En die Tulip van jou?'

'Wat is er met Tulip?'

Te snel. Ik had moeten wachten. Zit hij me te jennen? Waarom kijkt hij me anders aan met dat veelbetekenende, nare, vreugdeloze lachje dat maakt dat ik hem wel zou kunnen slaan? En waarom zit Laura ook zo raar te gniffelen? Neemt ze wraak voor ons geflopte Griekse etentje?

Bunny zit iets te lezen wat hij op zijn schoot houdt en zijn onderwerp is nog steeds Tulip: '"Hulpbron is een privésecretaresse op het ministerie van Binnenlandse Zaken met toegang tot de hoogste kringen." Gaat dat niet een beetje ver?'

'Ver, hoezo?'

'Geeft dat haar niet wat meer – tja, *aanzien* dan ze verdient? Ik bedoel, waarom niet *promiscue* privésecretaresse, om maar wat te noemen. *Kantoornymfomane* zou misschien beter bij haar passen, als we zoeken naar equivalenten in de echte wereld. Of *heilige hoer*, misschien, als huldeblijk aan haar religieuze voorkeuren?'

Hij kijkt naar me, wacht op mijn woede-uitbarsting, verontwaardiging, ontkenning. Op de een of andere manier slaag ik erin hem dat genoegen te onthouden.

'Maar ach, jij zult jouw Tulip wel het beste kennen,' vervolgt hij. 'Jij, die haar zo toegewijd van dienst bent geweest.'

'Ik ben haar *niet* van dienst geweest, en ze is niet *mijn* Tulip,' antwoord ik met afgemeten bedaardheid. 'Al die tijd dat ik in het veld was, hebben Tulip en ik geen enkel woord gewisseld.'

'Geen enkel?'

'Niet tijdens al onze *Treffs*. We schoven langs elkaar en we wisselden geen woord.'

'Hoe kan het dan dat ze jouw naam kende?' vraagt hij met zijn allercharmantste, jongensachtige glimlach.

'Ze kende mijn naam *niet*, verdomme! Hoe zou ze die ooit kunnen kennen als we zelfs nog nooit *dag* tegen elkaar hadden gezegd?'

'*Een* van jouw namen, is misschien beter gezegd,' volhardt hij onaangedaan.

Dat is Laura's claus: 'Wat zou je van *Jean-François Gamay* zeggen, Pete,' oppert ze, met dezelfde schertsende ondertoon. 'Compagnon in een Frans elektronicabedrijf gevestigd in Metz, die geniet van een geheel verzorgde reis aan de Zwarte Zee met het Bulgaarse Staatsreisbureau. Dat is toch wel wat meer dan *dag*.'

Mijn vrolijke lachuitbarsting is ongeremd, en dat kan ook bijna niet anders, want die komt voort uit spontane en oprechte opluchting.

'Ach jezus!' roep ik schaterend. 'Dat heb ik niet tegen *Tulip* gezegd. Dat heb ik tegen *Gustav* gezegd!'

***

Daar zitten jullie dan, Bunny en Laura, en ik hoop dat jullie op je gemak zitten om dit moralistische sprookje aan te horen over hoe de meest heimelijke en zorgvuldigst voorbereide plannen stuk kunnen lopen op de onschuld van een kind.

Mijn werknaam is inderdaad Jean-François Gamay, en ja, ik maak deel uit van een groot, zorgvuldig in de gaten gehouden reisgezelschap dat voor een paar centen geniet van de zon en de zee in een niet bijster heilzaam Bulgaars vakantieoord aan de Zwarte Zee.

Tegenover de baai van ons troosteloze hotel bevindt zich het Pension voor bij de Partij aangesloten Arbeiders, een wanstaltig betonnen geval in Sovjetstijl, overdekt met communistische vlaggen en we kunnen zijn krijgslustige muziek, doorspekt met opbeurende boodschappen over vrede en goede wil uit een batterij luidsprekers, over het water horen denderen. Ergens binnen die muren houden Tulip en haar vijf jaar oude zoontje Gustav een collectieve arbeidersvakantie, met dank aan de invloedrijke connecties van de verfoeilijke Kameraad Lothar, Tulips echtgenoot die op mysterieuze wijze de tegenzin van de Stasi om haar leden op buitenlandse stranden te laten dartelen heeft weten te omzeilen. Ze wordt vergezeld door haar zuster Lotte, de onderwijzeres uit Potsdam.

Op het strand, zullen Tulip en ik, tussen vier en kwart over vier, een overdracht tot stand brengen, en ditmaal zal haar zoon Gustav daarin worden betrokken. Lotte zit dan veilig vast in het hotel, bij een arbeiderscongres. Het initiatief ligt bij de agent in het veld, in dit geval dus bij Tulip. Mijn opdracht is vindingrijk op haar te reageren. En daar zie ik haar al. Ze komt door de branding op me aflopen, gehuld in een volumineuze strandjurk met een gehaakte schoudertas. Terwijl ze naderbij komt wijst ze Gustav op een schelp of een mooi steentje voor in zijn emmertje. Ze heeft dezelfde zwierige deining van de heupen die ik in de oude binnenstad van Warschau al weigerde op te merken – zij het dat ik het nadrukkelijk niet over haar heupen heb tegen Bunny en Laura, die elk luchthartig woord van mij met de nodige scepsis aanhoren.

Terwijl ze dichterbij komt, scharrelt ze in haar gehaakte schoudertas. Andere zonaanbidders, andere kinderen, zijn aan het pootjebaden, liggen in de zon, eten boterhammen met worst en spelen schaak, en Tulip in de schijnwerpers is niet te beroerd om deze of gene kameraad een glimlach of een vriendelijk woord te schenken. Ik weet niet met welke list ze Gustav overhaalt naar mij toe te komen, of wat ze tegen hem zegt waardoor hij in luid gelach uitbarst en het waagt naar me toe te hollen om me een groot stuk blauw met wit en roze kokoskaramel in mijn hand te stoppen.

Maar ik weet dat ik charmant moet zijn, dat ik moet laten zien dat ik verrukt ben. Ik moet doen alsof ik de karamel opeet, ik moet de rest in mijn zak stoppen, op mijn hurken gaan zitten, als door een wonder de schelp die heimelijk al in mijn hand verborgen was opmerken en die bij wijze van beloning aan Gustav geven.

En bij alles lacht Tulip uitbundig – iets té uitbundig, maar over dat detail zwijg ik ook tegenover Laura en Bunny – en hem roept, kom nu hier, schat, en laat die aardige kameraad met rust.

Maar Gustav wil die aardige kameraad niet met rust laten, wat de hele pointe is van mijn anekdote voor Bunny en Laura. Gustav, die naar ieders maatstaven een brutaaltje is, houdt zich totaal niet aan het scenario. Hij vindt dat hij zaken heeft gedaan met die aardige kameraad, karamel tegen schelp en nu moet hij zijn nieuwe handelspartner sociaal en commercieel leren kennen.

'Hoe heet jij?' vraagt hij.

'Jean-François. En jij?'

'Gustav. Jean-François wat nog meer?'

'Gamay.'

'En hoe oud ben jij?'

'Honderdachtentwintig, en jij?'

'Vijf. Waar komt de kameraad vandaan?'

'Uit Metz, in Frankrijk. En jij?'

'Uit Berlijn, Democratisch Duitsland. Wil je een liedje horen?'

'Heel graag.'

Dus gaat Gustav in de branding in de houding staan en steekt zijn borst naar voren en trakteert me op een schoolliedje waarin onze geliefde Sovjetsoldaten worden bedankt dat ze hun bloed hebben vergoten voor een socialistisch Duitsland. Ondertussen maakt zijn moeder, die achter hem staat, de ceintuur van haar strandjurk los en toont, met haar blik strak op mij gericht, haar naakte lichaam in zijn unverfroren glorie, waarna ze de ceintuur loom weer vastmaakt en met mij overdadig applaudisseert voor het optreden van haar zoon; dan kijkt ze toe als de trotse moeder die zij is, terwijl ik Gustav een hand geef, een resoluut stapje achteruit zet en, met de rechtervuist omhoog, zijn communistische groet beantwoord.

Maar de glorie van Tulips naakte lichaam is ook iets wat ik voor mezelf houd, terwijl ik prakkiseer over een vraag die al in me brandde voor ik zelfs maar aan mijn amusante anekdote begon: *hoe wisten jullie in jezusnaam dat Tulip mijn naam kende?*

7

Ik weet niet in wat voor schemertoestand ik precies verzeild raakte toen ik, na die middag vroeg vrij te hebben gekregen, vanuit de somberheid van de Stal de bedrijvigheid van Bloomsbury betrad en, zonder enige bewuste ingeving, in zuidwestelijke richting naar Chelsea wandelde. Vernedering, zeker. Frustratie, verbijstering, ongetwijfeld. Verontwaardiging dat mijn verleden werd opgegraven en in mijn gezicht gesmeten. Schuld, schaamte, bezorgdheid, in overvloed. En allemaal in één uitbarsting van pijn en onbegrip gericht tegen George Smiley, omdat die zichzelf onvindbaar had gemaakt.

Maar was hij dat wel? Of loog Bunny tegen me, zoals ik tegen hem loog en was George helemaal niet zo onvindbaar als hij bezwoer? Hadden ze hem al gevonden en door de wringer gehaald, alsof dat ooit mogelijk was? Als Millie McCraig het antwoord wist – en ik vermoedde van wel – dan was haar ook een zwijgplicht opgelegd door haar eigen versie van de Officiële Geheimhoudingsverklaring die inhield dat George Smiley, levend of dood, onbespreekbaar was.

Als ik Bywater Street nader, ooit een rustig doodlopend straatje voor mindervermogenden en nu een van de vele Londense miljonairsgetto's, weiger ik toe te geven aan de golf van nostalgie die me overmant, of om de geparkeerde auto's in mijn geheugen te prenten, te kijken of er iemand in zit, of terloops mijn blik te laten glijden over de deuren en ramen van de huizen aan de overkant. Wanneer was ik hier voor het laatst geweest? Mijn geheugen houdt op bij de avond dat ik Georges kleine listen omzeilde met houten wiggen in de voordeur en op de loer ging liggen om hem mee te sleuren naar Oliver Lacons omvangrijke rode kasteel in Ascot voor de eerste etappe van zijn gekwelde reis naar zijn dierbare oude vriend Bill Haydon, aartsverrader en minnaar van zijn vrouw.

Maar op deze late, lome, midzomernamiddag weet Bywater Street 9 niets en heeft het niets van dit alles gezien. Rolgordijnen omlaag, voortuin overwoekerd door onkruid, bewoners afgereisd of dood. Ik loop de vier treden naar de voordeur op, druk op de bel, hoor geen vertrouwd gerinkel, geen voetstappen licht of zwaar. Geen George, die met zijn ogen knippert van plezier terwijl hij zijn brillenglazen poetst met de voering van zijn das – 'hallo, Peter, jij ziet eruit alsof je wel een borrel kunt gebruiken, kom binnen'. Geen opgewonden, slechts halfopgemaakte Ann – 'net op het punt om uit te gaan, Peter, engel – kus, kus – 'maar kom toch alsjeblieft binnen en los samen met die arme George alle problemen van de wereld op.'

Ik keer in marstempo terug naar King's Road, neem een taxi naar Marylebone High Street en laat me afzetten tegenover Daunt's boekhandel, die in Smileys tijd Mssrs Francis Edwards, opgericht in 1910 heette en waar Smiley heel wat gelukkige lunchuurtjes heeft doorgebracht. Ik duik onder in een doolhof van met kinderkopjes geplaveide stegen en tot woonhuizen omgebouwde koetshuizen dat ooit de buitenpost van de afdeling Geheime Operaties van het Circus vormde – of, zoals wij altijd zeiden, *Marylebone.*

In tegenstelling tot de Stal, die altijd alleen maar een schuiladres voor één operatie tegelijk was, is *Marylebone* met zijn drie voordeuren een Dienst op zich: met eigen kantoorpersoneel, codes, codeurs, koeriers en zijn eigen grijze leger van Extra's, die elkaar nooit kenden, van alle rangen en standen, die de klaroen maar hoefden te horen om meteen op te houden waar ze mee bezig waren en de goede zaak te hulp te snellen.

Was het dus in de verste verte zelfs maar denkbaar dat Geheim, vijftig jaar na dato, daar nog steeds zijn tenten had opgeslagen? In mijn gemoedstoestand verkoos ik dat te geloven. En houdt George Smiley zich nog steeds schuil achter die vensters? In mijn gemoedstoestand moet ik mezelf ervan hebben overtuigd dat dat zo was. Van de negen deurbellen deed er maar een het. Je moest een van de getrouwen zijn om te weten welke. Ik druk erop. Geen reactie. Ik druk op de andere twee bellen in hetzelfde portiek. Ik ga naar het volgende portiek en druk op alle drie. Een vrouwenstem krijst naar me.

'Ze is verdomme niet *hier*, Sammy! Ze is ervandoor met Wally en het kind. Als je nog eens aanbelt dan bel ik de politie, ik zweer het je!'

Haar advies ontnuchtert me. Voordat ik weet wat me overkomt zit ik in de rust van Devonshire Street, drink een vlierbessenlimonade in een café vol met medici in groene operatiekleding, die op zachte toon met de koppen bij elkaar praten. Ik wacht tot ik op adem ben gekomen. En naarmate ik helderder kan denken groeit ook mijn vastberadenheid. De laatste dagen en nachten is, ondanks alle afleidingen, het beeld van Christoph, delinquent, crimineel, uitgekookte zoon van Alec die mijn Catherine op de stoep van mijn huis in Bretagne bruut verhoort, mij bijgebleven. Tot die ochtend had ik de klank van angst in Catherines stem nog nooit gehoord. Niet angst om zichzelf: angst om mij. *Hij was een onaangenaam mens, Pierre... hij drong aan, Pierre... zo fors als een bokser... logeer jij in een hotel in Londen? Hij vroeg... wat is het adres?*

Ik noem haar *mijn* Catherine omdat ik haar sinds de dood van haar vader als mijn pupil heb beschouwd, en Bunny kan doodvallen met zijn insinuaties van iets geheel anders. Ik heb haar zien opgroeien sinds ze een kind was. Zij zag mijn vrouwen komen en gaan tot er geen een meer over was. Toen ze zichzelf als reactie op haar mooiere zus ontpopte als de dorpssnol en het bed deelde met elke vent die ze te pakken kon krijgen, schonk ik geen aandacht aan de opgeblazen protesten van de dorpspastoor die waarschijnlijk zelf een oogje op haar had. Ik kan niet goed overweg met kinderen, maar toen Isabelle was geboren was ik even blij voor Catherine als zijzelf. Ik heb haar nooit verteld waarmee ik mijn brood verdiende. Zij heeft me nooit verteld wie de vader was. In het hele dorp was ik de enige die het niet wist en wie het niets kon schelen. Als zij dat wil zal de boerderij ooit van haar zijn, en Isabelle zal op een drafje naast haar lopen, en misschien is er dan een jongere man voor Catherine, en misschien zal Isabelle bereid zijn hem wel recht in de ogen te kijken.

Zijn wij ook minnaars, met al die jaren tussen ons? Geleidelijk aan schijnen we dat te zijn geworden. Die regeling werd tot stand gebracht door Isabelle, die op een zomeravond met haar beddengoed over het erf trippelde en zich, zonder mij ook maar één blik waardig te gunnen, onder het raam van de overloop op de vloer buiten mijn slaapkamer installeerde. Mijn bed is groot; de logeerkamer is donker en koud; moeder en kind konden niet van elkaar worden gescheiden. Als ik me goed herinner hebben Catherine en ik wekenlang achtereen kuis naast elkaar geslapen, voordat we ons naar elkaar toe keerden. Maar misschien hebben we toch niet zo lang gewacht als ik graag zou denken.

***

Van één ding was ik tenminste zeker: ik zou geen moeite hebben mijn achtervolger te herkennen. Toen ik na Alecs dood zijn troosteloze vrijgezellenflatje in Holloway opruimde, was ik gestuit op een fotoalbum in zakformaat met een gedroogde edelweiss onder het cellofaan omslag. Ik stond op het punt het weg te gooien toen ik me realiseerde dat ik een fotografisch dagboek in mijn hand hield van Christophs leven van de wieg tot aan zijn inschrijving aan de universiteit. De Duitse onderschriften in witte inkt onder elk kiekje moesten er, naar ik vermoed, door zijn moeder aan zijn toegevoegd. Wat indruk op me had gemaakt was hoe hij al die tijd dezelfde gesloten uitdrukking die ik me herinnerde van de voetbalwedstrijd in Düsseldorf had behouden, tot aan het gedrongen, chagrijnige evenbeeld van Alec in een zondagspak, die een perkamentrol vastklemt alsof hij op het punt staat die in je gezicht te rammen.

En wat weet Christoph ondertussen van *mij*? Dat ik in Londen ben om een vriend te begraven. Dat ik de Goede Samaritaan uithang. Ik heb geen huisadres en ik ben geen type voor een sociëteit. Zelfs een onderzoeker met Christophs hooggeprezen talent zal mijn naam niet aantreffen op de ledenlijst van de Traveller's of de National Liberal Club. Evenmin in de Stasiarchieven of ergens anders. Mijn laatst bekende verblijfplaats in het Verenigd Koninkrijk was een tweekamerflat in Acton die ik had betrokken onder de naam Peterson. Toen ik mijn woning opzegde bij de huisbaas had ik geen nieuw adres achtergelaten. Dus waar zou de onverbiddelijke, volhardende, onbeleefde, criminele Christoph, zoon van Alec, fors als een bokser, na Bretagne naar mij op zoek gaan? Wat zou die ene plaats, de *enige* plaats zijn waar hij, als hij heel veel geluk heeft, en als alles hem meezit, mij heel misschien zou kunnen opsporen?

Antwoord – of het enige antwoord dat volgens mij hout sneed – in het Loebjanka van mijn oude Dienst aan de Theems: niet het oude, moeilijk te vinden Circus van zijn vader, maar de afzichtelijke opvolger ervan, het bastion dat ik op het punt stond te verkennen.

***

Op Vauxhall Bridge krioelt het van de forenzen op weg naar huis. De rivier eronder stroomt snel en is tjokvol verkeer. Ik maak geen deel uit van een Bulgaars reisgezelschap maar ben een Australische toerist die de bezienswaardigheden van Londen bezoekt: cowboyhoed, kaki vest met diverse zakken. Toen ik de eerste keer langskwam droeg ik een platte pet en een geruite sjaal, bij de tweede keer een wollen Arsenal-muts met pompon. Totale kosten van de gehele garderobe op de vlooienmarkt bij Waterloo Station: veertien pond. Op Sarratt noemden we dat silhouetvariaties.

Iedere waarnemer moet beducht zijn voor afleidingen, placht ik mijn jonge rekruten op het hart te drukken: dingen waar je je ogen niet van af kunt houden, zoals het mooie meisje dat dapper zit te zonnen op het balkon, of de straatprediker gekleed als Jezus Christus. Voor mij is het op deze vroege zomeravond een minuscuul stukje groen gras totaal omsloten door puntige spijkers waar mijn blik op gericht blijft. Wat is het? Een buitenstrafcel voor Circustuig? Een geheime lusthof uitsluitend voor hoge functionarissen? Maar hoe komen ze erin? Erger nog, hoe komen ze eruit?

Op een piepklein kiezelstrandje aan de voet van de borstwering van het bastion zit een Aziatisch gezin in veelkleurige zijden kleding tussen Canadese ganzen te picknicken. Een geel amfibievaartuig schuift naast hen tegen het talud omhoog en komt haperend tot stilstand. Er komt niemand uit. Het loopt tegen halfzes. Ik herinner me de werkuren bij het Circus: van tien uur tot wanneer ook voor de gezalfden, halftien tot halfzes voor het plebs. Een onopvallende exodus van jonge personeelsleden staat op het punt te beginnen. Ik kijk via welke van de uitgangen je het minst in het oog loopt. Toen het bastion voor het eerst werd ingenomen door de huidige huurders deden er verhalen de ronde over geheime tunnels die onder de rivier door liepen helemaal tot aan Whitehall. Nou ja, het Circus heeft in zijn tijd wel een paar tunnels gegraven, doorgaans onder het privéterrein van anderen, dus waarom ook niet een paar onder dat van jezelf?

Toen ik voor het eerst voor Bunny verscheen, was ik binnengelaten door een normale deur die heel klein leek naast een stel robuuste ijzeren hekken met een art-decomotief, maar ik nam aan dat die deur uitsluitend voor bezoekers bestemd was. Van de drie andere uitgangen die ik heb opgemerkt, is degene die naar mijn gevoel het eerst in aanmerking komt een dubbele, grijs geschilderde deur boven aan een onopvallende stenen trap aan de kant van de rivier, die uitkomt op de stroom voetgangers op het voetpad. Als ik de hoek om sla, gaan de grijze deuren open en er komen een stuk of zes mannen en vrouwen van tussen de vijfentwintig en de dertig jaar naar buiten. Ze hebben allemaal een uitdrukking van vastberaden anonimiteit op hun gezicht. De deuren gaan dicht, elektronisch vermoed ik. Ze gaan weer open. Een tweede groep komt de trap af.

Ik ben Christophs prooi, en zijn jager. Ik neem aan dat hij gedaan heeft wat ik het afgelopen halfuur ook heb gedaan: zich vertrouwd maken met het desbetreffende gebouw, waarschijnlijkste uitgangen kiezen, wachten op het geschikte moment. Ik handel vanuit de vooronderstelling dat Christoph gedreven wordt door dezelfde gezonde operationele instincten als zijn vader; dat hij alle mogelijke gedragingen van zijn prooi heeft doordacht en zijn plannen daaraan heeft aangepast. Als ik, zoals Catherine beweert, naar Londen ben afgereisd om een vriend te begraven – en waarom zou hij daaraan twijfelen? – dan kun je er vergif op innemen dat ik ook bij mijn voormalige broodheren ben langsgegaan om te praten over het ergerlijke historische proces dat Christoph en zijn nieuwe vriendin Karen Gold beginnen tegen de Dienst en een aantal van zijn met name genoemde werknemers, waar ik er een van ben.

Er komt weer een groepje mannen en vrouwen de trap af. Als ze het voetpad bereiken, loop ik achter hen aan. Een vrouw met grijs haar schenkt me een beleefde glimlach. Ze denkt dat ze me ergens van zou moeten kennen. Voetgangers op dat openbare voetpad sluiten zich bij ons aan. Op een bord staat *Naar Battersea Park.* We naderen een poort. Ik kijk omhoog en zie een forse man met een hoed en een driekwart lange donkere jas, die op de brug staat en de voorbijgangers onder zich afspeurt. De plek die hij heeft gekozen, bij toeval of met voorbedachten rade, geeft hem een uitstekend zicht op drie van de uitgangen van het bastion. Omdat ik eerder van dezelfde gunstige positie gebruik heb gemaakt, kan ik het tactische voordeel ervan bevestigen. Dankzij zijn omlaag gerichte hoofd en hoed, een zwarte vilthoed met een hoge kruin en een smalle rand, bevindt zijn gezicht zich in de schaduw. Maar zijn bokserspostuur is zo duidelijk als wat: brede schouders, massieve rug en minstens acht centimeter langer dan ik van Alecs zoon zou hebben verwacht, maar ja, ik heb zijn moeder nooit gekend.

We zijn onder de poort door. Donkere jas en zwarte vilthoed heeft de brug verlaten en zich bij de stoet aangesloten. Ondanks zijn zware lichaamsbouw beweegt hij zich snel. Dat gold ook voor Alec. Hij loopt zo'n twintig meter achter me, de vilthoed deint heen en weer. Hij probeert iemand of iets voor zich in de gaten te houden, en ik ben geneigd te denken dat ik dat ben. *Wil* hij dat ik hem opmerk? Of ben ik overdreven achtervolgingsbewust, ook zo'n zonde waar ik vroeger fel op tegen was?

Joggers, fietsers en boten snellen voorbij. Links van mij, flatgebouwen. Op de begane grond daarvan opzichtige restaurants met terrasjes en cafés en fastfoodkraampjes. Ik kijk naar weerspiegelingen in de ramen. Ik zorg dat hij langzamer gaat lopen. Ik herinner me mijn eigen stipulaties tegen nieuwelingen: jíj bent degene die het tempo bepaalt, niet degene die jou volgt. Draal. Wees besluiteloos. Ren nooit als je kunt slenteren. Op de rivier gonst het van de pleziervaartuigen, veerboten, skiffs, roeiboten en binnenschepen. Op de oever spelen straatartiesten menselijke standbeelden, blazen kinderen bellen en laten ze speelgoedvliegtuigjes vliegen. Als jij Christoph niet bent, dan ben je een achtervolger van het Circus. Maar de achtervolgers van het Circus waren, zelfs op onze slechtste dagen, niet zo beroerd.

Bij St. Georges Werf wijk ik af naar rechts en bestudeer demonstratief de dienstregeling. Je identificeert je achtervolger door hem keuzes te bieden. Springt hij achter je aan op de bus, of zal hij zeggen, de boom in met je bus en doorlopen? Als hij doorloopt, laat hij je misschien over aan iemand anders. Maar de vilthoed en zwarte overjas laat me niet over aan iemand anders. Hij wil mij en hij blijft dralen bij een worstenkraampje waar hij me bestudeert via de decoratieve spiegel achter de flessen mosterd en ketchup.

Bij de kaartjesautomaat voor veerboten in oostelijke richting begint zich een rij te vormen. Ik sluit achteraan aan, wacht mijn beurt af en koop een enkeltje naar de Tower Bridge. Mijn achtervolger heeft besloten geen worst te kopen. De veerboot komt langszij, de pier schommelt op en neer en we laten de passagiers eerst uitstappen. Mijn achtervolger heeft het pad overgestoken en buigt zich nu over de kaartjesautomaat. Hij maakt geërgerde gebaren. Wil iemand me helpen, alsjeblieft. Een rasta met een slappe pet op laat hem zien hoe het werkt. Contant, geen creditcard, en het gezicht nog steeds in de schaduw van de vilthoed. We gaan aan boord. Het bovendek staat vol met toeristen. De menigte is je handlanger. Maak er goed gebruik van. Ik gebruik de menigte op het bovendek en vind een plaatsje aan de reling terwijl ik wacht tot mijn achtervolger hetzelfde doet. Beseft hij dat ik hem in de gaten heb? Zijn we ons van elkaar bewust? Heeft hij, zoals mijn studenten op Sarratt zouden hebben gezegd, gepeild dat ik hem in de peiling heb? Zo ja, wegwezen.

Maar ik wil niet weg. De boot keert. Een straal zonlicht beschijnt hem, maar het gezicht blijft in de schaduw, zelfs als ik in de linker periferie van mijn gezichtsveld zie dat hij me de ene na de andere steelse blik toewerpt, alsof hij bang is dat ik ervandoor ga of pardoes over de reling spring.

Zou jij echt Christoph, zoon van Alec, kunnen zijn? Of ben je de een of andere gerechtsdienaar die me een dagvaarding in de maag moet splitsen? Maar als je dat bent, waarom zou je me dan achtervolgen? Waarom niet gewoon hier en nu op me af stevenen en me ermee confronteren? De boot schommelt opnieuw en opnieuw weet het zonlicht hem te vinden. Hij kijkt op. Voor het eerst zie ik zijn gezicht en profil. Ik heb het gevoel dat ik verbaasd en verrukt zou moeten zijn, maar ik ben geen van beide. Ik voel geen plotselinge verwantschap. Ik ben me alleen bewust van het idee dat er een afrekening zit aan te komen: Christoph, zoon van Alec, met dezelfde starre blik die ik me herinner van het voetbalstadion in Düsseldorf, en dezelfde harde vooruitstekende Ierse kaak.

***

Als Christoph al doorzag wat ik van plan was, dan doorzag ik hem. Hij had zich niet aan me bekend gemaakt omdat hij wachtte tot hij me kon *onderbrengen*, zoals de waarnemers het noemen: tot hij erachter is waar ik verblijf, en vervolgens tijd en plaats kan kiezen. Als reactie daarop diende ik hem de operationele informatie waar hij op uit was te onthouden en hem mijn eigen voorwaarden op te leggen, waarmee ik doel op een drukbevolkte plek met een overvloed aan onschuldige omstanders. Maar Catherines waarschuwingen, gevoegd bij mijn bezorgdheid, dwingen me rekening te houden met de mogelijkheid dat we hier te maken hebben met een gewelddadige man die vergelding wil voor mijn vermeende zonden jegens wijlen zijn vader.

Het was met deze eventualiteit in mijn achterhoofd dat ik me herinnerde hoe ik als jongetje in marstempo door de Tower van Londen was geleid door mijn Franse moeder, die bij alles wat ze zag luide en gênante uitroepen van afschuw slaakte. En ik herinnerde me in het bijzonder de grote trap op de Tower Bridge. Het was die trap die nu tegen me sprak, niet vanwege zijn iconische bezienswaardigheden, maar uit zelfbehoud. In de kleuterklas op Sarratt kreeg je geen les in zelfverdediging. Je leerde er een keur aan methoden om te doden, sommige geluidloos, andere minder, maar zelfverdediging stond niet hoog op het menu. Ik wist alleen zeker dat ik, als het op vechten uitdraaide, het gewicht van mijn tegenstander boven me moest hebben en alle hulp nodig had die de zwaartekracht me kon bieden. Hij was een in de gevangenis getrainde ruziemaker die bijna twintig kilo botten en spieren op mij voor had. Ik moest zijn gewicht tegen hem gebruiken, en ik kon geen betere plek bedenken dan een steile trap, waarbij ik met mijn gevorderde jaren een paar treden lager stond dan hij om zijn val te versnellen. Ik had al een paar nutteloze voorzorgsmaatregelen getroffen: al het kleingeld dat ik bezat naar mijn rechterjaszak verhuisd om te gebruiken als korte-afstandskartets en de middelvinger van mijn linkerhand gekromd rond mijn sleutelring als een geïmproviseerde boksbeugel. Niemand heeft ooit een gevecht verloren door zich erop voor te bereiden, toch, jongen? Nee, meester, dat is nooit gebeurd.

We stonden in de rij om van boord te gaan. Christoph stond ruim drieënhalve meter achter me, zijn weerspiegeling in de glazen deur uitdrukkingsloos. Grijs haar, had Catherine gezegd. Nu zag ik waarom: een dikke bos, die aan alle kanten onder de vilthoed uitstak, grijs, springerig en weerbarstig als dat van Alec en het grootste deel ervan in een vlecht die op de rug van zijn zwarte jas hing. Waarom had Catherine het niet over die vlecht gehad? Misschien had hij die onder zijn jas gestopt. Misschien waren vlechten niet waar ze het eerst aan dacht. In een moeizame sliert liepen we een talud op. De Tower Bridge was neergelaten. Een groen licht verzocht voetgangers over te steken. Toen ik boven aan de grote trap stond, draaide ik me om en keek hem recht aan. Ik zei woordeloos tegen hem: als je wilt praten, dan doen we het hier, waar mensen langslopen. Ook hij was stil blijven staan, maar het enige wat ik aan zijn gezicht en uit zijn ogen kon aflezen was de starre blik van de voetbaltoeschouwer. Ik liep snel twaalf treden de trap af die, afgezien van een stel daklozen, verlaten was. Ik moest een punt in het midden vinden. Ik moest zorgen dat hij een flink end omlaag zou vallen als hij me eenmaal voorbij was, want ik wilde niet dat hij terugkwam.

Het werd voller op de trap. Twee giechelende meisjes huppelden hand in hand voorbij. Een paar monniken in saffraangeel waren in een diep filosofisch gesprek verwikkeld met een bedelaar. Christoph stond boven aan de trap, een silhouet met hoed in een overjas. Stapje voor stapje begon hij met weloverwogen zorgvuldigheid de trap af te dalen, zijn handen enigszins gespreid langs zijn zij, zijn voeten ver uit elkaar, de worstelaarstred. Je loopt te langzaam, spoorde ik hem aan, kom naar me toe, ik moet je stuwkracht tegen je kunnen gebruiken. Maar hij was een paar treden boven mij tot stilstand gekomen en voor de eerste maal hoorde ik zijn volwassen stem, die Duits-Amerikaans klonk, en hoog, wat me op de een of andere manier choqueerde.

'Hallo, Peter. Hallo, Pierre. Ik ben het. Christoph. Alecs zoontje, weet je nog? Ben je niet blij me te zien? Wil je mij geen hand geven?'

Ik liet het kleingeld in mijn zak los en stak mijn rechterhand naar hem uit. Hij greep hem en hield hem lang genoeg vast om me zijn kracht te laten voelen, ondanks de vochtige gladheid van de handpalm.

'Wat kan ik voor je doen, Christoph?' vroeg ik, en als antwoord kreeg ik een van Alecs bijtende lachjes en dat extra beetje Iers dat hij in zijn stem stopte als hij zich aanstelde:

'Ach, jochie, je zou me om te beginnen op een borrel kunnen trakteren, verdomme!'

***

Het restaurant bevond zich op de eerste verdieping van een pseudo zestiende-eeuwse herberg met namaak wormstekige balken en een uitzicht op de Tower door schuine bewerkte vensters. De serveersters droegen ouderwetse mutsen en schorten en we konden een tafeltje krijgen als we daar ook wilden eten. Christoph zat met dat enorme lijf van hem onderuitgezakt op zijn stoel, en zijn vilthoed diep over zijn ogen geschoven. De serveerster bracht bier, want daar had hij om gevraagd. Hij nam een slok, trok een grimas en zette het glas opzij. Nagels zwart en afgebroken. Ringen aan alle vingers van zijn linkerhand. Aan zijn rechterhand alleen aan de vingers die ertoe doen. Het gezicht van Alec, maar met opgeblazen misnoegen waar pijnrimpels hadden moeten zijn. Dezelfde strijdlustige kaak. In de bruine ogen, als die al de moeite namen je aan te kijken, dezelfde flikkeringen van piraatachtige charme.

'Zo, en wat voer jij dezer dagen in je schild, Christoph?' vroeg ik hem. Hij dacht een poosje na.

'Dezer dagen?'

'Ja.'

'Nou, kort gezegd *dit* lijkt me,' zei hij met een brede grijns.

'En wat bedoel je precies met *dit*? Ik geloof niet dat ik het helemaal begrijp.'

Maar hij schudde zijn hoofd alsof hij wilde zeggen dat dat er niet toe deed, en ging pas rechtop zitten toen de serveerster onze biefstuk met frites bracht.

'Leuke stek heb je daar in Bretagne,' merkte hij onder het eten op. 'Hoeveel hectare?'

'Een stuk of vijftig. Waarom?'

'Van jezelf?'

'Waar hebben we het over, Christoph? Waarom ben je me komen opzoeken?'

Hij propte zijn mond nog eens vol, gooide zijn hoofd achterover en keek me glimlachend aan alsof hij wilde zeggen dat ik daar de vinger op de zere plek legde.

'Waarom ik naar je op zoek ben gegaan? Al dertig jaar ben ik een fortuinzoeker. Ik heb de hele wereld afgereisd. Diamanten gedaan. Goud gedaan. Drugs gedaan. Beetje wapens gedaan. In de bak gezeten. Te vaak. En heb ik mijn fortuin gevonden? Mooi niet. Dan kom ik terug naar het kleine oude Europa en ik vind jou. Mijn goudmijn. De beste vriend van mijn vader. Zijn beste maat. En wat heb jij je beste maat aangedaan? Je hebt hem de dood in gejaagd. Dat is geld, man. Dat is *echt* een smak geld.'

'Ik heb jouw vader de dood niet in gejaagd.'

'Lees de dossiers, man. Lees de Stasi-dossiers. Daar is geen woord Frans bij. Jij en George Smiley hebben mijn vader vermoord. Smiley was de leider. Jij was zo'n beetje zijn eerste krullenjongen. Jullie hebben mijn vader belazerd en jullie hebben hem vermoord. Direct of indirect, maar dat hebben jullie gedaan. En jullie hebben Elizabeth Gold meegesleurd in het spel. Het staat allemaal in die klotedossiers, man! Dat geweldig doortrapte complot dat jullie hebben verzonnen en dat in jullie gezicht is ontploft en iedereen heeft gedood. Jij hebt tegen mijn vader *gelogen*! Jij en die geweldige George van je. Jullie hebben tegen mijn papa gelogen en jullie hebben hem de dood in gejaagd. *Doelbewust.* Vraag maar aan de advocaten. Zal ik je eens wat vertellen? Het patriottisme is *dood*, man. Patriottisme is voor *baby's.* Als deze zaak internationale bekendheid krijgt dan zal patriottisme als rechtvaardiging *niet* worden geaccepteerd. Patriottisme als verzachtende omstandigheid is officieel naar de *kloten.* Net als de elites. Net als jullie,' voegde hij eraan toe en, toen hij op het punt stond een verfrissende slok bier te nemen, bedacht hij zich en rommelde in de zak van zijn zwarte jas, die hij ondanks de hitte nog steeds aanhad. Uit een gedeukt blikje klopte hij een snuifje wit poeder op zijn pols, drukte met zijn vrije hand zijn ene neusgat dicht en snoof het op ten overstaan van alle kanten die zijn kant op keken en dat waren er heel wat.

'Wat doe je eigenlijk hier?' vroeg ik.

'Ik kom verdomme je leven redden, man,' antwoordde hij, en hij stak beide handen uit en greep mijn pols in een gebaar van waarachtige loyaliteit.

'Dit gaat er gebeuren. Jouw gedroomde oplossing. Oké? Mijn persoonlijke aanbod aan jou. Het beste aanbod dat je ooit van je leven zult krijgen. Jij bent mijn vriend, oké?'

'Als jij het zegt.'

Ik had me losgemaakt uit zijn greep, maar hij zat me nog steeds liefdevol aan te kijken.

'Andere vrienden heb je niet. Andere oplossingen worden niet geboden. Dit is een uniek aanbod. Onvoorwaardelijk. Niet voor onderhandeling vatbaar.' Hij pakt zijn bierkroes, drinkt hem in één teug leeg en gebaart de serveerster dat hij er nog eentje wil. 'Eén miljoen euro. Aan mij persoonlijk. Zonder inmenging van derden. Eén miljoen euro op de dag dat de advocaten de aanklacht intrekken, en je hoort nooit meer iets van mij. Geen advocaten, geen mensenrechten, geen gelul. Je hebt zojuist de hele mikmak afgekocht. Waarom zit je me aan te kijken? Is dat een probleem?'

'Geen probleem. Het lijkt me alleen wat weinig. Ik had eigenlijk begrepen dat jouw advocaten het dubbele bedrag al hebben afgeslagen?'

'Je luistert niet. Ik bied je een topdeal. Dat zeg ik. Ik bied je een topdeal, één enkele betaling aan mij, één miljoen euro's.'

'En de dochter van Liz Gold – die ziet dat wel zitten, neem ik aan?'

'Karen? Luister, ik ken dat meisje. Ik hoef alleen maar naar haar toe te gaan, een beetje met haar te smoezen, zoals ik dat kan, dan praat ik over mijn ziel, ik huil misschien een beetje, ik zeg haar dat ik uiteindelijk toch niet door kan gaan met dit gedoe, dat het allemaal veel te pijnlijk voor me is, de nagedachtenis aan mijn vader, gun de doden hun rust. Ik heb alle woorden voorhanden. Karen is gevoelig. Vertrouw me nou maar.'

En als ik geen blijk geef van de nodige tekenen van vertrouwen:

'Luister. Ik heb dat meisje uitgevonden, verdomme. Ze staat bij me in het krijt. Ik heb het werk gedaan, ik heb de mensen betaald, ik heb de dossiers. Ik ben naar haar toegekomen, ik heb haar het goede nieuws verteld en haar gezegd waar ze het graf van haar moeder kan vinden. We gaan naar de advocaten. *Haar* advocaten. *Pro bono,* de ergste. Waar heeft ze die opgeduikeld? Zoiets als Amnesty. De een of andere mensenrechtenorganisatie. De *pro bono* advocaten gaan naar jouw overheid, steken een preek af. Jouw overheid ontkent elke verantwoordelijkheid, doet een onderhands, alleen voor jullie oren bestemd, wij hebben dit nooit gezegd, voorstel van één miljoen pond sterling *onvoorwaardelijk*. Eén miljoen! En dat is een openingsbod, daar kan over onderhandeld worden. Persoonlijk zou ik vandaag de dag geen sterling aanpakken, maar daar gaat het nu niet om. En wat doen Karens advocaten? Ze steken opnieuw een preek af. We *willen* geen miljoen pond, zeggen ze. We zijn hoogstaande mensen, we willen dat je door het stof gaat. En als je niet door het stof gaat, dan slepen we je voor het gerecht en als dat nodig is helemaal naar Straatsburg en voor dat klote Europese Hof voor de Rechten van de Mens. Jouw overheid zegt oké, *twee* miljoen, maar die *pro bono's* van haar houden nog steeds hun poot stijf. Ze zijn net als Karen. Ze zijn heilig. Ze zijn zuiver op de graat.'

Een metaalachtige knal maakt dat iedereen in het restaurant opkijkt. Christophs ongewassen linkerhand met al die ringen is met de palm omlaag op de tafel voor me neergekomen. Hij buigt zich naar voren. Zijn gezicht is kletsnat van het zweet. Een deur met UITSLUITEND PERSONEEL erop gaat open, een verschrikt hoofd kijkt om het hoekje, ziet Christoph en verdwijnt.

'Je zult mijn bankgegevens wel nodig hebben – oké, *man*? Hier zijn ze. En zeg dit tegen jouw overheid, *man*; één klote miljoen euro's op de dag dat we de aanklacht intrekken of anders krijgen jullie de volle laag.'

Hij tilde zijn hand op om een opgevouwen velletje gelinieerd papier te laten zien en keek toe hoe ik dat in mijn portefeuille stopte.

'Wie is Tulip?' vraagt hij op dezelfde dreigende toon.

'Pardon?'

'Codenaam van Doris Gamp. Stasi-vrouw, had een kind.'

Hij had zijn vertrek niet aangekondigd. Ik beweerde nog steeds dat de namen Gamp-Tulip me niets zeiden. Een dappere serveerster kwam op ons af schuifelen met de rekening, maar hij was al halverwege de trap. Tegen de tijd dat ik op straat aankwam, zag ik alleen nog zijn kolossale schaduw achter in een wegrijdende taxi, en zijn witte hand die sloom vaarwel wuifde uit het raampje.

Ik weet dat ik terug ben gelopen naar Dolphin Square. Ergens onderweg moet ik me het velletje papier hebben herinnerd met zijn bankrekeningnummer en het in een vuilnisbak hebben gesmeten, maar ik zou je echt niet meer kunnen vertellen welke.

8

Het zachte weer van de dag ervoor is verjaagd door een striemende regen die de straten van Pimlico ranselde als geweervuur. Ik kwam te laat voor mijn afspraak in de Stal en trof Bunny in zijn eentje op de stoep onder een paraplu.

'We vroegen ons al af of je ervandoor kon zijn gegaan,' zei hij, met zijn verlegen jongensglimlach.

'En als dat zo was geweest?

'Laten we zeggen dat je dan niet ver zou zijn gekomen.' Nog steeds glimlachend overhandigde hij me een bruine envelop met daarop in rode letters In Opdracht van Hare Majesteit. 'Gefeliciteerd. Je wordt beleefd verzocht te verschijnen voor onze meesters. De interparlementaire commissie van onderzoek wil een praatje met je maken. Dag van handeling wordt later medegedeeld.'

'En ook een praatje met jou, kan ik me zo voorstellen.'

'Nauwelijks. Maar wij zijn de sterren niet, hè?'

Er stopt een zwarte Peugeot. Hij gaat achterin zitten. De Peugeot rijdt weg.

'Hebben we onze leeslaarzen aan, Pete?' vraagt Pepsi. Ze heeft plaatsgenomen op haar troon in de Bibliotheek. 'Zo te zien gaan we een zware dag tegemoet.'

Ze doelt op de dikke vaalgele map die op de schragentafel op me ligt te wachten: mijn onuitgegeven meesterwerk, veertig pagina's dik.

***

'Ik stel voor dat jij een officieel rapport opstelt over de zaak, Peter,' zegt Smiley tegen mij.

Het is drie uur in de ochtend. We zitten met de koppen bij elkaar in de voorkamer van een sociale huurwoning op een complex in het New Forest.

'Volgens mij ben jij geknipt voor die taak,' vervolgt hij op dezelfde nadrukkelijk onpersoonlijke toon. 'Een afsluitend rapport, alsjeblieft, breedvoerig, rijk aan irrelevante details, maar alleen zonder dat ene stukje informatie waar, als God het wil, alleen jij en ik en vier anderen op aarde ooit vanaf zullen weten. Iets wat de wellustige begeerten van de Gezamenlijke Stuurgroep zal bevredigen, en kan dienen om het Hoofdkantoor post mortem – ik gebruik die woorden in overdrachtelijke zin – zand in de ogen te strooien waar zeker vraag naar zal zijn. Opgesteld om in eerste instantie uitsluitend door mij te worden goedgekeurd, alsjeblieft. Uitsluitend voor mijn ogen bestemd. Zou je dat willen doen? Kun je dat? Met Ilse naast je, uiteraard.'

Ilse, ultiem talenwonder van Geheim: preutse, plichtsgetrouwe Ilse die Duits, Tsjechisch, Servo-Kroatisch en Pools in haar prachtige vingers heeft; die met haar moeder in Hampstead woont en zaterdagsavonds fluit speelt. Ilse zal naast me zitten en mijn transcripties van Duitse opnames corrigeren. We zullen samen glimlachen om mijn foutjes, samen de keuze van een woord of een zin bespreken, samen broodjes laten aanrukken. We zullen samen over de bandrecorder gebogen zitten, onze hoofden tegen elkaar stoten, ons samen verontschuldigen. En stipt om halfzes zal Ilse terugkeren naar haar moeder en haar fluit in Hampstead.

***

OVERLOPEN EN ONTSNAPPEN VAN HULPBRON TULIP

Conceptrapport samengesteld door P. Guillam, Asst H/Geheim, aan Bill Haydon H/Gezamenlijke Stuurgroep en Oliver Lacon Financiën. Ter goedkeuring door H/ Geheim.

EERSTE INDICATIE dat hulpbron Tulip gevaar zou kunnen lopen te worden ontmaskerd deed zich voor in de loop van een routinetreffen tussen Mayflower en zijn coördinator Leamas (PAUL) op schuiladres K2 (Fasanenstrasse) op 16 januari, rond 07.30 uur.

Gebruikmakend van zijn alias Friedrich Leibach, was Mayflower op de fiets[1] de sectorgrens naar West-Berlijn gepasseerd samen met de ochtendcavalerie uit Oost-Berlijn. Een overdadig 'Engels ontbijt' van gebakken ei, spek en witte bonen in tomatensaus door Leamas bereid, is gewoonte geworden bij deze ontmoetingen die op onregelmatige tijdstippen plaatsvinden, afhankelijk van de operationele behoefte en Mayflowers professionele verplichtingen. Zoals altijd werd begonnen met de standaardrapportage en wat zich zoal aan netwerknieuws had voorgedaan:

Hulpbron DAFFODIL is opnieuw ziek geworden, maar staat erop zijn rol te blijven spelen, en 'zeldzame boeken, brochures en persoonlijke post' te blijven aannemen en doorsturen.

---

1 Na Mayflowers rekrutering door deze Dienst, werd besloten zijn openlijke reisjes naar West-Berlijn tot een minimum te beperken. Daarom had Standplaats Berlijn hem voorzien van het alias Friedrich Leibach, bouwvakker woonachtig in Lichtenberg, Oost-Berlijn, waar Mayflower op eigen initiatief het gebruik van een tuinschuurtje regelde voor zijn fiets en zijn werkplunje.

Hulpbron VIOLETS rapport over het concentreren van Sovjettroepen aan de Tsjechische grens werd door de klanten in Whitehall gunstig ontvangen. VIOLET krijgt de bonus die ze verlangt.

Hulpbron PETAL heeft een nieuw vriendje. Hij is een tweeëntwintig jaar oude korporaal-marconist van het Rode Leger, een codespecialist uit Minsk, kortelings aan haar eenheid toegevoegd. Hij is een gepassioneerd postzegelverzamelaar en PETAL heeft hem verteld dat haar (niet-bestaande) bejaarde tante een verzameling Russische postzegels van voor de revolutie bezit die ze beu is en misschien tegen een zekere prijs wel zou willen verkopen. Ze laat doorschemeren dat die, in bed onderhandelde, prijs, een signaalboek zal zijn. Op advies van Leamas heeft Mayflower haar verzekerd dat Londen een passende postzegelverzameling zal verschaffen.

Pas daarna wordt er over hulpbron TULIP gepraat.

Woordelijk.

Leamas: En aan het Doris-front? Gaat ze goed of gaat ze niet goed?

Mayflower: Paul, beste vriend, ik weet het niet en ik kan geen diagnose stellen. Met Doris zal elke dag weer anders zijn.

Leamas: Jij bent haar reddingsboei, Karl.

Mayflower: Ze is tot de conclusie gekomen dat haar echtgenoot, meneer Quinz, te veel belangstelling voor haar tentoonspreidt.

Leamas: Dat werd verdomme eens tijd. In welk opzicht?

Mayflower: Hij verdenkt haar. Ze weet niet waarvan. Hij vraagt haar voortdurend waar ze naartoe gaat, wie ze spreekt. Waar ze is geweest. Houdt haar in de gaten als ze kookt, zich aankleedt, haar eigen gang gaat.

Leamas: Misschien heeft Doris eindelijk een jaloerse man getroffen.

Mayflower: Dat spreekt ze tegen. Ze zegt dat Quinz uitsluitend belangstelling heeft voor zichzelf, zijn glanzende carrière en zijn ego. Maar met Doris weet je het maar nooit.

Leamas: En hoe zit het met het leven op kantoor?

Mayflower: Ze zegt dat Rapp het niet waagt haar te verdenken omdat zijn disciplinaire transgressies hem dat niet toestaan. Ze zegt dat als ze door de I.V. zou worden verdacht, ze al in een kooi in het tuchthuis verderop zou zitten.

Leamas: De I.V.?

Mayflower: De interne veiligheidsdienst van de Stasi. Op weg naar Rapps suite loopt ze elke dag hun deur voorbij.

De middag van dezelfde dag droeg Leamas De Jong op voor alle zekerheid het bestaande draaiboek voor een exfiltratie van hulpbron Tulip opnieuw te bekijken. De Jong bevestigde dat ontsnappingsdocumenten en middelen voor een oostwaartse exfiltratie via Praag klaarlagen. Mayflower had gewacht op de avondploeg arbeiders en was teruggefietst naar Oost-Berlijn.

Pepsi gedraagt zich als een zenuwpees. Ze komt herhaaldelijk van haar troon om zonder enige reden door de kamer te sluipen of om achter me te gaan staan en over mijn schouder te turen. Ik stel me Tulip voor in eenzelfde staat van rusteloosheid, dan weer thuis in Landsberg, dan weer in haar kantoorkamer naast die van Emmanuel Rapp in Huis 3 van de Stasi in de Magdalenstrasse.

De TWEEDE INDICATIE dat er wel eens iets mis zou kunnen zijn kwam in de vorm van een telefoontje van arts tot arts. Met de hulp van de West-Berlijnse politie was er een noodverbindingssysteem tot stand gebracht. Als Mayflower het Klinikum (West-Berlijn) belde vanuit het Charité (Oost-Berlijn) en meldde dat hij wenste te spreken met zijn denkbeeldige collega dokter Fleischmann, zou het gesprek onmiddellijk worden omgeleid naar Standplaats Berlijn. Op 21 januari om 09.20 uur vond onder medische dekmantel het volgende omgeleide gesprek plaats tussen Mayflower en Leamas.

Woordelijk:

Mayflower (bellend vanuit het Charité, Oost-Berlijn): Dokter Fleischmann?

Leamas: Daar spreekt u mee.

Mayflower: Met dokter Riemeck. U hebt een patiënt. Frau Lisa Sommer.[2]

Leamas: Wat is er met haar?

Mayflower: Gisteravond meldde Frau Sommer zich op mijn Afdeling Spoedeisende Hulp omdat zij aan waanvoorstellingen leed. We hebben haar een kalmerend middel gegeven maar ze heeft het ziekenhuis 's nachts op eigen instigatie verlaten.

Leamas: Wat voor waanvoorstellingen?

Mayflower: Ze beeldt zich in dat haar echtgenoot haar ervan verdenkt staatsgeheimen te verraden aan Fascistische en Partijvijandige elementen.

Leamas: Bedankt. Het staat genoteerd. Helaas wordt mijn aanwezigheid nu vereist in het theater [betekent ook operatiezaal].

Mayflower: Begrepen.

Twee uur gaan voorbij waarin Mayflower zijn *Theater*[3]-apparatuur uitpakte, de aanbevolen instellingen opzocht en ten slotte een zwak signaal opving. De geluidskwaliteit was tijdens het gehele volgende gesprek wisselvallig. Essentie:

Diezelfde ochtend vroeg had Tulip een nooit eerder voorgekomen noodtelefoontje gepleegd met Mayflower in zijn behandelkamer, die bestond uit een eerder overeengekomen serie tikjes op het mondstuk van de telefoon van een derde (in dit geval een telefooncel). Als reactie daarop had Mayflower

---

2 Codenaam voor Tulip

3 *Theater* is een prototype Amerikaans korte golf, hoge-frequentie-communicatiesysteem, speciaal ontwikkeld voor geheime Oost-West communicatie binnen de regio Berlijn. Leamas heeft het systeem beschreven in een D/O brief aan H/technische afd. als 'onpraktisch, verdomd omslachtig, overbodig en typisch Amerikaans.' Het is sindsdien niet meer gebruikt.

aangegeven dat ze vrijuit kon spreken: twee tikjes, pauze, drie tikjes.

De plaats van het spoedoverleg [so] was een bosje buiten Köpenick; gelukkig hetzelfde bosje dat hij eerder had uitgekozen om zijn *Theater*-apparatuur te verbergen. Beide partijen kwamen daar luttele minuten na elkaar op de fiets aan. De stemming waarin Tulip aanvankelijk verkeerde was, volgens Mayflower 'triomfantelijk'. Quinz was 'geneutraliseerd', hij was 'zo goed als dood'. Mayflower behoorde net zo blij te zijn als zij. God had aan haar kant gestaan. Toen het volgende verslag:

Toen Quinz de vorige avond laat van zijn werk was thuisgekomen had hij de Zenit-camera gepakt die aan zijn riempje achter de voordeur hing, de achterkant opengemaakt, iets gemompeld, hem weer dichtgeklapt en weer aan zijn haakje opgehangen. Toen moest en zou hij de inhoud van Tulips handtasje inspecteren. Toen zij dat weigerde smeet hij haar door de kamer en inspecteerde het tasje evengoed. Toen Gustav zijn moeder te hulp snelde, gaf Quinz hem een klap in zijn gezicht, waardoor hij uit zijn neus en mond bloedde. Toen duidelijk was dat hij niet vond waar hij naar op zoek was, speurde Quinz in de keukenkasten en -laden, beklopte koortsachtig het bankstel, ging als een razende door Tulips kleren en ten slotte door Gustavs speelgoedkast heen, alles zonder resultaat.

Terwijl Gustav alles kon horen daagde hij Tulip toen op luide toon uit hem antwoord te geven op de volgende vragen. Hij telde ze af op zijn gespreide vingers: nummer één, waarom er geen filmpje in de Zenit-gezinscamera zat; nummer twee, waarom er maar één ongebruikt filmpje in het vakje van de cameratas zat, hoewel dat er een week tevoren nog twee waren geweest; en nummer drie, waarom een filmpje dat afgelopen zondag nog in de Zenith had gezeten en waar nog maar twee opnames mee waren gemaakt nu ontbrak.

En bij wijze van aanvullende vragen: *wat* stond er op de acht overgebleven opnames die ze had gemaakt? *Waar* had ze het filmpje laten ontwikkelen? *Waar* waren de afdrukken? En *wat* was er gebeurd met het ontbrekende ongebruikte filmpje? Of *had* ze – daar was hijzelf van overtuigd – de geheime documenten gefotografeerd die hij mee naar huis had genomen en die doorverkocht aan westerse spionnen?

De werkelijke feiten waren, zoals Tulip heel goed wist, als volgt. Sinds ze een Minox onder de douchecel in de dames-wc in Huis 3 had verborgen had Tulip uit principe geen enkele keer meer een camera in de sluiting van haar schoudertas noch thuis bewaard. Als Quinz van het ministerie van Buitenlandse Zaken van de DDR belangrijke documenten mee naar huis bracht, dan wachtte Tulip tot hij sliep of door zijn vriendjes in beslag werd genomen, en fotografeerde de documenten dan met de Zenith bestemd voor de gezinskiekjes. De vorige zondag had ze twee foto's gemaakt van Gustav op een schommel in de speeltuin. Dezelfde avond, toen Quinz met zijn vrienden zat te drinken, had ze de rest van het filmpje opgeschoten aan de documenten uit zijn koffertje. Toen had ze het filmpje uit de Zenit gehaald, en het verstopt in de aarde van een bloempot in afwachting van haar volgende ontmoeting met Mayflower, maar had nagelaten een nieuw filmpje in de camera te laden, laat staan haar vinger voor de lens te houden om een paar mislukte opnames te maken die moesten doorgaan voor de twee kiekjes van Gustav. Ondanks alles wist Tulip toch wat zij beschouwde als een vernietigende tegenaanval tegen haar echtgenoot te lanceren. Ze vertelde Quinz, voor het geval hij dat nog niet wist, dat er heel wat mensen binnen de Stasi waren die een verdenking tegen hem koesterden vanwege zijn verfoeilijke vader en zijn vermeende homoseksualiteit; dat niemand binnen de Stasi in zijn overdreven blijken van trouw aan de Partij trapte; en ja, ze had inderdaad foto's gemaakt van wat ze maar te pakken kon krijgen uit zijn koffertje, *niet* om te verkopen aan het Westen of aan iemand anders, maar om hem te kunnen chanteren in het geval van een strijd over de voogdij van Gustav, die volgens haar dreigde. Omdat één ding duidelijk was, had ze tegen hem gezegd: als ooit uit zou komen dat Lothar Quinz geheime documenten mee naar huis nam om buiten kantooruren te kunnen bekijken, dan kon hij zijn droom om ooit ambassadeur van de DDR ergens in het buitenland te worden wel op zijn buik schrijven.

Terug naar de bandopname:

Leamas tot Mayflower: En hoe staan de zaken er nu voor?

Mayflower tot Leamas: Ze is ervan overtuigd dat ze hem de mond heeft gesnoerd. Vanochtend is hij gewoon naar zijn werk gegaan. Hij was kalm, hartelijk zelfs.

Leamas: Waar is ze nu?

Mayflower: Thuis, in afwachting van Emmanuel Rapp. Om elf uur zal hij haar in zijn auto komen ophalen en zullen ze naar Dresden rijden voor een plenaire zitting van de verzamelde Binnenlandse Veiligheidsdiensten. Hij heeft haar beloofd dat ze ditmaal de vergadering mag bijwonen als zijn assistente. Dat zal een eer voor haar zijn.

[Vijftien seconden pauze.]

Leamas: Mooi. Dan moet ze het volgende doen. Ze belt nu Rapps kantoor. Ze is de hele nacht hondsziek geweest, ze heeft gloeiend hoge koorts en ze is te ziek om te reizen, het spijt haar ontzettend. Dan maakt ze dat ze wegkomt. Ze kent de procedure. Ze gaat naar de afgesproken plaats. Ze wacht.

Vervolgens liet Leamas het Hoofdkantoor door middel van een spoedtelegram weten dat de noodzaak van een overhaaste exfiltratie van hulpbron Tulip van code oranje naar code rood was gestegen en dat, omdat ze volledig op de hoogte was van bron Mayflower, het volledige netwerk van Mayflower gevaar liep. Omdat het ontsnappingsplan de medewerking van zowel Standplaats Praag als Standplaats Parijs vereiste, waren de middelen en diensten van de Gezamenlijke Stuurgroep essentieel. Hij vroeg ook onmiddellijke toestemming om de ontsnapping 'in eigen persoon' op zich te nemen, hoewel hij heel goed wist dat, volgens geldende Circusregels, een functionaris in actieve dienst die over hoogst geheime informatie beschikt en voorstelt zonder diplomatieke bescherming niet erkend gebied te betreden vooraf schriftelijk toestemming van het Hoofdkantoor moet krijgen – in dit geval van de Gezamenlijke Stuurgroep. Tien minuten later had hij zijn antwoord: 'Verzoek afgewezen. Bevestig. G.S.' Het telegram was verder niet ondertekend conform H/GS (Haydons) politiek van collectieve besluitvorming. Tegelijkertijd maakte de afdeling Radiocode melding van een sterk toegenomen activiteit op alle Stasi-golflengten, terwijl de Britse Militaire Missie in Potsdam een verscherping van de bewaking bij alle doorlaatposten naar West-Berlijn en langs de gehele grens tussen Oost- en West-Duitsland opmerkte. Om 15.05 uur GMT kondigde de staatsradiozender van de DDR een nationale klopjacht aan op een niet nader genoemde vrouwelijke *lakei van het fascistische imperialisme* die voldeed aan het volgende signalement. Het signalement was van Tulip.

Leamas had, in weerwil van de instructie van de Gezamenlijke Stuurgroep ondertussen zelf stappen ondernomen. Daar verontschuldigt hij zich niet voor, hij zei alleen dat hij niet van plan was 'op zijn reet te blijven zitten en toe te kijken hoe Tulip en het hele netwerk van Mayflower in rook opgingen.' Toen Stuur erop aandrong dat op z'n minst Mayflower zelf onmiddellijk het land uit zou worden gesmokkeld, liet Leamas' repliek niets aan duidelijkheid te wensen over: 'Hij kan de plaat poetsen wanneer hij maar wil, maar dat doet hij niet. Hij laat zich liever berechten zoals zijn vader.' Minder duidelijk is de rol die de door de Standplaats kort tevoren bevorderde assistent-agent, Stavros de Jong, en Ben Porter, de bewaker en chauffeur van de Standplaats, speelden.

Getuigenverklaring van Ben Porter [bewaker Standplaats Berlijn] aan PG, woordelijk:

Alec zit achter zijn bureau en praat via de beveiligde lijn met Stuur. Ik sta bij de deur. Hij legt de hoorn op de haak, draait zich naar me om en zegt: 'Ben. Het gaat door. We moeten aan de bak.

Rij de Land Rover voor en zeg tegen Stas dat ik hem binnen vijf minuten in volle bepakking op de binnenplaats verwacht,' zegt hij. Meneer Leamas heeft nooit tegen me gezegd: 'Ben, ik moet je erop wijzen dat we hiermee nadrukkelijk in strijd met de instructies van het Hoofdkantoor handelen.'

Getuigenverklaring van Stavros de Jong, leerling geheim-agent verbonden aan H/Geheim Berlijn,aan PG, woordelijk:
Ik vroeg aan het Hoofd Geheim: 'Alec, weten we zeker dat het Hoofdkantoor in deze achter ons staat?' Waarom hij antwoordde: 'Stas, neem dat maar rustig van me aan.' Dat deed ik dus.

Ik was degene die instond voor hun onschuld, dat deden zij niet zelf. Omdat ik er niet aan twijfelde dat Smiley Leamas had aangemoedigd de ontsnapping van Tulip zelf op zich te nemen, zorgde ik er wel voor dat Ben Porter en De Jong Verlaat-de-gevangenis-zonder-betalen-kaartjes kregen voor het geval ze door Percy Alleline of een van zijn beulen werden gedwongen openheid van zaken te geven.

***

Het is drie dagen later. Het verhaal wordt door Alec persoonlijk opgepakt. Het is tien uur 's avonds en hij wordt van de overkant van een triplex tafel ondervraagd in de schuilkamer van de Britse ambassade in Praag waar hij een uur eerder is opgesloten. Hij praat tegen een bandrecorder en aan de overkant daarvan zit het hoofd van Standplaats Praag, ene Jerry Ormond, echtgenoot van de geduchte Sally die in de standplaats ook in hun gezamenlijke optreden voor het Circus niet op de voorgrond treedt. Eveneens op tafel, al is het maar in mijn goed gevoede verbeelding, een fles Schotse whisky en slechts één glas – dat van Alec – dat Jerry regelmatig bijvult. Uit de futloze toon van Alecs stem valt duidelijk op te maken dat hij bekaf is, wat Ormond maar al te goed uitkomt, want zijn taak als ondervrager is om het verhaal van zijn ondervraagde op te nemen voordat diens geheugen de kans heeft gekregen het te redigeren. Alweer in mijn verbeelding is Alec ongeschoren en draagt hij een geleende kamerjas na de haastige douche die hij heeft mogen nemen. Het Iers klinkt in onregelmatige uitbarstingen door in zijn stem.

En ik, Peter Guillam: waar ben ik? Niet in Praag met Alec, hoewel ik dat net zo goed wel had kunnen zijn. Ik zit in een bovenkamer van Geheims Hoofdkantoor in Marylebone, en luister naar de bandopname die razendsnel met een RAF-vliegtuig naar Londen is overgebracht, en ik denk bij mezelf: *de volgende die aan de beurt komt ben ik.*

AL: Het is acht graden onder nul op de trap van het Olympisch Stadion, snijdende oostenwind blaast fijne sneeuw aan, ijs op de wegen. Ik bedenk dat rotweer maar al te goed van pas komt. Rotweer is ontsnappingsweer. Land Rover staat klaar, Ben zit achter het stuur. Stas de Jong komt in volledig gevechtstenue de trap af marcheren, wringt zich met zijn hele een meter negentig, in de ruimte onder de vloer, met legerlaarzen en al. Ben en ik doen de klep boven hem dicht en gaan voorin zitten. Ik draag een officierspet en een overjas, drie sterren, Oost-Duitse werkplunje daaronder. Sjofele schoudertas onder de stoel voor de documenten. Vuistregel van mij. Houd je papieren apart voor de sprong. Twintig over negen, we passeren de officiële controlepost voor militair personeel in de Friedrichstrasse, laten door de gesloten raampjes onze paspoorten aan de Vopo's zien om te voorkomen dat die klojo's er met hun tengels aankomen wat, zo zeggen de diplomaten, tegenwoordig de gebruikelijke manier van doen is. Zodra we er door zijn krijgen we het gebruikelijke gevolg achter ons aan: twee Vopo's in een Citroën. Het is dus een normale dag. Ze moeten zeker weten dat we het zoveelste doodgewone Britse legervoertuig zijn dat gebruikmaakt van onze rechten onder de vierlanden-overeenkomst en dat laten we ze maar al te graag weten. We rijden door Friedrichshain en ik hoop vurig dat Tulip inmiddels onderweg is, want als ze dat niet is dan kan ze het schudden en dat geldt ook voor het netwerk. We rijden in noordelijke richting naar Pankow tot we de militaire Sovjetgrens bereiken en slaan dan af naar het oosten. Dezelfde Citroën rijdt achter ons aan, maar daar zitten we niet mee. We hebben geen behoefte aan een aflossing van de wacht en een stel nieuwe ogen die ons volgen. Ik laat ze een tijdje kriskras achter ons aan toeren, want ze verwachten niet anders: af en toe een plotselinge afslag, stukje terug, slakkengangetje, plotseling remmen. We rijden zuidwaarts Marzahn in. We bevinden ons nog steeds binnen de stadsgrenzen van Berlijn, maar het is bosland, vlakke wegen en sneeuwjacht. We rijden langs het oude naziradiostation, wat ons eerste baken is. De Citroën rijdt zo'n honderd meter achter ons en heeft het niet gemakkelijk op de gladde wegen. We rijden door een kuil en geven gas. Er volgt een scherpe bocht naar links en we zien een witte fabrieksschoorsteen die boven de bomen uitsteekt en die ons tweede baken is: een oude houtzagerij. We nemen de bocht naar links met grote snelheid, blijven op koers en komen bijna tot stilstand naast de houtzagerij. Ik rol, met schoudertas maar zonder overjas, naar buiten, wat voor Stas het teken is dat hij uit zijn schuilplaats moet komen, op de stoel naast de chauffeur moet gaan zitten en zorgen dat hij op mij lijkt. Ik maak me klein in een greppel met sneeuw overal over me heen, dus ik moet een meter of twee zijn doorgerold. Als ik opkijk rijdt de Land Rover tegen de andere kant van de kuil op en haast de Citroën zich erachter aan in een poging hem in te halen.

[Een pauze, geaccentueerd door het gerinkel van glazen en de geluiden van een vloeistof die wordt ingeschonken.]

AL (vervolg): Achter de oude houtzagerij bevindt zich een in onbruik geraakt wagenpark en een golfplaten schuur vol zaagsel. En achter het zaagsel staat een bruin met blauwe zelfgebouwde Trabant met een lading stalen buizen op het dak gebonden. Negentigduizend op de teller en de stank van rattenpoep, maar de tank is gevuld en er staan een paar reservejerrycans achterin en de banden hebben zelfs een beetje profiel. Onderhouden door een betrouwbare patiënt van Mayflower die niet eens zijn naam wil noemen. Het enige probleem is dat Trabi's een hekel hebben aan kou. Het kost me een uur om hem te ontdooien en al die tijd denk ik: Tulip, waar ben je, hebben ze je te grazen genomen en praat je? Want als je praat dan zijn we allemaal de lul.

JO (Jerry Ormond): En hoe luidt je naam?

AL: Günther Schmaus. Lasser uit Saksen. Ik spreek goed Saksisch. Mijn moeder kwam uit Chemnitz. Mijn vader uit County Cork.

JO: En Tulip? Als je haar ontmoet, wie zal zij dan zijn?

AL: Mijn eigen lieve vrouw. Augustina.

JO: En waar is ze op dit moment? Alles in orde?

AL: Afspraakplek, ten noorden van Dresden. Ergens ver in de provincie. Ze zal geprobeerd hebben er ondanks het weer naartoe te fietsen, een eind zijn gekomen en toen haar fiets hebben afgedankt omdat ze weten dat ze fietst. Toen een stoptrein genomen, toen een lift gevraagd naar de afspraakplek met de opdracht zich gedeisd te houden voor zolang als nodig is.

JO: En de overgang van Oost-Berlijn de DDR in? Wat verwacht je?

AL: Het kan vriezen en het kan dooien. Geen controleposten, rondzwervende patrouilles. Je hebt geluk of niet.

JO: En had jij geluk?

AL: Het viel best mee. Twee politiewagens. Ze maken gehakt van je, jagen je de stuipen op het lijf, laten je uitstappen, fouilleren je aan alle kanten. Maar als je papieren goed zijn, dan mag je verder.

JO: En die waren goed, neem ik aan?

AL: Anders was ik verdomme toch niet hier geweest?

[Verwisseling van bandje, storing van 45 seconden. Vervolg. Leamas beschrijft de rit tussen Oost-Berlijn en de Tsjechische grens.]

AL: Het voordeel van het verkeer in de DDR is dat het er feitelijk niet is. Een paar paard-en-wagens. Fietsen, brommers, zijspannen, zo nu en dan een gammele vrachtwagen. Een klein beetje Autobahn, verder smalle weggetjes. Ik wissel het af. Als een klein weggetje is ondergesneeuwd, keer ik terug naar de Autobahn. Blijf uit de buurt van Wünsdorf, wat er ook gebeurt. Er is daar een verdomd grote nazikamp en de Sovjets hadden die met alles erop en eraan overgenomen: drie tankdivisies, zware artillerie, en een reusachtig afluisterstation. We hebben het maandenlang kapot bespioneerd. Ik maak uit veiligheidsoverwegingen een omweg via het noorden, niet een Autobahn, gewoon een vlakke landweg. Zware sneeuwbuien dalen op me neer, en rijen kale bomen boordevol bossen maretak, en ik denk nog, ik kom hier ooit nog eens terug en kap de hele zooi en verpats het op de markt in Covent Garden. Dan – droom ik of zo? – zit ik verdomme midden in een reusachtig Sovjet militair konvooi en rijd ik de verkeerde kant op. Vrachtwagens vol met manschappen, T34 tanks op opleggers, zes of acht stukken artillerie, en ik wurm daar in mijn opgelapte Trabi tussendoor en probeer die verdomde weg te verlaten en zij trekken zich verdomme nergens wat van aan en karren gewoon door. Ik had verdomme niet eens de tijd om hun nummers te noteren!

[Gelach, ook van Ormond. Pauze. Vervolgt in bedaarder tempo.]

AL: Vier uur in de middag, ik bevind me in de klotejungle van de DDR, op zoek naar een verlaten *Karosserie*-bedrijf aan de weg. Dat is de afgesproken plek. En ik zoek een babywantje aan een stuk hekwerk geprikt, dat me moet vertellen dat Tulip veilig binnen is. En het was er. Het wantje. Roze. Zat als een klotevlaggetje boven op dat hek in Nergenshuizen geprikt. En het maakt me bang, al weet ik niet waarom. Dat wantje, bedoel ik. Het is zo rete opvallend. Misschien is het niet Tulip daar in die schuur, maar de Stasi. Of misschien is het wel Tulip én de Stasi. Dus ik stop en denk erover na. En terwijl ik nadenk gaat de schuurdeur open en daar staat ze, in de deuropening met een grijnzend jongetje van zes aan haar hand.

(Twintig seconden pauze. Gemompeld 'jezus'.)

***

AL: Ik had het hele mens zelfs nog nooit *ontmoet*, verdomme! Tulip werkte voor Mayflower. Dat was de afspraak. Ik kende haar alleen van foto's, verder niet. Dus ik zeg, *hoe gaat-ie, Doris, ik ben Günther en ik ben je man op deze reis en wie is dit nu weer, verdomme?* Zij het dat ik verdomd goed weet wie dít is. En zij zegt: het is Gustav, mijn zoon, hij komt met me mee. En ik zeg: om de dooie dood niet, wij zijn een kinderloos echtpaar en we gaan 'm mooi niet onder een klotedekentje verstoppen als we bij de Tsjechische grens aankomen. Dus wat gaan we daaraan doen? Zij zegt dat ze in dat geval niet meegaat, en het jongetje begint te piepen en zegt hij ook niet. Dus zeg ik tegen Gustav dat hij terug de schuur in moet gaan en ik pak haar bij haar arm en trek haar mee naar achteren en zeg haar wat ze weet maar niet wil horen: er zijn geen identiteitspapieren voor hem, ze houden ons vast en voeren een controle uit en als we hem niet lozen dan ben jij de lul en ik ook, en de beste brave dokter Riemeck eveneens, want als ze jou en Gustav eenmaal te pakken hebben, dan hebben ze binnen vijf minuten zijn naam uit je geperst. Geen antwoord en het wordt donker en het sneeuwt weer. Dus gaan we terug de schuur in, die zo groot is als een klotevliegtuighangar en vol staat met kapotte machinerie, en Gustav, dat rotjochie, heeft gedekt voor het diner, geloof het of niet: heeft alles wat ze aan proviand bij zich heeft tevoorschijn gehaald en op de grond uitgestald: worst, brood, een thermosfles warme chocolademelk, en er zijn kisten om op te zitten, laten we een feestje bouwen. Dus gaan we in een kringetje zitten en houden onze gezinspicknick en Gustav zingt een patriottisch lied voor ons, en die twee strekken zich naast elkaar uit onder jassen en wat ze maar hebben en ik zit te roken in een hoek, en zodra het maar een klein beetje licht begint te worden schuif ik ze de Trabi in en rijden we terug naar het dorp waar ik de avond tevoren doorheen ben gereden, want ik had daar een bushalte gezien. En godzijdank staan daar twee oude wijffies met zwarte hoeden op en witte rokken aan en met manden vol komkommers op hun rug en godzijdank zijn het Sorben.

JO: Sorben? Wat zijn in jezus...

AL: [Uitbarsting]: *Sorben*, verdomme! Je hebt toch wel eens van die klote *Sorben* gehoord! Zestigduizend van die klojo's. Beschermde diersoort, zelfs in de DDR. Slavische minderheid, aan weerskanten verspreid langs de Spree, wonen er al eeuwen, telen klotekomkommers. Probeer er maar eens een te rekruteren. *Jezus!*

[Tien seconden pauze. Kalmeert.]

AL: Ik stop en zeg tegen Tulip en Gustav dat ze in de auto moeten blijven. Geen beweging. Ik stap uit, het eerste oude wijffie kijkt naar me, het andere neemt niet de moeite. Ik gooi al mijn charmes in de strijd. Spreekt ze misschien Duits: dat is uit beleefdheid. Ze spreekt Duits, maar ze spreekt liever Sorbisch, zegt ze. Grapje. Ik vraag haar waar ze naartoe gaat. Met de bus naar Lübbenau, dan met de trein naar het Ostbahnhof in Berlijn om de komkommers aan de man te brengen. In Berlijn krijgen ze er een betere prijs voor. Ik hang een kletsverhaal op over Gustav: familie overstuur, moeder bezorgd, jongen moet terug naar zijn vader in Berlijn, en kunnen ze hem misschien meenemen? Ze legt het voorstel voor aan haar vriendin en ze praten met elkaar in het Sorbisch. En ik denk, elk moment kan die klotebus over de heuvel aan komen rijden en dan hebben ze nog geen besluit genomen. Dan zegt de eerste, wij nemen de jongen mee als jij onze komkommers koopt, en ik zeg, wat, allemaal? En zij zegt, ja, allemaal. En ik zeg, als ik al jullie komkommers koop, dan hebben jullie geen klotekomkommer meer over om in Berlijn te verkopen, dus waarom zou je daar dan nog naartoe gaan? Daar moeten ze hartelijk om lachen in het Sorbisch. Ik stop haar een stapeltje contant geld in haar hand, zoveel voor de komkommers, maar hou ze maar. En zoveel voor de treinreis van de jongen, en hier nog wat voor zijn verdere reis naar Hohenschönhausen. En daar komt de bus en ik haal de jongen. Ik ga terug naar de auto, zeg tegen Gustav dat hij moet uitstappen, maar zijn moeder zit daar maar als versteend met haar hand voor haar ogen dus hij blijft ook stokstijf zitten. Dus *beveel* ik hem uit te stappen, ik blaf hem toe en hij gehoorzaamt. En ik zeg tegen hem, jij loopt met mij naar de bus, en deze twee vriendelijke kameraden zullen je naar het Ostbahnhof begeleiden. En van het Ostbahnhof ga je gewoon naar huis en wacht je tot je vader komt opdagen. En dat is een bevel, kameraad. Dan vraagt hij waar zijn moeder naartoe gaat en waarom hij niet met haar meegaat, dus zeg ik jouw moeder heeft belangrijk geheim werk te doen in Dresden en het is je plicht als een goede soldaat voor het communisme om terug te keren naar je vader en door te gaan met de strijd. En hij gaat. [Vijf seconden stilte.] Tja, wat kan hij verdomme anders doen? Hij is een Partijkind met een Partijvader en hij is zes jaar oud, godsamme!

JO: En wat doet Tulip ondertussen?

AL: Zit in die klote Trabi en staart als in trance door de voorruit. Ik stap in, rijd een kilometer, stop weer, en trek haar uit de auto. Er ronkt een helikopter boven ons hoofd. God mag weten waar hij een helikopter vandaan heeft. Geleerd van de Russen? Luister, zeg ik. Luister nou maar, verdomme, want we hebben elkaar nodig. Je kind terugsturen naar Berlijn lost de problemen niet op. Je krijgt er nog een probleem bij. Over twee uur weet de complete Stasi dat Doris Quinz geboren Gamp het laatst is gesignaleerd in de omgeving van Cottbus, met haar vriend rijdend in oostelijke richting. Dan hebben ze een signalement van de auto, de hele santenkraam. Dus zeg maar dag met je handje tegen onze plannen om in deze puinbak naar Tsjechoslowakije te rijden op valse papieren, want van nu af aan zal elke eenheid van de Stasi en de KGB en elke grenspost van Kalingrad tot Odessa uitkijken naar een gevlekte plastic Trabi met een stel fascistische spionnen erin. En ze accepteerde het als een vent, dat moet ik haar nageven. Geen theatraal gedoe meer, ze vraagt me alleen maar recht voor z'n raap of we een plan B hebben en ik zeg: één verouderde smokkelaarslandkaart die ik op het laatste moment toch maar besloot mee te nemen en die ons met geluk en een schietgebedje mogelijkerwijs te voet over de grens zal kunnen leiden. Daar denkt ze diep over na en vervolgens vraagt ze me – en daar lijkt alles voor haar van af te hangen – 'als ik met jou meega, wanneer zie ik mijn zoon dan weer terug?' Wat bij mij de indruk wekt dat ze serieus overweegt zichzelf aan te geven ter wille van dat kind. Dus ik pak haar bij haar schouders en zweer ijskoud bij hoog en bij laag dat ik zal zorgen dat haar jongen wordt ingeruild tegen een spion al is het het laatste wat ik doe. En ik weet net zo goed als jullie dat de kans daarop ongeveer net zo groot is als... (drie seconden pauze)... naatje.

***

Was het zuiver om tijd te sparen dat ik in mijn latere verslag, dat ik nu zit te lezen, op dit punt Alecs woorden niet meer letterlijk weergeef maar die liever wat vrijer interpreteer om redenen van grotere – zullen we zeggen – objectiviteit? Vanaf het moment dat Gustav was toevertrouwd aan de twee Sorben, beperkte Alec zich tot achterafweggetjes waar de sneeuw dat maar toeliet. Zijn probleem, legde hij uit, was 'dat hij verdomme te veel wist' over de gevaren van het terrein waar ze doorheen reden. Het hele gebied was vergeven van de afluisterposten van de militaire inlichtingendienst en de KGB, en hij wist precies waar ze allemaal zaten. Hij sprak van rijden over verlaten, kaarsrechte, achterafwegen bedekt met vijftien centimeter ongerepte sneeuw en alleen maar rijen bomen langs de weg om hem te leiden; van zijn opluchting toen hij een bos in reed totdat Tulip een gil van afschuw gaf. Ze had het voormalige jachtverblijf van de nazi's opgemerkt waar de elite van de DDR hoog bezoek mee naartoe nam om op herten en wilde zwijnen te schieten en dronken te worden. Ze keerden haastig om, raakten de weg kwijt en zagen in een afgelegen boerderij een licht branden. Leamas bonsde op de deur. Die werd geopend door een doodsbange boerenvrouw met een mes in haar hand geklemd. Toen ze hem de weg had gewezen haalde hij haar over hem brood, worst en een fles slivovitsj te verkopen en op de terugweg naar de Trabant struikelde hij over een doorgezakte telefoonkabel, naar hij aannam om een brandalarm te laten overgaan. Hij sneed de kabel toch maar door.

Het begon donker te worden en harder te sneeuwen en de gevlekte Trabant liep op zijn laatste benen: 'koppeling kaduuk, verwarming kaduuk, versnellingsbak kaduuk, stoomwolken die opstegen van onder de motorkap.' Hij schatte dat ze zich op ongeveer tien kilometer van Bad Schandau bevonden en op zo'n vijftien kilometer van het punt waar ze volgens de smokkelaarskaart de grens konden oversteken. Toen hij hun positie zo goed en zo kwaad als het ging met zijn kompas had bevestigd, koos hij een houthakkerspad in oostelijke richting en volgde dat tot ze vast kwamen te zitten in de sneeuw. Dicht tegen elkaar aangekropen zaten ze in de ijskoude Trabi, aten hun brood met worst, dronken de slivovitsj, bevroren en keken naar de herten die voorbijliepen terwijl Tulip, half slapend met haar hoofd op Alecs schouder, sloom vertelde van haar hoop op en dromen van haar nieuwe leven met Gustav in Engeland.

Ze zou niet willen dat Gustav naar Eton ging. Ze had gehoord dat Engelse kostscholen werden geleid door pederasten als zijn vader. Ze stuurde hem liever naar een proletarische openbare school met meisjes, veel sport, niet al te streng. Gustav zou vanaf de dag dat hij aankwam Engels leren. Daar zou ze wel voor zorgen. Voor zijn verjaardag zou ze hem een Engelse fiets cadeau doen. Ze had gehoord dat Schotland prachtig was. Ze zouden samen naar Schotland fietsen.

Ze praatte nog steeds op die wat soezerige manier toen Alec in de gaten kreeg dat er vier zwijgende mannen met kalasjnikovs als schildwachten om de auto heen stonden. Hij beval Tulip te blijven waar ze was, opende het portier en stapte langzaam uit terwijl ze naar hem keken. Geen van hen was ouder dan zeventien, schatte hij, en ze leken al even bang als hij. Hij nam het initiatief en vroeg hun hoe ze het in hun hoofd haalden om een verliefd paartje te besluipen. Aanvankelijk gaf niemand antwoord. Toen legde de dapperste van het stel uit dat ze stropers op zoek naar vlees waren. Waarop Alec antwoordde dat hij zijn mond dicht zou houden als zij hetzelfde zouden doen. Ze bekrachtigden de overeenkomst door elkaar allemaal de hand te schudden, waarna de vier mannen geruisloos verdwenen.

Het wordt licht en het sneeuwt niet. Al spoedig schijnt er een bleek zonnetje. Samen duwen ze de gevlekte Trabant een helling af en gooien er sneeuw en takken overheen. Van nu af wordt de reis te voet voortgezet. Tulip heeft alleen lichte leren knielaarzen zonder profiel. Alecs werklaarzen zijn niet veel geschikter. Ze gaan op weg en houden al glibberend en glijdend elkaars hand vast. Ze bevinden zich in 'Saksisch Zwitserland', een wondere wereld met steile golvende sneeuwvelden en bossen. Op de hellingen zijn oude huizen tot ruïnes vervallen of omgebouwd tot zomerkampen voor bleekneusjes. Als de landkaart klopt, lopen ze evenwijdig met de grenslijn. Hand in hand klauteren ze tegen een helling op en lopen langs een bevroren vijver. Ze komen in een bergdorp met kleine houten huizen.

AL: Als de landkaart klopte dan waren we nu of dood of in Tsjechoslowakije.
(Gerinkel van glas. Geluid van een vloeistof die wordt ingeschonken.)

Maar het verhaal is nog maar net begonnen, zie bijgevoegde telegrammen van het Circus. Zie ook de reden waarom ik in de kleine uurtjes, na Alecs bandopname te hebben beluisterd, nog steeds gespannen op de bovenste verdieping van het Hoofdkwartier van Geheim in Marylebone zit en verwacht elk moment door het Hoofdkantoor te worden ontboden.

***

Sally Ormond, plaatsvervangend hoofd van Standplaats Praag, echtgenote van Hoofd van Dienst Praag, Jerry, is het soort chique, vrouwelijke streber waar ze bij het Circus idolaat van zijn: zat zelf op Cheltenham Ladies College, vader in de oorlog bij Speciale Diensten, paar tantes in Bletchley. Beroept zich ook op een mysterieuze aangetrouwde verwantschap met George, waar hij volgens mij best bezwaar tegen zou kunnen maken.

Rapport van Sally Ormond, PHX Standplaats Praag, aan H/Geheim, [Smiley], *Persoonlijk en Privé. Prioriteit:* BLOEDSPOED.

Geheim had Standplaats opdracht gegeven als gastheer op te treden en een veilig onderdak te verschaffen aan één vermomde functionaris, Alec Leamas, en één vrouwelijke spion op de vlucht, reizend met Oost-Duitse papieren in een in Oost-Duitsland geregistreerde Trabant, kenteken toegevoegd, die luttele uren na zonsondergang zouden moeten aankomen.

Standplaats werd echter NIET meegedeeld dat de uitvoering van de operatie in strijd was met de orders van de Gezamenlijke Stuurgroep. We konden alleen maar aannemen dat HO, als eenmaal bekend werd dat Leamas op eigen houtje had gehandeld, hem operationele steun zou verschaffen.

Standplaats Berlijn (De Jong) had ons laten weten dat Leamas, eenmaal aangekomen op Tsjechisch grondgebied, zijn veilige aankomst zou melden door middel van een anoniem telefoontje naar de afdeling Visa van de ambassade met de vraag of Britse visa ook geldig waren in Noord-Ierland. Standplaats Praag zou reageren door een opgenomen bericht te activeren dat hem aanbeval het tijdens kantooruren nogmaals te proberen. Dan zou hij weten dat zijn boodschap was aangekomen.

Leamas en Tulip zouden op welke manier ze maar konden doorreizen naar een afgesproken punt aan de weg tussen de stad Praag en het vliegveld van Praag en parkeren in een aangemerkte parkeerhaven.

Volgens het plan dat door deze Standplaats is voorgesteld en door H/Geheim goedgekeurd zou het paar de auto achterlaten en een chauffeur met een insigne van het Praags GODIVA-netwerk zou de dienstauto van de ambassade (CD-kenteken en verduisterde zijramen) besturen die regelmatig ambassadepersoneel van en naar het vliegveld van Praag vervoert. Vervolgens zou hij Leamas en Tulip van de overeengekomen ontmoetingsplaats ophalen. Achter in de auto zou nette westerse kleding liggen, die door de Standplaats zou worden geleverd. Leamas en Tulip zouden zich kleden als officiële dinergasten van Hare Excellentie de Ambassadeur, en zich onder dat voorwendsel toegang verschaffen tot de ambassade, die voortdurend door de Tsjechische veiligheidsdienst in de gaten wordt gehouden.

Om 10.40 uur werd er een spoedconferentie gehouden in de beveiligde kamer van de ambassade, waarbij Hare Majesteits Ambassadeur [HMA] dit plan na ampel overleg goedkeurde. Maar om 16.00 uur Engelse tijd draaide ze, na Buitenlandse Zaken nogmaals te hebben geconsulteerd, haar beslissing terug omdat de vluchtende vrouw prominent in de Oost-Duitse media als staatscrimineel was geprofileerd, en omdat de kans op diplomatieke repercussies zwaarder woog dan eerdere overwegingen.

In het licht van de officiële positie van Hare Excellentie, kon er géén voertuig van de ambassade en géén personeelslid van de ambassade bij het ontsnappingsplan worden betrokken. Daarom demonteerde ik het automatische antwoordsysteem van de Afdeling Visa in de hoop dat Leamas daaruit zou concluderen dat er geen ondersteuning beschikbaar was.

Ik heb mijn koptelefoon weer opgezet. Ik ben terug bij Alec, niet in de voorname luxe van onze Britse ambassade in Praag, maar ergens in de snijdende koude aan de kant van de weg met Tulip, en zonder ondersteuning, zonder auto om ons op te halen en, zoals Alec zou zeggen, zonder ene klote moer. Ik herinner me wat hij heeft gepredikt vanaf het moment dat ik hem ken: als je een operatie voorbereidt, bedenk dan van tevoren alle manieren waarop de Dienst het voor je zou kunnen verkloten, en wacht dan op die ene manier die jij nooit had kunnen bedenken, maar zij wel. En ik vermoed dat dat precies is wat hij nu denkt.

AL [woordelijk vervolg]: Toen er geen auto kwam opdagen en de Afdeling Visa geen sjoege gaf, dacht ik, krijg de kolere, typisch Londen, er zit dus niets anders op dan te improviseren. Wij zijn een noodlijdend Oost-Duits echtpaar langs de kant van de weg, mijn vrouw is zo ziek als een hond, dus laat iemand ons alsjeblieft te hulp komen. Ik zeg tegen Doris dat ze op de stoep moet gaan zitten en zielig moet doen, wat haar geen enkele moeite kost, en na verloop van tijd stopt er een vrachtwagen met bakstenen en de chauffeur leunt uit zijn raampje. De goden zijn met ons, want hij blijkt een Duitser uit Leipzig te zijn en hij wil weten of ik de pooier ben van de mooie dame die daar op de stoep zit. Dus ik zeg, nee, sorry, maat, ze is mijn vrouw en ze is ziek, en hij zegt oké, stap in, en hij brengt ons naar het ziekenhuis in het centrum van de stad. Ik heb een Brits paspoort voor noodgevallen in de voering van mijn schoudertas op naam van Miller. Ik haal het eruit en steek het in mijn zak. Dan zeg ik tegen haar: jij bent echt ernstig ziek, Doris. Je bent zwanger en je wordt met de minuut zieker. Dus doe me een lol, steek je buik naar voren en zorg dat je er net zo beroerd uitziet als je je voelt. Dus doen ze de deur open en we gaan naar binnen. Sorry hoor.

JO: Maar dat is niet het hele verhaal, hè? [Geluid van een glas dat wordt ingeschonken.]

AL: Jezus. Nou goed dan. We komen jullie klinkerweggetje daarginds in. We naderen jullie edele poorten met Hare Majesteits koninklijke wapen in smaakvolle goudverf. Buiten staan drie Tsjechische kleerkasten in grijze pakken heel demonstratief niks te doen. Misschien zijn ze jullie niet opgevallen. Doris geeft een optreden waar Sarah Bernhardt nog een puntje aan kan zuigen. Ik zwaai met mijn paspoort van het Verenigd Koninkrijk: laat ons snel binnen. De hufters willen haar paspoort

ook zien. Luister, zeg ik tegen ze in mijn beste Engels. Druk nou toch op die kloteknop die daar op de muur zit en zeg tegen de lui binnen dat mijn vrouw bezig is een miskraam te krijgen, dus laat als de sodemieter een dokter aanrukken. En als ze die hier op straat krijgt dan is het verdomme jullie schuld. En hebben jullie zelf soms geen moeders, nee zeker, hè – of woorden van gelijke strekking, oké? En abracadabra de poorten gaan open. En we staan op de binnenplaats van de ambassade. En Tulip klemt haar buik vast en dankt haar beschermheilige omdat hij ons heeft verlost van het kwaad. En jij en je liefhebbende vrouw bieden omstandig jullie excuses aan voor de zoveelste kolossale miskleun van het Hoofdkantoor. Dus dank jullie beiden voor de hoffelijke verontschuldiging, excuses aanvaard. En als jullie het niet erg vinden ga
ik nu maffen, verdomme.

Sally Ormond neemt het verhaal weer over.

Fragment van Sally Ormond, PH/ Standplaats Praag, persoonlijke informele handgeschreven brief DO aan H/Geheim [Smiley] per Circuspost. Prioriteit: BLOEDSPOED.

Tja, nou ja, toen we die arme Tulip en Alec eenmaal binnen de muren van de ambassade hadden, barstte het feest natuurlijk pas *goed* los. Ik denk echt dat de ambassadeur en BZ een stuk liever hadden gezien dat ze eenvoudigweg was teruggegeven aan de Oost-Duitse autoriteiten en zand erover. Om te beginnen wilde de ambassadeur Tulip al hélemaal niet in 'haar huis' hebben, zelfs als het juridisch gesproken geen jota uitmaakte. Ze stond er zelfs op dat er twee conciërges naar het hoofdgebouw zelf verhuisden, zodat die arme Tulip in de personeelsvertrekken kon worden gedouwd, wat puur vanuit veiligheidsoverwegingen wel een stuk beter werkt dan het hoofdgebouw. Maar dat was zeker niet haar *enige* motief, zoals ze *volkomen* duidelijk maakte zodra we alle vier in de beveiligde kamer van de ambassade op elkaar geperst waren: Hare Excellentie, bijgestaan door Arthur Landsdowne, haar *zeer* privésecretaris, plus mijn dierbare echtgenoot en ikzelf. En Alec was bij HE helemaal niet *bien vu*, waarover later meer, en bovendien was hij in het personeelsverblijf om Tulips voorhoofd te betten.

En PS, George: mogen we even iets in je oor fluisteren, alsjeblieft.

De tegen afluisterapparatuur beschermde kamer van de ambassade is altijd al uitzonderlijk *bedompt* en een *mogelijk gevaar voor de volksgezondheid* zoals ik herhaaldelijk tevergeefs bij het hoofd Administratie heb aangekaart. Die Mickey Mouse-airconditioning is volledig *kaduuk.* Ze ademt *in* als ze *uit* zou moeten ademen, maar volgens Barker (Hoofd Lamstraal van Administratie) zijn er al twee jaar geen reserveonderdelen verkrijgbaar. En omdat niemand bij BZ zich geroepen heeft gevoeld ons een nieuwe airconditioning te sturen, bakt en stikt iedereen die van die ruimte gebruikmaakt. Een week geleden is die arme Jerry bijna *echt* gestikt, maar hij is natuurlijk te goed opgevoed om dat toe te geven. Ik heb ongeveer een miljoen keer voorgesteld om de beveiligde kamer onder verantwoordelijkheid van het Circus te laten vallen, maar dat zou klaarblijkelijk een inbreuk zijn op de *territoriale rechten van BZ!!*

Als je het misschien terloops eens bij de Administratie zou willen aankaarten (*NIET* bij Barker, stel ik voor!), zou ik je ontzettend dankbaar zijn. Ook namens Jerry *alle* goeds en met *warme* genegenheid als immer, vooral ook aan Ann.

S.

Tekst van Onmiddellijk Uiterst Geheim Telegram van de Britse Ambassadeur, Praag, persoonlijk aan Sir Alwyn Withers, H/ Afdeling Oost-Europa, Buitenlandse Zaken, kopie naar Circus (Gezamenlijke Stuurgroep). Notulen crisisoverleg in beveiligde kamer ambassade,

gehouden om 21.00 uur. Aanwezig: HE *Ambassadeur (Margaret Renford), Arthur Lansdowne, Privésecretaris van* HE, *Jerry Osmond (H/Stpl), Sally Ormond* (PH/*Stpl*).
Doel overleg: Aanpak en verwijdering tijdelijk resident ambassade.
Prioriteit: BLOEDSPOED.

Beste Alwyn,
Na ons beveiligde telefoontje van vanochtend, is de volgende procedure overeengekomen tussen ons beiden aangaande de verdere reis van *onze ongenode gast* (OOG):

1. OOG zal naar haar volgende bestemming afreizen op wat, zo verzekeren onze Vrienden ons, een geldig niet-Brits paspoort zal zijn. Dit zal latere beschuldigingen van de Tsjechische autoriteiten voorkomen dat deze ambassade Britse paspoorten uitdeelt aan ongeveer iedereen van welke nationaliteit dan ook die probeert te ontkomen aan de Oost-Duitse/Tsjechische justitie.
2. OOG zal bij haar vertrek op generlei wijze worden geholpen, begeleid of vervoerd door diplomatieke of met diplomatieke leden van het ambassadepersoneel. Geen enkel voertuig met Britse diplomatieke kentekens zal bij haar exfiltratie worden gebruikt. Er zullen haar geen valse Britse papieren worden verstrekt.
3. Als OOG op enig moment beweert dat zij onder bescherming staat van de Britse ambassade, dan zal dit, zo is overeengekomen onmiddellijk en ten stelligste zowel plaatselijk als in Londen worden ontkend.
4. OOG's vertrek van het grondgebied van de ambassade zal plaatsvinden binnen drie werkdagen, of er zullen andere maatregelen voor haar verwijdering worden overwogen, waaronder uitlevering van OOG aan de Tsjechische autoriteiten.

Mijn telefoon snort en het rode lampje knippert. Het is Toby Klojo Esterhase, loopjongen van Percy Alleline en Bill Haydon, die met zijn dikke Hongaarse accent tegen me schreeuwt dat ik als de sodemieter mijn pronte kontje naar het Hoofdkantoor dien te verplaatsen. Ik zeg hem dat hij op zijn woorden moet passen en spring op de motorfiets, die voor de voordeur voor me paraat wordt gehouden.

Notulen van spoedoverleg gehouden in beveiligde kamer van de Gezamenlijke Stuurgroep op Cambridge Circus. Voorzitter: Bill Haydon (H/SG). Aanwezig: Kolonel Étienne Jabroche (Militair Attaché, Franse ambassade, Londen, Hoofd Franse Inlichtingverbindingen), Jules Purdy (Afdeling Frankrijk Stuur), Jim Prideaux (Afdeling Balkan Stuur), George Smiley (H/Geheim), Peter Guillam (JACQUES).

Notulist aangewezen bij dit overleg: T. Esterhase. Opgenomen, deels woordelijk uitgeschreven. Spoedkopie naar H/ Stpl Praag.

Het is vijf uur in de ochtend. De oproep is gekomen. Ik ben op de motorfiets uit Marylebone aangekomen. George komt rechtstreeks van Financiën. Hij is ongeschoren en maakt een bezorgdere indruk dan gewoonlijk.

'Je bent volkomen vrij om wanneer je maar wilt *nee* te zeggen, Peter,' heeft hij me tot twee keer toe verzekerd. Hij heeft de operatie ook omschreven als 'nodeloos ingewikkeld' maar wat hem meer zorgen baart, hoe hij ook zijn best doet om dat te verhullen, is dat het operationele plan een collectief brouwsel is van de Gezamenlijke Stuurgroep. We zitten met z'n zessen aan de lange triplex tafel in de beveiligde kamer van het Circus.

Jabroche: Bill. Beste vriend. Mijn meesters in Parijs willen zeker weten dat jullie Monsieur Jacques genoeg af weet van het reilen en zeilen bij kleine boerenbedrijven in Frankrijk.

Haydon: Zeg het hem, Jacques.

Guillam: Daar maak ik me geen zorgen om, Kolonel.

Jabroche: Zelfs niet als er deskundigen aanwezig zijn?
Guillam: Ik ben opgegroeid op een Frans boerenbedrijfje in Bretagne,
Haydon: Is Bretagne niet Brits? Daar sta ik van te kijken, Jacques.
[Gelach]
Jabroche: Bill. Mag ik zo vrij zijn.

Kolonel Jabroche begint in het Frans een geanimeerd gesprek over de agrarische sector in Frankrijk, in het bijzonder in het noordwesten.

Jabroche: Ik ben tevreden, Bill. Hij is geslaagd. Hij spreekt zelfs als een Breton, de stakker.
[Meer gelach]
Haydon: Maar gaat het lukken, Étienne? Kun je hem werkelijk naar binnen loodsen?
Jabroche: Naar binnen, ja. Naar buiten, dat zal afhangen van Monsieur Jacques en zijn gemalin. Je bent nog net op tijd. De lijst met Franse afgevaardigden kan elk moment worden gesloten. We houden hem al wat langer open. Ik stel voor dat we de aanwezigheid van Monsieur Jacques op het congres zo kort mogelijk houden. We schrijven hem in, hij wordt op het collectieve visum toegelaten, hij is verhinderd door ziekte, maar is vastbesloten de slotbijeenkomst toch nog bij te wonen. Als een van de driehonderd internationale gedelegeerden, zal hij niet bovenmatig in het oog springen. Spreekt u Fins, Monsieur Jacques?
Guillam: Niet veel, kolonel.
Jabroche: Ik dacht dat alle Bretons Fins spraken. [Gelach] En de dame in kwestie spreekt geen Frans?
Guillam: Voor zover wij weten Duits en wat school-Russisch, maar geen Frans.
Jabroche: Maar zij heeft panache, zeg je? Ze is aantrekkelijk.

Ze heeft élan. Ze weet zich te kleden.
Smiley: Jacques, jij hebt haar gezien.

Ik had haar gekleed gezien en ik had haar naakt gezien. Ik kies voor het eerste:

Guillam: We zijn elkaar alleen vluchtig voorbijgelopen. Maar ze is indrukwekkend. Een vakvrouw, snel van begrip. Creatief. Pittig.
Haydon: Jezus. *Creativiteit.* Wie zit er in godsnaam te wachten op creativiteit? Dat mens moet gewoon doen wat haar gezegd wordt en verder haar smoel houden, of niet soms? Doen we het of niet? Jacques?
Guillam: Als George ervoor is ben ik het ook.
Haydon: Is hij dat dan?
Smiley: Gezien het feit dat Stuur en de Kolonel zorgen voor de nodige ondersteuning in het veld, zijn wij bij Geheim bereid het risico te nemen.
Haydon: Nou, dat klinkt wel godvergeten wollig, moet ik zeggen. We doen het dus. Étienne, ik neem aan dat jij Monsieur Jacques een Frans paspoort en reisdocumenten verschaft. Of wil je dat wij dat doen?
Jabroche: De onze zijn beter. [Gelach.] En vergeet vooral niet, Bill, dat als de zaak in het honderd loopt, mijn regering buitengewoon geschokt zal zijn als blijkt dat jullie onbetrouwbare Engelse Geheime Dienst zijn spionnen aanmoedigt zich voor te doen als Franse staatsburgers.
Haydon: En wij zullen die beschuldiging met kracht ontkennen en onze spijt betuigen [tegen Prideaux] Jimjochie. Wat zeg jij? Jij houdt je vreemd koest. Tsjecho is jouw pakkie-an. Vind je het wel goed dat we er pardoes overheen walsen?
Prideaux: Ik maak geen bezwaar als je dat bedoelt.
Haydon: Is er nog iets wat je eraan wilt toevoegen of uithalen?

Prideaux: Ik zou zo gauw niet weten wat.
Haydon: Oké, heren. Allemaal bedankt. Het wordt een ja, dus aan het werk. Jacques, we zijn in gedachten bij je. Étienne, kan ik je even onder vier ogen spreken?

Maar George stapt niet zo gemakkelijk over zijn twijfels heen, zoals uit de volgende tekst zal blijken. De klok tikt door; ik word geacht over zes uur naar Praag af te reizen.

PG aan H/Geheim:

George,
We hebben het erover gehad. Jij vroeg me mijn ervaringen op papier te zetten met het Bureau Berichtgeving te Velde op Heathrow, Terminal 3, momenteel onder beheer van de Gezamenlijke Stuurgroep. Ogenschijnlijk is het BBV niets anders dan het zoveelste morsige luchthavenkantoortje aan het einde van een niet aangeveegde gang. Een matglazen deur met een bordje VRACHTVERBINDINGEN, toegang via intercom. Eenmaal binnen is de sfeer drukkend: een paar vermoeide koeriers zitten te kaarten, een vrouw zit in het Spaans in een telefoonhoorn te blaffen, slechts één kleedster die een dubbele dienst draait omdat haar collega zich ziek heeft gemeld, sigarettenrook, volle asbakken en slechts één hokje omdat ze wachten op nieuwe gordijnen voor het andere.

De grote verrassing was het ontvangstcomité dat mijn komst afwachtte: Alleline, Bland, Esterhase. Als Bill H er was geweest, hadden we een full house gehad. Ze waren ogenschijnlijk gekomen om mij uit te zwaaien en een goede reis te wensen. Alleline, als immer haantje de voorste, overhandigde me met een omstandig zwierig gebaar mijn Franse paspoort en mijn legitimatie voor het congres, met dank aan Jabroche. Esterhase deed hetzelfde met mijn reistas en rekwisieten: kleding gekocht in Rennes, agrarische handboeken en ter ontspanning een boek over de wijze waarop Frankrijk het Suezkanaal had gebouwd, enz. Roy Bland speelde grote broer en vroeg me geniepig of er nog iemand was die ik het graag had laten weten als ik een paar jaar langer weg bleef dan verwacht.

Maar het werkelijke doel van hun aanwezigheid kon niet duidelijker zijn. Ze wilden meer weten over Tulip: waar kwam ze vandaan, hoelang werkte ze al voor ons, wie had haar onder zijn hoede genomen? En dan het vreemdste moment toen ik, na hun vragen te hebben omzeild, in het hokje stond en werd aangekleed en Toby E zijn hoofd om het hoekje van het gordijn stak om te zeggen dat hij de volgende persoonlijke boodschap had van Bill: 'Zodra je je buik vol hebt van je Oom George, denk je maar: Hoofd Standplaats Parijs.' Ik ging er niet op in.

Peter

Maak nu kennis met George in zijn rol van ultieme operationele muggenzifter, die erop gebrand is elk gaatje in de berucht slordige voorbereidingen van de Gezamenlijke Stuurgroep te dichten:

Van H/Geheim [Smiley] *aan H/Standplaats Praag* [Ormond] *UITERST GEHEIM MAYFLOWER. Prioriteit: BLOEDSPOED.*

A. Fins paspoort voor hulpbron Tulip zal morgen met diplomatieke post arriveren op naam van Venia Lessif, geboren in Helsinki, voedingsdeskundige, naam echtgenoot: Adrien Lessif. Paspoort zal zijn voorzien van gestempeld Tsjechisch inreisvisum, datum van aankomst, samenvallend met het door communistische Fransen gesponsorde congres voor *Velden van Vrede.*
B. Peter Guillam zal morgen om 10.40 uur plaatselijke tijd met Air France-vlucht 412 aankomen op het vliegveld van Praag, reizend op een Frans nationaal paspoort op naam van Adrien Lessif, gastdocent Agrarische Economie aan de Universiteit van Rennes. Tsjechisch inreisvisum eveneens geldig voor de duur van het congres. Lessifs verschijning op congres zal mogelijk worden vertraagd wegens ziekte. Beide Lessifs staan momenteel

op Deelnemerslijst Congres, één deelnemer (opgehouden), één echtgenote.
C. Eveneens per diplomatieke post morgen, twee Air France tickets Praag-Parijs Le Bourget, voor Adrien en Venia Lessif, vertrekkend op 28 januari, om 06.00 uur. Administratie Air France zal bevestigen dat het paar los van elkaar (zie stempels inreisvisa) op verschillende data naar Parijs is gevlogen, maar met groep collega academici zal terugkeren naar Parijs.
D. Voor professor en Mme Lessif is accommodatie gereserveerd in Hotel Balkan waar de Franse delegatie onderdak zal vinden in de nacht voorafgaande aan de vroege ochtendvlucht naar Parijs, Le Bourget.

En de reactie van Sally Ormond, die geen gelegenheid voorbij laat gaan om zich op de borst te kloppen:

Fragment van tweede persoonlijke brief van Sally Ormond aan George Smiley, strikt persoonlijk & privé, uitsluitend voor jou, onofficieel.

Na ontvangst van jullie glasheldere bericht, waarvoor onze hartelijke dank, hebben Jerry en ik besloten dat ik Tulip moet gaan voorbereiden op haar vertrek uit de ambassade en haar ophanden zijnde beproeving. Ik stak derhalve de binnenplaats over naar de suite in de dependance, waar we Tulip hadden ondergebracht: dubbele gordijnen aan de straatkant, kampeerbed voor mijzelf in de gang voor de slaapkamerdeur, extra bewaker van de kanselarij beneden in de gang voor eventuele onwelkome bezoekers.

Ik trof haar zittend op haar bed en Alec met zijn arm om haar schouder, maar ze leek zich niet bewust te zijn van zijn aanwezigheid en snikte alleen met nagenoeg geluidloze hikjes.

Hoe dan ook, ik heb krachtig ingegrepen, en heb zoals voorgenomen, Alec weggestuurd om een frisse neus te halen en met Jerry als jongens onder elkaar een wandeling te maken langs de rivier. Omdat mijn Duits nooit veel verder is gekomen dan een paar klassen van de middelbare school kon ik aanvankelijk niet veel uit haar krijgen, hoewel ik betwijfel of het veel verschil zou hebben gemaakt, want ze deed nauwelijks een mond open, laat staan dat ze luisterde. Ze zei diverse malen fluisterend 'Gustav' tegen me en na wat gebarentaal begreep ik dat Gustav niet haar *Mann* was, maar haar *Sohn*.

Maar het is me wel gelukt haar duidelijk te maken dat ze morgen de ambassade zou verlaten en naar Engeland zou vliegen, zij het niet rechtstreeks, en dat ze zou worden toegevoegd aan een gemengd Frans reisgezelschap academici en landbouwdeskundigen. Haar eerste reactie was, heel begrijpelijk hoe ze dat zou klaarspelen zonder een woord Frans te spreken? En toen ik zei dat dat niet uitmaakte, omdat ze een Finse zou zijn – en niemand spreekt per slot van rekening Fins, toch? – was haar volgende reactie: *in deze kleren?* – wat voor mij het sein was om al die schitterende spulletjes uit te pakken die Standplaats Parijs voor ons in een mum van tijd bij elkaar had weten te krijgen: schitterend goudgeel twinset van Le Printemps, prachtige schoenen in haar maat, sexy nachtgewaad en ondergoed, make-up om letterlijk een *moord* voor te doen – Standplaats Parijs moet er een *fortuin* aan hebben uitgegeven – precies alles waar ze de afgelopen twintig jaar van moet hebben gedroomd, ook al wist ze dat zelf niet, en mooie labels van Tours om de illusie te vervolmaken. En een héél mooie verlovingsring waar ik zelf ook mijn neus niet voor op zou hebben gehaald, én een fatsoenlijke gouden trouwring in plaats van het blikken *Ersatz* geval dat ze droeg – en alles moest na landing uiteraard worden geretourneerd, maar het leek me niet nodig om dát er meteen bij te vertellen!

En tegen die tijd was ze helemaal *om*. De professional

in haar was ontwaakt. Ze bestudeerde haar mooie nieuwe (maar niet echt nieuwe) paspoort zorgvuldig en verklaarde dat het vakwerk was. En toen ik haar vertelde dat een galante Fransman haar op haar reis zou vergezellen en zich voor haar echtgenoot zou uitgeven, zei ze dat dat klonk als een heel verstandige regeling, en hoe zag hij eruit?

Dus toonde ik haar zoals me was opgedragen een foto van Peter G en ze keek er nogal *onbewogen* naar, moet ik zeggen, als je in aanmerking neemt dat je het, waar het plaatsvervangende echtgenoten aangaat, een stuk beroerder kunt treffen dan PG. Ten slotte vroeg ze: 'Is hij Frans of Engels?' en ik zei dat hij allebei was, en jij bent Fins en Frans, en hemeltjelief toen *schaterde* ze het uit.

En kort daarna kwamen Alec en Jerry terug van hun wandeling en nu het ijs gebroken was, begonnen we aan de echte instructies. Ze luisterde aandachtig en rustig.

Tegen het einde van ons gesprek had ik het gevoel dat ze echt warm was gelopen voor het idee en zich er op een nogal akelige manier zelfs op verheugde. Een beetje een sensatiezoeker vond ik en, alleen *daarin*, precies Alec!

Pas goed op jezelf en als altijd veel liefs voor onze adembenemende Ann.

S

***

Maak geen haastige of onwillekeurige beweging. Houd je handen en schouders precies waar ze nu zijn, en haal adem. Pepsi zit weer op haar troon, maar ze kan haar ogen niet van je afhouden, en dat is niet uit liefde.

***

Rapport van Peter Guillam tijdelijk gedetacheerd bij Geheime Ops, betreffende overbrenging van hulpbron TULIP van Praag naar Parijs Le Bourget, en vervolgens met gevechtsvliegtuig RAF naar Londen, vliegveld Northolt, 27 januari 1960

Ik kwam om 11.20 uur plaatselijke tijd aan op het vliegveld van Praag in de persoon van gastdocent in de Agrarische Economie aan de Universiteit van Rennes.

Ik begreep dat, dankzij de Franse inlichtingendienst, mijn verlaten aankomst wegens ziekte officieel aan het congres was gemeld en mijn naam ten behoeve van de Tsjechische autoriteiten op de conferentie was genoteerd.

Ter verdere verificatie van mijn goede trouw werd ik verwelkomd door de cultureel attaché van de Franse ambassade, die zijn diplomatieke status gebruikte om de afwikkeling op het vliegveld te bespoedigen, wat relatief vlot verliep en waarbij toen de attaché als mijn tolk optrad.

Vervolgens bracht hij me met zijn dienstauto naar de Franse ambassade, waar ik het gastenboek tekende voordat ik, eveneens met een auto van de Franse ambassade, naar het congres werd gereden, waar op de achterste rij een plaats voor mij was vrijgehouden.

De congreszaal was een opgesmukt opera-achtig geval, dat oorspronkelijk was gebouwd voor de Centrale Raad van Spoorwegpersoneel, en dat plaats bood aan maximaal vierhonderd afgevaardigden. Van zware beveiliging was geen sprake. Halverwege de imposante trap zaten twee overwerkte vrouwen die alleen Tsjechisch spraken achter een bureau de namen van gedelegeerden uit een zestal landen af te vinken. Het congres zelf had de vorm van een seminar geleid door een panel van deskundigen op het podium, met geregisseerde bijdragen uit de zaal. Van mij werd geen bijdrage verwacht. Ik was onder de indruk van de bedrevenheid van de Franse inlichtingendienst, die op korte termijn mijn aanwezigheid in de ogen van de Tsjechische veiligheidsdienst had geautoriseerd, en van de afgevaardigden, van wie er twee duidelijk op de hoogte waren van mijn rol en de tijd vonden om me op te zoeken en me de hand te schudden.

Om 17.00 uur werd het congres voor gesloten verklaard en de Franse afgevaardigden werden met de bus teruggebracht naar Hotel Balkan, een klein ouderwets etablissement, dat exclusief voor ons was gereserveerd. Toen ik aankwam in het hotel kreeg ik de sleutel van kamer acht, die gezinskamer werd genoemd, omdat ik zogenaamd de helft vormde van een echtpaar. Het Balkan heeft een eetzaal voor de gasten en daarachter een bar met een tafel in het midden, waaraan ik plaatsnam in afwachting van de aankomst van mijn zogenaamde echtgenote.

Ik had vaag begrepen dat ze vanuit de Britse ambassade met een zogenaamde ambulance naar een schuiladres in een buitenwijk zou worden gebracht en van daaruit met niet nader genoemd vervoer naar Hotel Balkan.

Daarom was ik onder de indruk toen ik haar zag aankomen in een Franse auto met een diplomatiek kenteken en binnenkomen aan de arm van dezelfde culturele attaché die me op het vliegveld van Praag had verwelkomd. Ik wil hier nogmaals de scherpzinnigheid en de vakmanschap van de Franse inlichtingendienst vermelden.

Onder de naam Venia Lessif was Tulip ingeschreven als de echtgenote van een afgevaardigde die het congres bijwoonde *in absentia*. Haar aantrekkelijke uiterlijk en stijlvolle verschijning baarden enig opzien onder de andere Franse afgevaardigden in het hotel, en opnieuw werd ik gesteund door de twee mannelijke leden die, na me joviaal op het congres te hebben verwelkomd, Tulip begroetten en omhelsden als een vriendin. Tulip nam op haar beurt hun complimenten stijlvol in ontvangst, en deed alsof ze slechts enkele woorden Duits sprak, wat onze *lingua franca* werd als echtpaar, omdat mijn eigen Duits niet om over naar huis te schrijven is.

Na het diner in het gezelschap van de twee Franse afgevaardigden, die hun rol perfect speelden, bleven we niet lang in de bar hangen met de rest van de afgevaardigden, maar trokken we ons vroeg terug op onze kamer, waar naar stilzwijgende overeenkomst onze conversatie beperkt bleef tot banaliteiten die pasten bij onze dekmantel, omdat we in een hotel voor buitenlanders zo goed als zeker konden zijn van de aanwezigheid van microfoons en zelfs camera's.

Gelukkig hadden we een ruime kamer, met diverse eenpersoonsbedden en twee wastafels. Een groot deel van de nacht waren we genoodzaakt te luisteren naar het luidruchtige geklets van de gedelegeerden beneden en, tot in de kleine uurtjes, gezang.

Ik heb de indruk dat Tulip en ik geen oog dicht hebben gedaan. Om 04.00 uur kwamen we weer bijeen en werden we met de bus naar het vliegveld van Praag gebracht waar we, op miraculeuze wijze, schijnt het me nu, '*en bloc*' pardoes konden doorlopen naar de transitlounge en van daaruit met Air France terugvlogen naar Le Bourget. Ik zou graag nogmaals mijn oprechte dank uitspreken voor de steun van de Franse inlichtingendienst.

Hoe de volgende aantekening in mijn verslag verzeild is geraakt is me heel even een raadsel, totdat ik tot de conclusie kom dat ik die erin moet hebben gezet als een soort afleidingsmanoeuvre.

Persoonlijke en vertrouwelijke handgeschreven semiofficiële brief aan George Smiley van Jerry Ormond, H/Standplaats Praag. NIET *bestemd voor archief.*

Beste George,
Nou, het vogeltje is beslist gevlogen, onder gigantische zuchten van opluchting hier, zoals je je kunt voorstellen, en is waarschijnlijk veilig en misschien wel gelukkig ondergebracht in Chateau Tulip, Ergens in Engeland. Haar vlucht lijkt in beide betekenissen redelijk gladjes te zijn verlopen, ondanks het feit dat JONAH op het laatste ogenblik 500 dollar boven op zijn salaris wilde voordat hij erin toestemde Tulip in zijn ambulance naar de afgesproken

plek te brengen, de kleine rotzak. Maar ik schrijf je niet over Tulip en al helemaal niet over Jonah. Het gaat me om Alec.

Zoals je in het verleden vaak hebt gezegd, hebben wij, in geheimhouding verenigde vakmensen, een zorgplicht, en wel jegens elkaar. En dat betekent dat we wederzijds waakzaam moeten zijn, en als een van ons onder de spanning ten onder lijkt te gaan en zich daar niet van bewust is, dan is het onze plicht hem tegen zichzelf te beschermen en daarmee gelijktijdig ook de Dienst te beschermen.

Alec is absoluut de beste man in het veld die ik ken. Hij is allemachtig gewiekst, toegewijd, vindingrijk en beheerst alle facetten van het vak. En hij heeft zojuist een van de fraaiste en riskantste operaties waar ik getuige van heb mogen zijn tot een goed einde gebracht, zij het over de hoofden van de bazen van de Gezamenlijke Stuurgroep, onze hooggeëerde ambassadeur en de mandarijnen van Whitehall. Als hij dus achter elkaar driekwart fles whisky achteroverslaat en vervolgens ruzie zoekt met een bewaker van de kanselarij, die hij toevallig niet mag, dan doen wij daar helemaal niet moeilijk over.

Maar we hebben een wandeling gemaakt, Alec en ik. Een uur lang langs de rivier, toen naar het kasteel en weer terug naar de ambassade. Dus al met al twee uur lopen terwijl hij naar zijn eigen maatstaven nog broodnuchter was. En het enige waar hij het steeds over heeft: er zit een verrader bij het Circus. Niet gewoon een mannetje van de postkamer dat zijn hypotheek niet kan opbrengen, maar boven in het topje van de boom bij Stuur, waar het er echt toe doet. En het is meer dan een stokpaardje, het is een hele kudde renpaarden. Het gaat alle perken te buiten, het is niet op feiten gestoeld en eerlijk gezegd is het paranoïde. En dat, opgeteld bij zijn diepgewortelde haat jegens alles wat Amerikaans is, maakt een gesprek, om het zacht te zeggen, heel lastig en zelfs nog verontrustender. En volgens onze beroepscode zoals gedefinieerd door niemand minder dan jijzelf, en met de verschuldigde genegenheid en eerbied, breng ik je hierbij meteen op de hoogte van mijn bezorgdheid.

Als altijd,

Jerry

PS En voor Ann, als altijd, hulde en veel liefs, J.

En van Laura een rozet, die me opdraagt te stoppen.

***

'Leuk om te lezen?'

'Het kan ermee door, dank je, Bunny.'

'Ja, jezus, jij hebt het geschreven, of niet soms? Het gaf je vast wel een beetje een kick, na al die tijd?'

Hij heeft een vriend meegebracht: een blonde, glimlachende, frisgeboende jongen, die nog totaal niet door het leven was getekend.

'Peter, dit is *Leonard*,' zegt Bunny gewichtig, alsof ik zou moeten weten wie Leonard is. 'Leonard zal de Dienst van juridisch advies dienen als onze kleine kwestie ooit voor de rechter mocht komen, al hopen we vurig van niet. Hij zal ook namens ons optreden tijdens de voorbereidende bijeenkomst over het All Party parlementair onderzoek volgende week. Waarvoor jij, zoals je weet, zult moeten verschijnen.' Ongewilde grijns. 'Leonard. Peter.'

We geven elkaar een hand. Die van Leonard is zo zacht als van een kind.

'Als Leonard de Dienst vertegenwoordigt, wat moet hij dan nu met mij?' vraag ik.

'Een beetje wennen aan elkaars gezicht,' zegt Bunny op sussende toon. 'Leonard is een zwarte-letter jurist' – en als hij mijn wenkbrauwen omhoog ziet gaan – 'wat alleen maar betekent dat hij elke voorstelbare juridische kreukel kent en ook nog een paar onvoorstelbare. Doodgewone juristen als ik kunnen niet in zijn schaduw staan.'

'Kom kom,' zegt Leonard.

'En de reden dat Laura er vandaag *niet* is, Peter, omdat je dat niet zelf vraagt, is dat Leonard en ik, samen, het gevoel hadden dat het beter zou zijn voor *alle* betrokkenen, jij incluis, als dit een gesprek voor jongens onder elkaar zou zijn.'

'En wat mag dat betekenen?'

'Degelijke, ouderwetse kiesheid, om te beginnen. Respect voor jouw persoonlijke privacy. *En* de minieme kans dat we bij hoge uitzondering eindelijk eens de waarheid uit jou weten te krijgen.' Schalkse glimlach. 'Wat Leonard dan in staat zou stellen te bepalen hoe in grove lijnen verder te gaan. Zo is het toch, Leonard? Of draaf ik te ver door?'

'Zo is het precies, lijkt me,' zegt Leonard.

'En natuurlijk om *heel wat* gedetailleerder in te gaan op de vraag of jouw persoonlijke belangen het best worden gediend door jou je *eigen juridische vertegenwoordiger* te laten kiezen,' vervolgt Bunny. 'In het ongelukkige geval bijvoorbeeld dat de All-Party-parlementariërs simpelweg op hun tenen het podium verlaten – wat, zo is ons verzekerd, wel vaker voorkomt – en Vrouwe Justitia met jou kan doen wat ze wil. Met ons.'

'Wat zou je zeggen van een zwarte band?' opper ik.

Mijn kwinkslag wordt niet opgemerkt. Of misschien toch wél, zij het slechts als bewijs dat ik vandaag bijzonder gespannen ben.

'In dat geval heeft het Circus een lijstje met geschikte kandidaten – *acceptabele* kandidaten, liever gezegd – en Leonard, als ik me niet vergis zei jij dat je bereid was Peter bij zijn keuze behulpzaam te zijn, als het zover mocht komen, wat we vurig hopen en bidden van niet' – met een collegiale glimlach naar Leonard.

'Absoluut, Bunny. Het probleem is dat er niet zo héél veel van ons toegang hebben tot dit niveau. Zoals je weet vind ik dat Harry het ontzettend goed doet,' zegt Leonard. 'Hij heeft gesolliciteerd voor de *Queen's Counsel* en de rechters lopen met hem weg. Dus persoonlijk – en ik wil jullie in het geheel niet beïnvloeden – zeg ik, neem Harry. Hij is een man, en ze vinden het prettig als een man vertegenwoordigd wordt door een man. Dat weten ze zelf misschien niet. Maar het is wel zo.

'En wie betaalt hem?' vraag ik. 'Of haar?'

Leonard kijkt glimlachend naar zijn handen. Bunny neemt de vraag voor zijn rekening:

'Tja, Peter, ik denk dat *globaal gezien* veel afhangt van het *verloop* van de hoorzitting – en, laten we zeggen, jouw eigen houding, plichtsgevoel en jouw loyaliteit jegens jouw oude Dienst.'

Maar Leonard heeft hier geen woord van gehoord, dat kan ik zien aan de strakke blik waarmee hij naar zijn handen blijft glimlachen.

'Dus, Peter,' zegt Bunny, alsof we het nu over luchtiger zaken hebben. 'Ja of nee.' Hij knijpt met zijn ogen. 'Mannen onder elkaar. Heb je Tulip nu wel of niet geneukt?'

'Niet.'

'Absoluut niet?'

'Absoluut.'

'Onherroepelijk niet, hier en nu in deze kamer, in de aanwezigheid van een vijfsterrengetuige?'

'Bunny, neem me niet kwalijk' – Leonard met zijn hand opgestoken in een vriendelijke berisping – 'Ik denk dat je heel even de wet bent vergeten. Gezien mijn verplichtingen jegens het hof, én mijn verplichting om als raadsman de belangen van mijn cliënt te behartigen, kan ik onmogelijk als getuige verschijnen.'

'Oké. Nogmaals, als je zo vriendelijk wilt zijn, Peter. *Ik, Peter Guillam, heb Tulip niet geneukt in het Hotel Balkan in Praag in de nacht voorafgaand aan haar exfiltratie naar het Verenigd Koninkrijk.* Waar of onwaar?'

'Waar.'

'En dat is een opluchting voor ons allemaal, zoals je je vast wel kunt voorstellen. Vooral als je in aanmerking neemt dat je verder iedereen binnen schootsafstand schijnt te hebben geneukt.'

'Een immense opluchting,' beaamt Leonard.

'En zelfs *nog meer* omdat Regel Een van een Dienst die voor het overige weinig regels kent, voorschrijft dat agenten in functie *nooit ofte nimmer* hun eigen joe's, zoals jij ze noemt, neuken, zelfs niet uit beleefdheid. De joe's van anderen, als dat operationeel wenselijk is, ja, ga vooral je gang. Alleen *nooit ofte nimmer* hun eigen joe's. Ben je bekend met die regel?'

'Dat ben ik'.

'En was je dat ook op het tijdstip waar we het nu over hebben?'

'Ja.'

'En ben je het met me eens dat het, als je haar *had* geneukt, en we weten dat je dat niet hebt gedaan, niet alleen een monumentale schending van de Dienstvoorschriften zou zijn, maar ook een overtuigend bewijs van jouw ongure en onbeheersbare aard, en jouw gebrek aan achting voor de gevoeligheden van een moeder op de vlucht in doodsgevaar die kort tevoren van haar enige kind is beroofd? Ben je het eens met die verklaring?'

'Ik ben het eens met die verklaring.'

'Leonard, heb jij nog iets te vragen?'

Leonard plukt met zijn vingertoppen aan zijn mooie onderlip en fronst een rimpelloos voorhoofd.

'Weet je, Bunny, het klinkt ontzettend bot, hoor, maar ik geloof *echt* niet dat ik *iets* te vragen *heb*,' biecht hij op, met een glimlach van verbazing over zichzelf. 'Nu niet meer. Ik denk dat we al zover zijn gegaan als we kunnen *gaan*. En verder.' En tegen mij op vertrouwelijke toon: 'Ik zal je dat lijstje sturen, Peter. En je hebt me de naam Harry nooit horen noemen. Of misschien kan ik het beter Bunny toestoppen. *In het geniep*,' legt hij uit, en hij schenkt mij weer zo'n verliefde glimlach en grijpt naar zijn zwarte koffertje om aan te duiden dat er een einde is gekomen aan de langdurige vergadering waarop ik me had voorbereid. 'Maar toch lijkt een man me een goed idee,' zegt hij tegen Bunny, niet tegen mij, als een terzijde. 'Als er moeilijke vragen worden gesteld zijn mannen een stuk bijdehanter, minder puriteins. Tot het partijtje van de All Party, Peter. *Tschüss.*'

***

Had ik haar geneukt. Jezus, nee. Ik bedreef stil en gedreven in het pikdonker de liefde met haar, zes uur lang, zes uren die mijn en haar leven veranderden, in een uitbarsting van spanning en wellust tussen twee lichamen die sinds hun geboorte naar elkaar hadden verlangd en slechts één nacht was gegund.

En werd ik geacht dat hen aan hun neus te hangen? vraag ik de oranje getinte duisternis, wanneer ik slapeloos op mijn gevangenisbrits aan Dolphin Square lig.

Ik, die vanaf kindsbeen af had geleerd te ontkennen, altijd weer te ontkennen – mij op het hart gedrukt door dezelfde Dienst die me nu een bekentenis probeert te ontlokken?

***

'Heb je goed geslapen, Pierre? Ben je gelukkig? Heb je prachtig gesproken? Kom je vandaag naar huis?'

Ik moet haar hebben gebeld.

'Hoe is het met Isabelle?' vraag ik.

'Ze is mooi. Ze mist je.'

'Is hij teruggekomen? Die onbeleefde vriend van mij?'

'Nee, Pierre, jouw terroristische vriend is niet teruggekomen. Heb je met hem voetbal gekeken?'

'Dat doen we niet meer.'

9

Er stond voor zover ik kon zien niets over in het dossier – en godzijdank dat er niets was – over de eindeloze dagen en nachten die ik doorbracht in Bretagne, na Doris op een mistige winterochtend om zeven uur op Le Bourget te hebben overgedragen aan Joe Hawkesbury, ons hoofd van Standplaats Parijs. Toen ons vliegtuig was geland en een stem via een luidspreker professor en madame Lessif omriep, was ik in een toestand van uitzinnige opluchting. Toen we naast elkaar via de vliegtuigtrap afdaalden, zag ik onder ons Hawkesbury in een zwarte Rover met diplomatieke nummerborden, met achterin een jonge assistente van zijn Standplaats en het hart zonk me in de schoenen.

'En mijn *Gustav*?' vroeg Doris terwijl ze me bij mijn arm pakte.

'Dat komt goed. Je zult het zien,' zei ik, en ik hoorde mezelf Alecs loze beloftes napraten.

'Wanneer?'

'Zodra ze de kans krijgen. Het zijn goede mensen. Je zult het zien. Ik hou van je.'

Het meisje van Hawkesbury hield het achterportier open.

Had zij me gehoord? Mijn krankzinnige uitbarsting, gesproken door iemand anders uit mijn binnenste? Het deed er niet toe of ze Duits sprak. Elke stomme sukkel kent *Ich liebe dich.* Met zachte hand duwde ik Doris vooruit. Met een plof landde ze tegen haar zin op de achterbank. Het meisje sprong achter haar aan en sloeg het portier dicht. Ik ging voorin naast Hawkesbury zitten.

'Goede vlucht gehad?' vroeg hij toen we over de landingsbaan achter een Jeep met zwaailichten aan snelden.

We reden een vliegtuighangar binnen. In het halfduister voor ons stond een tweemotorig vliegtuig van de RAF, met langzaam draaiende propellers. Het meisje sprong de auto uit. Doris bleef zitten waar ze zat en mompelde Duitse woorden voor zich uit die ik niet kon verstaan. Mijn eigen waanzinnige woorden leken geen indruk op haar te hebben gemaakt. Misschien had ze ze niet gehoord. Misschien had ik ze niet uitgesproken. Het meisje probeerde haar over te halen, maar ze gaf geen krimp. Ik ging naast haar zitten en pakte haar hand. Ze drukte haar hoofd tegen mijn schouder terwijl Hawkesbury via de achteruitkijkspiegel naar ons keek.

'*Ich kann's nicht,*' fluisterde ze.

'*Du musst,* het komt in orde. *Ganz ehrlich.*'

'*Du kommst nicht mit?*'

'Later. Nadat je met ze hebt gepraat.'

Ik stapte uit de auto en stak mijn hand naar haar uit. Ze negeerde die en stapte op eigen houtje uit. Een geüniformeerde luchtmachtvrouw met een klembord kwam op ons af marcheren. Met het meisje van Hawkesbury aan de ene en de luchtmachtvrouw aan de andere kant, liet Doris zich naar het vliegtuig begeleiden. Toen ze bij de vliegtuigtrap aankwam bleef ze stilstaan, keek omhoog en toen vermande ze zich en klom, zich met beide handen vasthoudend, omhoog. Ik wachtte of ze zou omkijken. De cabinedeur ging dicht.

'Klaar is kees,' zei Hawkesbury ferm, nog steeds zonder zijn hoofd naar me om te draaien. 'De hoge omes laten weten: bravo, je hebt het geweldig gedaan, ga nu maar terug naar Bretagne, droog op en wacht op het geweldige telefoontje. Is Gare Montparnasse oké?'

'Gare Montparnasse lijkt me prima, dank je.'

En je mag dan het lievelingetje van de Gezamenlijke Stuurgroep zijn, broeder Hawkesbury, maar dat heeft Bill Haydon er niet van weerhouden mij jouw baantje aan te bieden.

***

Zelfs vandaag zou het me moeite kosten de stortvloed aan tegenstrijdige emoties te beschrijven die na mijn terugkeer naar de boerderij door me heen wervelden, of ik nu op een tractor zat, mest over het veld verspreidde of anderszins mijn best deed om mijn aanwezigheid als de jonge meester te doen gelden. Het ene moment koesterde ik mij in de genietingen van een nacht die te gedenkwaardig was om te beschrijven; de volgende sloeg de schrik mij om het hart als ik dacht aan de monstrueuze onverantwoordelijkheid van de obsessieve, roekeloze daad die ik had gepleegd, en van de woorden die ik al dan niet had uitgesproken.

Als ik me de stille duisternis waarin onze omhelzingen werden uitgevochten, weer voor de geest haalde, probeerde ik mezelf ervan te overtuigen dat onze liefdeshandelingen alleen hadden plaatsgehad in mijn verbeelding, een illusie opgeroepen door de angst dat de Tsjechische veiligheidsdienst elk moment onze slaapkamerdeur zou kunnen intrappen. Maar één blik op de afdruk van haar vingers op mijn lichaam maakte me duidelijk dat ik mezelf voor de gek hield.

En geen fantasie van mijn kant kon het moment hebben opgeroepen dat ze, bij het krieken van de dag, toen er nog steeds geen woord tussen ons was gewisseld, haar ene lichaamsdeel na het andere van mij losmaakte, dat ze eerst naakt en rechtop voor mij stond zoals ze toen op het Bulgaarse strand had gestaan en zich vervolgens stuk voor stuk bedekte met haar mooie Franse kleren totdat er niets over was om naar te verlangen dan een praktische alledaagse rok en een tot de nek toe dichtgeknoopt zwart jasje: zij het dat ik wanhopiger naar haar verlangde dan ooit.

En hoe, terwijl ze zich aankleedde, de glans van triomf of verlangen op haar gezicht uitdoofde en we, omdat zij dat zo wilde, weer van elkaar vervreemdden, eerst in de bus naar het vliegveld van Praag, waar ze mijn hand weigerde, en opnieuw in het vliegtuig naar Parijs, toen we, om redenen die mij ontgingen, gescheiden van elkaar moesten zitten, tot het vliegtuig was geland en we overeind kwamen en achter elkaar het vliegtuig begonnen te verlaten en onze handen elkaar opnieuw vonden maar meteen weer los moesten laten.

Tijdens de afmattende treinreis naar Lorient – geen hogesnelheidstreinen in die tijd – had zich een voorval voorgedaan dat me, achteraf gezien, tot op de dag van vandaag, een gevoel geeft van de gruwelen die in het verschiet lagen. Nauwelijks een uur rijden van Parijs kwam onze trein, zonder enige nadere verklaring, abrupt tot stilstand. Gedempte stemmen van buiten werden gevolgd door één enkele anonieme gil, mannelijk of vrouwelijk, dat heb ik nooit geweten. We wachtten verder af. Sommigen van ons keken elkaar aan. Anderen bleven hardnekkig verdiept in hun boeken en kranten. Een geüniformeerde bewaker verscheen in de deuropening van het rijtuig, een jongen van hooguit twintig. Ik herinner me nog heel goed de stilte die voorafging aan zijn van tevoren voorbereide toespraak, die hij na een diepe zucht afstak met bewonderenswaardige kalmte.

'Dames en heren. Tot mijn spijt moet ik u mededelen dat de voortgang van onze reis door menselijk toedoen is belemmerd. We zullen over enkele ogenblikken de reis voortzetten.'

En het was niet ik, maar de bedachtzame oude heer met de stijve witte boord naast me die zijn hoofd ophief en op bruuske toon vroeg:

'Toedoen van welke aard?'

Waarop de jongen alleen met de stem van een boeteling kon zeggen:

'Een zelfmoord, monsieur.'
'Van wie?'
'Een man, meneer. Er wordt gedacht dat het een man was.'
Binnen enkele uren na mijn aankomst in Les Deux Eglises begaf ik mij naar de baai: *mijn* baai, mijn toevluchtsoord. Eerst de tocht naar de grens van mijn land, dan weer een tocht langs de helling over het pad langs de steile rotsen, en daaronder het kleine stukje zandstrand, en aan weerszijden daarvan, lage rotsen als soezende krokodillen. Daar had ik als jongen zitten nadenken. Dit was de plek waar ik in de loop der jaren mijn vrouwen mee naartoe had genomen – de geliefden, halfgeliefden, kwartgeliefden. Maar de enige vrouw naar wie ik hunkerde was Doris. Ik kon me wel voor mijn kop slaan dat we nog nooit een gesprek hadden gevoerd dat niet werd bepaald door onze dekmantels. Maar had ik verdomme niet elk uur van haar leven, slapend of wakend een heel jaar van haar leven met haar gedeeld? Had ik niet gereageerd op elke bevlieging, elke opwelling van zuiverheid, wellust, verzet en wraak? Noem mij één andere vrouw die ik al zo lang en zo intiem kende, voordat ik maar het bed met haar deelde.

Ze had me kracht gegeven. Ze had de man van mij gemaakt die ik tot dan toe nooit was geweest. Meer dan één vrouw me in de loop der jaren ooit – recht voor zijn raap of in oprechte ontgoocheling – had verteld dat ik geen aanleg had voor seks; onbeholpen en geremd was; dat ik het ware instinctieve vuur miste.

Maar Doris *wist* dat allemaal, voordat we elkaar zelfs omhelsden. Ze had het geweten toen we elkaar rakelings passeerden, en ze wist het toen ze me naakt in haar armen sloot, me verwelkomde, me vergaf, het me liet zien; en toen zichzelf om mij heen vormde tot we oude vrienden waren, vervolgens behoedzame minnaars en ten slotte zegevierende rebellen, vrij van alles wat onze twee levens waagde te kanaliseren.

Ich liebe dich. Ik meende het. Ik zou het altijd menen. En als ik terugkeerde naar Engeland, zou ik het weer tegen haar zeggen, en ik zou tegen George zeggen dat ik het tegen haar had gezegd en ik zou zeggen dat ik meer dan genoeg had gedaan, en als ik de Dienst vaarwel moest zeggen om met Doris te trouwen en voor Gustav in de bres te springen, dan zou ik dat ook doen. Ik zou voet bij stuk houden en zelfs George, met al zijn fluwelen argumenten, zou me niet op andere gedachten kunnen brengen.

Maar ik had dit grote onomkeerbare besluit nog niet goed en wel genomen of Doris' goed gedocumenteerde promiscuïteit begon me te kwellen. Was dat haar ware geheim? Dat ze al haar mannen had bemind met dezelfde kritiekloze gulhartigheid? Ik overtuigde mezelf er zelfs bijna van dat Alec mij was voorgegaan: twee hele nachten hadden ze samen doorgebracht, in jezusnaam! Oké, de eerste met Gustav erbij. Maar hoe zat het met die tweede nacht, op elkaar gepropt in de Trabant, tegen elkaar aangekropen tegen de kou – haar hoofd op zijn schouder, christeneziele, zijn eigen woorden! – terwijl zij haar ziel voor hem blootlegde – en wat ze nog meer blootlegde – terwijl ik, blinde boodschapper, nagenoeg de woorden kon tellen die Doris en ik in onze hele levens met elkaar hadden weten te wisselen.

Maar zelfs wanneer ik dit spookbeeld van denkbeeldig verraad opriep, wist ik dat ik mezelf voor de gek hield, wat de schande des te pijnlijker maakte. Alec was niet zo. Als Alec, in plaats van ik, de nacht met Doris had doorgebracht in Hotel Balkan, dan had hij rustig zitten roken in een hoekje, net zoals hij dat had gedaan in Cottbus, terwijl Doris en Gustav met de armen om elkaar heen op het bed lagen.

Ik staarde nog steeds uit over zee en liet mijn tegenstrijdige gedachten zo de revue passeren, toen het tot me doordrong dat ik niet alleen was. Ik was zo verdiept geweest in mezelf dat ik niet eens in de gaten had gehad dat ik was gevolgd. Erger nog, dat ik was gevolgd door het minst aantrekkelijke lid van onze gemeenschap, Honoré de gifkabouter, handelaar in mest, tweedehands autobanden en erger. Hij deed denken aan een trol, en een boosaardige bovendien: vierkant, breedgeschouderd, onguur gelaat met Bretonse pet en kiel, en hij stond met zijn voeten uit elkaar op de rand van de klip naar beneden te turen.

Ik riep naar omhoog. Ik vroeg hem, met een zekere laatdunkendheid, of ik iets voor hem kon doen. Wat ik eigenlijk bedoelde te zeggen was ga weg en laat mij alleen met mijn gedachten. Bij wijze van antwoord kwam hij langs het rotspad omlaag zetten en ging, zonder mij een blik waardig te keuren op een rots vlak bij de zee zitten. Het begon donker te worden. Aan de overkant van de baai begonnen de lichtjes van Lorient te branden. Na een poosje hief hij zijn hoofd op en staarde me aan, met een onderzoekende blik in zijn ogen. Omdat er geen reactie volgde haalde hij een fles uit het diepst van zijn kiel tevoorschijn en na twee papieren bekertjes uit zijn andere zak vol te hebben geschonken maakte hij een uitnodigend gebaar in mijn richting, waar ik uit beleefdheid gevolg aan gaf.

'Denk je aan de dood?' vroeg hij losjes.

'Niet bewust.'

'Een vrouw? Alweer een?'

Ik negeerde hem.

Ik was, in weerwil van mezelf, getroffen door zijn raadselachtige hoffelijkheid. Was die nieuw? Of was die me nooit eerder opgevallen? Hij hief zijn beker: ik hief op mijn beurt de mijne. In Normandië zouden ze het calvados hebben genoemd, maar voor ons Bretons is het lambig. In Honoré's geval was het het spul dat ze op paardenhoeven smeren om ze harder te maken.

'Op jouw vader zaliger,' zei hij, tegen de zee pratend. 'De grote verzetsheld. Heeft heel wat moffen gedood.'

'Dat zeggen ze,' antwoordde ik op mijn hoede.

'Medailles ook.'

'Een paar.'

'Ze hebben hem gemarteld. Toen hebben ze hem gedood. Een dubbele held. Bravo,' zei hij en hij nam, nog steeds naar de zee kijkend, opnieuw een slok. 'Mijn vader was ook een held,' vervolgde hij. 'Een *grote* held. Mega. Minstens twee meter groter dan die van jou.'

'Wat heeft hij gedaan?'

'Gecollaboreerd met de moffen. Ze beloofden hem dat Bretagne haar onafhankelijkheid zou krijgen als zij de oorlog wonnen. Die lul geloofde ze. Zodra de oorlog voorbij was, hingen de helden van het Verzet hem op op het stadsplein, of wat daarvan over was. Een hoop toeschouwers. Veel applaus. Je kon het door de hele stad horen.'

Had hij het misschien ook gehoord? Met zijn handen tegen zijn oren gedrukt, ineengedoken in de kelder van iemand die medelijden met hem had? Ik had zo'n gevoel dat dat best had gekund.

'Je kunt je paardenmest maar beter bij iemand anders kopen,' vervolgde hij. 'Anders hangen ze jou misschien ook nog op.'

Hij wachtte tot ik iets terug zou zeggen, maar er schoot me niets te binnen, dus goot hij onze bekers nog eens vol en we gingen door met uitkijken over zee.

***

In die dagen speelden de boeren nog jeu de boules op het dorpsplein en zongen ze Bretonse liedjes als ze dronken waren. Vastbesloten me als een normaal mens te gedragen, deelde ik hun *cidre* met hen en luisterde naar de grand guignol die doorging voor dorpsroddel: het echtpaar dat het postkantoor drijft en zich in hun bovenkamer heeft opgesloten en er niet meer uit wil komen omdat hun zoon zelfmoord heeft gepleegd; de regionale belastingontvanger wiens vrouw hem heeft verlaten omdat zijn vader dementeert en om twee uur 's nachts volledig gekleed naar beneden komt om te ontbijten; de melkveehouder in het aangrenzende dorp die naar de gevangenis is gegaan omdat hij met zijn dochters heeft geslapen. En bij alles deed ik mijn best op het juiste moment te knikken terwijl de vragen die mij niet los wilden zich laten vermenigvuldigden en verdiepten.

***

Het pure, onnatuurlijke, vermaledijde gemak waarmee alles ging, god nog aan toe!

Waarom was alles op rolletjes gelopen terwijl bij alle andere operaties waar ik ooit bij betrokken was nooit iets op rolletjes had gelopen, zelfs als het uiteindelijk moeizaam succesvol was afgelopen?

Een werkneemster van de Stasi op de vlucht in een naburige politiestaat waar het wemelde van de informanten? Waar de Tsjechische veiligheidsdienst berucht is om zijn wreedheid en efficiëntie? Toch werden wij totaal niet op onze huid gezeten, geschaduwd, afgeluisterd of zelfs maar verhoord, maar vriendelijk naar de uitgangen begeleid?

En vertel eens op, sinds wanneer was de Franse inlichtingendienst zo verdomd onberispelijk? Verscheurd door interne rivaliteit; dat had ik maar al te vaak gehoord. Incompetent en van boven tot onder zo lek als een mandje, en waarom doet *dat* een belletje rinkelen? En nu zijn ze opeens grootmeesters – of toch niet?

En als dat mijn verdenkingen waren, en dat waren ze, en ze werden met de minuut oorverdovender, wat dacht ik daar dan aan te doen? Ook dat opbiechten aan Smiley voordat ik de handdoek in de ring gooide en ontslag nam?

Op dit eigenste moment zat Doris, voor zover ik wist, met haar verhoorders opgesloten in een of ander onderkomen op het platteland. Vertelde ze hun hoe hartstochtelijk we de liefde hadden bedreven? In zaken van het hart was terughoudendheid bepaald niet haar sterke kant.

En als haar ondervragers net als ik zouden beginnen te vermoeden, zoals ik dat ook vermoedde, dat haar ontsnapping door Oost-Duitsland en Tsjechoslowakije ongewoon gemakkelijk was gemaakt, welke conclusies zouden ze daar dan uit kunnen trekken?

Dat het allemaal doorgestoken kaart was? Dat zij een infiltrant was, een dubbelspion, deel van een op hoog niveau gespeeld spel van misleiding? En dat Peter Guillam, de koning der dwazen, met de vijand had geslapen? – wat was wat ikzelf begon te geloven tegen de tijd dat Oliver Mendel me om vijf uur in de ochtend belde en me uit naam van George beval mij langs de snelst mogelijke route naar de stad Salisbury te begeven. Geen 'Hoe is het met je, Peter?' Geen 'Sorry dat ik je zo vroeg uit bed bel.' Alleen een 'George zegt dat je als de gesmeerde bliksem in Kamp 4 moet opdraven, jochie.'

Kamp 4: Het schuiladres van de Gezamenlijke Stuurgroep in het New Forest.

***

Terwijl ik me op de laatst overgebleven plaats in een klein vliegtuig vanaf Le Touquet wurm, zie ik in gedachten het standrechtelijk tribunaal dat me wacht. Doris heeft bekend een dubbelspion te zijn. Ze gebruikt onze nacht vol passie als een soort afleiding.

Maar dan neemt mijn andere helft het over. Ze is dezelfde Doris, verdorie. Je houdt van haar. Je hebt haar gezegd dat je van haar houdt of je gelooft dat je dat hebt gezegd en dat is hoe dan ook nog steeds waar. Dus oordeel niet overhaast, alleen omdat je zelf op het punt staat te worden geoordeeld!

Tegen de tijd dat ik in Lydd landde leek alles volstrekt onlogisch. Tegen de tijd dat mijn trein het station van Salisbury binnenreed, nog steeds. Maar ik had in elk geval tijd gevonden me af te vragen waarom Kamp 4 was gekozen als de plek om Doris te verhoren. Het was, naar de maatstaven van het Circus niet het geheimste van zijn archipel aan schuiladressen, en al evenmin het veiligste. Op papier had het alles mee: klein buiten in het hart van het New Forest, vanaf de weg niet te zien, laaggelegen gebouw van twee verdiepingen, ommuurde tuin, een beekje, een meertje, vier hectares land, deels bebost en het geheel omgeven door een bijna twee meter hoog hek van draadgaas begroeid met struikgewas.

Maar voor het verhoor van een gekoesterde spion, slechts

dagen tevoren weggekaapt uit de klauwen van de Stasi die haar in dienst had? Toch zeker een beetje bezoedeld, iets zichtbaarder dan George wellicht zou hebben gewild als Stuur de operatie niet in handen had gehad.

Op het station van Salisbury stond een chauffeur die Herbert heette en die ik kende uit mijn tijd bij de Afdeling Koppensnellers, met een bord omhoog waarop PASSAGIER VOOR BARRACLOUGH stond, een van Georges pseudoniemen. Maar toen ik een babbeltje met hem probeerde te maken, zei Herbert dat hij geen toestemming had om met me te praten.

We reden de lange hobbelige oprijlaan op. Verboden toegang voor onbevoegden. Laaghangende takken van lindebomen en esdoorns streken over het dak van het busje. Uit de schaduw doemde de onwaarschijnlijke gestalte op van Fawn, voornaam onbekend, een voormalige instructeur ongewapend gevecht op Sarratt en zo nu en dan spierbundel voor Geheim. Maar wat moest uitgerekend *Fawn* hier in hemelsnaam, terwijl Kamp 4 beschikte over zijn eigen beveiligers in de vorm van dat vermaarde homostel, de heren Harper en Lowe, geliefd bij alle rekruten? Toen herinnerde ik me dat Smiley een beroepsmatige waardering had voor Fawn en hem een aantal penibele opdrachten had toevertrouwd.

De chauffeur stopte de wagen, Fawn bestudeerde me door het raampje, er kon geen lachje af, en gebaarde met zijn hoofd dat we door konden rijden. Het pad liep omhoog. Een paar stevige houten hekken gingen open en sloten zich achter ons. Rechts van ons het hoofdgebouw, een namaak-Tudorlandhuis gebouwd voor een brouwer. Links van ons het koetshuis, een paar nissenhutten en een majestueuze tiendschuur met een rieten dak dat de Bochel werd genoemd. Drie Ford Zephyrs en één zwarte Ford-bus stonden op de binnenplaats geparkeerd; en daarvoor stond het enige menselijke wezen in de omtrek, Oliver Mendel, gepensioneerd politie-inspecteur en al vele jaren bondgenoot van George, met een walkietalkie tegen zijn oor.

Ik klauter het busje uit, sleep mijn rugzak achter me aan. Roep: 'Ha, die Oliver! Ik heb het gehaald!' Maar Oliver Mendel vertrekt geen spier, hij mompelt alleen maar iets in zijn walkie-talkie terwijl hij kijkt hoe ik naar hem toe loop. Ik maak weer aanstalten hem te groeten maar bedenk me. Oliver mompelt, 'Ja, dat doe ik, George' en schakelt het ding uit.

'Onze vriend heeft het momenteel nogal *druk*, Peter,' zegt hij op ernstige toon. 'Er deed zich een probleempje voor. Als je het niet erg vindt maken wij samen een wandelingetje in de omgeving.'

Ik begrijp het. Doris heeft alles verteld, tot Ich liebe dich aan toe. Onze vriend George heeft het *druk*, betekent dat hij des duivels is en het een misselijke streek vindt dat zijn uitverkoren discipel hem heeft teleurgesteld. Hij kan het niet opbrengen met me te praten, dus heeft hij zijn immer betrouwbare inspecteur Oliver Mendel afgevaardigd om de jonge Peter de uitbrander van zijn leven te geven, en hem waarschijnlijk ook meteen ontslag aan te zeggen. Maar waarom Fawn? En waarom het gevoel dat dit kamp in haast is ontruimd?

We zijn een glooiend grasveld opgelopen en staan schuin tegenover elkaar, wat ongetwijfeld Mendels bedoeling is. Onze ogen zijn gericht op een of ander onduidelijk voorwerp op de middellange afstand: een paar zilverberken, een oude duiventil.

'Ik heb treurig nieuws voor je, Peter.'

Daar gaan we.

'Het spijt me zeer dat ik je moet vertellen dat hulpbron Tulip, de dame die jij succesvol uit Tsjecho hebt helpen ontkomen, vanochtend officieel dood is verklaard.'

***

En omdat niemand ooit goed meer weet wat hij heeft gezegd op zo'n moment, en dat geldt ook voor mij, zal ik nu niet beweren dat ik uiteraard een kreet van pijn, schuld of ongeloof slaakte. Ik weet dat ik opeens niets meer duidelijk zag, niet de zilverberken en ook niet de duiventil. Ik weet dat het zonnig en warm was voor de tijd van het jaar. Ik weet dat ik wilde overgeven maar dat ik, zoals bij mijn natuur past, me in wist te houden. Ik weet dat ik achter Mendel aanliep naar het vervallen zomerhuis dat op het zuidelijkste puntje van het terrein staat, gescheiden van het hoofdgebouw door een dicht bosje van monterey-cipressen. En dat we, toen we plaatsnamen op de wankele veranda, uitkeken over een overwoekerd croquetveld, want ik herinner me de roestige poortjes die uit het gras omhoogstaken.

'Aan de nek opgehangen tot de dood erop volgde,' vrees ik, jongen,' zei Mendel, zoals de woorden van het doodvonnis luiden. 'Een doe-het-zelf-klus. Aan de lage tak van een boom pal aan de andere kant van die helling daar. Bij de voetgangersbrug. Punt 217 op de kaart. Doodverklaard om 08.00 uur door dokter Ashley Meadows.'

Ash Meadows, modieuze psychiater uit Harley Street, onwaarschijnlijke vriend van George. Los medewerker van het Circus gespecialiseerd in neurotische overlopers.

'Ash is hier?'

'Hij is nu bij haar.'

Ik laat dit nieuws langzaam tot me doordringen. Doris is dood. Ash is bij haar. Een dokter waakt over de doden.

'Heeft ze een briefje achtergelaten of zoiets? Iemand *gezegd* wat ze van plan was?'

'Ze heeft zich gewoon verhangen, jongen. Met een stuk gesplitst nylon klimtouw dat ze blijkbaar ergens op het terrein heeft gevonden. Twee meter zeventig lang. Waarschijnlijk achtergelaten na een trainingscursus. Beetje slordig, als je het mij vraagt.'

'Heeft iemand het Alec verteld?' vraag ik, terwijl ik nu bedenk hoe haar hoofd op zijn schouder rustte.

Weer zijn politiemannenstem. 'George zal jouw vriend Alec Leamas vertellen wat Alex moet weten wanneer Alec dat moet weten en niet eerder, jongen. En George zal zelf dat moment bepalen. Begrepen?'

Begrepen dat Alec nog steeds gelooft dat hij Tulip in veiligheid heeft gebracht.

'Waar is hij nu? Niet Alec. George,' vraag ik dom.

'Precies op dit moment voert George een gesprek met een toevallig aanwezige Zwitserse heer, om precies te zijn. De arme drommel is op het terrein in een val getrapt. Geen val, meer een klem, daar geplaatst door een gewetenloze stroper op zoek naar wat wild, denken we maar. Een roestige klem, die in het lange gras lag, is ons verteld. Zou daar al tijden kunnen hebben gelegen. Maar hij stond nog op scherp. En die drakentanden – die hadden zijn voet er zo kunnen afbijten, is me verteld. Dus hij heeft nog geluk gehad.' En na mijn aanhoudende stilzwijgen, op dezelfde onderhoudende toon: 'De betreffende Zwitserse persoon is een amateurvogelaar, hetgeen ik waardeer, omdat dat ook een hobby van mij is, en hij was naar vogels aan het kijken. Het was niet zijn bedoeling zich op verboden terrein te begeven, maar hij heeft het toch gedaan en heeft er spijt van. Dat zou ik ook hebben. Wat mij, tussen ons gezegd en gezwegen, tegen de borst stuit is dat Harper en Lowe dat ding op hun rondes over het terrein nooit zijn tegengekomen. Ik kan alleen maar zeggen dat ze van geluk mogen spreken dat ze er zelf niet in zijn getrapt.'

'Waarom is George nu met hem in gesprek?' – en ik veronderstel dat ik bedoelde, *op een moment als dit.*

'Met die Zwitserse heer? Tja, hij is een belangrijke getuige, jongen. Die Zwitserse heer. Wat je daar ook van vindt. Hij bevond zich op het terrein – oké, dat mocht niet, een collegavogelaar net als ik, dat soort dingen kunnen gebeuren – maar helaas voor hem juist rond die tijd. George wil natuurlijk weten of die heer iets belangrijks heeft gezien of gehoord dat enig licht kan werpen op de zaak. Misschien heeft die arme Tulip hem op de een of andere manier benaderd. Het is een netelige kwestie als je erover nadenkt. We bevinden ons op een hoogst geheime plek en Tulip is officieel niet in het Verenigd Koninkrijk geland, dus de Zwitserse heer is gestuit op wat we een wespennest voor de veiligheidsdienst zouden kunnen noemen. Daar moet hoe dan ook rekening mee worden gehouden.'

Ik hoorde hem maar luisterde niet echt: 'Ik moet haar zien, Oliver,' zei ik.

Waarop hij, zonder vreemd op te kijken, antwoordde: 'Blijf dan hier, jongen, terwijl ik dat voorleg aan de top, en verroer geen vin.'

En daarna struinde hij over het lange gras het verlaten croquetveld in terwijl hij opnieuw iets in zijn walkietalkie mompelde. Toen hij me wenkte volgde ik hem naar de massieve deur van de Bochel. Hij klopte aan en deed een stap achteruit. Na enig oponthoud ging de deur krakend open en daar stond Ash Meadows in eigen persoon, een vijftigjarige voormalige rugbyspeler met rode bretels en een flanellen ruitjesoverhemd, die zoals gewoonlijk pijp rookte.

'Het spijt me, ouwe reus,' zei hij, terwijl hij me doorliet; dus zei ik dat het mij ook speet.

Op een pingpongtafel in het midden van de grote schuur lag de vorm van een slanke vrouw in een dichtgeritste lijkenzak. Ze lag op haar rug, tenen omhoog.

'Het arme kind heeft nooit geweten dat ze Tulip werd genoemd totdat ze hier kwam,' mompelde Ash op de hese toon die hij zich klaarblijkelijk eigen had gemaakt als hij sprak in de aanwezigheid van een dode. 'Zodra ze wist dat ze Tulip was, moest je het vooral niet wagen haar anders te noemen. Weet je zeker dat je dit wilt?'

Hij bedoelde: was ik er klaar voor dat hij de ritssluiting omlaagtrok. Dat was ik.

Haar gezicht, voor het eerst sinds ik het kende, uitdrukkingloos. Haar kastanjebruine haar in een vlecht bijeengehouden door een groen lint, de vlecht naast haar hoofd. Haar ogen gesloten. Tot dan toe had ik haar nog nooit zien slapen. De nek vol blauwen en grijzen.

'Klaar, Peter, ouwe reus?'
Hij trok sowieso de rits dicht.

***

Ik loop achter Mendel aan de buitenlucht in. Voor me staat boven op de grasheuvel een bosje kastanjebomen. Het uitzicht vanaf de top is mooi: het hoofdgebouw, een naaldbos, omliggende velden. Maar ik ben nauwelijks aan mijn klim begonnen als Mendel mij met een hand tegenhoudt.

'We blijven hier, als je het niet erg vindt, jongen. In het oog lopen heeft geen zin,' zegt hij.

En ik neem aan dat het niet verbazingwekkend is dat het niet in me opkwam te vragen waarom hij dat zei.

Dan volgt er een periode – ik kan het niet tot op de minuut beschrijven – dat we doelloos lijken rond te dwalen. Mendel vertelt me over de bijen die hij houdt. Dan vertelt hij me van de reddingshond Poppy, een golden labrador, waar zijn vrouw dol op is. Ik meen me te herinneren dat Poppy een reu was, geen teef. Ik weet ook nog dat ik heimelijk verrast was, want ik wist geloof ik niet dat Oliver Mendel een vrouw had.

Stukje bij beetje begin ik terug te praten. Als hij me vraagt hoe het gaat in Bretagne en of de oogst er goed uitziet en hoeveel koeien we houden, dan doe ik hem daar accuraat en helder verslag van, wat vermoedelijk is waar hij op wacht, want wanneer we aankomen bij het grindpad dat langs de Bochel naar het koetshuis voert, verwijdert hij zich een paar passen van mij en zegt kortaf iets in zijn walkietalkie. En als hij naar me terugkomt, is hij niet langer de onderhoudende prater, hij is weer louter politieman:

'Nu dan, jongen. Even opgelet, alsjeblieft. Je staat op het punt de andere helft van het verhaal te ontmoeten. Je zult zien wat je ziet, je zult op geen enkele manier reageren en je zult daarna in alle talen zwijgen over wat je hebt gezien. Dat zijn niet mijn orders. Dat zijn de orders van George, voor jou persoonlijk. O, en dan nog iets, mocht je toevalligerwijs jezelf nog de schuld geven van de zelfmoord van die arme dame, dan kun je daar *nu* mee ophouden. Gesnopen? Dat zijn niet Georges woorden. Dat zijn de mijne. Spreek jij een beetje Zwitsers?'

Hij glimlachte en tot mijn verbazing glimlachte ik ook. De terloopse wandeling die wij maakten kreeg iets beangstigend doelgerichts. Ik was de Zwitserse heer even vergeten. Ik had aangenomen dat Mendel gewoon een vriendelijk praatje maakte. Nu kwam de mysterieuze vogelaar die zich per abuis op verboden terrein had begeven met volle kracht terug. Aan het einde van het smalle pad stond Fawn. Achter hem liep de stenen trap omhoog naar een olijfgroene ingang waarop STRENG VERBODEN TOEGANG, LEVENSGEVAARLIJK stond.

We liepen de trap op. Fawn voorop. We kwamen aan op een hooizolder. Aan oude haken hing beschimmeld paardentuig. We liepen tussen balen rottend hooi totdat we bij de Onderzeeër aankwamen, een speciaal gebouwde isolatiecel waar rekruten werden onderricht in de akelige kunsten van het weerstand bieden tegen en toepassen van hardvochtige verhoortechnieken. Geen herhalingscursus die ik had gevolgd was compleet zonder een dosis van de raamloze gecapitonneerde muren, de hand- en voetkluisters en gekmakende geluidseffecten. De deur was van zwartgeverfd staal, en er zat een kijkgat met een schuif in om naar binnen te kunnen kijken, maar nooit naar buiten.

Fawn blijft op afstand. Mendel loopt op de Onderzeeër af, buigt zich naar voren, schuift het kijkgat open, doet een stap naar achteren en knikt me toe: jouw beurt. En binnensmonds, haastig:

'Maar ze heeft zichzelf zeker niet opgehangen, toch, jongen? Onze vriend de vogelaar heeft haar dat aangedaan.'

Tijdens mijn trainingssessies had er nooit meubilair in de Onderzeeër gestaan. Je lag op de stenen vloer of je ijsbeerde in het pikkedonker terwijl de luidsprekers tegen je krijsten tot je er niet meer tegen kon, of de leiding besloot dat je genoeg had gehad. Maar deze twee onwaarschijnlijke aanwezigen in de Onderzeeër is de luxe gegund van een met rood laken bekleed kaarttafeltje en twee heel behoorlijke stoelen.

In de ene stoel zit George Smiley, en hij kijkt zoals alleen George Smiley kan kijken wanneer hij iemand verhoort: een beetje ontdaan, een beetje gepijnigd, alsof het leven voor hem één lang ongemak is en niemand dat draaglijk kan maken behalve heel misschien jij.

En tegenover George in de andere stoel zit een stevige blonde man van mijn leeftijd met verse blauwe plekken rond zijn ogen, één bloot been in het verband en recht voor zich uit gestoken en zijn handen in de boeien, de palmen omhoog op tafel als van een bedelaar.

En als hij zijn hoofd omdraait zie ik precies wat ik inmiddels verwacht te zien: een oud litteken als een sabelhouw over de lengte van zijn rechterwang.

En hoewel ik ze door de blauwe plekken nauwelijks kan zien, weet ik dat hij blauwe ogen heeft, want dat stond in het strafblad dat ik drie jaar geleden had gestolen voor George Smiley, nadat die bijna dood was geknuppeld door de man die nu tegenover hem zit.

Een verhoor – of een onderhandeling? De naam van de gevangene – hoe zou ik die ooit kunnen vergeten? – luidt Hans-Dieter Mundt. Hij is een voormalig lid van de Oost-Duitse Staalmissie in Highgate, die een officiële maar niet een diplomatieke status had.

Tijdens zijn bezoek aan Londen, doodde Mundt een Oost-Londense autohandelaar die naar zijn smaak te veel wist. Toen hij George probeerde te doden, was dat om dezelfde reden.

En nu zit dezelfde Mundt hier in de Onderzeeër, een door de KGB getrainde Stasi-moordenaar die zich uitgeeft voor een Zwitserse ornitholoog die in een hertenklem is gestapt, terwijl Doris, die alleen wilde worden gekend als Tulip vijftien meter van hem vandaan dood ligt te zijn. Mendel trekt aan mijn arm. Het is slechts een kort ritje met de auto naar waar we heen gaan, Peter. George voegt zich later bij ons.

'Wat is er met Harper en Lowe gebeurd?' vraag ik hem, als we veilig in de auto zitten, omdat dat het enige onderwerp is dat me te binnen schiet.

'Meadows heeft Harper naar het ziekenhuis gestuurd om zijn gezicht te laten oplappen. Lowe houdt zijn hand vast. Onze vriend de vogelaar is niet rustig meegekomen toen hij werd bevrijd uit de klem waarin hij getrapt was, zal ik maar zeggen. Hij moest daar een stevig handje bij worden geholpen, zoals je zult hebben gezien.'

***

Ik heb twee stukken papier voor je, Peter,' zegt Smiley en hij overhandigt me het eerste.

Het is twee uur 's nachts. We zijn alleen in dezelfde voorkamer van hetzelfde twee-onder-een-kap politiehuis ergens aan de rand van het New Forest. Onze gastheer, een oude vriend van Mendel, heeft een kolenkachel aangestoken en ons een blad met thee en koekjes gebracht voordat hij zich boven terugtrok met zijn vrouw. We hebben niet gedronken van de thee en de koekjes ook niet aangeraakt. Het eerste papier is een simpele witte Engelse briefkaart zonder postzegel. Er zitten krassen op alsof hij door iets smals is geschoven, misschien onder een deur door. De adreszijde is onbeschreven. Op de andere kant staat een in blauwzwarte inkt geschreven boodschap in het Duits, uitsluitend hoofdletters.

IK BEN EEN GOEDE ZWITSERSE VRIEND DIE JE BIJ JE GUSTAV KAN BRENGEN. IK WACHT OM 01.00 UUR OP JE BIJ DE VOETBRUG. ALLES ZAL WORDEN GEREGELD. WIJ ZIJN CHRISTELIJKE MENSEN. [niet ondertekend]

'Waarom hebben ze gewacht tot ze helemaal in Engeland was aangekomen?' weet ik George eindelijk te vragen na een langdurige stilte. 'Waarom hebben ze haar niet in Duitsland vermoord?'

'Om hun bron te beschermen, natuurlijk,' antwoordt Smiley op een verwijtende toon omdat ik zo traag van begrip ben. 'De tip kwam van de Moskouse Centrale, die heel begrijpelijk aandrong op discretie. Geen auto-ongeluk of een ander al even vergezocht voorval. Liever een zichzelf aangedane dood die de grootst mogelijke ontsteltenis in het vijandelijke kamp zou zaaien. Ik zie dat als volmaakt logisch, jij niet? Nou, jij soms niet, Peter?'

De woede zit 'm in de ijzeren beheersing van zijn doorgaans vriendelijke stem, in de starheid van zijn gewoonlijk beweeglijke gelaatstrekken. Woede in de vorm van walging van zichzelf. Woede over de gruwelijkheid van wat hij heeft moeten doen, tegen elk gevoel voor fatsoen in.

'*Geloodst* is Mundts favoriete uitdrukking,' vervolgt hij, zonder een antwoord af te wachten of te verwachten. 'Wij *loodsen* haar naar Praag, wij loodsen haar naar Engeland, wij loodsen haar naar Kamp 4. En dan wurgen we haar en hangen haar op. Nooit *ik*. Altijd het collectieve *wij*. Ik zei hem dat ik hem verachtelijk vond. Ik hoop maar dat het tot hem is doorgedrongen.' En alsof hij het vergeten was: 'O, en het andere papiertje is voor jou' – en hij geeft me een opgevouwen velletje Basildon Bond briefpapier met 'Adrien' daar in grote letters op gekrabbeld, ditmaal met een zacht potlood. Het handschrift netjes en nauwgezet. Geen nodeloze krullen. Een serieus Duits schoolmeisje dat schrijft aan haar Engelse correspondentievriendin.

Mijn liefste Adrien, mijn Jean-François.
Jij bent alle mannen van wie ik houd. Laat God alsjeblieft ook van je houden.
Tulip

'Ik vroeg je of je dit als een herinnering wilt bewaren of dat je het wilt verbranden?' herhaalt Smiley op dezelfde toon vol ijzige woede in mijn verdoofde oor. 'Ik stel het tweede voor. Millie McCraig kwam het toevallig tegen. Het stond tegen Tulips kapspiegel.'

Dan kijkt hij zonder merkbare emotie toe hoe ik bij de haard kniel en de brief van Doris, nog steeds opgevouwen, als een offer, op de brandende kolen leg. En te midden van al die turbulente emoties die me bestoken bedenk ik me dat George Smiley en ik als het om mislukte liefdes gaat dichter bij elkaar staan dan we willen. Ik kan niet goed dansen. Volgens zijn ontrouwe echtgenote wil George helemaal niet dansen. En ik heb nog steeds geen woord gezegd.

'Er zitten bepaalde nuttige voorwaarden aan de regeling die ik zojuist met Herr Mundt overeen ben gekomen,' vervolgt hij meedogenloos. 'De bandopname van ons gesprek, bijvoorbeeld. Zijn bazen in Moskou en Berlijn zouden er niet van onder de indruk zijn, daar waren wij het over eens. We waren het er ook over eens dat zijn werk voor ons, door beide kanten bekwaam gedirigeerd, hem vooruit zal stuwen in zijn indrukwekkende carrière binnen de Stasi. Hij zal als triomferende held terugkeren bij zijn kameraden. De bobo's in het Directoraat zullen tevreden over hem zijn. De Moskouse Centrale zal tevreden over hem zijn. Emmanuel Rapps functie komt ter beschikking. Laat hem ernaar solliciteren. Hij verzekerde me dat hij dat doen zou. Naarmate zijn ster rijst in Berlijn en Moskou en hij dus ook tot meer zaken toegang krijgt, komt er misschien een dag waarop hij in staat zal zijn ons te vertellen wie Tulip en sommige andere agenten van ons die vroegtijdig aan hun einde zijn gekomen heeft verraden. We hebben heel wat om naar uit te kijken, jij en ik, of niet soms?'

En voor zover ik me kan herinneren zeg ik nog steeds niets, terwijl Smiley tot besluit nog iets heel belangrijks te zeggen heeft.

'Jij, ik en slechts zeer weinig anderen zijn op de hoogte van deze uiterst bevoorrechte informatie, Peter. Voor zover de Gezamenlijke Stuurgroep en de Dienst in het algemeen zullen weten, waren we te gretig, hebben we Tulip hier te overhaast naartoe gehaald, hadden wij geen oog voor haar diepere gevoelens. Als gevolg daarvan heeft zij zich verhangen. Dat is het verhaal dat tegen het Hoofd van de Dienst en alle standplaatsen moet worden opgedist. Daar mag nergens waar Stuur de scepter zwaait van worden afgeweken. En dat geldt, vrees ik, onvermijdelijk ook voor onze vriend Alec Leamas.'

***

We cremeerden haar onder de naam Tulip Brown, een in Rusland geboren vrome vrouw die de communistische vervolging was ontvlucht en had gekozen voor een teruggetrokken leven in Engeland. *Brown*, werd uitgelegd aan de gepensioneerde Grieks Orthodoxe priester die door de dames van Geheim die ook voor de tulpen op de kist hadden gezorgd, was opgeduikeld, was de naam die ze uit angst voor vergelding had aangenomen. De priester, een oude incidenteel medewerker, stelde geen lastige vragen. Ik bedacht dat hij, als Doris nog had geleefd, ons zou hebben getrouwd in plaats van haar te begraven. We waren met z'n zessen: Ash Meadows, Millie McCraig, Jeanette, Avon, Ingeborg Lugg van Geheim, Alec Leamas en ik. George moest ergens anders naartoe. Toen de dienst voorbij was, vertrokken de drie vrouwen en wij drie mannen gingen op zoek naar een kroeg.

'Waarom heeft dat stomme mens dat nou in jezusnaam gedaan?' klaagde Alec, met zijn hoofd in zijn handen, toen we over onze whisky's gebogen zaten. 'Na al die moeite die het ons heeft gekost.' En op dezelfde toon van gespeelde verontwaardiging: 'Als ze me had verteld wat ze van plan was, dan had ik me verdomme de moeite bespaard.'

'Ik ook,' zei ik loyaal, waarna ik naar de toog liep en nog drie van hetzelfde bestelde.

'Zelfmoord is een keuze die bepaalde mensen al vroeg in hun leven hebben gemaakt,' zat Doc Meadows te orakelen toen ik terugkwam. 'Ze *weten* het misschien niet, maar het zit *in* ze, Alec. Op een dag gebeurt er iets wat het teweegbrengt. Dat kan iets heel onbenulligs zijn, zoals je portefeuille in de bus laten liggen. Het kan ook ingrijpend zijn, zoals de dood van je beste vriend. Maar de *intentie* was er altijd al. En het resultaat is hetzelfde.'

We dronken. Weer een stilte, ditmaal verbroken door Alec:

'Misschien zijn alle joe's wel zelfmoordenaars. Sommigen komen er alleen niet aan toe, de arme donders.' En toen: 'Maar, wie gaat het de jongen vertellen?'

De jongen? Natuurlijk. Hij bedoelt Gustav.

'George zegt dat we dat aan de tegenpartij overlaten,' antwoordde ik, waarop Alec 'Jezus, wat een planeet' gromde en zich weer over zijn whisky boog.

10

Ik ben opgehouden met staren naar de muur van de bibliotheek: Nelson, die Pepsi heeft vervangen, maakt zich zorgen over mijn onoplettendheid. Ik ga braaf verder met het lezen van het rapport dat ik, verteerd door droefheid en wroeging, vijftig jaar geleden op bevel van Smiley heb opgesteld, zonder één detail, hoe bizar ook, weg te laten, vast van plan dat ene geheim dat zo min mogelijk mensen ooit zouden kennen te bewaren.

BRON TULIP, VERHOOR EN ZELFMOORD

Verhoor uitgevoerd door Ingeborg Lugg (Geheim) en Jeanette Avon (Geheim). Periodiek aanwezig: dr. Ashley Meadows, incidenteel werkzaam voor Geheim.

Opgesteld en bijeengebracht door PG en goedgekeurd door H/Geheim Marylebone om te worden voorgelegd aan de Commissie van Toezicht, ministerie voor Financiën.

Vooraf kopie naar H/Stuur voor commentaar.

Avon en Lugg zijn de topondervragers van Geheim, Midden-Europese vrouwen van middelbare leeftijd met een grote operationele ervaring.

1. Ontvangst van TULIP *en overbrenging naar Kamp 4.*

Bij haar aankomst op Northolt met vliegtuig van de RAF is Tulip niet langs de douane gevoerd, waardoor zij officieel het Verenigd Koninkrijk nooit is binnengekomen. In de viplounge van de transitruimte hield dr. Meadows een korte welkomsttoespraak waarbij hij zichzelf beschreef als 'de aangewezen vertegenwoordiger van een Dienst die heel trots op u is, en haar een boeket Engelse rozen overhandigde, hetgeen haar diep leek te raken, want ze heeft ze de gehele reis stilletjes tegen haar gezicht gehouden.
Vervolgens werd ze met een gesloten busje rechtstreeks overgebracht naar Kamp 4. Avon (operationele naam ANNA) die een gediplomeerd verpleegster is en uitstekend met mensen overweg kan, zat met Tulip achterin om haar op haar gemak te stellen en met haar te praten. Lugg (operationele naam LOUISA) en dr. Meadows (operationele naam FRANK) zaten voorin naast de bestuurder, omdat men dacht het waarschijnlijker was dat er een band zou ontstaan tussen Avon en Tulip als die twee rustig met z'n tweeën achter in de auto zaten. Wij spreken alle drie vloeiend Duits, niveau 6.
Tijdens de rit zat Tulip af en toe te dommelen en af en toe wees ze enthousiast op bezienswaardigheden in het landschap waar haar zoon Gustav van zou genieten als hij eenmaal in het Verenigd Koninkrijk arriveerde, wat, naar zij leek te denken, niet lang meer kon duren. Ze wees ook geestdriftig op paden en gebieden waar ze, eveneens met Gustav, graag wilde fietsen. Tot twee keer toe informeerde ze naar 'Adrien' en toen we zeiden dat we geen Adrien kenden, informeerde ze in plaats daarvan naar Jean-François. Dr. Meadows vertelde haar toen dat de koerier Jean-François voor dringende zaken was weggeroepen, maar ongetwijfeld te zijner tijd iets van zich zou laten horen.
Het gastenverblijf in Kamp 4 bestaat uit een grote slaapkamer,

woonkamer, kitchenette en serre. De laatste is een negentiende-eeuwse uit glas en hout opgetrokken aanbouw met uitzicht op het (onverwarmde) buitenzwembad. Alle ruimtes, de serre en het gebied rond het zwembad, zijn uitgerust met verborgen microfoons en speciale voorzieningen.
Meteen achter het zwembad bevindt zich een bosje coniferen waarvan bij sommige, niet bij alle, de onderste takken zijn gesnoeid. Damherten zijn er frequent te vinden en worden regelmatig gezien als ze ontspanning zoeken in het zwembad. Door de aangebrachte draadafrastering rondom vormen de herten in feite een tot het terrein behorende kudde, waardoor de sfeer van gecultiveerde idylle en rust nog eens wordt benadrukt.
Eerst hebben we Tulip voorgesteld aan Millie McCraig (ELLA) die, op verzoek van H/Geheime Ops, die dag al was geïnstalleerd als schuilhuishoudster. Op verzoek van H/Geheim werden microfoons geïnstalleerd op strategische punten, en nog werkende microfoons die waren overgebleven van vorige operaties, gedeactiveerd.
De vertrekken van de schuilhuishoudster in Kamp 4 bevinden zich pal achter het gastenverblijf, aan het einde van een korte gang. Een huistelefoon verbindt de twee appartementen, wat het de gast mogelijk maakt elk moment van de nacht assistentie in te roepen. Op voorstel van McCraig betrokken Avon en Lugg slaapkamers in het hoofdgebouw, waardoor Tulip uitsluitend door vrouwen werd omringd.
De vaste bewakers van Kamp 4, Harper en Lowe, wonen samen in het koetshuis. Beide mannen zijn toegewijde tuiniers. Harper, die gediplomeerd boswachter is, bekommert zich om de wildstand op het landgoed. In het koetshuis bevindt zich ook nog een logeerkamer, waarin dokter Meadows zijn intrek had genomen.

2. *Ondervraging, dag 1-5.*
Aanvankelijk werd de ondervragingsperiode gesteld op 2 tot 3 weken met uitloopmogelijkheid, plus aanvullende sessies van on-

bepaalde duur, hoewel Tulip daar niet van op de hoogte werd gebracht. Onze directe taak was om haar te installeren, haar ervan te verzekeren dat ze zich onder vrienden bevond, vol vertrouwen over haar toekomst (met Gustav) te praten, wat wij aan het einde van de eerste avond voorzichtig tot onze tevredenheid meenden te hebben bewerkstelligd. Haar werd medegedeeld dat dokter Meadows (Frank) een van een aantal ondervragers was met een specifieke belangstelling, en dat er ook anderen zouden zijn die, net als Frank tijdens onze sessies zouden komen en gaan. Voorts kreeg ze te horen dat *Herr Direktor* (H/Geheim) afwezig was omdat hij zich met dringende kwesties moest bezighouden die te maken hadden met dokter Riemeck (MAYFLOWER) en andere leden van het netwerk, maar dat hij zich er zeer op verheugde haar na terugkeer de hand te mogen schudden.

Omdat het usance is dat ondervragingen beginnen als de ondervraagde nog 'vers' is, kwam ons team de volgende ochtend stipt om 09.00 uur bijeen in de zitkamer van het grote huis. De sessie duurde, met tussenpozen, tot 21.05 uur. Bandopname werd vanuit haar woning verzorgd door Millie McCraig, die tevens van de gelegenheid gebruikmaakte om Tulips suite en bezittingen grondig te doorzoeken. De ondervraging werd overeenkomstig de instructies geleid door Lugg (Louisa) met bijdragen van Avon (Anna) en opmerkingen van dokter Meadows (Frank) steeds wanneer zich de mogelijkheid voordeed om Tulips denkrichting en motivatie te onderzoeken.

Ondanks pogingen het doel van Franks ogenschijnlijk onschuldige vragen te verbloemen, had Tulip toch al snel de psychologische aard ervan in de gaten en, toen haar werd verteld dat hij medicus was, bespotte ze hem omdat hij een volgeling zou zijn van 'die aartsleugenaar en vervalser Sigmund Freud'. Zichzelf tot woede opzwepend verkondigde ze toen dat zij in haar hele leven slechts één dokter had gehad en zijn naam was Karl Riemeck; dat Frank een klootzak was, en 'als jij [dr. Meadows] iets nuttigs voor mij wilt doen, breng me dan mijn zoon!' Omdat hij

met zijn aanwezigheid de ondervraging niet negatief wilde beïnvloeden leek het dokter Meadows beter om terug te keren naar Londen maar zich beschikbaar te houden voor het geval van zijn diensten gebruik moest worden gemaakt.
De daaropvolgende dagen verliepen de verhoorsessies, afgezien van dergelijke periodieke uitbarstingen, efficiënt in een sfeer van betrekkelijke rust en werden de bandopnames elke nacht naar Marylebone gezonden.

Waar H/Geheim primair belang in stelde was de stroom van Sovjet-informatie over Britse doelen die, hoe gering ook, vanuit Rapps kantoor Moskou bereikte. Hoewel hij accepteerde dat er heel weinig van dat soort informatie was opgedoken in de documenten die Tulip had weten te fotograferen, waren er wellicht dingen die zij had gelezen of opgevangen met betrekking tot Moskou's actieve bronnen in het Verenigd Koninkrijk die zij of was vergeten of niet waard had geacht om te rapporteren? Was er bijvoorbeeld ooit gesuggereerd of opgeschept dat er hooggeplaatste bronnen binnen de wereld van de Britse politiek of de inlichtingendiensten waren? Dat er Britse codes en sleutels waren gekraakt?
Hoewel dergelijke vragen in vele verschillende versies, en het moet gezegd tot haar groeiende ergernis aan Tulip werden gesteld, zijn we niet in staat enig positief resultaat te melden. De waarde van Tulips product moet naar onze inschatting desalniettemin als hoog tot zeer hoog worden beschouwd, als je in aanmerking neemt dat haar rapportage ernstig werd belemmerd door operationele omstandigheden. Al die tijd dat ze actief was heeft ze uitsluitend verslag uitgebracht aan Mayflower, nooit rechtstreeks aan Standplaats Berlijn. Kwesties van mogelijk gevoelige aard waren haar niet voorgelegd omdat die, als ze tijdens een ondervraging ter sprake zouden komen, zwakke plekken in ons informatieharnas zouden blootleggen. Die konden nu zonder voorbehoud wel worden gesteld: bijvoorbeeld, vragen betreffende de betrouwbaarheid van andere mogelijke

of actieve hulpbronnen; de identiteit van buitenlandse diplomaten en politici die in de greep van de Stasi waren; de mogelijke uitleg van geheime geldstromen waarover melding werd gemaakt in de documenten die ze op Rapps bureau had gefotografeerd, maar verder niet in handen had gehad; de locatie en buitenkant van geheime zendinstallaties die ze in gezelschap van Rapp had bezocht, waar ze lagen, de procedures om er binnen te komen, de afmetingen, vorm en richting van hun antennes, en elk bewijs van Russische of andere niet-Duitse aanwezigheid op de locatie; en in het algemeen elke andere informatie die tot op heden in feite verloren was gegaan, ten gevolge van het gebrek aan beschikbare tijd voor Treffs met Mayflower, het willekeurige karakter van hun gesprekken en de beperkingen die onlosmakelijk verbonden zijn aan clandestiene communicatiemethoden.

Terwijl Tulip regelmatig uiting gaf aan haar frustratie en daarbij geen blad voor de mond nam, leek ze er ook van te genieten dat alle aandacht op haar gevestigd was, en wanneer ze de kans kreeg maakte ze zelfs flirterige grapjes met de twee beveiligers van Kamp 4, waarbij haar voorkeur uitging naar Harper, de jongste van de twee. Maar telkens wanneer het avond begon te worden, sloeg haar stemming al snel om in schuldbewuste triestheid, eerst en vooral jegens haar zoon Gustav, maar ook jegens haar zuster Lotte, wier leven ze beweerde te hebben geruïneerd door over te lopen.

Schuilhuishoudster Millie McCraig zat zo af en toe hele nachten met haar op. Toen ze hadden ontdekt dat ze allebei gelovige christenen waren, baden de twee vaak samen, waarbij Tulips favoriete heilige Sint-Nicolaas was: een miniatuuricoon van hem had haar de hele vlucht vergezeld. Hun gemeenschappelijke belangstelling voor fietsen maakte de band nog hechter. Op aandringen van Tulip kwam McCraig (Ella) met een catalogus van kinderfietsen. Zodra Tulip ontdekte dat McCraig Schots was, vond ze dat geweldig en wilde ze meteen een kaart van de Schotse Hooglanden, zodat ze samen fietsroutes konden bespreken. De volgende dag werd er vanuit het Hoofdkantoor een stafkaart bezorgd. Maar haar stemming bleef veranderlijk en woede-uitbarstingen kwamen regelmatig voor. Bij de kalmerende middelen en de slaappillen die McCraig op haar verzoek liet komen leek ze weinig baat te hebben.

Op vele momenten tijdens onze verhoorsessies wilde Tulip per se meteen weten op welke dag Gustav zou worden uitgewisseld, en zelfs of hij al was uitgewisseld. In antwoord daarop werd haar, overeenkomstig de instructies, verzekerd dat er op het hoogste niveau door *Herr Direktor* over de kwestie werd onderhandeld, en dat zoiets niet op stel en sprong geregeld kon worden.

3. TULIPS *recreatieve behoeften.*

Vanaf het moment dat ze in het Verenigd Koninkrijk was gearriveerd had Tulip duidelijk gemaakt dat ze behoefte had aan lichaamsbeweging. In het gevechtsvliegtuig van de RAF was de zitruimte heel krap geweest, tijdens de rit naar Kamp 4 had ze zich een gevangene gevoeld, elke vorm van opsluiting was ondraaglijk voor haar, enz. Omdat de paden in Kamp 4 niet geschikt zijn om te fietsen wilde ze hardlopen. Harper vroeg naar haar schoenmaat en ging naar Salisbury om een paar gymschoenen te kopen en de volgende drie ochtenden gingen Tulip en Avon (Anna), een enthousiaste sportster, samen vóór het ontbijt over de paden die het terrein omzomen hardlopen, waarbij Tulip een lichte schoudertas meenam voor fossielen of zeldzame stenen waar Gustav belangstelling voor zou kunnen hebben. Uit het Russisch leende ze daarvoor de term de 'misschien-tas'. Op het landgoed bevindt zich ook een kleine sportzaal die, als andere middelen faalden, Tulip tijdelijk wat ontspanning bood tegen de spanning die ze overduidelijk voelde. Ongeacht het uur was Millie McCraig altijd bereid om haar te vergezellen naar het sportzaaltje.

Het was Tulips vaste gewoonte om al om 06.00 uur in haar sportkleding bij de openslaande deuren van haar woonkamer te wachten op de komst van Avon. Maar op die bewuste ochtend stond Tulip er niet. Daarom betrad Avon het gastenverblijf van de tuinzijde, waarbij ze haar naam riep, aan de badkamerdeur rammelde en, toen er geen reactie kwam, die vergeefs opende. Vervolgens vroeg Avon via de huistelefoon aan McCraig waar ze Tulip kon vinden, maar McCraig kon daar geen antwoord op geven. Inmiddels ernstig bezorgd snelde Avon toen met flinke vaart over het pad langs de grens van het terrein. Uit voorzorg waarschuwde McCraig ondertussen Harper en Lowe dat onze gast 'ervandoor was' en de twee mannen van de beveiliging begonnen onmiddellijk het terrein te doorzoeken.

4. Ontdekking van TULIP. *Persoonlijke verklaring van J. Avon.*
Komende van de oostkant gaat het pad dat rond het terrein loopt zo'n twintig meter steil omhoog en loopt dan weer ongeveer vierhonderd meter vlak, voordat het afbuigt naar het noorden en afdaalt naar een klein moerasachtig dal overspannen door een houten voetbrug die op zijn beurt leidt naar een trap van negen treden omhoog, waarvan de bovenste treden deels worden overschaduwd door de wijd uitgespreide takken van een kastanjeboom.
Toen ik noordwaarts liep en mijn afdaling naar het valleitje begon, zag ik Tulip opgehangen aan haar nek aan een lage tak van de kastanjeboom bungelen, haar ogen open en haar handen langs haar zij. Als ik me goed herinner was de afstand tussen haar voeten en de dichtstbijzijnde traptree niet meer dan dertig centimeter. De strop rond haar nek was zo dun dat het aanvankelijk leek alsof ze zweefde.
Ik ben een vrouw van tweeënveertig. Ik moet benadrukken dat ik deze indrukken heb vastgelegd zoals ze vandaag in mijn geheugen zijn blijven hangen. Ik ben door de Dienst getraind en heb ervaring in operationele noodsituaties. Daarom moet ik tot mijn schande bekennen dat mijn enige neiging toen ik Tulip aan een boomtak zag hangen was zo snel mogelijk terug te rennen naar het huis en hulp te halen in plaats van te proberen haar los te

snijden en haar te reanimeren. Ik betreur dat gebrek aan operationele koelbloedigheid ten zeerste, hoewel mij nu met stelligheid wordt verzekerd dat Tulip al minstens zes uur dood was toen ik haar vond, wat een grote opluchting voor me is. Daarbij komt dat ik geen mes bij me had en het touw zich buiten mijn bereik bevond.

Aanvullend rapport van Millie McCraig, schuilhuishoudster, Kamp 4, beroepsofficier, 2e graad, aangaande zorg, onderhoud en zelfmoord van hulpbron TULIP. Document naar George Smiley H/Geheim (verder niemand).

Millie zoals ik haar toen kende: bruid van de Dienst, devoot dochter van een predikant van de Vrijgemaakte Presbyteriaanse Kerk. Beklimt de Cairngorms, gaat op vossenjacht en heeft een verleden vol gevaarlijke oorden. Verloor haar broer aan de oorlog, haar vader aan kanker en haar hart, als we de geruchten mogen geloven, aan een getrouwde oudere man die te netjes was om haar te schaken. Boze tongen beweerden dat de man in kwestie George was, hoewel ik nooit iets tussen hen hem opgemerkt dat daarop wees. Maar wee je gebeente als een van ons, jonge leeghoofden probeerde een vinger naar haar uit te steken, want Millie moest niets van ons hebben.

1. Verdwijning van TULIP.

Na om 06.10 uur van Jeanette Avon te hebben vernomen dat Tulip die ochtend vast op eigen houtje was gaan hardlopen heb ik de beveiligers (Harper en Lowe) onmiddellijk verzocht het terrein van het landgoed te doorzoeken en zich daarbij te concentreren op het pad langs de omheining wat, had ik van Avon begrepen, Tulips favoriete route was. Uit voorzorg heb ik toen het gastenverblijf aan een inspectie onderworpen en vastgesteld dat haar trainingspak en haar hardloopschoenen zich nog in haar kleerkast bevonden. Haar Franse dagelijkse kleding en ondergoed die haar in Praag waren verstrekt, bevonden zich daarentegen niet in de kast. Hoewel ze niet over identiteitspapieren of over geld beschikte, ontbrak ook haar handtasje, dat, zoals ik eerder had vastgesteld, niets dan persoonlijke spulletjes bevatte.

Omdat de situatie de competentie van Geheim te boven ging en H/Geheim voor dringende zaken in Berlijn vertoefde, besloot ik op eigen initiatief de officier van dienst bij de Gezamenlijke Stuurgroep te bellen en hem te verzoeken de verbindingsofficier bij de politie te waarschuwen dat een ontsnapte, geestelijk gestoorde patiënte, wier signalement overeenkwam met dat van Tulip zich ergens in de buurt moest ophouden, dat ze niet gewelddadig was, geen Engels sprak en onder psychiatrische behandeling stond. Wanneer zij werd aangetroffen diende ze bij dit Instituut te worden terugbezorgd.

Toen belde ik dokter Meadows op zijn praktijk in Harley Street en gaf aan zijn secretaresse de boodschap door of hij zo spoedig mogelijk wilde terugkeren naar Kamp 4, en kreeg te horen dat hij al bericht had gehad van het Hoofdkantoor en al onderweg was.

2. *Ontdekking van een onbevoegde indringer in Kamp 4.*

Ik was amper klaar met die telefoontjes of ik kreeg via de huistelefoon van Kamp 4 van Harper de mededeling dat hij, tijdens zijn zoektocht naar Tulip, in een bosje vlak bij de oostelijke grens, een gewonde mannelijke persoon had aangetroffen, zo te zien een indringer, die zich toegang tot het terrein had verschaft via een net gemaakt gat in het hek vlak bij de rondweg en vervolgens in een oude, gedeeltelijk overwoekerde klem was gestapt die daar in de dagen voordat het Circus het terrein aankocht waarschijnlijk door een stroper was achtergelaten, en dat hij die had geactiveerd.

Genoemde klem, een illegaal en verouderd instrument, bestond uit nog steeds strakke roestige drakentanden. De indringer was, aldus Harper, met zijn linkerbeen in de contraptie getrapt en was er, door wild om zich heen te schoppen, dieper in verstrikt geraakt. Hij sprak goed Engels, maar met een buitenlands accent, en hield vol dat hij, na het zien van het gat in het hek, er doorheen was gekropen om zijn behoefte te doen. Hij legde ook uit dat hij een hartstochtelijk vogelaar was.

Toen Lowe zich bij hen had gevoegd hadden de twee mannen de indringer losgemaakt, waarna die Lowe een stomp in zijn maag had gegeven en Harper vervolgens een kopstoot in zijn gezicht. Na een verder gevecht, hadden de twee mannen de indringer overmeesterd en hem afgeleverd in de Bochel, die daar gelukkigerwijs vlakbij was. Hij werd opgesloten in de cel (Onderzeeër), met een noodverband om zijn linkerbeen. Overeenkomstig de standaardveiligheidsprocedures had Harper het voorval gemeld en tegelijkertijd een zo volledig mogelijk signalement van de indringer rechtstreeks doorgegeven aan de afdeling Interne Veiligheid van het Hoofdkantoor en aan H/Geheim, die net op de terugweg was vanuit Berlijn. Toen ik bij Harper informeerde of hij of Lowe de vermiste Tulip inmiddels op het spoor was, antwoordde hij dat de indringer hen tijdelijk van de zoektocht had afgehouden en dat ze die onmiddellijk zouden hervatten.

3. Nieuws van TULIPS *dood.*

Het moet ongeveer op dat moment zijn geweest dat Jeanette Avon in een toestand van radeloosheid op de veranda van het hoofdgebouw verscheen en vertelde dat ze Tulip, ogenschijnlijk dood op punt 217 op de plattegrond van het landgoed, aan haar nek aan een boom had zien hangen. Ik heb die informatie onmiddellijk doorgegeven aan Harper en Lowe en hun, na mij ervan te hebben verzekerd dat hun indringer buiten gevecht gesteld was, opgedragen zo snel mogelijk naar punt 217 te snellen om de nodige assistentie te verlenen.

Toen heb ik groot alarm geslagen en alle aanwezige leden van het personeel opgedragen onmiddellijk naar het hoofdgebouw te komen. Dat hield in de twee koks, één chauffeur, een onderhoudsman, twee schoonmakers en twee wasbazen: zie lijst in Appendix A. Ik heb hun verteld dat er een levenloos lichaam op het terrein was aangetroffen, en dat ze tot nader order allemaal in het hoofdgebouw dienden te blijven. Het leek mij niet nodig hun te verwittigen dat er ook een onbevoegde indringer was aangetroffen.

Gelukkig verscheen op dat moment dokter Meadows, die met zijn Bentley in vliegende vaart naar ons toe was gereden. Hij en ik zijn onmiddellijk over het oostelijke pad langs het hek in de richting van punt 217 vertrokken. Toen we daar aankwamen was Tulip losgesneden en lag ze onmiskenbaar dood op de grond, met een verband om haar nek, en Harper en Lowe hielden de wacht bij haar. Harper, die bloedde uit zijn gezicht door de kopstoot die hij van de indringer had gekregen, wilde de politie erbij halen, Lowe een ziekenwagen. In het onderhavige geval vond ik dat die geen van beide moesten worden opgeroepen zonder toestemming van H/Geheim die op weg was naar Kamp 4. Dokter Meadows was, na het lichaam aan een eerste voorlopig onderzoek te hebben onderworpen, dezelfde mening toegedaan.

Dienovereenkomstig gaf ik Harper en Lowe de opdracht terug te keren naar de Bochel, met niemand contact op te nemen, nadere orders af te wachten en onder geen beding te proberen met hun gevangene te praten. Toen ze de plaats van handeling hadden verlaten, vertelde dokter Meadows me in vertrouwen dat Tulip al verscheidene uren dood was voordat ze werd ontdekt.

Terwijl dokter Meadows zijn onderzoek van de dode vrouw voortzette, bekeek ik haar kledij, die bestond uit haar Franse twinset, plooirok en pumps. De zakken van het jasje van haar deux-pièces waren leeg, met uitzondering van twee gebruikte papieren zakdoeken. Tulip had al eerder geklaagd over een lichte verkoudheid. Haar 'misschien-tas' was volgepropt met de rest van haar Franse ondergoed.

Onze instructies, die inmiddels non-stop vanuit het Hoofdkantoor over de intercom van Kamp 4 werden doorgegeven, luidden dat het stoffelijk overschot onmiddellijk naar de Bochel moest worden overgebracht. Daarom gelastte ik Harper en Lowe om als brancadiers op te treden. Zij gehoorzaamden meteen, ondanks het feit dat Harpers wond inmiddels flink bloedde.

Samen met dokter Meadows keerde ik terug naar het hoofdgebouw. Het strekte Avon tot eer dat ze zich weer had herpakt en bezig was het personeel te voorzien van thee en koekjes en hen in het algemeen opvrolijkte. Het crisisteam van het Hoofdkantoor aangevoerd door H/Geheim werd nu halverwege de middag verwacht. Intussen moesten allen, uitgezonderd Harper en Lowe, in het hoofdgebouw blijven terwijl dokter Meadows het letsel in Harpers gelaat verzorgde en zich nu om de in de Onderzeeër opgesloten gewonde indringer bekommerde.

Ondertussen ontspon zich een gesprek tussen de mensen die het hoofdgebouw niet mochten verlaten. Jeanette Avon hield hardnekkig vol dat zij als eerste verantwoordelijk was voor Tulips zelfmoord, maar ik heb de vrijheid genomen die suggestie tegen te spreken. Tulip was klinisch depressief, haar schuldgevoel en verlangen naar Gustav waren ondraaglijk, ze had het leven van haar zus Lotte kapotgemaakt. Ze speelde waarschijnlijk al met de gedachte aan zelfmoord toen ze in Praag aankwam, en zeker tegen de tijd dat ze in Kamp 4 arriveerde. Ze had haar conclusies getrokken en de hoogste prijs betaald.

En nu betreedt George het toneel, met onware tijdingen:

4. Aankomst van H/Geheim [Smiley] *en inspecteur Mendel.*
H/Geheim (Smiley) arriveerde om 15.55 uur vergezeld door (gepensioneerd) inspecteur Oliver Mendel, een incidenteel medewerker van Geheime Operaties. Dokter Meadows en ik hebben hen onmiddellijk naar de Bochel begeleid.

Daarna ben ik teruggekeerd naar het hoofdgebouw, waar

Ingeborg Lugg en Jeanette Avon samen nog steeds bezig waren de gemoederen van het verzamelde personeel te sussen. Het duurde nog eens twee uur voordat de heer Smiley vergezeld door inspecteur Mendel terugkeerde uit de Bochel. Meneer Smiley riep het personeel bij elkaar, betuigde zijn persoonlijke deelneming en verzekerde iedereen dat hulpbron Tulip haar dood uitsluitend aan zichzelf te wijten had, en dat niemand in Kamp 4 reden had zichzelf ook maar iets te verwijten.

De avond begon te vallen. Terwijl de pendelbus op de voorhof stond te wachten en veel personeelsleden popelden om naar hun huis in Salisbury terug te keren, nam H/Geheim even de tijd om hen gerust te stellen aangaande de ontdekking van een 'mysterieuze indringer' waarover sommigen misschien iets hadden gehoord. Terwijl inspecteur Mendel geruststellend glimlachend naast hem stond, bekende hij dat hij op het punt stond het team een geheim te verklappen dat normaliter nooit met hen zou worden gedeeld, maar dat hij, onder de gegeven omstandigheden vond dat zij recht hadden op niets minder dan volledige openheid van zaken.

De mysterieuze indringer was geen mysterie, legde hij uit. Hij was een gewaardeerd lid van een weinig bekende elite-afdeling van onze zusterdienst, MI5, belast met de taak op wettige en onwettige manieren door de verdediging van de meest gevoelige en geheime instellingen van ons land heen te dringen. Het toeval wilde dat hij ook een persoonlijke en professionele vriend van inspecteur Mendel hier was. Gelach. Het lag in de aard van zulke spontane exercities dat de instelling die werd bezocht daar niet van tevoren van in kennis werd gesteld, en het feit dat de exercitie was gepland op dezelfde dag dat Tulip verkozen had zichzelf van het leven te beroven was niet meer dan 'het werk van een kwaadaardige Voorzienigheid' om Smileys woorden te gebruiken. Dezelfde Voorzienigheid had de voet van de indringer in de hertenstrik gestoken. Gelach. Harper en Lowe hadden zich waardig van hun taak gekweten. De situatie was hun beiden uitgelegd en ze hadden daar genoegen mee genomen, ook al hadden zij begrijpelijkerwijs het gevoel dat 'onze vriend wat overdreven gewelddadig had gereageerd' – H/Geheim, onder meer gelach.

En ter verdere desinformatie:

H/Geheim vertrouwde de aanwezigen verder nog toe dat de indringer, die in feite geen buitenlander maar een eenzame oer-Britse autochtoon uit Clapham was, al op weg was naar de spoedeisende hulp in Salisbury waar hij een tetanusinjectie zou krijgen en waar zijn verwondingen zouden worden behandeld. Inspecteur Mendel zou zijn oude vriend zeer binnenkort een bezoek brengen en hem een fles whisky cadeau doen met de complimenten van Kamp 4. Applaus.

Het is opnieuw de Bunny- en Laura-show. Leonard is er niet. Bunny neemt het voortouw. Laura luistert sceptisch.

'Je hebt dus je rapport opgesteld. Met alle saaie details, als ik het zeggen mag. Je hebt alle beschikbare bewijzen erin gestopt plus nog een paar. Je hebt een kopie van het concept naar de Gezamenlijke Stuurgroep gezonden. Vervolgens heb je *diezelfde kopie teruggepikt* uit de archieven van het Circus. Was dat ongeveer de gang van zaken?'

'Nee, dat was het niet.'

'Waarom is jouw rapport dan hier in de Stal opgeborgen, tussen een hele smak papieren die je wél hebt gestolen?'

'Omdat het nooit is voorgelegd.'

'Aan niemand?'

'Aan niemand.'

'Niets ervan? Zelfs niet een beknopte versie?'

'De Vaste Commissie Financiën besloot niet bijeen te komen.'

'Je bedoelt die zogenaamde Commissie van de Drie Wijze Mannen, neem ik aan? Waarvoor het Circus doodsbenauwd zou zijn?'

'Ze werd voorgezeten door Oliver Lacon. Lacon kwam na een diepgaand gewetensonderzoek tot de conclusie dat een rapport geen zinvol doel diende. Zelfs niet in een beknopte versie.'

'Op grond waarvan?'

'Van het feit dat een onderzoek naar de zelfmoord van een vrouw die niet in het Verenigd Koninkrijk was aangekomen geen verantwoorde aanwending van het geld van de belastingbetalers zou zijn.'

'Is het denkbaar dat Lacon op enigerlei wijze tot dat besluit werd gebracht door George Smiley?'

'Hoe moet ik dat weten?

'Dat lijkt me zo eenvoudig als wat. Als het onder andere jouw hachje was dat Smiley beschermde, als we – bijvoorbeeld, een zuiver hypothetisch geval bij de kop nemend – aannemen dat Tulip zichzelf vanwege jou heeft opgehangen. Was er soms een bepaalde vermelding of een bepaalde passage in het rapport die Smiley té schokkend achtte voor de gevoelige oortjes van Financiën?'

'Mogelijk voor de gevoelige oortjes van Stuur. Niet voor die van Financiën. Stuur zat naar de smaak van Smiley al veel te diep in Operatie Mayflower. Hij kan hebben gedacht dat een onderzoek de deur nog verder zou openen. En Lacon dienovereenkomstig geadviseerd hebben. Dat is louter mijn inschatting.'

'Je denkt niet dat de mogelijkheid bestaat dat de ware reden waarom het onderzoek in de prullenbak belandde was dat Tulip niet de bereidwillige overloper was zoals ze wordt beschreven – niet in de laatste plaats in jouw slijmerige rapport – en daar de prijs voor heeft betaald?'

'Welke *prijs*? Waar heb je het in hemelsnaam over?'

'Zij was een bijzonder vastberaden vrouw. Dat weten we. Ze was ook, als ze dat wilde, een feeks. En ze wilde haar kind terug. Ik suggereer dat ze weigerde mee te werken met het ondervragingsteam totdat haar zoon aan haar was terugbezorgd, en dat haar ondervragers daar allerminst blij mee waren en dat hun rapport – jouw rapport – een hoop humbug was, bij elkaar geschraapt op bevel van Smiley. En dat Kamp 4, sindsdien afgedankt, zoals we weten over een speciale isoleercel beschikte voor mensen zoals zij. Die werd de Onderzeeër genoemd. Hij werd gebruikt voor wat we tegenwoordig graag intensieve verhoormethoden noemen, en die cel was het domein van een koppel tamelijk ontaarde beveiligingsjongens die niet bekendstonden om hun zachtaardige aanpak. Ik suggereer dat zij van hun attenties heeft mogen genieten. Je lijkt geschrokken. Heb ik een gevoelige snaar geraakt?'

Het duurde even voordat ik begreep waar hij heen wilde:

'Tulip is niet *verhoord*, god nog aan toe! Ze werd op een menswaardige, fatsoenlijke manier ondervraagd door mensen die hun vak verstonden en haar graag mochten, haar dankbaar waren en wel begrepen dat een overloper wel eens een woedeuitbarsting had!'

'Kijk maar eens of je de volgende ook zo gemakkelijk afdoet,' stelt Bunny voor. 'We hebben nog een andere aanmaningsbrief en mogelijk een andere eisende partij, mocht de zaak voorkomen. Een zekere Gustav Quinz, zoon van Doris heeft zich, schijnbaar maar niet absoluut zeker op instigatie van Christoph Leamas, aangesloten bij de mensen die vastbesloten zijn deze Dienst kapot te maken. Wij, deze Dienst dus, hebben, hoofdzakelijk in de persoon van jouzelf, zijn lieve moeder verleid, haar gechanteerd om voor ons te spioneren, haar tegen haar wil het land uit gesmokkeld, haar halfdood gemarteld en er zo voor gezorgd dat zij zich aan de dichtstbijzijnde boom heeft verhangen. Waar? Niet waar?'

Ik dacht dat hij was uitgesproken, maar dat was hij niet.

'En omdat deze aantijgingen, die naarmate de tijd verstreek een meerwaarde hebben gekregen, niet in toom kunnen worden gehouden met de draconische wetgeving die ons recentelijk bij vergelijkbare zaken ten dienste stond, is de kans aanzienlijk dat de All Party Group *en/of* enig andere daaruit voortspruitende procesvoering zal worden gebruikt om te gaan wroeten in zaken die voor ons nu aanzienlijk belangrijker zijn. Je lijkt het amusant te vinden.'

Amusant. Misschien vond ik dat wel. Gustav, dacht ik. Goed gedaan, jongen. Jij hebt uiteindelijk toch besloten jouw deel op te eisen, zelfs al heb je daarvoor bij de verkeerde deur aangeklopt.

***

Ik ben met halsbrekende snelheid in de wind en de stromende regen door Frankrijk en Duitsland gereden. Ik sta aan het graf van Alec. Dezelfde regen jaagt over het kleine kerkhof in Oost-Berlijn. Ik draag mijn leren motorpak, maar uit eerbied voor Alec heb ik mijn helm afgezet en stroomt de regen over mijn onbedekte gezicht terwijl we zwijgend onbenullige dingen tegen elkaar zeggen. De bejaarde koster of wat hij ook moge zijn gaat mij voor naar zijn huisje en laat me het condoleanceregister zien met tussen de namen van de rouwenden ook die van Christoph.

En misschien was dat wel het *point d'appui*, de prikkel: eerst voor Christoph, dan voor Gustav met het peenhaar en de schaapachtige glimlach die, eerst voor mij en later voor Alec, zijn patriottische liederen had gezongen: dezelfde jongen die ik vanaf de dag dat zijn moeder stierf heimelijk, zij het slechts in mijn verbeelding, onder mijn hoede had genomen, waarbij ik me voorstelde dat hij eerst in een of ander afschuwelijk Oost-Duits opvoedingsgesticht voor kinderen van afvalligen was opgenomen, en later een onverschillige buitenwereld in was gestuurd.

En van tijd tot tijd had ik stiekem ook schaamteloos bestaande Circus-voorschriften overtreden en hem met een smoes via de archieven gevolgd en mezelf plechtig beloofd – of gefantaseerd, zou je kunnen zeggen – dat ik hem ooit, als de wereld er een beetje anders uitzag, zou opsporen en hem, uit liefde voor Tulip, op de een of andere onbekende manier een steuntje in de rug zou geven; hoe precies, dat hing van de omstandigheden af.

De regen kwam nog steeds met bakken uit de hemel toen ik weer op mijn motor stapte en niet in westelijke richting naar Frankrijk, maar in zuidelijke richting naar Weimar reed. Het laatste adres van Gustav dat mij bekend was dateerde van tien jaar terug: een gehucht ten westen van de stad, een huis dat op naam van zijn vader Lothar, stond. Na een rit van twee uur stond ik op de stoep van een troosteloos uit platte stenen opgetrokken huis in Sovjetstijl dat, uit socialistische verbolgenheid, op tien meter afstand van een kerk was gebouwd. De stenen begonnen te wijken. Sommige ramen waren van binnen met krantenpapier afgeplakt. Met spuitbussen aangebrachte hakenkruisen sierden de afbrokkelende veranda. Quinz' flat was op nummer 8D. Ik drukte op de bel, maar zonder resultaat. Er ging een deur open en een achterdochtige oude vrouw nam me van hoofd tot voeten op.

'*Quinz?*' herhaalde ze vol afkeer. '*Der Lothar? Längst tot.*'

En Gustav? vroeg ik. De zoon?

'De *ober* bedoelt u?' vroeg ze minachtend.

Het hotel heette de Elephant en keek uit op het historische stadsplein van Weimar. Het was niet nieuw. In feite was het zelfs ooit Hitlers favoriete hotel geweest: dat had de oude vrouw me ook verteld. Maar het was ingrijpend gerenoveerd, en de voorgevel glinsterde als een baken van Westerse voorspoed als om de ogen van zijn armere, mooie buren uit te steken. Aan de receptiebalie begreep een meisje in een nieuw zwart pakje mijn vraag verkeerd; er logeert hier geen Herr Quinz. Toen bloosde ze en zei: 'O, u bedoelt Gustav', en zei dat het personeel geen gasten mocht ontvangen en dat ik moest wachten tot de dienst van Herr Quinz erop zat.

Wanneer was dat? Om zes uur. En waar kon ik het beste wachten? Bij de leveranciersingang, waar anders?

De regen was niet afgenomen, het begon donker te worden. Ik stond, zoals mij was opgedragen bij de leveranciersingang. Een broodmagere sombere man, die er om de een of andere reden ouder uitzag dan hij was, kwam vanuit een souterrain de trap op lopen, terwijl hij een oude militaire regenjas met capuchon aantrok. Een fiets stond met een ketting aan de leuning vast. Hij boog zich eroverheen en begon het hangslot los te maken.

'Herr Quinz?' zei ik. '*Gustav?*'

Zijn hoofd ging omhoog tot hij zich in zijn volle lengte in het haperende licht van een straatlantaarn had opgericht. Zijn schouders waren vroegtijdig gekromd. Het ooit rode haar was dun en werd grijs.

'Wat moet je van me?'

'Ik was een vriend van je moeder,' zei ik. 'Misschien herinner je je me nog. We hebben elkaar op het strand in Bulgarije ontmoet – lang geleden. Jij hebt voor me gezongen.' En ik vertelde hem mijn operationele naam, dezelfde naam die ik hem had genoemd toen zijn moeder naakt achter hem stond.

'Was jij een *vriend* van mijn moeder?' herhaalde hij, terwijl hij die gedachte liet inzinken.

'Dat zei ik, ja.'

'Frans?'

'Inderdaad.'

'Ze is gestorven.'

'Dat heb ik gehoord. Het spijt me ontzettend. Ik vroeg me af of er iets was wat ik voor jou zou kunnen doen. Ik had toevallig je adres. Ik was in Weimar. Het kwam goed uit. Misschien kunnen we samen iets gaan drinken. Erover praten.'

Hij keek me aan. 'Heb jij met mijn moeder geslapen?'

'We waren vrienden.'

'Dan heb je met haar geslapen,' zei hij met een monotone stem, alsof het een historisch feit was. 'Mijn moeder was een hoer. Ze heeft het vaderland verraden. Ze heeft de revolutie verraden. Ze heeft de Partij verraden. Ze heeft mijn vader verraden. Ze heeft zich aan de Engelsen verkocht en zich verhangen. Ze was een vijand van het volk,' verklaarde hij.

En toen stapte hij op zijn fiets en reed weg.

11

'Wat we volgens mij het *allereerst* moeten doen, hartje,' zegt Tabitha op haar altijd bedeesde toon – Je vindt het toch niet erg dat ik je hartje noem, hè? Ik noem al mijn beste cliënten hartje. Dat herinnert ze eraan dat ik er een heb, net als zij, ook al staat het mijne om zo te zeggen in de wacht, dat moet wel. Het *eerste* wat we dus moeten doen is een zwarte lijst maken van alle schandelijke dingen die de tegenpartij over ons zegt, en dan halen we die een voor een onderuit. Als je maar lekker zit. Zit je lekker? Mooi zo. Je kunt me toch wel goed verstaan, hè? Ik weet nooit of die dingen werken. Zijn ze van de Gezondheidszorg?'

'Frans.'

Tabitha was, voor zover ik me kon herinneren uit de boeken van Beatrix Potter die ik als kind las, de veelgeplaagde moeder van drie ongehoorzame kinderen. Ik vond het daarom op een wrange manier wel grappig dat de vrouw met dezelfde naam die nu tegenover me zat, uiterlijk althans veel van dezelfde kenmerken had: moederlijk, een lief gezicht, ergens in de veertig, mollig, een beetje buiten adem, en heldhaftig oververmoeid. Ze was ook, zo was mij te verstaan gegeven, mijn advocaat. Leonard had Bunny een lijst gegeven met de beloofde kandidaten, namen die Bunny *reusachtig* bewonderde – die zouden voor je vechten als *rottweilers*, Peter – en twee die hij een *tikkeltje* dubieus vond omdat ze naar zijn mening nog niet voldoende kilometers hadden gemaakt, maar dat heb je niet van mij, en *eentje* – ik vertel je dit in *alle* vertrouwen, Peter, en je *moet* me op dit punt rugdekking geven – waar hij met een reusachtige boog omheen zou lopen: die weet van geen ophouden, die heeft niet het *flauwste* idee hoe het er in de rechtszaal aan toe gaat, en de rechters haten haar absoluut. Dat was Tabitha.

Ik zei dat ze geknipt voor mij klonk en vroeg of ik haar op haar kantoor mocht bezoeken. Bunny zei dat haar ambtsvertrekken niet als veilig werden beschouwd en bood me aan gebruik te maken van zijn hoofdkwartier in het bastion. Ik zei hem dat ik zijn hoofdkwartier niet als veilig beschouwde. Dus hier zitten we weer in de bibliotheek, waar de levensgrote gestaltes van Hans-Dieter Mundt en zijn aartsrivaal Josef Fiedler kwaad op ons neerkijken.

***

In het heden is er slechts één slapeloze nacht voorbijgegaan sinds we Tulip hebben gecremeerd, maar de wereld die Tabitha probeert te doorgronden heeft een historische stap teruggezet.

De Berlijnse Muur is gebouwd.

Iedere spion en hulpspion binnen het netwerk van Mayflower is vermist, gearresteerd, geëxecuteerd of alle drie.

Voor Tabitha zijn dit historische feiten. Voor diegenen van ons die ze moesten ondergaan, betekenen ze een tijd van wanhoop, verbijstering en frustratie.

Karl Riemeck, de heroïsche arts uit Köpenick, de toevallige stichter van het netwerk én zijn inspiratiebron, is zelf genadeloos doodgeschoten toen hij op zijn arbeidersfiets naar West-Berlijn probeerde te ontsnappen.

Is onze geheim agent Windfall voor ons of tegen ons? Vanuit onze redoute in de Stal, hadden wij, de geïndoctrineerde uitverkorenen, met ontzag zijn flitsende opkomst in de gelederen van de Stasi gevolgd tot aan zijn huidige positie als hoofd van de afdeling Speciale Operaties.

We hadden onder de generieke naam Windfall, de hoogste kwaliteit informatie over verscheidene projecten op economisch, politiek en strategisch gebied ontvangen en geanalyseerd, die met onderdrukte vreugdekreten door de klanten van Whitehall werd ontvangen.

Maar ondanks – of misschien wel dankzij – al Mundts onaantastbare macht – was hij niet in staat gebleken de onophoudelijke stelselmatige slachting onder de agenten en hulpagenten van Geheim, zoals geleid door zijn rivaal Josef Fiedler, te stoppen of zelfs maar te verminderen.

In zijn gruwelijke duel om de gunst van de Moskouse Centrale en het bevel over de Stasi beweerde Hans-Dieter Mundt, alias bron Windfall, dat er voor hem niets anders op zat dan zich voor te doen als nog fanatieker dan Fiedler waar het erom ging de utopische Duitse Democratische Republiek te zuiveren van spionnen, saboteurs en andere vazallen van het bourgeois imperialisme.

Naarmate de ene trouwe spion na de andere ten prooi viel aan de woeste wedijver van Mundt of zijn aartsrivaal, daalde ook het moreel van het Windfall-team tot een nieuwe diepte.

En niemand werd daar zwaarder door getroffen dan Smiley zelf, die nacht na nacht met de deur op slot in de Middenkamer zat, met alleen zo nu en dan een bezoekje van Control om zijn neerslachtigheid nog wat te voeden.

***

‘Waarom mag ik de verklaringen van de eisers niet zelf lezen?’ vraag ik aan Tabitha. ‘De aanmaningsbrieven of hoe die ook mogen heten?’

'Omdat jouw voormalige Dienst in zijn wijsheid alle correspondentie om redenen van nationale veiligheid het stempel "uiterst geheim" heeft gegeven en jij daar geen toegang toe hebt. Daar komen ze van zijn levensdagen niet mee weg, maar het houdt de boel even op en maakt de weg vrij voor een tijdelijke beperking van de informatieverstrekking en dat is precies waar ze op uit zijn. Intussen heb ik zo veel mogelijk voor je losgepeuterd. Zullen we?'

'Waar zijn Bunny en Laura gebleven?'

'Ik ben bang dat ze denken dat ze alles hebben wat ze nodig hebben. En Leonard heeft hun resumé goedgekeurd. Ik heb een eerste blik in het kluisje van de tegenpartij mogen werpen. Helaas lijkt die arme Doris Gamp vanaf het moment dat ze jou voor het eerst zag, verkikkerd op je te zijn geweest en ze kon niet wachten om alles over jou aan haar zus Lotte te vertellen. En tegen de tijd dat Lotte haar hart had uitgestort bij de ondervragers van de Stasi was er weinig meer van je over. Heb je écht naakt met haar in het Bulgaarse maanlicht over het strand gedraafd?'

'Nee.'

'Mooi. En dan is er ook nog een vrolijke liefdesnacht die jullie samen zouden hebben doorgebracht in een Praags hotel, waar de natuur opnieuw haar beloop had.'

'Niet dus.'

'Mooi. Nu de twee andere doden: Alec Leamas en Elizabeth Gold, onze Berlijners. Elizabeth eerst, zoals tegen jou is ingebracht door haar dochter Karen. Er wordt beweerd dat jij persoonlijk contact met haar hebt opgenomen – *ofwel* op eigen initiatief *of* op instigatie van George Smiley en andere niet nader genoemde samenzweerders – dat je haar toen hebt *overgehaald, verleid of anderszins ertoe gebracht* om *kanonnenvoer* te worden – de weerzinwekkende formulering van de tegenpartij, niet de mijne – in een *vruchteloze, hoogdravende en slecht voorbereide poging* – ik heb géén idee wie dat soort dingen verzint – om het leiderschap van de Stasi te ondermijnen. Heb je dat gedaan?'

'Nee.'

'Mooi. Begint zich een beeld te vormen? Jij bent een professionele donjuan ingehuurd door de Britse Geheime Dienst, en je hebt ontvankelijke meisjes als argeloze medeplichtigen gestrikt voor onbezonnen operaties die als los zand uit elkaar vielen. Waar?'

'Niet waar.'

'Natuurlijk is het niet waar. Je bent ook als Elizabeth Golds pooier opgetreden voor je collega Alec Leamas. Klopt?'

'Nee.'

'Mooi. Je bent ook, want je doet dat heel vaak, *naar bed geweest* met Elizabeth Gold. En als je dat niet bent geweest dan heb je haar wel opgewarmd voor Alec Leamas. Heb je een van die dingen gedaan?'

'Nee.'

'Ik heb geen moment gedacht dat je dat wel had. En het vermeende gevolg van jouw boosaardige kuiperijen: Elizabeth Gold wordt doodgeschoten bij de Berlijnse Muur, haar minnaar Alec Leamas probeert haar te redden, of besluit simpelweg samen met haar te sterven. Hoe dan ook, hij wordt neergeknald, dat komt ervan, en het is allemaal jouw schuld. Tijd voor een kopje thee of buffelen we door? We buffelen door. Nu wat betreft de aantijgingen van *Christoph Leamas*, die wat substantiëler zijn omdat zijn vader Alec het slachtoffer is van alles wat eraan voorafging. Alec was – tegen de tijd dat jij hem had overgehaald, gelokt, omgekocht, bedrogen enzovoort, om het onfortuinlijke speeltje te worden van jouw dwangmatig manipulatieve aard – een gebroken man, niet eens meer in staat om in zijn eentje de straat over te steken, laat staan een schandalig ingewikkelde misleidingsoperatie te leiden, te weten: *te doen alsof* hij overliep naar de Stasi terwijl hij feitelijk onder jouw kwaadaardige invloed bleef. Waar?'

'Nee.'

'Natuurlijk niet. Wat ik dus voorstel, is dat je een grote slok van dat water daar neemt, je kraaloogjes laat glijden over wat ik vanmorgen in de kleine uurtjes, toen ik *eindelijk* een zeer beperkte blik mocht werpen op een *minuscuul* stukje van het historische archief van jouw geliefde Dienst, boven water heb weten te krijgen. Vraag één, markeert deze episode het begin van het verval van jouw vriend Alec? En als dat zo is, vraag twee, is het *echt* verval of is het *gespeeld* verval? Met andere woorden, hebben we hier te maken met fase één waarin Alec zich onmogelijk maakt voor zijn eigen Dienst en geweldig aantrekkelijk voor de talentenjagers van de Moskouse Centrale of de Stasi?'

***

Telegram Circus van H/Standplaats Berlijn [McFadyen] *aan H/ Gezamenlijke Stuurgroep, kopie aan H/Geheime Ops, H/Personeel Uiterst Dringend, 10 juli 1960.*
Onderwerp: Onmiddellijke overplaatsing van Alec Leamas van Standplaats Berlijn om disciplinaire redenen.

Om 01.00 uur hedenochtend vond het volgende voorval plaats in de Altes Fass Nachtclub in West-Berlijn tussen PH/Standplaats Berlijn Alec Leamas en Cy Aflon, PH/CIA Standplaats Berlijn. De feiten worden door geen van beide partijen betwist. Er is al lang sprake van vijandschap tussen de twee mannen, waarvoor ik, zoals al eerder verklaard, uitsluitend Leamas verantwoordelijk acht.

Leamas betrad de nachtclub in z'n eentje en liep naar de *Damengalerie,* een bar speciaal voor vrouwen alleen op zoek naar klandizie. Hij had gedronken, maar was naar eigen oordeel niet dronken.

Aflon zat met twee vrouwelijke collega's van zijn Standplaats naar het optreden te kijken en in alle rust van een glaasje te genieten.

Toen Leamas Aflon en zijn gezelschap in de gaten kreeg, veranderde hij van koers, liep naar hun tafeltje, boog zich naar voren en sprak op gedempte toon de volgende woorden tot Aflon:

Leamas: Als je nog eens probeert een van mijn bronnen om te kopen, dan breek ik die verdomde nek van je.

Aflon: Haha, Alec. Haha. Niet waar de dames bij zijn, alsjeblieft.

Leamas: Tweeduizend dollar per maand voor het eerste hapje van alles wat hij krijgt voor hij het alsnog tweedehands aan ons verkoopt. En dat noem je verdomme oorlog voeren? Krijgt hij er misschien ook nog een tongzoen van deze lieve dames bij?

Toen Aflon uit protest tegen deze flagrante belediging opstond, gaf Leamas hem met zijn rechterelleboog een stoot tegen zijn gezicht, waardoor hij op de grond viel, en gaf hem vervolgens een trap in zijn kruis. De West-Berlijnse politie werd gewaarschuwd, die de Amerikaanse marechaussee erbij haalde. Aflon werd naar het Amerikaanse militaire hospitaal gebracht, waar hij momenteel herstelt van zijn verwondingen. Gelukkig zijn er tot nog toe geen botbreuken of levensbedreigende verwondingen geconstateerd.

Ik heb mijn diepste verontschuldigingen overgebracht aan Aflon persoonlijk en aan zijn H/Standplaats, Milton Berger. Dit is het meest recente van een serie betreurenswaardige incidenten waarbij Leamas betrokken was.

Hoewel ik toegeef dat Standplaats Berlijn en Leamas persoonlijk onder grote druk staan vanwege de recente sterfgevallen binnen het Mayflower-netwerk, rechtvaardigt dit op generlei wijze de schade die hij heeft toegebracht aan onze verstandhouding met onze belangrijkste bondgenoot. Leamas' anti-Amerikaanse instelling is allang evident. Nu is die volkomen onacceptabel geworden. Hij gaat of ik ga.

En onder Controls groene krabbel, Smiley's bondige reactie: *Ik heb Alec al teruggeroepen naar Londen.*

***

'Dus, Peter,' zegt Tabitha. 'Gespeeld? *Niet* gespeeld? Zien we hier het officiële begin van zijn teloorgang?'

En als ik, in oprechte twijfel, aarzel, komt ze met haar eigen antwoord op de proppen:

'Control was stellig van mening dat dit het begin was' – en ze wijst op de handgeschreven groene krabbel onder aan de pagina. 'Kijk maar naar zijn voetnoot aan je ome George. *Een heel veelbelovend begin,* was getekend C. Duidelijker kan het al niet, of wel soms, zelfs in *jullie* duistere wereld?'

Nee, Tabitha, duidelijker kan het niet. En duister is het zeker, dat staat.

***

Het is een begrafenis. Het is een wake. Het is een dievenconclaaf in wanhoop gehouden in het holst van de nacht in deze zelfde kamer, met Josef Fiedler en Hans-Dieter Mundt die met dezelfde naargeestige intensiteit op ons neerkijken. Wij zijn de zes Windfalls, zoals Connie Sachs, onze jongste rekruut, ons heeft genoemd: Control, Smiley, Jim Prideaux, Connie, ikzelf en Millie, onze bijna-stille vennoot. Jim Prideaux is net teruggekeerd van weer een andere undercovertrip, ditmaal naar Boedapest, waar hij een zeldzame *Treff* heeft weten te bewerkstelligen met onze waardevolste aanwinst Windfall. Connie Sachs, nog maar even in de twintig en nu al het onbetwiste wonderkind op het gebied van onderzoek naar inlichtingendiensten van de Sovjet-Unie en de satellietstaten, heeft kortelings op hoge poten de Gezamenlijke Stuurgroep verlaten en is recht in de wachtende armen van George gelopen. Ze is een kwiek, mollig mensje, een blauwkous, geboren met een zilveren lepel in haar mond en ze kan weinig geduld opbrengen voor mindere geesten zoals de mijne.

De statige, afstandelijke Millie McCraig, met haar ravenzwarte haar, beweegt zich tussen ons door als een zorgzame verpleegster in een veldhospitaal, en deelt koffie en whisky uit aan de behoeftigen. Control wil zijn gebruikelijke smerige groene thee, neemt er één klein slokje van en laat de rest onaangeroerd. Jim Prideaux steekt de ene na de andere van zijn gebruikelijke smerige Russische sigaretten op.

En George? George ziet er zo afwezig, zo onbenaderbaar uit en lijkt zo verloren en diep in zichzelf gekeerd, dat het van grote dapperheid zou getuigen hem in zijn mijmeringen te storen.

Als Control het woord heeft, strijkt hij met zijn door nicotine gebruinde vingertoppen langs zijn lippen alsof hij ze controleert op zweertjes. Hij is zilvergrijs, parmantig, leeftijdloos en heeft naar verluidt geen vrienden. Hij heeft ergens een vrouw maar, als je de geruchten mag geloven, denkt zij dat haar man in de Steenkolenraad zit. Als hij opstaat zie je tot je verbazing hoe krom zijn schouders zijn. Je verwacht dat hij ze zal rechten, maar dat gebeurt nooit. Hij zit sinds onheuglijke tijden bij de Dienst maar ik heb hem slechts twee keer gesproken en hem slechts één keer een toespraak horen afsteken, en dat was bij mijn diploma-uitreiking op Sarratt. De stem is al even ijl als de man zelf – nasaal, monotoon en irritant, als van een verwend kind. En die knapt niet op van vragen, zelfs niet die van hemzelf.

'*Geloven* wij of geloven wij dus *niet*,' vraagt hij tussen zijn fladderende vingertoppen door, 'dat we nog steeds het beste materiaal van die verdomde Herr Mundt krijgen? Zijn het kliekjes? Zijn het praatjes voor de vaak? Is het ruis? En stuurt hij ons met een kluitje in het riet? George?'

Bij Control gebruikt niemand schuilnamen, dat zijn de huisregels. Daar moet hij niets van hebben. Zegt dat die maar te veel pretenderen. Je kunt de dingen beter de grond in stampen dan ze ophemelen.

'Wat Mundt levert lijkt nog steeds even goed als altijd, Control,' antwoordt Smiley.

'Jammer dat hij ons dan niet heeft getipt over die verdomde Muur. Of was het hem ontschoten? Jim?'

Jim Prideaux, na met tegenzin de sigaret uit zijn mond te hebben genomen: 'Mundt zegt dat Moskou hem er niet in heeft gekend. Ze hebben het aan Fiedler verteld. Ze hebben het niet aan Mundt verteld. En Fiedler hield het voor zich.'

'Die rotzak heeft Riemeck vermoord, of niet soms? Dat was niet aardig. Waarom deed hij dat?'

'Hij zegt dat hij er toevallig twee uur eerder aankwam dan Fiedler,' antwoordt Prideaux met zijn gebruikelijke norse monotone stem. En opnieuw wachten we op Control, die ons op zijn beurt op hem laat wachten.

'We geloven dus niet dat de tegenpartij Mundt weer tegen ons heeft gekeerd,' vervolgt Control op een ergerlijke dreun. 'Hij is nog steeds van ons. Nou, dat is hem verdomme geraden ook. We kunnen hem wanneer we maar willen voor de wolven gooien. Hij is een machtswellusteling. Hij wil de held van de Moskouse Centrale zijn. Nou ja, *wij* willen dat hij de held van de Moskouse Centrale is. En ook *onze* held. Dus hebben we gemeenschappelijke belangen. Maar die verdomde Herr Josef Fiedler loopt hem voor de voeten. En voor *onze* voeten. Fiedler vermoedt dat Mundt van ons is, en terecht. Dus wil Fiedler hem ontmaskeren en de eer daarvoor opstrijken. Komt het daar ongeveer op neer, George?'

'Daar lijkt het wel op, Control.'

'Daar *lijkt* het op. Alles *lijkt*. Niets *is*. Ik dacht dat we ons in dit vak met feiten bezighielden. Ja of nee: Herr Josef Fiedler – een intens braaf man, is ons verteld, naar Stasi-maatstaven, die oprecht in de goede zaak gelooft en Joods op de koop toe – denkt dat zijn gewaardeerde collega Hans-Dieter Mundt, nog steeds nazi, het slaafje is van de Britse Inlichtingendienst. En daar heeft hij niet helemaal ongelijk in, toch?'

George kijkt Jim Prideaux even aan. Jim wrijft over zijn kin en staart naar het versleten vloerkleed. Opnieuw Control:

'Dus geloven wij Herr Mundt? Nog een vraag. Of kletst hij maar wat in de ruimte, net als een heleboel andere spionnen die we kennen? Houdt hij je aan het lijntje, Jim? Jullie spionnenmeesters zijn watjes als het om jullie joe's gaat. Zelfs een ongelofelijke klootzak als Mundt krijgt het voordeel van de twijfel.'

Maar Jim Prideaux is, zoals Control heel goed weet, even wattig als een brok graniet.

'Mundt heeft mensen binnen het kamp van Fiedler. Hij heeft

me verteld wie het zijn. Hij heeft gehoord wat ze te zeggen hadden. Hij weet dat Fiedler hem te grazen wil nemen. Fiedler heeft hem dat bijna letterlijk in zijn gezicht gezegd. Fiedler heeft ook zijn eigen vrienden binnen de Moskouse Centrale. Mundt verwacht dat ze binnenkort wel eens in actie zouden kunnen komen.'

Opnieuw wachten we op Control, die uiteindelijk toch maar besluit een slokje van zijn koude groene thee te nemen; en bovendien wil dat wij dat zien.

'Wat de vraag aan ons opdringt, *niet dan,* George?' klaagt hij vermoeid. 'Als Josef Fiedler uit de weg geruimd zou zijn – op een nader te bespreken manier – zou Moskou dan meer van Mundt houden? En *als* ze inderdaad meer van hem houden, zouden wij dan eindelijk te weten komen wie de klootzak is die onze agenten aan de Moskouse Centrale verlinkt?' – en als een antwoord van de aanwezigen uitblijft: 'Hoe denk jij daarover, Guillam? Heeft de jeugd een antwoord op die vraag?' Ik zou 't niet weten.

'Ik vrees van niet, meneer.'

'Jammer. George en ik denken dat we misschien een antwoord hebben gevonden, weet je. Maar George kan dat niet aan. Nou ja, ik wel. Ik heb voor morgen een afspraak gemaakt met Alec Leamas. Om eens even de stemming te peilen. Om te horen war hij er nu allemaal van vindt nu hij zijn netwerk heeft verloren aan de Mundt-Fiedler schietclub. Iemand in zijn omstandigheden heeft misschien wel oren naar een kans om zijn carrière op een positieve manier te beëindigen. Denk je ook niet?'

***

Tabitha daagt me uit, ik vermoed opzettelijk:

'Het probleem met jullie spionnen, niets persoonlijks, hoor, is dat geen van jullie ook maar het flauwste benul heeft wat werkelijk waar is. En dat maakt het verschrikkelijk lastig om jullie te verdedigen. Ik ga mijn best doen, reken maar, dat doe ik altijd.' En als ik haar lieve glimlach beantwoord, maar verder niets zeg: 'Elizabeth Gold hield een dagboek bij, dat is het probleem. En Doris Gamp vertelde alles aan die arme Lotte, haar zuster. Vrouwen doen dat soort dingen – met elkaar kletsen, dagboeken bijhouden, malle brieven schrijven. Bunny's bende profiteert daar ten volle van. Ze vergelijken jou met onze moderne undercoverinformanten bij de politie die de harten van hun vrouwelijke slachtoffers stelen en hun kindertjes geven. Ik heb wel even naar de data gekeken om te zien of jij Elizabeth haar Karen kon hebben gegeven, maar daaraan ben je absoluut onschuldig, wat eerlijk gezegd wel een beetje een opluchting voor me was. En Gustav is godzijdank te oud om door jou te zijn verwekt.

***

Het is een zoele zomermiddag op Hampstead Heath, en één week nadat Control had aangekondigd dat hij de stemming bij Alec ging peilen. Ik zit met George Smiley aan een tafeltje in de tuinen van Kenwood House. Het is een doordeweekse dag, nauwelijks een mens te zien. We hadden net zo goed in de Stal kunnen afspreken, maar George heeft laten doorschemeren dat ons gesprek zo privé is dat we buiten moeten praten. Hij draagt een panamahoed die zijn ogen overschaduwt, met als gevolg dat ik niet alleen maar een deel van het geheim, maar ook slechts een deel van George te zien krijg.

We zijn klaar met de koetjes en kalfjes, of dat denk ik. Ben ik tevreden over mijn werk? Jawel, dank je. Ben ik al over dat gedoe met Tulip heen? Jawel, dank je. Aardig van Oliver Lacon dat hij mijn conceptrapport zoek heeft gemaakt; er bestond altijd het gevaar dat Stuur moeilijk zou gaan doen over die mysterieuze Zwitserse indringer in Kamp 4. Ik zeg dat ik daar ook blij om ben, hoewel ik het met bloed, zweet en tranen heb opgesteld.

'Ik wil dat je voor mij vriendschap sluit met een *meisje*, Peter,' vertrouwt Smiley me toe, waarbij hij zijn voorhoofd fronst om te benadrukken hoe ernstig hij het meent. Dan dringt tot hem door dat ik zijn verzoek wel eens verkeerd zou kunnen begrijpen en hij zegt: 'Och, hemeltjelief, niet om aan behoeften van *mijn* kant tegemoet te komen, dat kan ik je verzekeren! Puur om operationele redenen. Zou je bereid zijn dat te doen? In principe? In het belang van de zaak? Haar vertrouwen winnen?'

'En die zaak is zeker Windfall,' opper ik behoedzaam.

'Ja. Volledig. Uitsluitend. Ten behoeve van een blijvend gunstig resultaat van Operatie Windfall. Voor het voortbestaan. Als noodzakelijke en dringende toevoeging,' antwoordt hij, en we nippen van ons appelsap en kijken naar de mensen die in het zonlicht voorbijlopen. 'Bovendien is het op nadrukkelijk verzoek van Control, kan ik eraan toevoegen,' vervolgt hij, bij wijze van aansporing of om de verantwoordelijkheid af te schuiven. 'Hij heeft inderdaad jouw naam genoemd: *die jonge Guillam.* Je uitgekozen.'

Werd ik geacht dit als een compliment te beschouwen – of als een versluierde waarschuwing? George had, vermoedde ik, Control nooit erg gemogen, en Control mocht niemand.

'Ik weet zeker dat er massa's manieren zijn om haar tegen het lijf te lopen,' vervolgt hij optimistisch. 'Ze is lid van de plaatselijke afdeling van de Communistische Partij, om maar wat te noemen. Verkoopt in de weekends de *Daily Worker.* Maar ik zie jou niet echt een krantje van haar kopen, jij wel?'

'Als je bedoelt of ik denk dat ik overkom als een typische lezer van de *Daily Worker?* – nee, dat denk ik niet.'

'Nee, nee, en dat moet je ook niet proberen. Probeer alsjeblieft in geen geval iemand te zijn die je niet bent. Het is veel beter om je gebruikelijke joviale, bourgeois zelf te zijn. Ze loopt,' voegt hij als nadere overweging aan toe.

'*Loopt?*'

'Elke ochtend vroeg gaat ze hardlopen. Ik vind het alleraardigst. Jij niet? Voor haar conditie. Voor haar gezondheid. Rondje na rondje over de plaatselijke sintelbaan. In haar eentje. En dan naar haar werk in het boekhuis in Fulham. Geen boek*winkel*, een pakhuis. Maar vol boeken, dat dan weer wel. Ze verzenden ze en gros aan de groothandel. Het klinkt ons misschien saai in de oren, maar zij beschouwt het als een goed doel. We moeten allemaal boeken hebben, de onderdrukte massa's in het bijzonder. En ze marcheert natuurlijk ook.'

'Ze marcheert én loopt?'

'Voor de vrede, Peter. Voor vrede met een hoofdletter V. Van Aldermaston naar Trafalgar Square, dan door naar Hyde Park Corner voor meer van hetzelfde. Was de Vrede maar zo eenvoudig.'

Verwacht hij een glimlach van me? Ik doe een poging.

'Maar ik zie jou haar ook niet helpen met een spandoek, natuurlijk niet. Jij bent een fatsoenlijke burgerman, die nog flink carrière wil maken in de wereld, een mensensoort die haar wezensvreemd is, en daarom des te interessanter. Een deugdelijk paar hardloopschoenen en die schalkse glimlach van jou, en jullie zijn in een mum van tijd goede maatjes. En als je je Franse masker opzet, dan kun je stijlvol de aftocht blazen als de tijd daartoe gekomen is. Dan is alles in kannen en kruiken. Dan kun je haar vergeten. En zij jou. Ja.'

'Het zou kunnen helpen als ik wist hoe ze heette,' opper ik.

Daar denkt hij ook over na – gepijnigd, weifelend: 'Ja, ach, het zijn immigranten. De familie dan. De ouders zijn eerste generatie, zij is de tweede. Na enig gedelibereer hebben ze gekozen voor de naam *Gold*,' geeft hij prijs, alsof ik de naam uit hem heb getrokken. 'Voornaam *Elizabeth*. Liz voor haar vrienden.'

Ik neem ook de tijd. Ik zit op een zonnige middag appelsap te drinken met een bolle heer met een panamahoed. Niemand heeft haast.

'En als ik haar vertrouwen heb gewonnen, zoals jij het noemt, wat doe ik dan?'

'Nou, dan kom je mij dat vertellen, natuurlijk,' snauwt hij, alsof plotseling alle aarzeling in hem plaats heeft gemaakt voor woede.

***

Ik ben een jonge Franse handelsreiziger, die Marcel Lafontaine heet en momenteel gestationeerd is in een Indiaas pension in Hackney, Oost-Londen, en ik heb de papieren om dat te bewijzen. Het is dag vijf. Elke ochtend bij het krieken van de dag neem ik een bus naar het memorial park en ga hardlopen. De meeste ochtenden zijn we met z'n zessen of zevenen. We lopen hard, we staan te hijgen op de trappen van de sporthal, we controleren onze tijden en we vergelijken ze met elkaar. We wisselen een paar woorden, gaan – vrouwen en mannen gescheiden van elkaar – douchen, tot ziens zeggen en misschien tot morgen. Mijn metgezellen maken zich een beetje vrolijk over mijn Franse naam, maar zijn teleurgesteld dat ik geen Frans accent heb. Ik leg uit dat ik een Engelse moeder had die nu dood is.

Zorg bij een dekmantel altijd dat je korte metten maakt met elk los draadje voordat het alles ontrafelt.

Van onze drie vaste loopsters is Liz (we hebben geen achternamen) de langste, maar bepaald niet de snelste. Eerlijk gezegd is ze allesbehalve een geboren hardloopster. Haar lopen is een uiting van wilskracht of van zelfdiscipline of van bevrijding. Ze is gesloten en zich er klaarblijkelijk niet van bewust hoe mooi ze is, zij het op een wat jongensachtige manier. Ze heeft lange benen, kortgeknipt donker krullend haar, een hoog voorhoofd en grote bruine, kwetsbare ogen. Gisteren hebben we voor het eerst naar elkaar geglimlacht.

'Drukke dag vandaag?' vraag ik.

'We zijn aan het staken,' legt ze buiten adem uit. 'Om acht uur moet ik bij de poort staan.'

'Welke poort mag dat wezen?'

'Waar ik werk. De directie probeert onze chef te ontslaan. Het zou wel eens weken kunnen duren.'

Dan zie ik je wel weer wanneer ik je zie en tot de volgende keer. En de volgende keer is morgen wat een zaterdag is, dus kennelijk wordt er niet gestaakt, mensen moeten boodschappen doen. We drinken samen een kopje koffie in de kantine, ze vraagt me wat ik doe. Ik leg uit dat ik handelsreiziger ben voor een Frans farmaceutisch bedrijf en producten verkoop aan plaatselijke ziekenhuizen en huisartsen. Ze zegt dat dat heel interessant moet zijn. Niet *echt,* zeg ik, want ik zou liever medicijnen studeren maar dat wil mijn vader niet want het bedrijf dat ik vertegenwoordig is ons familiebedrijf en hij wil dat ik onder aan de ladder begin en dan opklim en de zaak overneem. Ik laat haar mijn visitekaartje zien. Daarop staat de naam van mijn denkbeeldige vader. Ze bestudeert het met een frons en een glimlach, maar de frons wint:

'Vind je dat eigenlijk wel deugen, dan? Maatschappelijk gezien? Dat de zoon van de familie het familiebedrijf erft alleen omdat hij de zoon is?'

En ik zeg nee, ik vind niet dat dat deugt, het zit me dwars. En het zit mijn verloofde ook dwars, daarom wil ik arts worden net als zij, omdat ik niet alleen van mijn verloofde houd, maar haar ook bewonder, en ik haar een echte zegen voor de mensheid vind.

En de reden dat ik me, hoewel ik Liz onrustbarend aantrekkelijk vind, een verloofde heb aangemeten, is dat ik nooit van mijn leven nog zoiets wil meemaken als met Tulip. Het is ook dankzij mijn mythische verloofde dat Liz en ik in staat zijn langs het kanaal te lopen en serieus te praten over onze toekomstplannen, nu ze weet dat al mijn liefde en bewondering uitgaan naar een vrouwelijke arts in Frankrijk.

Als we onze verlangens en dromen hebben uitgewisseld praten we over ouders en hoe het is om deels buitenlands te zijn en ze vraagt me of ik Joods ben en ik zeg nee.

Bij een karaf rode wijn bij de Griek vraagt ze me of ik een

communist ben, en in plaats van opnieuw nee te zeggen, kies ik voor de lichtzinnige weg en zeg dat ik maar niet kan besluiten of ik nu een bolsjewiek of een mensjewiek ben, en zou ze mij daarin willen adviseren, alsjeblieft?

En daarna worden we ernstig, of zij wordt dat in ieder geval, en we raken aan de praat over de Berlijnse Muur, die zo prominent in mijn gedachten aanwezig is dat het nooit bij me is opgekomen dat hij dat ook in de hare zou kunnen zijn.

'Mijn vader zegt dat het een barrière is om de fascisten buiten te houden,' zegt ze.

En ik zeg: 'Tja, zo kun je het ook opvatten, lijkt me,' wat haar ergernis opwekt.

'Wat denk *jij* dan dat het is?' vraagt ze op vinnige toon.

'Ik geloof gewoon niet dat de Muur is bedoeld om mensen buiten te houden,' zeg ik. 'Ik denk dat hij eerder is bedoeld om mensen binnen te houden.'

Waarop ik, alweer nadat ze er ernstig over heeft nagedacht, de onbetwistbare reactie krijg:

'Pa denkt niet zo, begrijp je, Marcel. De fascisten hebben zijn familie vermoord. Dat is goed genoeg voor pa.'

***

'Het dagboek van die arme Liz staat eenvoudigweg *vol* over jou, Peter,' zegt Tabitha, met haar lieve, medelijdende glimlach. 'Je bent toch zo'n galante Franse heer. Je Engels is zo goed dat ze steeds weer totaal vergeet dat jij een Fransman bent. Waren er maar meer mannen als jij op de wereld. Wat de Partij betreft ben je een verloren zaak, maar je bent wel een humanist en je kent de ware betekenis van de liefde, en met een beetje goede wil zul je misschien ooit het licht wel zien. Ze zegt niet dat ze graag arsenicum in de koffie van je verloofde zou doen, maar dat hoeft ook niet. Ze heeft ook een foto van je gemaakt, mocht je dat zijn ontschoten. Deze. Ze heeft er speciaal de Polaroidcamera van haar vader voor geleend.'

Ik zit in mijn hardloopkleren tegen een balustrade geleund, want zo had ze me neergezet. Toen zei ze dat ik mezelf moest zijn, niet moest lachen.

'En ik vrees dat die ook in hun bezit is. Bewijsstuk A, om zo te zeggen. Jij bent de doortrapte romeo die het hart van een arm meisje heeft gestolen en haar naar de slachtbank heeft geleid. Er bestaat zowat een liedje over jou.'

***

'We zijn vrienden,' verkondig ik tegen Smiley, ditmaal niet bij een appelsapje op de zonnige Hampstead Heath, maar terug in de Stal met op de achtergrond het gerikketik van de codeermachine boven en de meisjes van Windfall achter hun typemachines.

Ik vertel hem de rest van de operationele informatie. Ze woont bij haar ouders. Geen broers of zussen. Gaat niet uit. Haar ouders ruziën. De vader weifelt tussen zionisme en communisme. Gaat altijd trouw naar de synagoge en mist geen vergadering van de kameraden. Moeder is vastberaden seculier. Pa wil dat Liz in de kledingbranche gaat werken. Ma wil dat Liz naar de kweekschool gaat. Maar ik heb zo'n gevoel dat George dit allemaal al weet, want waarom zou hij haar anders überhaupt hebben uitgekozen?

'Maar wat wil Elizabeth *zelf*, vragen wij ons af?' mijmert hij.

'Ze wil *weg*, George,' antwoord ik op ongeduldiger toon dan mijn bedoeling is.

'*Weg* in een bepaalde richting? Of gewoon alleen *weg* om maar weg te zijn?'

Ik zeg dat een bibliotheek voor haar het beste zou zijn. Misschien een marxistische bibliotheek. Er is er een in Highgate die ze heeft aangeschreven, maar die heeft niet geantwoord. Ze werkt nu al als vrijwilligster in de openbare bibliotheek bij haar in de buurt, zeg ik hem. En ze leest in het Engels verhaaltjes voor aan immigrantenkinderen die nog bezig zijn de taal te leren. Maar George weet dat waarschijnlijk ook al.

'Dan moeten we zien wat we voor haar kunnen doen, vind je niet? Het zou helpen als jij nog een tijdje bij haar in de buurt zou kunnen blijven voordat je weer naar Frankrijk verdwijnt. Zou je daarmee kunnen leven?'

'Niet echt.'

Ik geloof dat George er ook niet echt goed mee kan leven.

***

Het is vijf dagen en twee wandelingen langs het kanaal later. En opnieuw is het nacht in de Stal.

'Je moet maar eens zien of dít iets voor haar is,' oppert George, en hij geeft me een pagina die gescheurd is uit een kwartaaltijdschrift dat de *Paranormal Gazette* heet. 'Je bent er toevallig op gestuit toen je, op je farmaceutische rondes, in de wachtkamer bij de dokter zat. Het loon is armetierig, maar ik vermoed dat ze dat niet al te erg zal vinden.'

De Bayswater Bibliotheek voor Paranormaal Onderzoek is op zoek naar een assistent-bibliothecaris. Sollicitaties met foto en handgeschreven curriculum vitae aan mejuffrouw Eleanora Crail.

***

'Marcel, ik *heb* de baan!' zegt Liz, lachend en huilend terwijl ze in de kantine van de sportclub met de brief naar me zwaait. 'Ik heb hem, ik heb hem! Pa zegt dat ik me zou moeten schamen, dat het op hol geslagen kleinburgerlijk bijgeloof is en vast en zeker antisemitisch. Moeder zegt dat ik de kans met beide handen moet grijpen en dat het de eerste stap op de ladder is. Dus heb ik de kans gegrepen. De eerste maandag van volgende maand begin ik!'

En als ze de brief heeft neergelegd springt ze op en neer en omhelst me en zegt me dat ik het beste maatje ben dat ze ooit heeft gehad. En niet voor het eerst zou ik willen dat ik die vaste verkering die in Frankrijk op me wacht niet had verzonnen. En volgens mij wil zij dat ook.

***

Er was maar weinig voor nodig om mij op mijn zenuwen te werken, zoals Tabitha duidelijk begon te worden.

'Zodra je dus je toverstof in haar ogen had gestrooid, ging je er als een haas vandoor en vertelde je je vriend Alec over dat lieve aardige communistische meisje dat je voor hem had gevonden, en dat hij niets anders hoefde te doen dan een baantje in dezelfde maffe bibliotheek zien te krijgen en dan zouden die twee in een mum van tijd het bed delen. Ging het zo in zijn werk?'

'Er was geen sprake van dat ik Alec iets vertelde. Ik had contact gemaakt met Liz Gold als onderdeel van Windfall. Alec mocht niet van Windfall afweten. Wat er ook tussen Alec en Liz gebeurde als ze eenmaal die baan in de bibliotheek had aangenomen, ging mij niet aan en werd mij ook niet verteld.'

'Maar wat waren Smiley's instructies aangaande Alec Leamas bij zijn zogenaamde vlucht in de fles, aftakeling en verraad dan *wel* precies?'

'Ik moest zijn vriend blijven en alles doen wat naarmate de zaken zich verder ontwikkelden natuurlijk leek. Er rekening mee houdend dat, naarmate de operatie vorderde, mijn gedragingen door de tegenpartij waarschijnlijk even grondig onder een vergrootglas zouden worden gelegd als die van Alec.'

'Dus wat Control intussen aan Leamas had opgedragen moet grofweg zoiets zijn geweest als, en zeg het me als ik het bij het verkeerde eind heb: we weten dat jij de Amerikanen haat, Alec, dus trek erop uit en haat ze nog wat meer. We weten dat je drinkt als een spons, dus verdubbel de dosis. En we weten dat je graag op de vuist gaat als je je hebt volgegoten, dus laat je niet weerhouden, mep er lustig op los en als je daar toch mee bezig bent, ga dan maar lekker totaal naar de bliksem. Komt het daar ongeveer op neer?'

'Alec moest er een puinhoop van maken zoals hem dat het beste leek. Dat is alles wat hij me heeft verteld.'

'Alles wat *Control* je heeft verteld?'

Waar stuurt ze toch op aan? Waar staat ze nu eigenlijk? Het ene moment komt ze akelig dicht bij de waarheid en het volgende rent ze ervoor weg alsof ze zich eraan zou kunnen branden.

'Alles wat Smiley me heeft verteld.'

***

Ik drink rond lunchtijd met Alec een borrel in een pub op een paar minuten lopen van het Circus. Control heeft hem één laatste kans gegund om zich te gedragen, en hem een baantje gegeven bij de afdeling Bankzaken op de begane grond, met de opdracht alles achterover te drukken wat hij te pakken kan krijgen, alhoewel Alec me dat niet vertelt, en ik weet niet of hij weet hoeveel ik weet. Het is halfdrie en we hadden om één uur afgesproken, en als je op de begane grond werkt, krijg je een uur schafttijd en geen minuut meer.

Na een paar pinten stapt hij over op de whisky, en het enige wat hij heeft gegeten is een zak chips besprenkeld met tabasco. Hij heeft luidkeels gemopperd over uit wat een zooi mafketels het Circus tegenwoordig bestaat, en waar al de goede krachten uit de oorlog zijn gebleven, en hoe de bovenste verdieping alleen maar bezig is met de Amerikanen de kont te kussen.

En ik heb het aangehoord en weinig teruggezegd want ik weet niet precies wat nu allemaal de echte Alec is, en wat de rol is die hij speelt, en ik weet ook niet of hij dat zelf wel weet, wat precies is zoals het hoort te zijn. Pas als we weer buiten staan en het verkeer langsrijdt grijpt hij mijn arm. Heel even denk ik dat hij me een vuistslag gaat geven. In plaats daarvan spreidt hij zijn armen wijd en omhelst hij me als de emotionele Ierse dronkenlap die hij voorgeeft te zijn, terwijl de tranen over zijn stoppelige wangen biggelen.

'Ik hou van je, hoor je me, Pierrot?'

'En ik hou van jou, Alec' – plichtmatig.

En voordat hij me van zich afduwt: 'Vertel op. Puur uit nieuwsgierigheid. Wat is dat verdomde Windfall?'

'Alleen maar een bron van Geheim, die wij aansturen. Hoezo?'

'Die flikker van een Haydon zei me laatst toen hij in de olie was iets. Geheim heeft daarginds ergens een geweldige nieuwe bron, en waarom betrekt niemand Stuur daarbij? Weet je wat ik tegen hem heb gezegd?'

'Wat heb je tegen hem gezegd?'

'Als ik aan het hoofd zou staan van Geheim, zei ik, en iemand van Stuur kwam naar me toe en vroeg, wie is die geweldige bron van jullie? – dan zou ik hem een trap in zijn kruis geven.'

'En wat zei Bill toen tegen jou?'

'Hij zei dat ik de pleuris kon krijgen. Weet je wat ik ook nog tegen hem heb gezegd?'

'Nog niet.'

'Blijf met je nichterige pootjes van Georges vrouw af.'

***

Het is laat in de nacht in de Stal. Dat is het altijd. In de Stal wordt voornamelijk 's nachts geleefd, en in onvoorspelbare golven van activiteit. Het ene ogenblik zitten we te wachten tot we een ons wegen, het volgende klinkt er geschuifel bij de voordeur en roept iemand *Handel!* en struint Jim Prideaux naar binnen met Windfalls nieuwste lading kroonjuwelen. Die zijn ingevlogen op microfilm of op papier; Jim heeft ze persoonlijk uit een geheime bergplaats op verboden terrein geplukt; ze zijn hem persoonlijk overhandigd door Windfall bij een haastige *Treff* in een achterafsteeg in Praag. Plotseling snel ik de trappen op en af met telegrammen, zit ik gebogen over mijn bureau om de klanten in Whitehall via de groene telefoon te waarschuwen, ratelen de typemachines van de meisjes van Windfall er op los, en boert Bens codeerapparaat door de vloeren heen. De volgende twaalf uur zijn we bezig Mundts ruwe materiaal op te splitsen en te verspreiden over een reeks denkbeeldige bronnen – wat onderschept materiaal hier, wat materiaal dat via de telefoon of een afluistermicrofoon is opgevangen – en slechts heel zelden, om het zooitje boeiend te houden, wat materiaal afkomstig van een hooggeplaatste en betrouwbare informant, maar alles onder die ene magische naam Windfall, en uitsluitend bestemd voor ingewijde lezers. Vanavond is het een stilte tussen de stormen. Bij uitzondering zit George in zijn dooie eentje in de Middenkamer.

'Ik ben een paar dagen geleden Alec tegen het lijf gelopen,' begin ik.

'Ik dacht dat we hadden afgesproken dat je je relatie met je vriend Alec zou laten bekoelen, Peter.'

'Er is iets aan Operatie Windfall wat ik niet begrijp en ik vind dat ik dat wel zou moeten,' zeg ik, als begin van mijn van tevoren gerepeteerde tekst.

'*Zou je dat moeten?* Op wiens gezag? Hemeltjelief, Peter.'

'Het is maar een eenvoudige vraag, George.'

'Ik wist niet dat wij ons bezighielden met eenvoudige vragen.'

'Wat is Alecs opdracht, meer niet?'

'Hij moet doen wat hij doet, dat weet je heel goed. Hij moet een van 's levens verbitterde mislukkelingen worden. Een man die door de Dienst is uitgespuwd. Hij moet gekrenkt, wraakzuchtig, verleidbaar, omkoopbaar overkomen.'

'Maar met welk *oogmerk*, George? Met welk doel?'

Zijn ongeduld begon hem parten te spelen. Hij begon te antwoorden, haalde diep adem en begon opnieuw.

'Jouw vriend Alec Leamas heeft opdracht gekregen zijn genoegzaam gebleken karaktergebreken in al hun glorie ten toon te spreiden. Hij moet ervoor zorgen dat die worden opgemerkt door de talentenjagers van de tegenpartij – met een beetje hulp van de verrader of verraders in ons midden – en zijn aanzienlijke portefeuille met geheime informatie op de markt gooien, waaraan wij nog wat misleidende informatie aan hebben toegevoegd.'

'Dus een gebruikelijke dubbelagent operatie voor desinformatie.'

'Met wat opsmuk, ja. Een standaardoperatie.'

'Zij het dat hij denkt dat het zijn missie is om Mundt te doden.'

'Tja, daar heeft hij dan groot gelijk in, of niet soms?' kaatst hij onverwijld, zonder enige verandering van toon terug.

Hij keek woedend door zijn ronde brillenglazen naar me op. Ik had verwacht dat we inmiddels wel zouden zijn gaan zitten, maar we stonden nog steeds, en ik ben aanzienlijk langer dan George. Maar wat me trof was de dorheid van zijn stem, die me terug deed denken aan onze ontmoeting in het politiebureau luttele uren nadat hij zijn duivelsverbond met Mundt had gesloten.

'Alec Leamas is een professional, net zoals jij, Peter, en zoals ik. Als Control hem niet heeft uitgenodigd de kleine lettertjes onder aan zijn opdracht te lezen, des te beter voor Alec en voor ons. Hij kan de fout niet ingaan en hij kan geen verraad plegen. Als zijn missie slaagt op een manier die hij zelf niet heeft voorzien, dan zal hij zich niet misleid voelen. Hij zal het gevoel hebben dat hij heeft gedaan wat van hem werd verlangd.'

'Maar Mundt is van *ons*, George! Hij is onze joe – hij is Windfall!'

'Ja dat weet ik. Hans-Dieter Mundt is een agent van deze Dienst. En als zodanig moet hij koste wat het kost worden beschermd tegen degenen die hem er terecht van verdenken te zijn wat hij is, en er alleen maar van dromen hem tegen de muur te zetten en zijn baan in te pikken.'

'En hoe zit het met Liz?'

'Elizabeth Gold?' – alsof hij de naam is vergeten, of alsof ik die verkeerd heb uitgesproken. 'Elizabeth Gold zal worden verzocht precies te doen wat haar het gemakkelijkst afgaat: de waarheid te spreken en niets dan de waarheid. Weet je nu alles wat je wilde weten?'

'Nee.'

'Ik benijd je.'

12

Het is weer ochtend, een grijze, voor de verandering, en als ik in mijn bus stap motregent het boven Dolphin Square. Het toeval wil dat ik te vroeg bij de Stal aankom, maar Tabitha zit al op me te wachten en is bijzonder vergenoegd omdat ze een stapel onderzoeksrapporten heeft bemachtigd van Speciale Diensten die, zegt ze, zomaar bij haar terecht zijn gekomen. Ze weet natuurlijk niet of ze authentiek zijn, en evenmin of ze er te zijner tijd gebruik van zal kunnen maken, maar ik moet in ieder geval tegen niemand zeggen dat zij ze in haar bezit heeft. Waaruit ik opmaak dat ze een vriend heeft bij Speciale Diensten en dat de rapporten precies zijn wat ze pretenderen.

'Laten we ditmaal maar eens beginnen met de eerste dag *live action*. Geen idee wie Speciale Diensten eigenlijk heeft *gevraagd* hun honden op Alec af te sturen. En nog wel: op verzoek van Box – Box was in die tijd politietaal voor het Circus, neem ik aan. Toch?'

'Ja.'

‘Heb je enig idee *wie* bij Box dat verzoek bij Speciale Diensten kan hebben neergelegd?’

‘Stuur, waarschijnlijk.’

‘Wie precies binnen Stuur?’

‘Dat kunnen ze allemaal zijn geweest. Bland. Alleline, Esterhase. Zelfs Haydon zelf. Maar het is waarschijnlijker dat hij het een van zijn onderknuppels heeft laten doen om zelf geen vuile handen te maken.’

‘En Speciale Diensten stelde een onderzoek in, en niet je dierbare vrienden binnen de Veiligheidsdienst? Is dat de normale procedure?’

‘Beslist.’

‘Omdat?’

‘Omdat de twee Diensten elkaar niet mochten.’

‘En onze roemrijke politie?’

‘Moest niets hebben van de Veiligheidsdienst vanwege hun bemoeizucht. En niets van het Circus omdat wij een stelletje bekakte mietjes waren die het als hun levenstaak beschouwden om de wet te overtreden.’

Daar dacht ze over na, en vervolgens over mij, en ze bestudeerde me onbeschroomd met haar droevige blauwe ogen.

‘Soms ben je wel erg *overtuigd* van jezelf, hartje. Men zou nog gaan denken dat je over meer kennis beschikt dan anderen. Daar zullen we mee moeten oppassen. We willen de indruk wekken dat het ging om een jonge geheim agent die werd meegesleurd in het kielzog van historische gebeurtenissen. Niet om iemand die een groot geheim verborgen houdt.’

***

Commandant Speciale Diensten aan Box. Uiterst Geheim & Vertrouwelijk. Onderwerp: OPERATIE GALAXY.

Alvorens ze hun posities innamen verzamelden mijn mannen discreet achtergrondinformatie aangaande de bekende activiteiten van het betreffende tweetal, met betrekking tot hun arbeidssituatie, levensstijl en samenwoning.

Beide personen zijn momenteel voltijds in dienst van de Bayswater Bibliotheek voor Paranormaal Onderzoek, een particulier gesubsidieerde instelling geleid door Mejuffrouw Eleanor Crail, een ongehuwde vrouw van achtenvijftig met een excentrieke manier van doen en verschijning, niet eerder bij de politie bekend. Zonder zich ervan bewust te zijn dat ze met een van mijn mensen sprak, verschafte Mejuffrouw Creely vrijwillig de volgende achtergrondinformatie aangaande het tweetal.

VENUS, die zij haar 'lieve Lizzie' noemt, is het afgelopen half jaar voltijds bij haar in dienst als assistent-bibliothecaresse en volgens Mejuffrouw Crail is er niets op haar aan te merken, want ze is punctueel, beleefd, intelligent, ordelijk en rein, een snelle en gewetensvolle leerling met een net handschrift en 'spreekt keurig voor iemand van haar klasse'. Mejuffrouw Crail maakt geen bezwaren tegen haar communistische standpunten, waar ze geen geheim van maakt 'vooropgesteld dat ze die niet mee mijn bibliotheek in neemt'.

MARS, die ze haar 'akelige Meneer L' noemt, is voltijds bij haar in dienst als tweede assistent-bibliothecaris in afwachting van de op handen zijnde verbouwing van de bibliotheek, en voldoet in haar ogen 'bepaald niet'. Ze heeft tot tweemaal toe haar beklag gedaan bij het Arbeidsbemiddelingsbureau van Bayswater over zijn gedrag, maar zonder resultaat. Ze beschrijft hem als slonzig en onbeleefd. Hij blijft tijdens zijn lunchpauze te lang weg en 'ruikt regelmatig naar alcoholische dranken'. Ze stoort zich eraan dat hij met een dik Iers accent begint te praten als hij een reprimande krijgt en ze zou hem na een week al hebben ontslagen als haar lieve Lizzie (Venus) niet voor hem zou zijn opgekomen, vanwege een 'ongezonde' aantrekkingskracht tussen die twee, in weerwil van het grote verschil in leeftijd en kijk op het leven, die naar de mening van Mejuffrouw Crail al zou kunnen zijn uitgegroeid tot een tot volle bloei gekomen intieme relatie. Waarom zouden ze anders, na elkaar pas twee weken te kennen, 's ochtends samen binnenkomen, waarbij komt dat ze hen meer dan eens elkaars hand heeft zien vasthouden en niet alleen om boeken door te geven.

Toen mijn agent langs zijn neus weg vroeg wat Mars als vorige werkkring had opgegeven, antwoordde ze dat hij volgens het Bureau Arbeidsbemiddeling 'een of andere onbeduidende klerk bij een bank' was geweest, waarover zij alleen maar kon zeggen dat het geen wonder was dat het de laatste tijd zo bergafwaarts ging met de banken.

Observatierapport

Als eerste dag van observatie kozen mijn mensen de tweede vrijdag van de maand, wat dat was de dag waarop de Afdeling Goldhawk Road van de Britse Communistische Partij haar Open Dag organiseerde in de Oddfellows' Hall aan Goldhawk Road, omdat Venus recentelijk, toen ze in Bayswater ging wonen, haar Partijlidmaatschap van Cable Street naar Goldhawk Road had overgeschreven. Onder de vaste bezoekers bevonden zich leden van de Socialistische Arbeiderspartij, 'Militant', de Campagne voor Nucleaire Ontwapening, plus twee agenten in burger van mijn eigen Dienst – een mannelijk, een vrouwelijk – om zodoende ook de toiletten in de gaten te kunnen houden.

Toen het betreffende paar om 17.30 uur de bibliotheek verliet, deed het even de Queens's Arms in Bayswater Street aan, waar Mars een dubbele whisky dronk en Venus een Babycham, en arriveerde zoals verwacht om 19.12 uur in de Oddfellows' Hall, waar het thema van die avond 'Vrede tegen Welke Prijs?' was en waar in de hal, die plaats biedt aan 508 personen, bij deze gelegenheid ongeveer 130 toehoorders van verschillende huidskleur en status zaten. Mars en Venus gingen keurig naast elkaar achter in de zaal, dicht bij de uitgang, zitten, waar Venus, een geziene gaste onder de kameraden, met glimlachjes en knikjes werd begroet.

Na een kort openingswoord door R. Palme Dutt, communistisch activist en journalist, die daarna onmiddellijk de zaal verliet, kwamen minder vooraanstaande sprekers aan het woord, van wie de laatste Bert Arthur Lownes was, de eigenaar van Lownes de Kruidenier des Volks, Bayswater Road, zelfbenoemd trotskist en een oude bekende van de politie wegens het aanzetten tot geweld, opstootjes en andere acties bedoeld om de openbare orde te verstoren.

Totdat Lownes de microfoon greep had Mars zich op een norse, verveelde manier gedragen. Hij geeuwde, dommelde in en pepte zichzelf zo nu en dan op met een slok uit een flacon, inhoud onbekend. Maar de overdonderende toon van Lownes wekte hem uit zijn sluimer, om mijn agent te citeren, en bracht hem ertoe onverwacht zijn hand op te steken om de aandacht te trekken van Bill Flint, de man die de bijeenkomst voorzat en die tevens de penningmeester was van de Afdeling Goldhawk Road, die Mars zoals het hoorde vroeg zich voor te stellen en vervolgens de spreker zijn vraag voor te leggen zoals dat de regel is op de Open Dag. De rapporten van mijn agenten over de gebeurtenissen tijdens en na de vergadering zijn eensluidend en luiden als volgt:

Mars: [Iers accent. Noemt naam]: Bibliothecaris. Hier is een vraag voor jou, kameraad. Jij beweert dat we moeten ophouden onszelf tot de tanden te bewapenen tegen de Sovjetdreiging omdat de Sovjets voor niemand een bedreiging vormen. Zie ik dat goed? Stap nu uit de wapenwedloop en geef het geld uit aan bier?

[Gelach.]

Lownes: Nou, dat is wel heel kort door de bocht, kameraad. Maar goed. Als je het zo wilt zeggen. Ja.

Mars: Terwijl volgens jou, de echte vijand om wie we ons zorgen zouden moeten maken Amerika is. Het Amerikaanse imperialisme. Het Amerikaanse kapitalisme. De Amerikaanse agressie. Of knal ik nu alweer te kort door de bocht?'

Lownes: Wat is je vraag, kameraad?'

Mars: Tja, dat is deze, kameraad. Zouden we ons dan niet tot de

> tanden moeten bewapenen tegen de *Amerikaanse dreiging*, als dat de jongens zijn voor wie we bang moeten zijn?

Lownes' antwoord gaat verloren in gelach, boos gejoel en verspreid applaus. Mars en Venus verdwijnen door de achterdeur. Weer op straat lijkt er aanvankelijk een levendige woordenwisseling tussen de twee te ontstaan. Maar hun meningsverschil is geen lang leven beschoren en ze lopen arm in arm naar de bushalte, waarbij ze enkel nog stil blijven staan om elkaar te omhelzen.

> *Appendix.*
> Toen de aantekeningen naast elkaar werden gelegd, bleken mijn beide agenten onafhankelijk van elkaar de aanwezigheid te hebben vermeld van dezelfde goedgeklede dertigjarige man van gemiddelde lengte, met golvend blond haar en een verwijfd voorkomen die, vlak na het paar de vergadering verliet, hen naar de bushalte volgde en in dezelfde bus stapte, waarin hij zelf beneden plaatsnam terwijl het paar de voorkeur gaf aan het bovendek, wat Mars gelegenheid gaf om te roken. Toen het paar uitstapte, stapte genoemde persoon ook uit en nadat hij hen was gevolgd naar hun flatgebouw en had gewacht tot er op de derde verdieping een licht aan was gegaan, begaf hij zich onmiddellijk naar een telefooncel. Aangezien mijn agenten geen opdracht hadden gekregen om anderen te volgen, werd er geen poging in het werk gesteld om voornoemde persoon te identificeren of achter zijn adres te komen.

***

'Het grootse plan werkte dus. De roofdieren begonnen te snuffelen aan je vastgemaakte geit. In de persoon van onze goedgeklede dertigjarige man met het verwijfde voorkomen. Ja?'

'Niet mijn geit. Die van Control.'

'Niet van Smiley?'

'Als het erom ging Alec bij de tegenpartij onder te brengen, speelde Smiley de tweede viool.'

'En was dat ook zoals hij het wilde?'

'Kennelijk.'

Ik bespeur een nieuwe Tabitha. Of de echte, die haar klauwen laat zien.

'Had jij dit rapport al eerder gezien?'

'Ik had erover gehoord. De essentie.'

'Hier in dit huis? Samen met je collega's die van Windfall op de hoogte waren?'

'Ja.'

'Grote vreugde alom, dus. Hoera, ze hebben toegehapt.'

'Zo ongeveer.'

'Je klinkt niet erg zeker van je zaak. En stond de operatie je helemaal niet tegen, jou persoonlijk, bedoel ik? Of wilde je er eigenlijk liever onderuit, maar wist je niet hoe?'

'We lagen op koers. De operatie verliep volgens plan. Waarom zou het me hebben tegengestaan?'

Ze leek op het punt te staan die bewering in twijfel te trekken, maar bedacht zich toen.

'Deze vond ik *enig*,' zei ze, terwijl ze weer een rapport naar me toe schoof.

***

Commandant Speciale Diensten aan Box. Uiterst Geheim & Vertrouwelijk.
Onderwerp: OPERATIE GALAXY. *RAPPORT NUMMER 6.*
Aanval zonder aanleiding op Bert Arthur LOWNES, *eigenaar van*
LOWNES DE KRUIDENIER DES VOLKS, een bedrijf gevoerd langs co-operatieve lijnen in de Bayswater Road, om 17.45 uur, 21 april 1962.

De volgende informatie is informeel ingewonnen bij getuigen die, vanwege de onbetwiste aard van de zaak, niet zijn opgeroepen om voor de rechtbank te verschijnen.

In de week die aan het incident voorafgaat, schijnt Mars zich de gewoonte eigen te hebben gemaakt om op de vreemdste uren van de dag in kennelijke staat Lownes' supermarkt te bezoeken, zogenaamd om daar iets aan te schaffen ten laste van een op Venus' naam staande spaarrekening, waar hij toegang toe had, maar in werkelijkheid om met een luide en uitdagende Ierse stem met Lownes in discussie te gaan. Op de dag in kwestie zag mijn agent Mars een winkelmandje vullen met een grote hoeveelheid levensmiddelen, waaronder whisky, ter waarde van ongeveer vijfenveertig pond. Toen Mars werd gevraagd of hij van plan was de betreffende waar contant te betalen of dat hij wilde dat het bedrag zou worden afgeschreven van Venus' rekening, reageerde Mars met de woorden, ik citeer: 'Op de rekening, klootzak, wat dacht je dan, verdomme?' plus woorden die inhielden dat hij als volwaardig lid van de behoeftige klasse, recht had op zijn rechtmatige deel van de wereldschatten. Hij negeerde Lownes' waarschuwing dat het saldo op de rekening van Venus negatief was en dat hij dus verder geen krediet meer kon krijgen en begaf zich vervolgens, het winkelmandje vol onbetaalde levensmiddelen voor zich houdend in de richting van de uitgang. Waarna genoemde Lowes vanachter de toonbank vandaan kwam en Mars in niet mis te verstane termen gelastte het winkelmandje onmiddellijk af te staan en de winkel te verlaten. In plaats daarvan gaf Mars zonder verder nog iets te zeggen Lownes in hoog tempo een aantal stompen in zijn maagstreek en zijn kruis, die werden besloten met een elleboogstoot tegen de rechterkant van zijn gezicht.

Mars deed geen poging om te ontsnappen, gaf geen blijk van wroeging maar bleef zijn onfortuinlijke slachtoffer met beledigingen overladen terwijl klanten schreeuwden en mevrouw Lownes de alarmlijn belde.

Zoals een van mijn jongere agenten achteraf opmerkte, was hij bijzonder dankbaar dat hij zelf niet aanwezig was toen het voorval zich voordeed want dan zou hij zich verplicht hebben gevoeld zijn dekmantel af te werpen en tussenbeide te komen. Bovendien vroeg hij zich eerlijk gezegd af of hij wel in staat zou zijn geweest de aanvaller in zijn eentje te overmeesteren.

Hoe dan ook, de geüniformeerde politie arriveerde snel en de aanvaller verzette zich niet bij zijn arrestatie.

***

'Mijn vraag in deze is dus: wist jij zelf van tevoren dat Alec die arme meneer Lownes in elkaar zou slaan?'

'In principe.'

'Wat betekent dat?

'Ze wilden een moment waarop Alec zijn laatste brug achter zich verbrandde. Als hij uit de gevangenis zou komen, zou hij volkomen aan de grond zitten, geen kant meer op kunnen.'

'Met "ze" bedoel je Control en Smiley.'

'Ja.'

'Maar niet jezelf. Het was niet jouw briljante idee, door jou bekokstoofd en dankbaar overgenomen door mensen die ouder en wijzer waren dan jij?'

'Nee.'

'Wat mij zorgen baart, is dat jij Alec er persoonlijk toe kan hebben aangezet, begrijp je. Of dat de tegenpartij zal aanvoeren dat jij dat hebt gedaan. Dat je je arme geknakte vriend naar nog grotere diepten van verdorvenheid hebt geleid. Maar dat heb je niet gedaan. Dat is een hele opluchting. Hetzelfde geldt voor het geld dat Alec van de Afdeling Bankzaken van het Circus heeft gegapt. Er waren zes anderen die zeiden dat hij dat moest doen, jij niet?'

'Control, denk ik.'

'Mooi. Dus Alec zocht ruzie in opdracht van zijn superieuren, jij was zijn maatje, niet zijn kwade genius. En Alec was zich daar vermoedelijk van bewust. Ja?'

'Dat neem ik aan. Ja.'

'En wist Alec ook dat jij een van de ingewijden in Windfall was?'

'Natuurlijk wist hij dat niet, verdomme! Hoe zou hij dat hebben kunnen weten? Hij wist helemaal *niets* van Windfall!'

'Goh, ja, ik was al bang dat je kwaad zou worden. Ik ga maar eens verder met mijn huiswerk, als je het niet erg vindt, terwijl jij deze ellende doorneemt. De Engelse vertaling is afgrijselijk. Maar afijn, ik heb gehoord dat de oorspronkelijke tekst ook weerzinwekkend is. Je gaat bijna terugverlangen naar het eloquente proza van de Speciale Diensten.'

PASSAGES VAN TOT OP HEDEN NIET VRIJGEGEVEN STASI-DOSSIERS VOORZIEN VAN EMBARGOSTEMPEL TOT 2050. ZOALS GEKOZEN EN VERTAALD DOOR ZARA N. POTTER & CO, BEËDIGD TOLKEN EN VERTALERS, IN OPDRACHT VAN DE FIRMA SEGROVE, LOVE & BARNABAS, ADVOCATEN & PROCUREURS, LONDEN W.C.

Terwijl de deur achter haar dichtviel werd ik gegrepen door een onredelijke woede. Waar was ze verdomme naartoe? Waarom is ze zo pardoes van me weggelopen? Om ademloos verslag uit te brengen aan haar maatjes in het bastion? Is dat het spelletje dat ze speelt? Ze drukken een stapeltje rapporten van Speciale Diensten in haar handen en zeggen: *Probeer eens hoe hij hierop reageert.* Gaat het zo in zijn werk? Maar zo ging het niet in zijn werk. Dat wist ik. Tabitha was de goede fee van elke verdachte. En haar zachtmoedige, droevige ogen zagen een stuk verder dan die van Bunny of Laura. Dat wist ik ook.

***

Alec staat tegen het groezelige raam geleund en tuurt naar buiten. Ik zit in de enige leunstoel. We bevinden ons in een bovenkamer van een handelsreizigershotel in Paddington dat kamers per uur verhuurt. Vanochtend heeft hij me in Marylebone gebeld op een geheim nummer dat gereserveerd is voor joe's: 'Kom om zes uur naar The Duchess.' The Duchess of Albany, Praed Street, een van zijn oude pleisterplaatsen. Hij is afgetobd, prikkelbaar en zijn ogen zijn rood. Het glas in zijn drinkhand trilt. Korte, spaarzame zinnen, die hij me tussen stiltes toebijt.

'Er is een meisje,' zegt hij. 'Een communiste, verdomme. Kan het haar niet kwalijk nemen. Niet als je weet waar ze vandaan komt. Trouwens, wie neemt wie wat nog kwalijk?'

Wacht. Niet vragen. Hij vertelt uit zichzelf wel wat hij wil.'

'Ik heb het tegen Control gezegd. Houd haar er buiten. Ik vertrouw die ouwe rotzak voor geen stuiver. Je weet nooit wat hij in zijn schild voert. Ik vraag me af of hij het zelf wel weet.' Langdurige beschouwing van de straat onder hem. Aanhoudende meelevende stilte van mij. 'Afijn, waar houdt George zich in jezusnaam schuil?' – terwijl hij zich beschuldigend naar me toekeert. 'Ik had laatst een afspraak met Control in Bywater Street. George kwam verdomme niet eens opdagen.'

'George is momenteel heel druk met Berlijn,' zeg ik leugenachtig, en weer wacht ik.

Alec heeft besloten Controls pedante gebalk na te doen:

'Ik wil dat je Mundt voor me opruimt, Alec. De wereld een beetje mooier maakt. Denk je dat je dat kunt, ouwe reus? Natuurlijk kan ik dat, verdomme. Die klootzak heeft Riemeck vermoord, of niet soms? Heeft verdomme mijn halve netwerk om zeep geholpen. Een jaar of twee geleden heeft hij ook achter George aangezeten. Dat kunnen we niet hebben, wat jij, Pierrot?'

'Nee, dat kunnen we zeker niet,' beaam ik gretig.

Proefde hij een valse ondertoon in mijn stem? Hij neemt een slok whisky en blijft me aanstaren.

'Jij *kent* haar toch niet toevallig, Pierrot?'

'Wie?'

'Mijn meisje. 'Je weet verdomd goed over wie ik het heb.'

'Hoe kan ik haar nou in hemelsnaam hebben ontmoet, Alec? Wat lul je nou toch? Jezus, man.'

Eindelijk wendt hij zich af. 'Iemand die ze had leren kennen, een man. Het klonk een beetje alsof jij het was. Dat is alles.'

Ik schud niet-begrijpend mijn hoofd, haal mijn schouders op

en glimlach. Alec keert terug naar zijn mijmeringen en kijkt weer hoe de voorbijgangers op de stoep zich door de regen reppen.

***

ONDERWERP: ONWARE BESCHULDIGINGEN GEUIT TEGEN KAMERAAD HANS-DIETER MUNDT DOOR FASCISTISCHE BRITSE INLICHTINGENDIENST. VOLLEDIGE, TOTALE EN COMPLETE VRIJSPRAAK VAN H-D MUNDT DOOR HET VOLKSTRIBUNAAL.
LIQUIDATIE VAN IMPERIALISTISCHE SPIONNEN TIJDENS EEN ONTSNAPPINGSPOGING. OVERGEDRAGEN AAN PRESIDIUM SED
28 OKTOBER 1962.

Het tribunaal dat had geoordeeld over Hans-Dieter Mundt was al een aanfluiting, maar het officiële rapport was nog erger. De inleiding had door Mundt zelf geschreven kunnen zijn. Misschien was hij dat ook wel.

De verfoeilijke en corrupte contrarevolutionaire onruststoker Leamas was een bekende dégénéré, een dronken burgerlijke opportunist, leugenaar, rokkenjager, schurk, geobsedeerd door geld en een afkeer van vooruitgang.

De toegewijde speurders van de Stasi die de hand hadden gelegd op de leugenachtige getuigenverklaring van deze kwaadaardige judas hadden dat in goed vertrouwen gedaan en het kon hun niet kwalijk worden genomen dat ze een adder hadden toegelaten in de ziel van degenen die met hart en ziel streden tegen de krachten van het fascistische imperialisme.

Het proces was een triomf van socialistische rechtspraak en een roep om steeds grotere waakzaamheid tegen de kuiperijen van kapitalistische spionnen en provocateurs.

De vrouw die zichzelf Elizabeth Gold noemde was een politiek stuk onbenul met pro-Israëlische sympathieën, gehersenspoeld door de Britse Geheime Dienst, verblind door haar oudere minnaar en met open ogen een web van westerse intriges ingelokt.

Zelfs nadat de bedrieger Leamas een volledige bekentenis

van zijn misdaden had afgelegd, had de vrouw Gold hem geniepig geholpen bij zijn ontsnapping en de volle prijs voor haar dubbelhartigheid betaald.

En ten slotte een gelukwens aan die onbevreesde bewaker van de Socialistische Democratie die niet aarzelde om haar toen zij trachtte te ontsnappen neer te schieten.

***

'Zo, Peter. Nu even een snelle terugblik op dat waarachtig vreselijke schertsgericht in simpele bewoordingen. Kunnen we dat aan?'

'Het zal wel moeten.'

Maar haar stem was bruusk en vastberaden en ze was recht tegenover me aan tafel neergeploft als een volkscommissaris.

'Alec betreedt als Fiedlers kroongetuige het tribunaal met zorgvuldig uitgewerkte plannen om Mundt door de modder te halen. Ja? Fiedler vertelt de rechtbank van alles over het zogenaamde geldspoor dat naar Mundts voordeur leidt. Ja? Hij praat honderduit over Mundts tijd als nep-diplomaat in Engeland waar hij, volgens Fiedler, was toen hij werd uitverkoren en omgekocht door de krachten van het reactionaire imperialisme, alias het Circus. Dan volgt een lijst met alle schokkende staatsgeheimen die Mundt aan zijn westerse meesters zou hebben verkocht voor zijn dertig zilverlingen, en het wordt allemaal met gejuich aangehoord door de rechters van het tribunaal. Totdat *wat*?'

De lieve glimlach is allang verdwenen.

'Totdat Liz, lijkt me,' antwoord ik knarsetandend.

'Inderdaad, totdat Liz. Daar is opeens die arme Liz en, omdat ze niet beter weet maakt ze korte metten met alles wat haar teerbeminde Alec het hof zojuist heeft verteld. Wist je dat ze dat zou gaan doen?'

'Natuurlijk wist ik dat niet! Hoe had ik dat voor den duivel kunnen weten?'

'Ja, daar zeg je zo wat, hoe had je dat kunnen weten? En is je toevallig opgevallen wat Liz – *en* haar Alec in feite de das omdeed? Dat was het moment waarop ze met George Smileys naam op de proppen kwam. Toen ze in al haar onschuld ten overstaan van het tribunaal toegaf dat ene *George Smiley*, vergezeld door een jongere man, kort na de mysterieuze verdwijning van Alec, was langsgekomen en haar had *gezegd* dat haar Alec – impliciet *voor zijn land* – geweldig goed werk verrichtte en dat alles piekfijn in orde zou komen. Jouw George had bij die gelegenheid zijn *visitekaartje* achtergelaten om er zeker van te zijn dat ze hem niet zou vergeten. *Smiley* was sowieso een naam die iedereen zich probleemloos herinnerde en hij was bij lange na geen onbekende bij de Stasi. Wat een vréselijke stommiteit voor een sluwe oude vos als George, vind je ook niet?'

Ik zei zoiets als dat zelfs George wel eens een steekje kon laten vallen.

'En was jij misschien toevallig die jongere man die achter hem aan sjokte?'

'Nee, dat was ik niet! Hoe kon dat nou? Ik was *Marcel* – weet je nog?'

'Maar wie was het dan wel?'

'Jim, waarschijnlijk. Prideaux. Hij was overgestapt.'

'Overgestapt?'

'Van Stuur naar Geheim.'

'En was hij ook op de hoogte van Windfall?'

'Ik geloof van wel.'

'Geloof je dat alleen maar?'

'Hij was op de hoogte.'

'Vertel me dit dan eens, als je dat mag. Toen Alec Leamas erop uit werd gestuurd om tegen elke prijs Mundt te grazen te nemen, wie was volgens hem toen de *anonieme bron* die het Circus al dat prachtige materiaal over Windfall bezorgde?'

'Geen idee. Ik heb het er nooit met hem over gehad. Waarschijnlijk Control wel. Ik zou het niet weten.'

'Laat ik het anders zeggen, als dat eenvoudiger is. Zou het, alles in aanmerking genomen, als logische conclusie, via een proces van eliminatie, afgaande op vage hints, redelijk zijn om te zeggen dat Alec Leamas tegen de tijd dat hij aan zijn noodlottige reis begint het in zijn benevelde hoofd heeft gehaald dat Josef Friedler de belangrijkste bron is die hij beschermt, en dat dat de reden is waarom de verfoeilijke Hans-Dieter Mundt moet worden geëlimineerd?'

Ik hoorde dat mijn stem omhoogging en ik kon er niets tegen doen:

'Hoe denk je dat ik *in jezusnaam* kon weten wat *Alec* dacht of niet dacht? Alec was een *man van de praktijk.* Je zoekt niet overal iets achter als je een man van de praktijk bent. Er heerst een Koude Oorlog. Je hebt een taak te vervullen. Je doet wat je moet doen!'

Had ik het over Alec? Of over mezelf?

'Help me dan eens even met dit lastige raadseltje, alsjeblieft. Jij, P. Guillam, had toegang tot alle informatie over Windfall. Ja? Jij was een van de héél héél weinigen. Mag ik verdergaan? Dat mag. Alec had er nadrukkelijk *geen* toegang toe. Hij wist dat er een Oost-Duitse superbron, of een kluitje bronnen, was, onder de generieke naam Windfall. Hij wist dat Geheim de drijvende kracht achter hem, haar of hen was. Maar hij wist niets over de plek waar we nu zitten of wat er feitelijk werd bekokstoofd. Klopt dat?'

'Ik denk van wel.'

'En het was van het grootste belang dat hij *geen* toegang kreeg tot Windfall, want dat beweer je al de hele tijd.'

'*Nou, en?*' – met mijn dodelijk vermoeide stem.

'Nou, als *jij* toegang had tot Windfall, en Alec Leamas had dat *niet*, wat wist *jij* dan dat *Alec* niet mocht weten? Of doen we nu een beroep op ons zwijgrecht? Ik zou dat niet aanbevelen. Niet met die jury die uit hun hand eet en die klaarstaat om zich op je te storten. Of als je je tegenover een getemde jury gesteld ziet.'

***

Dit is was Alec doormaakte, denk ik: hij verdedigde een kansloze zaak en zag de hele boel in zijn handen in stukken breken, met dat verschil dat er nu niemand doodgaat, behalve dan van ouderdom. Ik klem mij krampachtig vast aan een grote onhoudbare leugen die ik beloofd heb nooit prijs te geven, en die bezwijkt onder mijn gewicht. Maar Tabitha kent geen genade:

'En onze *gevoelens* dan. Kunnen het voor de verandering *daar* even over hebben? Die zijn vaak zoveel informatiever dan feiten, vind ik altijd. Wat voelde *jij*, jij persoonlijk, toen je hoorde dat die arme Liz opeens aan de bel trok en al Alecs fantastische noeste arbeid de grond in boorde? En die arme Fiedler op de koop toe door de plee spoelde?'

'Ik *heb* het niet gehoord.'

'Pardon?'

'Niemand heeft de telefoon gepakt en gezegd: *heb je het laatste nieuws over het proces al gehoord?* Het eerste wat we erover hoorde was een Oost-Duits nieuwsbericht. Verrader ontmaskerd. Dat was Fiedler die door de plee werd getrokken. Vooraanstaande veiligheidsfunctionaris van alle blaam gezuiverd. Dat was Mundt die alles piekfijn voor elkaar had. Toen volgde de dramatische ontsnapping van de gevangenen en werd er in het hele land jacht op hen gemaakt. En daarna kregen we...'

'De schietpartij bij de Muur, mag ik aannemen?'

'George was erbij. George heeft het gezien. Ik niet.'

'En je *gevoelens* nog maar eens? Toen je hier zat, hier in deze zelfde kamer, of toen je hier stond, of ijsbeerde, of wat je ook mag hebben gedaan, en het verschrikkelijke nieuws in stukjes en beetjes kwam binnendruppelen? Dan hoor je weer *dit*, dan hoor je weer *dat*? Meer en meer?'

'Wat denk je dat ik deed, verdomme? De champagne laten aanrukken?' Even een stilte, waarin ik mijn zelfbeheersing terugvind. 'Ik dacht, jezus, lieve god, dat arme kind. Waar was ze in verzeild geraakt? Vluchtelingenfamilie. Tot over haar oren verliefd op Alec. Wilde niemand kwaad doen. Wat godvergeten gruwelijk zoiets te moeten doen.'

'Te *moeten* doen? Bedoel je dat het haar *bedoeling* was om voor het tribunaal te verschijnen? Het was haar *bedoeling* om de nazi te redden en de Jood te doden? Dat lijkt me niks voor Liz. Wie kan haar ooit hebben gezegd dat ze zoiets moest doen?'

'Dat heeft niemand haar verdomme verteld!'

'Het arme schaap wist niet eens waarom ze bij het tribunaal aanwezig was. Ze was uitgenodigd op een jamboree van kameraden in de zonnige DDR en opeens moet ze tegen haar geliefde getuigen in een schertsproces. Hoe *voelde* je je toen je dat hoorde? Jij persoonlijk. En om dan later te horen dat ze allebei bij de Muur zijn afgeknald. Neergeschoten tijdens een ontsnappingspoging, naar verluidt. Dat moet toch vreselijk voor je zijn geweest. Een ware hel, stel ik me zo voor.'

'Dat was het natuurlijk ook.'

'Voor jullie allemaal?'

'Allemaal.'

'Ook voor Control?'

'Ik ben geen deskundige op het gebied van Controls gevoelens, vrees ik.'

Die droevige glimlach van haar. Hij is weer terug.

'En je oompje George?'

'Wat is er met hem?'

'Wat vond hij ervan?'

'Dat weet ik niet.'

'Waarom niet?' – op scherpe toon.

'Hij verdween. Ging in zijn eentje naar Cornwall.'

'Waarom?'

'Om te wandelen, neem ik aan. Daar gaat hij dan naartoe.'

'Voor hoelang?'

'Een paar dagen. Misschien een week.'

'En toen hij terugkwam. Was hij toen een ander mens?'

'George verandert niet. Hij weet zich te herstellen.'

'En had hij dat gedaan?'

'Hij praatte er niet over.'

Ze dacht erover na en leek met tegenzin van het onderwerp af te stappen.

'En *nergens* ook maar een greintje triomfantelijkheid?' vroeg ze, na er nog eens over te hebben nagedacht. 'Aan het *andere* front? Het *operationele front* – nergens ook maar iets van – nou ja, dat was de bijkomende schade, het is tragisch, het is vreselijk, maar niettemin, opdracht geslaagd. Niets van *dat* soort, voor zover wij weten?'

Er is niets veranderd. Niet haar vriendelijke stem, niet haar warme glimlach. Haar manier van doen was zo mogelijk nog innemender dan voorheen.

'Wat ik je vraag is dit: wanneer had jíj zelf in de gaten dat Mundts triomfantelijke rehabilitatie *niet* het fiasco was dat het leek, maar een grootscheepse inlichtingencoup in vermomming? En dat Liz Gold de noodzakelijke katalysator was die het allemaal liet gebeuren? Het gaat om jouw verdediging, weet je. Jouw plan, jouw voorkennis, jouw medeplichtigheid. Dat kan allemaal je ondergang betekenen.'

Een dodelijke stilte. Die werd verbroken door Tabitha die langs haar neus weg iets vroeg.

'Weet je wat ik vannacht heb gedroomd?'

'Hoe zou ik dat in jezusnaam moeten weten?'

'Ik was bezig met mijn gedegen onderzoek, en worstelde me door dat eindeloze conceptrapport dat Smiley jou liet schrijven en besloot niet rond te sturen. En ik begon me te verwonderen over die eigenaardige Zwitserse vogelaar die een undercoveragent van de afdeling interne bewaking van het Circus bleek te zijn. en toen vroeg ik me af *waarom* Smiley niet wilde dat jouw rapport zou circuleren. Dus wroette ik verder en stak mijn neus in alles waar ik mijn neus in mocht steken, maar hoezeer ik me ook inspande, ik kon absoluut *niets* vinden over iemand die de verdediging van Kamp 4 in die periode had getest. En absoluut *niets* over een overijverige geheime medewerker die de beveiligingsbeambten van Kamp 4 zou hebben afgetuigd. Er was dus niet bepaald een goddelijke openbaring voor nodig om de ontbrekende stukjes van de puzzel in elkaar te passen. Geen overlijdensakte voor Tulip. Nou ja, we weten dat het arme schaap officieel nooit was gearriveerd, maar er zijn niet veel artsen die graag hun naam onder een nep-overlijdensakte zetten, zelfs als het gaat om de Circus-artsen.'

Ik staarde kwaad voor me uit en probeerde te doen alsof ik dacht dat ze niet goed wijs was.

'Mijn lezing is dus de volgende: Mundt werd erheen gestuurd om Tulip te vermoorden. Hij heeft haar vermoord, maar Onze Lieve Heer stond niet aan zijn kant en hij werd gepakt. George heeft hem het mes op de keel gezet. Je spioneert voor ons of anders. Hij doet het. Een overvloed aan heerlijke informatie, die plotseling in gevaar komt. Fiedler lijkt hem te ontmaskeren. En daar is dan Control met zijn weerzinwekkende plan. George had er misschien weinig zin in maar, zoals altijd bij George, de plicht riep. Niemand hield er rekening mee dat Liz en Alec zouden worden doodgeschoten. Dat moet Mundts briljante idee zijn geweest: dood de boodschappers en je slaapt rustiger. Zelfs Control kon dat niet van verre zien aankomen. Jouw George ging stante pede met pensioen en zwoer nooit meer te spioneren. Dat valt te prijzen, zij het dat het niet lang duurde. Hij moest nog steeds terugkomen en Bill Haydon te grazen nemen, wat hij opmerkelijk goed deed, alle lof. En jij stond al die tijd achter hem, wat we alleen maar kunnen toejuichen.'

Er schoot me niets te binnen, dus hield ik mijn mond.

'En om het mes nog eens om te draaien in wat toch al een heel diepe wond was, werd Hans-Dieter, zodra het tribunaal zijn werk had gedaan, ontboden op een topconferentie in Moskou en kwam nooit weerom. Daar ging dus de laatste hoop dat hij zijn neus onder het hek van de Moskouse Centrale kon duwen en ons kon vertellen wie de verrader binnen het Circus was. Waarschijnlijk was Bill Haydon hem voor geweest. Kunnen we het nog even over *jou* hebben?'

Ik kon haar niet tegenhouden, dus waarom zou ik het proberen?

'Als ik zou mogen betogen dat Windfall *niet* de grootste miskleun aller tijden was, maar een duivels geraffineerde eersteklas spionageoperatie die waanzinnig veel opleverde en pas op het laatste moment de mist in ging, geloof ik dat de All-Partygangers hun pootjes in de lucht zouden steken. Liz en Alec? Tragisch, ja, maar onder de gegeven omstandigheden zijn het aanvaardbare verliezen ten gunste van het grotere goed. Ben ik aan de winnende hand? Dat ben ik niet. Och hemeltje. Het is maar een suggestie. Want ik geloof niet dat er een andere manier bestaat waarop ik je kan verdedigen. Eigenlijk weet ik wel zeker van niet.'

Ze was begonnen haar spullen bij elkaar te pakken: bril, vest, papieren zakdoeken, rapporten van Speciale Diensten, Stasirapporten.

'Zei je wat, hartje?'

Had ik iets gezegd? Geen van ons beiden weet het zeker. Ze is opgehouden met inpakken. Ze houdt haar koffertje open op haar schoot en wacht tot ik iets ga zeggen. Ring met rondom edelstenen aan haar ringvinger. Vreemd dat die me tot dan toe niet is opgevallen. Vraag me af wie de echtgenoot is. Waarschijnlijk dood.

'Luister eens.'

'Ik luister nog steeds, hartje.'

'Als we er nu eens heel even van uitgaan dat jouw absurde hypothese...'

'Dat die duivels geraffineerde operatie is geslaagd...?'

'Als we dat aannemen, *in theorie* – wat ik absoluut niet doe – wil je me dan in alle ernst zeggen dat – in het onmogelijke geval dat er ooit schriftelijke bewijzen daarvan aan het licht zouden komen...'

'We weten dat dat niet gaat gebeuren, maar als het ooit zou gebeuren, dan zou het onomstotelijk moeten zijn...'

'Wil jij me vertellen dat in zo'n onwaarschijnlijke eventualiteit, de aanklachten – de beschuldigingen – het proces – dat hele vermaledijde gevecht tegen wie dan ook – mij, George, als hij kan worden opgespoord, de Dienst zelfs – voorbij zouden zijn?'

'Als jij het bewijs voor me vindt, vind ik de rechter voor je. De aasgieren steken op dit moment de koppen bij elkaar. Als jij niet op de hoorzitting verschijnt, dan zullen de All-Party-gangers het ergste vrezen, en dienovereenkomstig handelen. Ik heb Bunny om je paspoort gevraagd. De rotzak wil het niet afstaan. Maar hij zal jouw verblijf in Dolphin Square wel op dezelfde schraperige voorwaarden verlengen. Daar moeten we het allemaal over hebben. Komt morgen dezelfde tijd je gelegen?'

'Kunnen we er tien uur van maken?'

'Ik zal stipt op tijd zijn,' antwoordde ze, en ik zei dat ik dat ook zou zijn.

13

Als je door de waarheid wordt ingehaald, speel dan niet de held, neem de benen. Maar ik zorgde ervoor dat ik wandelde, langzaam, Dolphin Square op en omhoog naar het schuiladres waarvan ik wist dat ik er nooit meer zou slapen. Doe de gordijnen dicht, zucht gelaten ten bate van het televisietoestel, doe de slaapkamerdeur dicht. Haal Frans paspoort uit geheime bergplaats achter formulier met instructies in geval van brand. Er gaat iets kalmerends uit van het ontsnappingsritueel. Trek schone kleren aan. Stop scheermes in zak van regenjas en laat de rest liggen waar het ligt. Loop de trap af naar de grillroom, bestel een lichte maaltijd, installeer me met mijn saaie boek als een man die berust in een eenzame avond. Maak een praatje met Hongaarse serveerster voor het geval ze de plicht heeft alles te rapporteren. Eigenlijk woon ik in Frankrijk, vertel ik haar, maar ik ben hierheen gekomen om zaken te doen met een stel Engelse advocaten, kun je je iets vreselijkers voorstellen, ha ha? Betaal rekening. Slenter de binnenplaats op waar gepensioneerde dames met witte hoedjes op en in croquet-rokken twee aan twee op tuinbankjes zitten te genieten van het voor het seizoen ongebruikelijke zonlicht. Maak je klaar om je aan te sluiten bij de uittocht naar het Embankment en kom nooit meer terug.

Maar aan die twee laatste dingen kom ik niet toe want mijn oog is inmiddels gevallen op Christoph, zoon van Alec, in zijn lange zwarte jas en met zijn slappe vilthoed op, die op twintig meter afstand in z'n eentje onderuit op een bankje zit, met een arm gemoedelijk over de rugleuning en een enorm been ontspannen over het andere geslagen en zijn rechterhand, zoals ik het zie, demonstratief verstopt in de zak van zijn overjas. Hij kijkt me recht aan en glimlacht, wat ik hem nog niet eerder heb zien doen, noch als kind toen hij naar een voetbalwedstrijd keek noch als volwassen man toen hij biefstuk met frites at. En misschien is die glimlach ook nieuw voor hem, want die wordt vergezeld door een merkwaardige bleekheid van het gezicht, geïntensiveerd door het zwart van zijn hoed, en in zijn glimlach zie ik een flikkering als een kapotte gloeilamp die niet weet of hij nu aan of uit staat.

En ik weet me net zomin raad met de situatie als hij, lijkt het. Er is een vermoeidheid over me gekomen die, vermoed ik, angst is. Hem negeren? Vrolijk naar hem zwaaien en doorgaan met mijn geplande ontsnapping? Dan komt hij achter me aan. Dan zal hij moord en brand schreeuwen. Hij heeft ook een plan, maar wat voor plan?

De ziekelijk bleke glimlach blijft flikkeren. Er is iets met zijn onderkaak, een tic die hij niet lijkt te kunnen beheersen. En zou hij zijn rechterarm echt hebben *gebroken*? Is dat de reden dat die zo vreemd in de zak van zijn overjas gepropt zit? Hij doet geen poging om op te staan. Ik begin op hem toe te lopen, aandachtig gadegeslagen door de dames op hun bankjes met de witte hoedjes. Op de hele binnenplaats zijn wij de enige twee mannen en Christoph is daar een excentrieke om niet te zeggen reusachtige verschijning, die in zijn eentje een heel podium in beslag neemt. Wat heb ik met hem te maken? vragen zij zich af. Net als ik. Vlak voor hem sta ik stil. Niets aan hem beweegt. Hij zou een van die bronzen standbeelden van grote mannen kunnen zijn die je in openbare ruimtes wel ziet zitten: een Churchill, een Roosevelt. Dezelfde ongezonde teint, dezelfde weinig overtuigende glimlach.

Het standbeeld komt langzaam tot leven op een manier die andere standbeelden vreemd is. Hij plaatst zijn benen naast elkaar en verschuift dan zijn grote lijf, met zijn rechterschouder hoog en zijn rechterhand nog steeds in de zak van zijn overjas gestoken, totdat er links van hem plaats voor mij op de bank is. En ja, hij is ziekelijk bleek, en rond zijn kaak beweegt van alles, nu eens glimlacht hij, dan verschijnt er een grijns, en zijn blik is koortsachtig.

'Wie heeft je verteld dat je me hier kon vinden, Christoph?' vraag ik hem, zo opgewekt als ik kan, want inmiddels worstel ik met de vergezochte veronderstelling dat Bunny of Laura, of zelfs Tabitha, hem op mijn spoor hebben gezet, met de bedoeling tot een andersoortige stiekeme overeenkomst te komen tussen de Dienst en de eisende partij.

'Ik wist nog' – de glimlach verbreedt zich van dromerige trots – 'ik heb het geheugen van een olifant, oké? Het brein van klote Duitsland. Ja, we hadden gezellig samen gegeten en jij zegt me dat ik de kolere kan krijgen. Oké, dat zei je me niet. Ik ga weg. Ik ga ergens zitten met mijn vrienden. Ik rook wat, ik snuif wat, ik luister. Wat hoor ik? Wil je een gokje doen?'

Ik schud mijn hoofd. Ik glimlach ook.

'Mijn pappie. Ik hoor mijn pappie. Zijn stem. Tijdens een van de wandelingetjes die we samen maakten op de binnenplaats van de gevangenis. Ik zit in de bak, hij doet weer zijn best om er voor me te zijn, de altijd toegewijde vader te zijn die hij nooit is geweest. Dus praat hij over zichzelf, vermaakt me, vertelt me over de jaren die we niet samen hebben doorgebracht, en doet alsof we dat wel hebben. Hoe het was om een geheim agent te zijn. Hoe bijzonder jullie allemaal waren, hoe toegewijd. Wat een stoute jongens jullie waren. En weet je wat? Hij heeft het over *Hood House.* Het huis van de 'hoods'. Van de gangsters. Hoe grappig jullie dat allemaal vonden. Dat het Circus een zooitje krakkemikkige schuilflats bezat op een plek die Hood House heette. We zijn allemaal gangsters, dus daarom werden we daar ondergebracht.' De glimlach wordt een frons van verontwaardiging. 'Wist je dat die kut Dienst van jou je hier zelfs onder je eigen naam heeft laten *inschrijven*, godsgloeiende? P. Guillam. Dát is me nog eens veilig, *Wist* je dat?' vroeg hij op agressieve toon.

Nee. Ik wist het niet. En ik vond er ook niets verwonderlijks aan, hoewel ik wel had moeten vinden, dat de Dienst, een halve eeuw na dato niet op het idee was gekomen zijn gewoontes te veranderen.

'Zeg, waarom vertel je me niet waarvoor je gekomen bent?' vroeg ik hem, in de war gebracht door zijn glimlach, die hij niet af leek te kunnen schudden.

'Om jou te doden, Pierrot,' verklaarde hij, zonder stemverheffing of verandering van toon. 'Om die rotkop van je romp te knallen. Bingo. Jij bent dood.'

'Hier?' vroeg ik. 'Met al die mensen erbij? Hoe dan?'

Met een Walther P38 semiautomatisch pistool: het pistool dat hij uit de rechterzak van zijn overjas heeft gehaald en waar hij nu demonstratief mee zwaait; en pas als ik ruimschoots de tijd heb gehad om het te bewonderen, stopt hij het terug in de zak van zijn overjas, maar hij houdt zijn hand erop en, zoals vaak ook in traditionele gangsterfilms, richt hij de loop door de stof van zijn jas heen op mij. Wat de dames met de witte hoedjes van dit vertoon vinden, als ze er al iets van vinden, zal ik nooit weten. Misschien zijn we een filmploeg. Misschien zijn we gewoon malle volwassen jongens, die een spelletje spelen met een speelgoedpistool.

'Hemeltjelief,' roep ik uit – een uitdrukking die ik voor zover ik weet van mijn levensdagen nog nooit had gebezigd – 'waar heb je dát ding vandaan?'

Die vraag ergerde hem en verdreef de glimlach.

'Dacht je dat ik geen zware jongens kende in deze klotestad? Mensen die bereid zijn me *zo* een vuurwapen te *lenen*?' vroeg hij, terwijl hij met de duim en wijsvinger van zijn vrije hand voor mijn neus knipte.

Als reactie op het woord *lenen* keek ik instinctief om me heen of ik de rechtmatige eigenaar ergens zag, want ik kon me niet voorstellen dat het een langetermijnlening betrof: en al doende viel mijn oog op een Volvo-sedan die in allerlei kleuren was opgelapt en geparkeerd stond bij een dubbele gele streep recht tegenover de poort aan de kant van het Embankment; en die ene kale chauffeur met zijn beide handen aan het stuur, die door de voorruit strak voor zich uit zat te staren.

'Heb je een speciale reden om mij te doden, Christoph?' vroeg ik hem, waarbij ik mijn uiterste best deed dezelfde toon van achteloze nieuwsgierigheid vast te houden. 'Ik heb de hoge heren op de hoogte gesteld van je voorstel, als je daarover in mocht zitten,' voegde ik er leugenachtig aan toe. 'Ze denken erover na. De boekhoudertjes van Hare Majesteit komen natuurlijk niet in een vloek en een zucht met een miljoen euro over de brug.'

'Ik was het beste wat hem is overkomen in dat armzalige rotleven van hem. Dat heeft hij me gezegd.'

Hij zei het op gedempte toon, tussen opeengeklemde tanden door geperst.

'Ik heb er nooit aan getwijfeld dat hij van je hield,' zei ik.

'Jij hebt hem vermoord. Jij hebt tegen mijn vader gelogen en je hebt hem vermoord. Jouw vriend, mijn vader.'

'Christoph, dat is niet waar. Jouw vader en Liz Gold zijn niet gedood door mij of wie dan ook van het Circus. Ze zijn gedood door Hans-Dieter Mundt van de Stasi.'

'Jullie zijn allemaal gestoord. Jullie spionnen, allemaal. Jullie zijn de oplossing niet, jullie zijn het kloteprobleem. Stelletje minkukels, met jullie klotespelletjes, denken dat jullie verdomme de grootste klotelinkmiegels op aarde zijn. Jullie zijn helemaal niks, hoor je me? Jullie leven in het klotedonker omdat jullie het klotedaglicht niet kunnen verdragen. Hij ook. Dat heeft hij me verteld.'

'Echt waar? Wanneer?'

'In de gevangenis, waar dacht je anders, verdomme? De eerste keer dat ik moest zitten. In de jeugdgevangenis. Pedo's, doorgedraaide junkies en ik. *Er is bezoek voor je, Christoph. Zegt dat hij je beste maatje is.* Ze slaan me in de boeien en brengen me bij hem. Het is mijn vader. Moet je horen, zegt hij. Jij bent een hopeloos geval en er is geen ene moer die ik of iemand anders nog voor jou kan doen. Maar Alec Leamas houdt van zijn zoon, als je dat verdomme maar nooit vergeet. Zei je wat?'

'Nee.'

'Sta op, verdomme. Loop. Die kant op. Onder de poort door. Net als de andere mensen. Als je me een loer draait maak ik je af.'

Ik sta op. Ik loop in de richting van de poort. Hij loopt achter me aan, met zijn rechterhand nog steeds in zijn zak en het pistool door de stof op mij gericht. Er zijn dingen die je in dit soort situaties zou moeten doen, zoals je op je hielen omdraaien en hem met je elleboog raken voordat hij kans heeft om te vuren. We hebben het in Sarratt geoefend met waterpistooltjes en in de meeste gevallen spoot het water langs je heen op de oefenmat. Maar dit is geen waterpistol en we zijn niet op Sarratt. Christoph loopt ruim een meter achter me, en dat is precies waar de goed opgeleide schutter hoort te lopen.

We zijn onder de poort doorgelopen. De kale man die in de veelkleurige Volvo zit heeft nog steeds zijn handen op het stuur en hoewel we recht op hem aflopen, schenkt hij geen aandacht aan ons, hij heeft het te druk met voor zich uit staren. Is Christoph van plan me eerst nog op een laatste ritje te vergasten voordat hij me uit mijn lijden verlost? Als dat zo is, dan heb ik de meeste kans om te ontkomen als hij me de Volvo in probeert te werken. Ik had dat lang geleden al eens eerder gedaan: de hand van een man gebroken met het autoportier toen hij probeerde me op de achterbank te duwen.

Andere auto's rijden in beide richtingen voorbij en we moeten wachten op een rustig moment voordat we de straat kunnen oversteken, en ik vraag me af of ik de kans krijg met hem te worstelen en in het ergste geval hem voor een naderende auto te duwen. We zijn op de stoep aan de overkant aangekomen en ik vraag het me nog steeds af. We zijn ook voorbij de Volvo gelopen zonder dat Christoph en de kale bestuurder op elkaar reageerden, dus misschien had ik het bij het verkeerde eind en hebben ze niets met elkaar te maken, en wie het ook mag zijn die Christoph de Walther heeft geleend zit in Hackney of ergens anders een potje te kaarten met zijn partners in crime.

We zijn aangekomen bij het Embankment en er is een bakstenen muurtje van zo'n anderhalve meter hoog en daar sta ik achter met de rivier voor me en de lichtjes van Lambeth aan de overkant want het begint al te schemeren, het is nog steeds zacht weer voor het uur van de dag, er steekt een zacht briesje op en best grote boten glijden voorbij, en ik heb mijn handen op het muurtje gelegd en sta met mijn rug naar hem toe en hoop dat hij dichtbij genoeg komt om de truc met het waterpistool uit te halen, maar ik kan niet raden waar hij precies staat en hij zegt niets.

Ik houd mijn handen wijd uit elkaar zodat hij ze kan zien, ik draai me langzaam om en hij staat op bijna twee meter afstand van me, nog steeds met zijn hand in zijn zak. Hij ademt in stoten en zijn grote bleke gezicht is vochtig en glanst in het schemerlicht. Mensen lopen ons voorbij, maar niemand loopt tussen ons door. Iets aan ons zegt hun dat ze om ons heen moeten lopen. Of beter gezegd, het ligt aan Christophs lijvige gestalte, de overjas en de slappe vilthoed. Zwaait hij nu opnieuw met het pistool of heeft hij het nog in zijn zak? Staat hij er nog steeds bij als een gangster? Een beetje laat komt het bij me op dat iemand die zich zo kleedt, angst wil aanjagen; en de man die angst wil aanjagen is zelf bang, en misschien geeft die gedachte me de moed om hem uit te dagen.

'Kom op, Christoph, doe het dan,' zeg ik hardop, als een echtpaar van middelbare leeftijd zich langs ons rept. 'Knal me dan maar neer, als je daarvoor gekomen bent. Wat maakt een jaar nou nog uit voor een man van mijn leeftijd? Ik teken voor een goede snelle dood. Schiet me neer. En blijf je je dan de rest van je leven op de borst kloppen terwijl je wegrot in je cel. Je hebt oude mannen in de gevangenis zien doodgaan. Word er ook maar een.'

Inmiddels voel ik de spieren in mijn rug bewegen en er klopt iets in mijn oren en ik had je niet kunnen zeggen of dat werd veroorzaakt door een langsvarende aak of dat het iets was wat zich in mijn eigen hoofd afspeelde. Van al dat gepraat heb ik een droge mond gekregen en mijn blik moet vertroebeld zijn, want het duurde even voordat ik in de gaten had dat Christoph, naast me over het muurtje gebogen stond te kokhalzen en te snikken van pijn en woede.

Ik sloeg een arm om zijn rug en wurmde zijn hand uit zijn zak. Toen die tevoorschijn kwam zonder het pistool erin, trok ik het pistool maar uit zijn zak en smeet het zo ver ik kon in de rivier, maar ik hoorde geen reactie. Hij had zijn armen op het muurtje gelegd en zijn hoofd erin verstopt. Ik tastte in zijn andere zak voor het onwaarschijnlijke geval dat hij nog een extra magazijn bij zich had gestoken om zich moed te geven, en ja hoor, dat had hij. Ik had ook dat net in de rivier gemikt toen de kale man uit de bonte Volvo, die in tegenstelling tot Christoph heel klein was en een bijna uitgehongerde indruk maakte, hem van achteren bij zijn middel greep en aan hem trok, zonder dat het enig effect had.

Samen wrikten we hem los van het muurtje en sleurden we hem met alle macht tot bij de Volvo. Terwijl we dat deden begon hij te janken. Ik maakte aanstalten het portier naast dat van de bestuurder te openen, maar mijn wapenbroeder had het achterportier al geopend. Samen wurmden we hem naar binnen en sloegen het portier achter hem dicht, waardoor het gejank werd gedempt maar niet tot zwijgen gebracht. De Volvo reed weg. Ik stond alleen op de stoep. Langzaam keerden het verkeer en de geluiden terug. Ik leefde nog. Ik hield een taxi aan en vroeg de chauffeur me naar het British Museum te brengen.

***

Eerst de steeg met de kinderkopjes. Vervolgens het privé parkeerterrein dat stonk naar rottend afval. Dan de zes tuinhekjes: het onze was het laatste rechts. Als Christophs gejank nog nagonsde in mijn hoofd, dan weigerde ik het te horen. Het haakje van het hek piepte. Dat hoorde ik wel. Dat had het altijd gedaan, hoe vaak we het ook hadden geolied. Als we wisten dat Control in aantocht was, dan lieten we het hek open, zodat we niet hoefden te luisteren naar dat zure commentaar van die oude rotzak dat zijn komst werd aangekondigd door de klank van de cymbalen. Een pad van York-tegels. Mendel en ik hadden dat aangelegd. En daartussen gras gezaaid. Ons vogelhuisje. Geen vogel werd weggestuurd. Het was drie stappen naar de keukendeur, en Millie McCraigs bewegingloze schaduw keek door het raam op me neer, met haar hand omhoog om me te verbieden binnen te komen.

We staan in een geïmproviseerde tuinschuur, die tegen de muur is gebouwd om haar vuilnisbakken te herbergen en de restanten van haar kaarsrechte damesfiets, uit het huis verbannen door Laura, gewikkeld in zeildoek en om veiligheidsredenen van zijn wielen ontdaan. We spreken heel zachtjes. Misschien deden we dat altijd al. De als geheim aangemerkte kat kijkt naar ons vanachter het keukenraam.

‘Ik weet niet wat ze waar hebben verstopt, Peter,’ bekent ze. ‘Ik vertrouw mijn telefoon niet. Nou ja, dat heb ik nooit gedaan. Ik vertrouw mijn muren ook niet. Ik weet niet waar ze tegenwoordig over beschikken of waar ze het hebben aangebracht.’

‘Heb je gehoord wat Tabitha tegen me zei over bewijsstukken?’

‘Gedeeltelijk, ja. Voldoende.’

‘Heb je nog alles wat we je hebben gegeven? De oorspronkelijke verklaringen, correspondentie, wat het ook nog mag zijn dat George je gevraagd heeft te verstoppen?'

'Door mijzelf op microfilm gezet. Verborgen. Dat heb ik ook.'

'Waar?'

'In mijn tuin. In mijn vogelhuisje. In hun cassettes. In wasdoek. In dat' – *dat* was wat er over was van haar fiets. 'Ze weten tegenwoordig niet meer waar ze moeten *zoeken*, Peter. Ze worden niet behoorlijk *getraind*,' voegt ze er verontwaardigd aan toe.

'En zit Georges vraaggesprek met Windfall in Kamp 4 er ook bij? Het rekruteringsgesprek? De deal?'

'Die ook. Als onderdeel van mijn verzameling klassieke langspeelplaten. Aan mij overgedragen door Oliver Mendel. Ik beluister ze nog zo nu en dan. Om Georges stem te horen. Daar houd ik nog steeds van. Ben jij eigenlijk getrouwd, Peter?'

'Alleen met de boerderij en de dieren. Wie heb jij, Millie?'

'Ik heb mijn herinneringen. En mijn Schepper. Die nieuwe ploeg heeft me tot maandag de tijd gegeven om te verhuizen. Ik zal ze niet voor de voeten lopen.'

'Waar ga je naartoe?'

'Ik ga dood. Net als jij. Ik heb een zuster in Aberdeen. Ik geef je ze niet, Peter, als je daarvoor gekomen bent.'

'Ook niet als het een hoger doel dient?'

'Er is geen hoger doel zonder dat George toestemming geeft. Dat is er nooit geweest.'

'Waar is hij?'

'Ik weet het niet. En als ik het wist zou ik het je niet vertellen. Hij leeft, dat staat. De kaarten die ik krijg op mijn verjaardag en met Kerstmis. Dat vergeet hij nooit. Altijd naar mijn zuster, nooit hier, uit veiligheidsoverwegingen. Net als altijd.'

'Als ik hem zou moeten vinden, bij wie zou ik dan moeten aankloppen? Er is iemand, Millie. Jij weet wie het is.'

'Jim misschien. Als hij het je wil vertellen.'

'Kan ik hem opbellen? Wat is zijn nummer?'

'Jim is geen telefoonmens. Niet meer.'

'Maar zit hij nog wel op dezelfde plek?'

'Ik meen van wel.'

Zonder nog een woord te zeggen grijpt ze mijn schouders met haar krachtige stakerige handen en gunt me één strenge kus met haar gesloten lippen.

***

Ik kwam die avond tot aan Reading en nam mijn intrek in een pension in de buurt van het treinstation waar niemand je naar je naam vroeg. Als nu nog niet was doorgegeven dat ik niet meer op Dolphin Square was, dan zou Tabitha als eerste mijn afwezigheid de volgende ochtend om tien uur, niet om negen uur, opmerken. Als er groot alarm zou worden geslagen dan zag ik dat niet voor het middaguur gebeuren. Ik ontbeet in alle rust, kocht een kaartje naar Exeter en moest in het gangpad van een overvolle trein staan tot aan Taunton. Via de parkeerplaats begaf ik me naar de rand van de stad en bleef wat rondlummelen tot het donker begon te worden.

Ik had Jim Prideaux niet meer gezien sinds Control hem op de vruchteloze missie naar Tsjechoslowakije had gestuurd die hem een kogel in zijn rug en de voortdurend aandacht van een Tsjechisch martelteam had opgeleverd. Qua afkomst waren wij allebei bastaards: Jim deels Tsjechisch en deels Normandisch, terwijl ik Bretons ben. Maar daar hield de gelijkenis op. Het Slavische element was sterk in Jim aanwezig. Als jongen had hij koeriersdiensten verricht en Duitse kelen doorgesneden voor het Tsjechische Verzet. Cambridge mag hem dan hebben opgeleid, getemd hebben ze hem daar nooit. Toen hij bij het Circus kwam leerden zelfs de instructeurs in man-tegen-mangevecht op Sarratt dat ze voor hem moesten oppassen.

Een taxi zette me af voor de hoofdingang. Op een morsig groen bordje stond NU OOK MEISJES WELKOM. Een oprijlaan vol kuilen voerde slingerend naar een bouwvallig statig huis omringd door geprefabriceerde laagbouw. Mijn weg tussen de kuilen door zoekend kwam ik voorbij een sportveld, een half ingestort cricketpaviljoen, een paar arbeidershuisjes en een groepje ruigharige pony's die in een omheind veld stonden te grazen. Er reden twee jongens op een fiets voorbij, de grootste met een viool op zijn rug, de kleinere met een cello. Ik gebaarde hun te stoppen.

'Ik ben op zoek naar meneer Prideaux,' zei ik. Ze keken elkaar nietszeggend aan. 'Hij werkt hier, is mij verteld. Als docent moderne talen. Of dat deed hij vroeger.'

De grootste van de twee schudde zijn hoofd en wilde doorrijden.

'U bedoelt toch niet *Jim*, hè?' vroeg de jongste. 'Een oude vent die mank loopt. Woont in een caravan in de Kuil. Geeft bijles Frans en rugby aan de kleintjes.'

'Wat is de Kuil?'

'Houd links aan langs het Schoolgebouw, over het pad, totdat je een oude Alvis ziet staan. We moeten opschieten, we zijn laat.'

Ik houd links aan. Achter hoge ramen zitten jongetjes en meisjes onder witte tl-buizen over hun lessenaars gebogen. Bij de andere kant van het gebouw aangekomen liep ik door een laan van tijdelijke klaslokalen. Er liep een pad omlaag naar een bosje naaldbomen. Ervoor, onder een dekzeil de contouren van een oldtimer; en daarnaast een caravan met een enkele brandende lamp achter het raam met een gordijn ervoor. Flarden Mahler kwamen me tegemoet. Ik klopte op de deur en een barse stem reageerde woedend.

'Ga weg, jongen! *Fous-moi la paix!* Zoek het maar op.'

Ik liep om de caravan heen naar het raam met het gordijn ervoor, haalde een pen uit mijn zak, stak mijn arm omhoog en tikte mijn code op de ruit, toen gaf ik hem de tijd om zijn vuurwapen op te bergen, als hij dat aan het doen was tenminste, want met Jim wist je het maar nooit.

***

Een fles slivovitsj op tafel, half leeggedronken. Jim heeft een tweede glas gepakt en zijn platenspeler uitgezet. Bij het licht van de petroleumlamp is zijn verweerde gezicht verwrongen van pijn en ouderdom, zijn misvormde rug tegen de povere bekleding gedrukt. De gefolterden vormen een klasse apart. Je kunt je – slechts met moeite – voorstellen waar ze zijn geweest, maar nooit wat ze mee terug hebben gebracht.

'Die verdomde school is ingestort,' blaft hij, met een uitbarsting van zenuwachtig gelach. 'Thursgood, heette die vent. Hoofd van de school. Puike vrouw. Stel kinderen. Bleek zo'n verdomde mie,' verklaarde hij met overdreven hoon. 'Is er samen met de schoolkok vandoor gegaan. Heeft het schoolgeld meegenomen. Nieuw-Zeeland of daar ergens. Niet genoeg meer in kas om het personeel tot het einde van de week te betalen. Nooit gedacht dat hij het in zich had. *Tja'* – grinnikend terwijl hij onze glazen nog eens volschenkt, 'wat *moet* je dan, hè? Je kunt de kinderen toch niet in de steek laten, midden in het schooljaar. Met de examens in aantocht. Sportdagen al vastgesteld. Schoolprijzen. Ik had mijn pensioen, en nog een beetje extra omdat ik me heb laten toetakelen. Een paar ouders hebben een steentje bijgedragen. George kende een bankier. Nou ja, na zoiets kan de school me toch moeilijk de laan uitsturen, wat jij?' Hij nam een slok en keek me boven zijn glas aan. 'Je gaat me toch niet weer naar Tsjecho op weer zo'n krankzinnige nutteloze expeditie sturen, hè? Niet nu ze weer dichter tegen Moskou aanschurken.'

'Ik moet George spreken,' zei ik.

Een tijdje gebeurde er niets. Vanuit de donker wordende wereld buiten alleen het geruis van de bomen en het geloei van het vee. En tegenover me Jims scheve lijf, bewegingloos tegen de wand van de kleine caravan geperst en zijn Slavische ogen die vanonder zijn borstelige zwarte wenkbrauwen kwaad naar me kijken.

'Die oude George is al die jaren verdomd goed voor me geweest. Hulpverlening aan een uitgetelde joe is niet voor iedereen weggelegd. Ik weet eerlijk gezegd niet of hij op je zit te wachten. Dat moet ik hem vragen.'

'Hoe wou je dat doen?'

'George is van nature niet een enthousiaste beoefenaar van het spionagespel. Ik weet niet hoe hij erin terecht is gekomen. Heeft het allemaal op zijn eigen schouders geladen. Dat gaat niet in onze branche. Je kunt niet het leed van alle andere kerels voelen en ook nog je eigen leed. Niet als je het wil volhouden. Die verdomde vrouw van hem heeft een heleboel op haar geweten, als je het mij vraagt. Waar dacht ze in jezusnaam dat ze mee bezig was?' vroeg hij op bevelende toon en opnieuw zweeg hij, met een grimas, me tartend zijn vraag te beantwoorden.

Maar Jim had nooit veel om vrouwen gegeven, en ik kon hem niet antwoorden zonder de naam te noemen van zijn nemesis en vroegere geliefde Bill Haydon, die hem voor het Circus had gerekruteerd, hem aan zijn meesters had verraden en ondertussen ook nog met Smiley's vrouw naar bed was geweest om iedereen zand in de ogen te strooien.

'Hij is nota bene helemaal doorgedraaid vanwege *Karla,*' klaagde hij, nog steeds over Smiley. 'Die uitgekookte klootzak in de Moskouse Centrale die al die langjarige joe's tegen ons heeft gerekruteerd.'

Van wie Bill Haydon de meest spectaculaire was, had hij eraan kunnen toevoegen, als hij het had kunnen opbrengen om de naam te noemen van de man wiens nek hij, naar men zegt, met zijn blote handen had gebroken toen Haydon daar maar op Sarratt wegkwijnde in afwachting van zijn uitlevering aan Moskou in het kader van een spionnenuitwisseling.

'Eerst haalt die oude George Karla over om naar het Westen te komen. Hij vindt zijn achilleshiel, maakt daar gebruik van, niets dan lof. Verhoort de kerel. Zegt hem dat hij een naam en een baan in Zuid-Amerika krijgt. Docent Russische Studies voor latino's. Geeft hem een nieuwe plek. Niets is hem te veel. Een jaar later schiet die rotzak zich door zijn kop en breekt Georges hart. Hoe kon *dat verdomme* gebeuren? Ik *zei* tegen hem: wat is er in jezusnaam in je gevaren, George? Karla heeft zichzelf om zeep geholpen. Moet hij weten. Dat was altijd al Georges probleem, dat hij alles van beide kanten bekeek. Dat putte hem uit.'

Met een gekreun van pijn of afkeuring schonk hij ons nog een glas slivovitsj in.

'Ben je misschien op de vlucht?' vroeg hij.

'Inderdaad.'

'Naar Frankrijk?'

'Ja.'

'Wat voor paspoort?'

'Brits.'

'Heeft de Dienst je al als vermist opgegeven?'

'Ik weet het niet. Ik gok erop van niet.'

'Southampton is de beste optie. Houd je gedeisd, neem een drukke middagboot.'

'Bedankt. Dat was ik al van plan.'

'Het gaat toch niet om *Tulip*, hè? *Die* oude kwestie rakel je toch niet weer op, hè?' – hij balt zijn vuist en strijkt ermee langs zijn mond alsof hij een ondraaglijke herinnering weg stompt.

'Het is de hele Operatie Windfall,' zeg ik. 'Er loopt een grootscheeps parlementair onderzoek om het hele Circus om zeep te helpen. Bij afwezigheid van George hebben ze mij de rol van schurk in het stuk toebedeeld.'

Ik had die woorden nauwelijks uitgesproken of hij sloeg met zijn vuist op de tafel tussen ons in waardoor het glaswerk rinkelde.

'Daar heeft George geen ene moer mee van doen! Die klootzak van een Mundt heeft haar vermoord! Heeft ze allemaal vermoord! Heeft Alec vermoord, heeft zijn meisje vermoord!'

'Nou ja, dat is iets wat we in de rechtbank moeten kunnen zeggen, Jim. Ze laden alle schuld op mij. Misschien ook op jou, als ze jouw naam uit de dossiers kunnen opdiepen. Dus ik moet George dringend spreken.' En toen hij nog steeds niet reageerde: 'Dus hoe kom ik met hem in contact?'

'Dat kun je niet.'
'Hoe doe jij het?'
Weer een boze stilte.
'Telefooncellen, als je het weten wilt. Nooit lokaal, die raak ik niet aan. Nooit twee keer dezelfde. Spreek de volgende *Treff* altijd van tevoren af.'
'Jij naar hem? Hij naar jou?'
'Een beetje van allebei.'
'Is zijn eigen telefoonnummer elke keer hetzelfde?'
'Zou kunnen.'
'Is het een vaste telefoonlijn?'
'Zou kunnen.'
'Dan weet je waar je hem kunt vinden, toch?'
Hij pakte een schoolschrift van een stapel bij zijn elleboog en scheurde er een blanco bladzijde uit. Ik gaf hem een potlood.
'*Kollegiengebäude drei,*' dreunde hij op terwijl hij schreef. 'Bibliotheek. Vrouw die Friede heet. Ben je nu tevreden?' – en na me de bladzijde te hebben gegeven ging hij achteroverzitten, sloot zijn ogen en wachtte tot ik hem met rust zou laten.

***

Dat ik van plan was een drukke veerboot uit Southampton te nemen was niet waar. En dat ik reisde op een Brits paspoort was ook niet waar. Ik vond het niet prettig om hem voor te liegen, maar met Jim wist je nooit helemaal waar je aan toe was.

Een vroege ochtendvlucht vanuit Bristol bracht me naar Le Bourget. Toen ik de vliegtuigtrap afdaalde, werd ik overstelpt door herinneringen aan Tulip: *dit was de laatste keer dat ik je in levende lijve zag; dit was waar ik je beloofde dat je spoedig herenigd zou zijn met Gustav; hier smeekte ik dat je je hoofd naar me zou omdraaien, maar dat deed je nooit.*

Vanuit Parijs nam ik de trein naar Bazel. Tegen de tijd dat ik in Freiburg uitstapte, kwam alle woede en verbijstering die ik in de dagen van mijn inquisitie had onderdrukt als een razende weer boven. Wie was verantwoordelijk voor mijn leven lang plichtsgetrouw gehuichel, als dat niet George Smiley was? Was *ík* het die had voorgesteld vriendschap te sluiten met Liz Gold? Was het *mijn* idee om Alec, onze vastgebonden lokgeit, zoals Tabitha hem had genoemd, voor te liegen – en hem vervolgens in de val liet lopen die George voor Mundt had uitgezet?

En dus kwam nu eindelijk de eindafrekening. Nu wilde ik een paar eerlijke antwoorden op lastige vragen zoals: ben jij, George, er doelbewust op uit geweest om de medemenselijkheid in mij te onderdrukken, of was ik ook niet meer dan bijkomende schade? Zoals: hoe zit het met *jouw* medemenselijkheid en waarom moest die altijd wijken voor een hoger, abstracter doel dat ik nu niet goed meer kan benoemen, als ik dat al ooit heb gekund?

Of anders gezegd: hoeveel van onze menselijke gevoelens kunnen we volgens jou wegdoen uit naam van de vrijheid, voordat we ons noch mens noch vrij meer voelen? Of hadden wij eenvoudigweg last van de ongeneeslijke Engelse ziekte per se mee te willen doen met het wereldspel terwijl we allang geen wereldspelers meer waren?

De bibliotheek van Kollegiengebäude Nummer drie, vertelde de behulpzame dame achter de balie die Friede heette op ferme toon, bevond zich in het gebouw recht tegenover de binnenplaats, door de grote deur en dan rechtsaf. Het woord BIBLIOTHEEK stond niet op de deur *vermeld* en eigenlijk was het ook geen bibliotheek maar gewoon een langwerpige rustige leeszaal gereserveerd voor wetenschappers van buiten.

En wilde ik zo goed zijn in gedachten te houden dat stilte geboden was?

***

Ik weet niet of Jim George op de een of andere manier had laten weten dat ik op weg naar hem toe was, of dat hij eenvoudigweg mijn aanwezigheid voelde. Hij zat aan een bureau overdekt met paperassen, in een erker met zijn rug naar me toe, een positie die hem licht verschafte om bij te lezen en, als hij daar behoefte aan had, uitzicht op de omringende heuvels en bossen. Voor zover ik zien kon was er niemand anders in de zaal: alleen een rij met hout beschoten alkoven met bureaus en lege, comfortabele stoelen. Ik liep eromheen totdat we elkaar konden zien. En omdat George er altijd al ouder had uitgezien dan zijn jaren, zag ik tot mijn opluchting dat mij geen onplezierige verrassing wachtte. Het was dezelfde George, maar nu gerijpt tot de leeftijd die hij altijd al leek te hebben: maar dan wel George in een rode trui en een lichtgele ribfluwelen broek, wat me verbaasde want ik had hem altijd alleen in een slecht zittend pak gezien. En hoewel zijn gelaatstrekken in ruste hun uilachtige droefenis hadden behouden, ging er niets droefgeestigs uit van zijn begroeting toen hij, met plotseling heel veel energie, opsprong en mijn hand in zijn beide handen nam.

'Wat zit je nu dan toch te *lezen*?' vraag ik in het wilde weg, maar met gedempte stem want stilte was geboden.

'O, beste jongen, vraag het me niet. Een oude spion zoekt in zijn kindsheid de waarheid van eeuwen. Jij ziet er schandalig jong uit, Peter. Heb je weer van alles in je schild gevoerd?'

Hij graait zijn boeken en paperassen bij elkaar en stopt die in een kluisje. Traditiegetrouw help ik hem een handje.

En omdat dit niet een geschikte plek is voor mijn voorgenomen confrontatie, vraag ik hem maar hoe het met Ann gaat.

'Met haar gaat het *goed*, dank je, Peter. Ja. *Heel* goed, alles in aanmerking genomen' – terwijl hij het kastje afsluit en de sleutel in zijn zak steekt. 'Ze komt nu en dan op bezoek. Dan wandelen we. In het Zwarte Woud. Niet die marathons van vroeger, moet ik toegeven. Maar we wandelen.'

Er komt een einde aan ons gefluisterde gesprek wanneer een oudere vrouw binnenkomt, met enige moeite haar schoudertas afdoet, haar papieren uitspreidt, haar leesbril opzet, eerst om het ene oor en dan om het andere, en zich met een luide zucht in een van de alkoven nestelt. En ik geloof dat het haar zucht was die het laatste restje van mijn vastberadenheid ondermijnde.

***

We zitten in Georges spartaans ingerichte vrijgezellenflat op een heuvel met uitzicht over de stad. Hij luistert zoals ik dat niemand anders ooit heb zien doen. Zijn kleine lichaam gaat in een soort winterslaap. De lange oogleden sluiten zich half. Geen frons, geen knik, zelfs niet eens een opgetrokken wenkbrauw totdat je bent uitgesproken. En als je bent uitgesproken – en hij heeft ervoor gezorgd dat je dat bent, door je opheldering te vragen over een of andere duistere kwestie die je niet hebt vermeld of hebt verdoezeld – nog steeds geen verbazing, geen moment enig blijk van een goed- of een afkeurend oordeel. Daarom was het des te verbazingwekkender dat hij, toen ik het einde van mijn veel te lange verhaal was gekomen – toen het donker begon te worden en de stad beneden ons verdween onder sluiers van avondmist waar de lichtjes doorheen priemden – energiek de gordijnen voor de buitenwereld dichtschoof en uiting gaf aan zo'n ongebreidelde woede als ik hem nooit eerder had horen doen.

'De *lafaards.* De *vuile lafaards.* Peter, dit is godgeklaagd. Karen heet ze, zeg je? Ik zal Karen onmiddellijk aanspreken. Misschien mag ik haar een bezoek brengen en met haar praten. Het is beter dat ik haar hier naartoe laat vliegen, als ze dat goedvindt. En als Christoph mij wenst te spreken, dan kan hij dat maar beter snel doen.' En na een wat zenuwslopende stilte: 'En Gustav ook, natuurlijk.

Er is al een datum voor de hoorzitting, zeg je? Ik zal een verklaring afleggen. Onder ede. Ik zal mezelf als getuige voor de waarheid aanbieden. Voor welk gerechtshof ze maar willen.'

'Ik wist hier niets van,' vervolgde hij op dezelfde woedende toon. 'Niets. Niemand heeft me benaderd, niemand heeft me op de hoogte gesteld. Ik ben altijd gemakkelijk te vinden geweest, zelfs toen ik me had teruggetrokken,' benadrukte hij, zonder uit te leggen waaruit hij zich had teruggetrokken. '*De Stal?*' vervolgde hij verontwaardigd. 'Ik dacht dat die allang gesloten was. Toen ik het Circus vaarwel zei heb ik mijn volmacht overgedragen aan de juristen. Wat er daarna is gebeurd is mij een raadsel. Kennelijk niets. Over parlementaire onderzoeken? Rechtszaken? Geen woord, geen fluistering. Waarom niet? Ik zal je zeggen waarom niet. Omdat ze niet wilden dat ik het wist. Ik stond te hoog in de pikorde naar hun smaak. Het is me duidelijk. Een voormalig Hoofd van Geheim in het beklaagdenbankje? Die toegeeft dat hij een prima geheim agent en een onschuldige vrouw heeft opgeofferd voor een zaak die de wereld zich nog maar nauwelijks herinnert? En alles voorbereid en door de vingers gezien door het Hoofd van de Dienst in eigen persoon? Dat zou onze moderne meesters niet lekker zitten. Niets mag het geheiligde blazoen van de Dienst bezoedelen. Lieve God. Je kunt ervan op aan dat ik Millie McCraig onmiddellijk zal opdragen alle papieren en alles wat we verder aan haar zorgen hebben toevertrouwd vrij te geven,' vervolgde hij op kalmere toon. Windfall achtervolgt me tot op de dag van vandaag. Ik geef alleen mezelf de schuld. Ik had erop gerekend dat Mundt rücksichtslos zou zijn, maar ik onderschatte hoe rücksichtslos. De verleiding om de getuigen te doden was eenvoudigweg te groot voor hem.'

'Maar George,' protesteer ik. 'Windfall was Controls operatie. Jij bent er alleen in meegegaan.

'Wat veruit de grootste zonde is, vrees ik. Mag ik je de sofa aanbieden, Peter?'

'Ik heb een kamer geboekt in Bazel, om je de waarheid te zeggen. Het is maar een kippeneindje. Morgenochtend neem ik de trein naar Parijs.'

Het was een leugen en ik denk dat hij dat wel vermoedde.

'Dan gaat je laatste trein om tien over elf. Blijf je eerst nog even eten voordat je vertrekt?'

Om redenen die te diep in me verstopt lagen om tegen te spreken vond ik dit niet het juiste moment om hem te vertellen van Christophs vruchteloze poging om mij te doden en al helemaal niet over de tirade van Alec, zijn vader, tegen de Dienst waar hij toch van hield. Maar Georges volgende woorden konden zijn bedoeld als antwoord op Christophs litanie:

'Wij waren niet meedogenloos, Peter. Wij zijn *nooit* meedogenloos geweest. Wij hadden een groter mededogen. Je zou kunnen zeggen dat het misplaatst was. En het was beslist nutteloos. Dat weten we nu. Maar dat wisten we toen niet.'

Voor het eerst zolang ik me kon heugen legde hij voorzichtig een hand op mijn schouder, om die vervolgens snel weer terug te trekken alsof hij zich had gebrand.

'Maar *jij* wist het, Peter! Natuurlijk wist je het. Jij met je goede hart. Waarom zou je anders die arme Gustav hebben opgezocht? Dat vond ik bewonderenswaardig. Trouw aan Gustav, trouw aan zijn arme moeder. Ze was een groot verlies voor jou, daar ben ik van overtuigd.'

Ik had er geen flauw idee van gehad dat hij zich bewust was van mijn halfbakken poging Gustav een helpende hand te bieden, maar ik was niet bovenmatig verbaasd. Dit was de George die ik me herinnerde: zich volledig bewust van de kwetsbaarheid van anderen, terwijl hij stoïcijns weigerde zijn eigen kwetsbaarheid te onderkennen.

'En met jouw Catherine gaat het goed?'

'Ja, zeker, heel goed, dank je.'

'En haar zoon, dat was het toch?'

'Nee, een dochter. Ze maakt het uitstekend.'

Was hij vergeten dat Isabelle een meisje was? Of was hij met zijn gedachten nog steeds bij Gustav?

***

Een oude herberg dicht bij de kathedraal. Jachttrofeeën op zwarte panelen. Deze tent moet er altijd zijn geweest of hij was platgebombardeerd en met de hulp van oude afbeeldingen weer opgebouwd. De specialiteit van de dag is gestoofd wildbraad. George beveelt het aan, met daarbij een wijn uit Baden. Ja, ik woon nog steeds in Frankrijk, George. Dat vindt hij goed om te horen. Woont hij nu echt in Freiburg? vraag ik. Hij aarzelt. Tijdelijk, ja, Peter, dat is zo. Hoe tijdelijk viel nog te bezien. Dan, alsof die gedachte nu opeens bij hem is opgekomen, hoewel ik vermoed dat die al de hele tijd tussen ons heeft gespeeld:

'Ik heb de indruk dat je bent gekomen om mij ergens van te beschuldigen, Peter. Heb ik gelijk?' En terwijl het mijn beurt is om te aarzelen: 'Ging het om de dingen die we hebben gedaan, denk je? Of de reden waarom we ze deden?' vroeg hij op allervriendelijkste toon. 'Waarom *ik* ze heb gedaan, lijkt me eerder de vraag. Jij was een loyale schildknaap. Het was niet *jouw* taak om te vragen waarom de zon elke ochtend opkwam.'

Ik had daar mijn vraagtekens bij kunnen zetten, maar ik was bang de stroom te onderbreken.

'Voor de wereldvrede, wat *dat* ook mag betekenen? Ja, ja, natuurlijk. Er zal geen oorlog uitbreken, maar in de strijd voor de vrede zal geen steen meer op de andere worden gelaten, zoals onze Russische vrienden plachten te zeggen.' Hij zweeg even om daarna op krachtiger toon te vervolgen: 'Of was het allemaal uit de verheven naam van het *kapitalisme?* God, beware ons. Christendom? God beware ons nogmaals.'

Een slokje wijn, een onzekere glimlach, bedoeld voor mij, niet voor hemzelf.

'Was het dus voor *Engeland?*' ging hij verder. 'Natuurlijk, er is een tijd geweest dat het dat was. Maar *wiens* Engeland? *Welk* Engeland? Engeland in zijn eentje, een burger van nergens? Ik ben een Europeaan, Peter. Als ik een missie had – als ik me daar ooit bewust van ben geweest buiten onze zaken met de vijand, dan was dat jegens Europa. Als ik harteloos was, dan was ik harteloos voor Europa. Als ik een onbereikbaar ideaal koesterde, dan was het om Europa uit haar duisternis een nieuw tijdperk van de rede binnen te loodsen. Dat ideaal koester ik nog steeds.'

Een stilte, dieper, langer dat ik ooit eerder had meegemaakt, zelfs in de zwartste tijden. De vloeiende contouren van het gezicht verstild, het voorhoofd voorover, de donkere oogleden geloken. Een wijsvinger stijgt verstrooid op naar de brug van zijn bril om te controleren of die nog op zijn plaats staat. Totdat hij met zijn hoofd schudde alsof hij zich van een boze droom ontdeed en glimlachte.

'Neem me niet kwalijk, Peter. Ik orakel. Het is tien minuten lopen naar het station. Vind je het goed als ik met je meeloop?'

14

Ik schrijf dit terwijl ik aan mijn bureau in de boerderij in Les Deux Eglises zit. De gebeurtenissen die ik heb beschreven hebben lang geleden plaatsgevonden, maar ze staan me nog even helder voor ogen als de pot begonia's daar op de vensterbank, of de glanzende onderscheidingen van mijn vader in hun mahoniehouten kistje. Catherine heeft een computer aangeschaft. Ze vertelt me dat ze vorderingen maakt. Gisternacht hebben we de liefde bedreven maar het was Tulip die ik in mijn armen hield.

Ik ga nog steeds naar de baai. Ik neem mijn wandelstok mee. Het is riskant, maar ik red me wel. Soms is mijn vriend Honoré daar vóór mij en zit hij op zijn hurken op zijn vaste rotsblok met een fles cidre tussen zijn laarzen geklemd. In het voorjaar zijn we samen met de bus naar Lorient geweest en op zijn aandringen zijn we langs de waterkant gelopen waar mijn moeder me vroeger mee naartoe nam om naar de grote schepen te kijken die naar de Oost voeren. Tegenwoordig wordt het strand ontsierd door monsterlijke betonnen bunkers die door de Duitsers werden gebouwd voor hun duikboten. Alle geallieerde bombardementen konden er geen deuk in slaan, maar de stad werd platgelegd. Daar staan ze dus, zes verdiepingen hoog, even eeuwig als de piramides.

Ik vroeg me af waarom Honoré me hier mee naartoe had genomen, totdat hij plotseling stil bleef staan en boos in hun richting begon te gebaren.

'De klootzak heeft hun het cement verkocht,' beweerde hij met zijn eigenaardig Bretonse stem.

Klootzak? Het duurt even voordat het kwartje valt. Natuurlijk: hij heeft het over wijlen zijn vader, die is opgehangen wegens collaboratie met de Duitsers. Hij wil dat ik geschokt ben en is dankbaar dat ik dat niet ben.

Afgelopen zondag viel de eerste sneeuw van deze winter. De dieren zijn ontroostbaar omdat ze worden opgesloten. Isabelle is inmiddels een grote meid. Toen ik gisteren iets tegen haar zei keek ze me glimlachend recht in mijn gezicht aan. Wij geloven dat er een dag zal aanbreken waarop ze gaat praten. En daar komt Monsieur Le Général in zijn gele busje slingerend de heuvel op rijden. Misschien heeft hij een brief uit Engeland voor me.

Woord van dank

Mijn oprechte dank gaat allereerst uit naar Théo en Marie Paule Guillou voor hun genereuze en verhelderende adviezen over het Zuiden van Bretagne; naar Anke Ertner voor haar onvermoeibare naspeuringen over Oost- en West-Berlijn in de jaren zestig van de vorige eeuw en de waardevolle pareltjes die ze zich persoonlijk herinnerden; naar Jürgen Schwämmle, *spoorzoeker extraordinaire*, omdat hij de ontsnappingsroute die Alec Leamas en Tulip volgden van Oost-Berlijn naar Praag heeft uitgedacht en me erlangs leidde; en naar onze uitstekende chauffeur Darin Damjanov, die de besneeuwde reis tot een dubbel genoegen maakte. Ook moet ik mijn dank uitspreken aan Jörg Drieselmann, John Steer en Steffen Leide van het Stasimuseum in Berlijn, omdat ik van hen een persoonlijke rondleiding door hun duistere domein kreeg en ook nog een hoogsteigen *Petschaft* cadeau. En ten slotte gaat mijn bijzondere dank uit naar Philippe Sands, die me, met het oog van een jurist en het begrip van een schrijver, heeft ingewijd in de warwinkel van parlementaire commissies en de justitiële procedures. De wijsheid komt van hem. Eventuele fouten horen op mijn conto.

John le Carré